어촌 심언광 연구총서 02

어촌 심언광의 문학과 사상

漁村

어촌 심언광의 문학과 사상

어촌 심언광 연구총서 02

어촌 심언광(漁村 沈彦光, 1487~1540)선생은 16세기 전반을 대표하는 당대 최고의 시인이었습니다. 그러나 공의 사후 최근까지 공의 업적과 문학적 가치는 제대로 된 조명을 받지 못하였습니다. 가장 큰 원인은 공의 정치역정(政治歷程) 중 김안로(金安老, 1481~1537)를 천거한 부분이 문제가 되어 관직을 삭탈당하고 낙향한 채 생을 마감하여 신원하기까지 144년이 걸린 데 있습니다. 더욱이 공의 문학작품을 알릴 수 있는 문집이 사후 350여 년이 지난 1889년에서야 발간되면서 어촌에 대한 평가가 이루어질 수 있는 여건이 마련되지 못했던 점도 들 수 있습니다.

물론 이 기간 동안 어촌에 대한 평가가 전혀 없었던 것은 아닙니다. 『조선왕조실록』에는 질박하고 솔직한 어촌의 사람됨과 그가 시문에 능한 인물로 널리 일컬어졌음을 확인할 수 있는 내용들이 있고, 교산 허균(蛟山 許筠, 1569~1618)의 시화집이자 시평집인 『학산초담』에서는 어촌 시의 풍격적 특징을 '웅혼하고 도타우며 화려하고 아름답다[渾厚浮艷]'라고 극찬하였으며 더욱이 당대 최고의 시인으로 평가받던 호음 정사룡(湖陰 鄭士龍, 1494~1573)의 시에 전혀 뒤질 게 없다고 하였습니다. 이외에도 서하 이민서(西河 李敏敍, 1633~1688)는 어촌 시의 풍격에 대해 '기력이 혼연히 굳세고, 물 흐르듯 노련하다[氣力渾剛 波蘭老成]'고 하였고, 문암 이의철(文庵 李宜哲, 1703~1778)

은 어촌의 문장은 바르고 우아[爾雅]하며, 어촌 시의 풍격에 대해서는 '건실하고 풍부하며 화려하다[健富麗]'라고 평했으며, 실학자 이익(李瀷, 1681~1763)의 『성호사설』과 한치윤(韓致奫, 1765~1814)의 『해동역사』 등에서도 어촌의 작품을 높게 평가하는 글이 전해지고 있습니다. 그러나 이런 논평들은 아쉽게도 어촌에 대한 구체적인 평가라기보다는 작품들에 대한 단편적인 평가로 어촌의 문학과 생애에 대한 만족할 만한 수준이라고 보기는 어려운 것이 사실입니다.

이에 강릉문화원이 지난 2006년 『어촌집』을 번역한 『국역 어촌집』을 발간하면서 본격적인 어촌 연구가 시작되었다고 할 수 있는데 이는 실로 공의 사후 467년 만의 일로 상당히 뜻깊은 순간이었습니다.

이번 "어촌 심언광 연구총서 2집"은 2010년 발간된 1집에 이어 3년간 어촌 심언광 전국학술세미나에서 발표되었던 11편의 논문을 집대성한 결과물로 어촌 연구 방향과 성과를 살펴볼 수 있는 귀중한 결과물입니다. 일반적으로 학술세미나의 결과물은 몇몇 관심 있는 분들과 전공자들에게 배포되고 마는 경우가 많아 널리 알려지는 데 한계가 있습니다. 따라서 세미나의 연구 성과물을 집대성하여 출판하는 작업은 인물연구에 있어 연구 성과의 축적과 선양에 매우 필요하고 효과적인 작업이라고 할 수 있습니다.

이번에 발간하는 "어촌 심언광 연구총서 2집"도 널리 알려져 더 발전된 연구 성과로 이어지길 기대하며 그동안 본 연구 사업에 지속적인 도움을 주고 계신 강릉시와 삼척심씨 대종회에 감사드립니다. 또한 기획단계부터 함께 해 주고 계신 박도식 선생님과 박영주 선생님 노고에도 감사드리며 논문을 내주신 모든 선생님들께도 다시 한 번 감사 인사를 드립니다.

2014년 12월

강릉문화원장 염돈호

| 차례 |

2부
어촌 심언광의 생애

3부
어촌 심언광의 사상

1부

어촌 심연광의 문학세계

01

어촌 심언광의 시문학 고찰

-당대의 문학현실과 관련하여

박해남 _성균관대학교 초빙교수

이 글은 2012년 12월 7일(금) 강릉문화원에서 개최한 "제3회 어촌 심언광 전국학술세미나"에서 발표한 논문을 수정·보완하였다.

1.

역사 속에서 명멸(明滅)한 수많은 인물들을 평가함에 있어서 어떤 입장으로 접근할 것인가 하는 관점에 따라 논의의 귀결점이 달라질 수 있다. 개인의 관점에서만 보면 대상 인물이 당대에 가장 의미 있고 뛰어난 인물로 평가될 수 밖에 없다. 그렇기에 전체적인 흐름 속에서 개인이 차지하는 위치를 살피는 것은 그 인물을 제대로 평가할 수 있는 방편이 된다는 점에서 꼭 필요한 작업이다. 문학연구에 있어서도 마찬가지이다.

이 글에서 다루고자 하는 심언광(沈彦光)(1487~1540)도 개인의 입장만을 놓고 접근할 경우 그의 문학이 당대에 의미가 있다는 식의 지극히 통속적인 결론을 도출하게 된다. 어떤 의미냐는 핵심이 빠지게 되는 것이다. 그가 주로 활동한 16세기 전반기 조선의 문학 상황과 연관하여 전체 흐름 속에서 어떤 입지를 가지고 있는가 하는 점에서 다루어질 때 올바른 평가가 가능해진다.

심언광은 1513년(중종 8) 식년문과(式年文科)에 급제하여 본격적으로 관로(宦路)에 나섰다. 그의 문집인 『어촌집(漁村集)』은 향시(鄕試)에서 장원을 한 「승로반기(承露盤記)」를 제외하고는 모두 관료 생활을 하는 중에 얻은 작품들을 엮었다. 그렇기에 이 글의 대상 또한 본격적으로 관료로 활동하던 시기 이후의 작품에 한정하여 살필 수밖에 없는 한계를 가진다.[1]

2.

16세기 전반기 조선의 문단 상황은 1506년 반정(反正)을 통해 왕위에 오른 중종 시대의 정치적 상황과 연관지어 보아야 한다. 중종은 연산군의 실

---

1 심언광의 생애에 따른 시세계에 대해서는 김은정, 「漁村 沈彦光의 생애와 詩世界」, 『어촌 심언광 연구총서』(강릉문화원, 2010)에 잘 정리되어 있다. 논의의 중복을 피하기 위하여 이 글에서는 당대 문학현실과의 연관성에 국한하였다.

정을 극복하는 것에 정치의 초점을 맞출 수 밖에 없는 입장이었기에, 앞 시기의 부정이라는 시대적 사명에 따라 제반 사회적 변화를 위해 도학(道學)에 기반한 신진사류를 적극적으로 등용하였다. 이들은 기본적으로 성리학의 근본에 충실할 것을 주장하면서 유교적 정치 질서의 회복에 힘썼다. 그렇기에 화려함만을 추구하여 부섬(富贍)하고 화려하게 치장하였던 이전의 문풍(文風)을 극복하고 도학에 전념할 것을 주장하여 문장(또는 문학) 자체를 경시하는 기풍을 지녔다. 다음의 주장은 이런 논지를 뒷받침한다.

> 홍문관 정자 성세창(成世昌)이 『당시고취(唐詩鼓吹)』의 제목을 써서 올리고는 아뢰기를, "시학(詩學)은 부화(浮華)하여 제왕이 마땅히 숭상할 바가 아닙니다. 이제 바야흐로 경학을 강(講)하며 보려고 하니, 이와 같은 책은 보실 것이 아닙니다."[2]

조광조를 위시한 일군의 사류(士類)들은 임금과 신하 사이의 수창(酬唱)과 월과(月課)까지도 거부하며 문학을 배제하는 극단적인 태도를 취하기도 하였다. 이는 문학이 마음을 올바르게 하는데 도움을 주지 못한다고 하는 작문해도(作文害道)의 입장에 바탕하고 있다. 그러다 보니 이 시기의 문학 현실은 다분히 부정적인 상황이었다. 게다가 앞선 시기의 폐해를 극복해야 한다는 강박관념에서 중종대 초기에는 문학을 소홀히 하는 분위기가 팽배하였다.

> 대제학 신용개(申用漑)는 아뢰기를, "근래에 문신들을 권장 격려하는 방법이 미진하고, 또 폐조(廢朝)의 화(禍)를 징계하여 문학을 좋아하지 않습니다."[3]

---

2 『중종실록(中宗實錄)』 4권, 2년(1507) 11월 5일. "홍문관정자성세창서당시고취제목이진(弘文館正字成世昌書唐詩鼓吹題目以進), 잉계왈(仍啓曰): '시학부화(詩學浮華), 비제왕소의상야(非帝王所宜尙也). 금방강열경학(今方講閱經學), 여차책불가람야(如此冊不可覽也).'"

3 『중종실록(中宗實錄)』 5권, 3년(1508) 2월 19일. "대제학신용개왈(大提學申用漑曰): '근래문신권려

문신들에 대한 권장과 격려의 방법이 적극적이지 못하고, 실질이 없고 부화화미(富華華美)한 성향을 띠었던 연산군 때의 문학에 대한 반성 등으로 인해 문학이 침체되었음을 밝히고 있는 것이다. 당대의 文風을 좌우한다는 대제학의 입에서 나온 발언인 만큼 상당히 심각했던 것으로 보인다. 이런 현상은 얼마 지나지 않아 현실적인 이유를 내세우며 문학을 옹호하는 입장이 다시 등장하게 됨으로써 조금씩 변화하였다.

> 남곤(南袞)이 아뢰기를, "사장(詞章)은 국가의 중대한 일입니다. 예로부터 우리나라를 문헌(文獻)의 나라라고 일컫는 것은 빛나는 문장이 있었기 때문이었는데, 근간에는 음풍영월(吟風詠月)을 모두들 그르다 하여 이단(異端)이라고 지목하므로 문장이 보잘 것 없어지고 경술도 황망(荒莽)하여졌으니, 만약 중국에서 문사가 사신으로 온다면 누가 그 책임을 맡아 화답하겠습니까? (…) "하고, 유관(柳灌)은 아뢰기를, "비록 덕행(德行)은 근본이요 문장은 말단이라고 하나, 말단 또한 버릴 수 없는 것입니다."[4]

물론 이 발언은 기묘사화(己卯士禍)(1519년)에 의해 조광조 등의 신진 사류들이 제거되고 기성 정치세력이 다시 발언권을 회복한 이후의 언급이라는 점이 먼저 고려되어야 한다. 중국과의 외교에 있어서 꼭 필요하다는 논지를 내세워 문장의 장려를 적극 주장하고 있는 것이다. 그렇지만 이 시기의 실제 상황은 문학을 이단으로 지목함으로써 문장이 보잘 것 없어진 상황은 크

지방미진(近來文臣勸勵之方未盡), 우징폐조지화又懲廢朝之禍, 불희문학(不喜文學.'")

4 『중종실록(中宗實錄)』 38권, 15년(1520) 1월 11일. "곤왈(袞曰): '사장(詞章), 국가중사(國家重事). 고칭오국위문헌지방자(古稱吾國爲文獻之邦者), 이기유문장지화야(以其有文章之華也). 근간음풍영월자(近間吟風詠月者), 개비지(皆非之), 지위이단(指爲異端). 이차문장소색(以此文章蕭索), 경술역위황망(經術亦爲荒莽). 약천사문사출래(若天使文士出來), 칙수임기책이화답야?(則誰任其責而和答耶?) 유리행가당기임의(唯李荇可當其任矣).' 권왈(灌曰): '수운덕행본야('雖云德行本也), 문장말야(文章末也), 연말역불가기야(然末亦不可棄也).'"

게 개선된 것으로 보이진 않는다. 유관(柳灌)의 경우에도 덕행이 근본이라는 것을 원칙적인 입장을 내세우고는 있지만, 궁극적으로는 말단인 문장도 버릴 수 없다는 점을 강조하고 있다. 아래는 이학(理學)과 문장의 관계에 대해 언급하고 있는 이항(李沆)의 발언이다.

> 이학(理學)이 어찌 문장의 밖에 있겠습니까? 하찮은 풀 하나, 나무 하나를 읊더라도 궁리(窮理)하여 격물치지(格物致知)하는 방도를 다할 수 있습니다. 그러므로 송(宋)나라의 정자(程子)와 주자(朱子)는 이학에 독실하고 또 시에 능하였는데 대저 『시경(詩經)』 3백 편의 시도 다 시가를 읊는 일로서 사무사(思無邪)의 성실함이 있습니다.[5]

여기서 이학과 문장이 동시에 능한 정자(程子)와 주자(朱子)를 통해 이학과 문장을 분리해서 설명하는 방식이 아니라 상호 보조적(補足的)인 관계에서 파악하는 것이 바람직하다는 입장을 피력한 것이다.

이런 상황으로 보건대 심언광이 관리생활을 시작할 당시의 문학 상황은 연산군대의 병폐를 극복한다는 의미가 우선시되어 도학적 입장이 한때 대두되기도 했지만 대체로 문학에 대한 옹호의 입장 역시 강조되던 시기였다고 할 수 있다. 그러면서 한편에서는 도학과 문학의 관계 설정에 대해 많은 논의가 활발했었던 것이다.

그의 어린 시절 학습과정을 보건대 어려서 아버지를 일찍 여읜 관계로 집에 책이 거의 없어 『고문선』을 천 번 읽어 문장을 이루었다는 언급[6]에서 그의 학문 경향이 도학에 치중하였다기보다는 문학을 통한 과거 공부에 주력

---

5 『(중종실록)中宗實錄』 40권, 15년(1520) 9월 29일. "차리학(且理學), 기재문장지외?(豈在文章之外?) 수영일초일목지미(雖詠一草一木之微), 역가이궁리이진격치지방(亦可以窮理而盡格致之方). 시이송지정주(是以宋之程朱), 독어리학(篤於理學), 이우능어시(而又能於詩). 시지삼백편(詩之三百篇), 개음영지사(皆吟詠之事), 이유사무사지성야(而有思無邪之誠也)."

6 『(어촌집)漁村集』 권수(卷首) 부록(附錄), 「연보(年譜)」, "조상선공지치, 가무서적, 지유고문선일권. 독지천편, 수치문장 (早喪先公之致, 家無書籍, 只有古文選一卷. 讀至千遍, 治文章)."

했던 것으로 보인다. 이후 그의 관직 생활을 홍문관(弘文館)이나 예문관(藝文館), 승정원(承政院) 등에서 각종 문장 작성을 주로 하였음을 보더라도 이런 점을 짐작할 수 있게 된다.

그렇지만 조광조(趙光祖)를 방문하여 경의(經義)를 강론하였다거나 주세붕(周世鵬)과 심경(心經)을 강(講)하기도 했다는 내용으로 보건대 경학(經學)에도 힘을 기울인 흔적을 무시할 수는 없다. 위에서 본 것처럼 당대 사회의 분위기가 문학과 도학에 대한 관계설정이 진행되던 시대였기에 심언광도 이런 분위기에서 벗어나기는 어려웠을 것으로 보인다. 다만 그의 경우 도학보다는 상대적으로 문학에 더 비중을 두었다는 의미이다.

심언광은 연산군의 실정에 대한 반정의 영향력이 채 가시지 않은 시기에 벼슬길에 들게 된다. 따라서 이 시기는 문학의 화미(華美)함을 중시하던 상황에 대한 반발로 도학에 의거하여 문학의 무용론을 주장하는 신진사류에 의해 일시적인 침체과정을 겪기도 한다. 하지만 기묘사화로 신진사류가 제거된 상황에서는 현실적 요구에 의한 문학의 존재를 적극 옹호하는 입장이 나타났다. 이렇게 본다면 도학과 문학이 정치적 입장에 따라 어느 한 쪽이 강조되는 모습을 보이면서 서로의 관계 설정을 모색하던 혼란의 상황에서 심언광의 문학 활동이 시작되었다고 볼 수 있다.

3.

조선시대 사대부들의 경우 문학에 대해 직접적으로 견해를 피력한 언급을 찾기는 쉽지 않다. 다만 서(序), 발(跋)이나 여타의 시화(詩話) 등에 간접적으로 표현된 내용을 통해 문학관을 살필 수 있다. 『어촌집』을 살펴보면 문집의 대부분이 시로 구성되어 있고, 문은 권8, 권9 등에 부분적으로 수록되어 있다. 그나마 제문류의 글이 대부분을 차지하고 있다. 문학에 대한 직접적인 언급은 더욱 찾기는 어려운데, 「신문경공시집서(申文景公詩集序)」라는 글이 한 편 남아 있을 뿐이다.

> 사람은 형체가 있어야 기가 있고, 기가 있어야 소리가 있다. 문은 소리가 장을 이루는 것이다. 기가 창대하면 곧 그 문이 웅섬 창달하여, 오직 말하고자 한 바가 막힘이 없게 된다. 마음에서 한번 주리면 곧 가늘고 힘이 없어져 스스로 떨칠 수 없게 된다. 힘을 기울여 부지런히 하여도 만약 그 부림을 넉넉히 하지 않는다면 마음이 더욱 힘들어지고 기가 상하는 것이 더욱 심해진다. 예전의 시문을 논하는 자는 그 기만을 보았을 뿐이다. (…) 기를 주로 하여 부귀하면서도 한검지어가 되었다.[7]

문학에 대한 부분적인 견해가 드러나 있다. 그는 문학의 평가 기준을 '氣'에 두고 있다. 문은 소리가 평면적으로 나타나게 되는 것인데 그 소리가 나오게 되는 근원을 '기'로 파악하고 있는 것이다. 그렇기에 '기'가 커지면 자연히 문장도 웅섬창달(雄贍暢達)하여 말하고자 하는 바가 막힘이 없게 된다고 보았다. 결과적으로 그가 문학에 대해 생각하는 바는 부귀하면서도 맑고 검소하며, 유의하지 않은 듯하면서도 생각해보면 의미가 심장하고 풍부한 인용을 한 경우를 좋은 작품의 기준으로 삼았음을 알 수 있다.

이런 논리는 앞선 시기의 成俔(1439~1504)에게서도 찾을 수 있다.

---

7 심언광(沈彦光), 「신문경공시집서(申文景公詩集序)」, 『어촌집(漁村集)』 권(卷)9, "인유형사유기(人有形斯有氣), 유기사유성(有氣斯有聲). 문자(文者), 성지성장자야(聲之成章者也). 기창이대(氣昌而大), 칙기문웅섬창달(則其文雄贍暢達). 유소욕언(惟所欲言), 이무소저체(而無所底滯). 일뇌우중(一餒于中), 칙면약무력(則綿弱無力), 불능자진(不能自振). 귀술각착(劌鉥刻斲), 골골약불급기역(矻矻若不給其役), 심유로이기지상야(心愈勞而氣之傷也), 익심의(益甚矣). 고지론시문자(古之論詩文者), 일시기기이이(一視其氣而已).이악공평생저작(二樂公平生著作)。이기위주(以氣爲主)。부귀이위한검지어(富貴而爲寒儉之語)。곽묘이유산림지취(廓廟而有山林之趣)。가음부영(歌吟賦詠)。왕왕신구종필(往往信口縱筆)。약불경의이사미준영(若不經意而思味雋永)。원거해박(援據該博)。기기완연무소상(其氣宛然無所傷)。이엽엽파조(而燁燁葩藻)."

문장은 기(氣)로써 주를 삼는다. 기가 융성하면 따라서 융성하고 기가 굶주리면 따라서 굶주리게 된다. 그래서 그 음영한 것을 살펴보면 저절로 그 실상을 가릴 수 없다. (…) 오직 우리 백씨는 공평하고 넉넉한 자질로써 정미(精微)하고 박후(博厚)한 학문까지 얻어 사업을 돕고 왕업을 도왔다. 그러므로 시문이 질박하면서도 비루하지 않고 실질이 있으면서 약해지지 않고, 여유가 있고 웅혼하다.[8]

앞서의 논의와 같은 논의를 보여주고 있는데, 문장의 차이가 개인의 기에 좌우되고 있다는 주장인 것이다. 즉 개인의 타고난 기질에 따라 시문의 성격이 달라진다는 논지이다. 하지만 그런 기는 후천적인 수양을 통해서도 얼마든지 개선이 가능하다. 즉 정미(精微)하고 박후(博厚)한 학문과의 결합을 통한 실질적인 활동을 통해 '우여웅혼(紆餘雄渾), 평담전아(平澹典雅)'한 문학을 추구할 것을 주장하고 있는 것이다.

이렇게 본다면 심언광의 '기' 중심 문학관은 당대 관료 문인들의 일관된 견해일 수 있다. 그는 "힘을 기울여 부지런히 하여도 만약 그 부림을 넉넉히 하지 않는다면"이라는 단서를 내세우고 있는데, 이 논지는 역으로 힘을 기울여 부지런히 하면서 만약 그 부림을 넉넉히 한다면 얼마든지 그가 원하는 문학을 할 수 있다는 논지가 성립할 수 있다. 결국 문학과 도학을 분리하여 사유하는 것이 아니라 도학이 중시하는 수양과 노력을 통해 문학과의 관계 설정에 논의의 초점이 놓인다. 즉 문학과 도학을 분리해서 사유하는 것이 아니라 도학이 보편화되어 가던 시기에 기존의 문학이 가졌던 내용을 진단하고 새로운 방향 설정을 보여준 것이라고 볼 수 있다.

결국 이런 논지의 연장선상에서 심언광의 문학을 설명하는 것이 가능해

8 성현(成俔), 「가형안재시집서(家兄安齋詩集序)」, 『허백당문집(虛白堂文集)』 권6. "문장이기위주(文章以氣爲主), 기륭칙종이륭(氣隆則從而隆), 기뇌칙종이뇌(氣餒則從而餒), 기파제음영자(其播諸吟詠者), 자유부능엄기실(自有不能掩其實). (…) 유아백씨(惟我伯氏), 이공평관유지자(以公平寬裕之資), 득정미박후지학(得精微博厚之學). 조제사업(措諸事業), 보불왕도(黼黻王度). 고기위시문(故其爲詩文), 질이불이(質而不俚), 실이부유(實而不窳), 우여웅혼(紆餘雄渾), 평담전아(平澹典雅)."

진다. 허균이 심언광의 시를 평하면서 "혼후(渾厚)하고 부염(浮艶)하기가 호음 정사룡에 못지 않다"[9]고 하고 있는데, 여기서의 혼후(渾厚)란 "순박하고 자연스러우며 함축성 있고 심후한 예술 경계에 도달할 것을 추구하는 것"[10]을 의미한다. 결국 자신의 주장을 밖으로 확연히 드러내어 직접적으로 표출하지 않고 자신의 논지를 순화시켜 드러내는 방식이라고 볼 수 있다. 기를 중시하는 심언광의 문학관이 자신의 작품 창작에도 작동한 결과이다.

괴과 욕됨이 아득하여 스스로 놀라니
갈 곳 없는 어디에서 남은 목숨 부칠까
하늘가 해질 녘 고향 그리며 눈물짓고
국경 밖 늦가을 고국 떠나는 마음일세
구름은 어지러이 날아 산은 모두 까맣고
둥근 달 나직이 비치니 바다는 온통 밝다
근심에 매여 이 밤 생각이 많아서
푸른 등불 마주하고 새벽에 이르렀네

총욕유유양자경(寵辱悠悠兩自驚)
표령하처착잔생(飄零何處着殘生)
천변락일회향루(天邊落日懷鄕淚)
한외궁추거국정(寒外窮秋去國情)
운엽란비산진흑(雲葉亂飛山盡黑)
월윤저조해전명(月輪低照海全明)

9 허균(許筠), 「학산초담(鶴山樵談)」, 『성소복부고(惺所覆瓿藁)』 권26.
*심언광에 대한 허균의 평에 녹아 있는 주관성은 고려하면서 보아야 할 듯하다. 허균의 부친인 허엽(許曄)(1517~1580)은 심언광의 절친한 친구인 김광철의 사위이면서, 심언광의 아들인 심운(沈雲)과는 동서(同壻)의 관계이다.

10 이석형(李奭炯), 「문학(文學) 풍격용어(風格用語) '혼후(渾厚)' 의미(意味) 변석(辨析)」, 『중국학보(中國學報)』 38, 한국중국학회(韓國中國學會), 449면.

기수차야편다서(羈愁此夜偏多緖)
좌대청등도오갱(坐對靑燈到五更)[11]

이 작품은 1537년 함경도 관찰사로 임명되었을 때 지은 시를 묶은 『북정고(北征稿)』에 실려 있다. 아마도 여러 근심 때문에 잠 못 드는 화자는 당시의 상황을 상당히 부정적으로 인식하고 있음이다. 허균이 비교의 대상으로 지목한 정사룡의 경우 말을 치밀하게 다듬어 기이한 문구를 통해 시작을 주로 하던 '해동강서시파'로 분류되었던 반면에, 심언광의 이 시는 늦가을 변방으로 나가면서 맞닥뜨린 자연에 대한 감상과 자신의 심회를 우울하기는 하지만 담담하게 그리고 있다. 자연스럽지만 대상을 표현하고 있는 심정과 그로 인한 여러 근심들을 문면 속에 잘 담아내고 있는 것이다. 전체적으로 두시의 기운이 느껴진다. 이런 이유 때문에 허균이 '혼후(渾厚)'라는 평을 사용한 것으로 보인다. 그의 시에서 만당풍(晩唐風)이 느껴진다는 논평도 이런 연장선상에서 이해할 수 있다.

또 허균은 심언광의 〈능금꽃 떨어지고[래금화락(來禽花落)]〉라는 작품을 소개하고 있다.[12]

붉고 흰 꽃 봄을 도와 늙은 가지에 피니
눌 위해 촌사람 집을 치장하였나
한밤중 비바람에 놀라 걱정하였더니
나무에 가득하였던 꽃 모두 졌구나

주백부춘상노가(朱白扶春上老柯)
위수장점야인가(爲誰粧點野人家)

11 심언광(沈彦光), 〈숙령동역유감(宿嶺東驛有感)〉, 「북정고(北征稿)」, 『어촌집(漁村集)』 권5.
12 이 작품은 『어촌집』에 실려 있지 않다.

삼경풍우경잔추(三更風雨驚孱惔)

낙진래금만수화(落盡來禽滿樹花)[13]

봄날 아마도 붉은 기운이 도는 흰 꽃을 머금은 늙은 능금나무를 대상으로 한 것으로 보인다. '노가(老柯)'와 같은 단어의 사용이나 전체적인 느낌으로 보아 아주 후대의 작품으로 보인다. 이 작품에는 결구에서 보는 바와 같이 도치된 어문을 통해 어세를 강하게 한다든지, '잔추(孱惔)'와 같이 잘 사용하지 않는 어구의 사용이라든지 당대 유행한 해동강서시파의 영향도 느낄 수 있다.[14]

물론 이 작품을 앞에 언급한 정사룡과의 연관에서 보자면 확실히 '부염(浮艶)'이라는 측면이 도드라진다. 그렇지만 이 작품과 비교되는 맹호연(孟浩然)의 "춘면부각효(春眠不覺曉), 처처문제조(處處聞啼鳥). 야래풍우성(夜來風雨聲), 화락지다소(花落知多少)."(〈춘효(春曉)〉)가 가지고 있는 함축성과 여운에는 미치지 못하고 있다. 그런 점이 허균으로 하여금 본문이 아니라 소주(小注)에 인용한 것은 아닐까 한다.

이렇게 본다면 심언광의 경우 초기에서 후기로 가면서 작품 성향이 변화됨을 인지할 수 있다. 만약 앞의 작품에 대한 전제가 성립한다면 이는 '출(出)'에서 '처(處)'로의 입장 변화의 영향도 있겠지만, 당대의 문학 상황의 변화와도 연관된 자연스러운 결과로 보인다.

4.

심언광은 생애의 대부분을 관료로 지냈다. 그렇기에 그의 시 작품에서 관

---

13 허균(許筠), 「학산초담(鶴山樵談)」, 『성소복부고(惺所覆瓿藁)』 권26.

14 이 시기 해동강서시파에 대해서는 이종묵, 『해동강서시파 연구』(태학사, 1995)를 참조.

료적 색채를 풍기는 작품이 다수를 차지하는 것은 어쩌면 지극히 당연하다.[15] 심언광의 전체적인 문학 경향을 당대 관료문인들의 대체적인 성향에서 크게 벗어나 있다고 보기는 어렵다.

집 위의 명아주는 밤에 연기를 토하는데
평상 머리 二酉에는 푸른 제비 연이어 있다
어둠 속에서 우주의 아득한 기운의 고요함 찾고
신명의 은밀히 전해옴 느껴 만났네
밝은 빛 있어 스스로 어두운 방 열었고
형설로 책을 펼쳐 봄이 수고롭지 않네
정녕 주고받는 것은 모두 오묘하니
죽간에서 온전한 도리를 보네

각상청려야토연(閣上靑藜夜吐煙)
상두이유록첨련(床頭二酉綠籤聯)
명수우주현기정(冥搜宇宙玄機靜)
감회신명비검전(感會神明祕檢傳)
자유위황개암실(自有煒煌開暗室)
불로형설조진편(不勞螢雪照陳編)
정녕수수개원묘(丁寧授受皆元妙)
죽첩간래도리전(竹牒看來道理全)[16]

여기에서 보는 것처럼 매구 전고(典故)를 사용하여 작품을 구성하고 있다. 이처럼 당대의 유행하는 문학 풍조의 영향을 느낄 수 있는 작품이 다수 있

15 여기에 대한 구체적인 내용에 대해서는 박영주, 「어촌 심언광 시세계의 양상과 특징」, 『어촌 심언광 연구총서』(강릉문화원, 2010), 112면에 있는 표를 참조하면 일목요연하게 파악할 수 있다.

16 심언광, 「청려장(靑藜杖)」, 『어촌집(漁村集)』 권1.

다. 관료라는 신분상 별유시(送別詩)와 차운시(次韻詩) 등도 많은 수를 차지하고 있다. 물론 그의 작품 속에는 1538년 삭탈관직을 당하고 고향인 강릉에서 생활하면서의 작품이 있기는 하다. 이 시기의 작품은 대부분 지난날에 대한 회환(悔恨)과 현처지에 대한 내용이 주조를 이룬다. 이렇게 볼 때 심언광은 16세기 전반기 조선의 관료문인들이 보였던 문학세계와 큰 차이를 보이지는 않는다. 큰 틀 안에서는 비슷한 경향을 보이는 시세계를 가지고 있다고 평가할 수 있을 듯하다.

하지만 그가 활동했던 당대의 문학 상황이 도학과 문학의 관계를 정립하는 것이 가장 우선적인 과제였는데, 심언광의 경우 자료의 한계가 있기는 하지만 그 흐름의 한 가운데서 구체적이고 주동적인 모색을 했던 시인으로 평가하는 것은 큰 무리가 없어 보인다.

_참고문헌은 각주로 대신함

02

어촌 심언광 시의 자연 인식과 상징성 연구

-동식물 소재에 구현된 특성을 중심으로

김형태 _경남대학교 국어국문학과 교수

이 글은 2011년 12월 2일(금) 강릉문화원에서 개최한 "제2회 어촌 심언광 전국학술세미나"에서 발표한 「어촌(漁村) 심언광(沈彦光) 시의 자연 인식과 상징성 연구 – 동식물(動植物) 소재에 구현(具現)된 특성을 중심으로 -」를 수정·보완하여 『동방학』 24집(한서대학교 동양고전연구소, 2012. 8.)에 수록한 것이다.

1. 머리말

조선시대 관료들 중 대부분이 훌륭한 문인(文人)이었음은 주지의 사실이다. 그들이 뛰어난 시인으로서 재능을 발휘할 수 있었던 데는 여러 가지 요인이 작용했겠지만, 유학 교육의 체득(體得)을 기반으로 마련된 지식들을 작품 속에 투영시킨 점도 큰 몫을 차지한다.

이 가운데에는 적절한 고사(故事)나 전거(典據)를 활용한 예들도 있지만, 자연물 심상(心象)과 그 상징성을 적용하여 작품의 예술적 완성도를 높인 사례들도 다대(多大)하다. 물론 관습적이었다는 측면에서는 자연물이 지닌 의미의 시적 활용도 일반적인 용사(用事)의 범위에 속한다고 할 수 있다. 그러나 자연물은 시인과 그가 처한 상황에 따라 개별적 의미로 사용될 수 있었기 때문에 각각의 문인들이 독자들에게 파노라마[panorama]적 시세계를 보여주는 것이 가능하다고 생각한다.

상징은 원래 다의적(多義的)이다. 예컨대, 태양[日]이 남성적, 적극적 원리[陽]를 상징하는 데 반해, 달[月]은 여성적, 소극적 원리[陰], 원만함, 깨끗함, 완성된 것, 찬 것 등을 상징하는 것이 바로 그러하다.[1] 『어촌집(漁村集)』에 오롯이 담긴 심언광(1487~1540)의 시 850수(首)에도 다의적 상징성을 지닌 무수한 자연물들이 등장한다. 물론 이들은 대부분 동아시아의 문학세계에서 관습적으로 사용되었던 상징성을 함의(含意)하고 있지만, 이 가운데에서는 어촌만의 시적 세계를 특성화시킬 수 있는 물상(物象)들도 확인할 수 있다.

어촌 한시의 유형적 양상을 분석한 기존 연구 성과에 따르면, 어촌의 경물시(景物詩) 중에는 국화(菊花)를 노래한 시편이 가장 많다.[2] 이는 작가의 작

---

1 C.A.S 윌리암스 지음/이용찬 외 공역, 『중국문화 중국정신』, 대원사, 1989, 88쪽.

2 '경물시(景物詩)'는 자연의 정경이나 사물을 제재로 하여 그 자체의 속성이나 의미에 초점을 맞추어 노래한 시편들을 말한다. 어촌의 경물시는 27수(3%)로 파악할 수 있는데, 국화를 노래한 시편(11수)이 가장 많고, 누정 주변의 경물을 노래한 시편(9수)이 그 다음이며, 이 외에 바위·호수·노송 등을 노래한 시편이 약간 전하는 바, 그 종류는 다양하지 않다. 박영주, 「어촌 심언광 시세계의 양상과 특징」, 『어촌 심언광 연구 총서』, 강릉문화원, 2010, 114쪽.

품 세계를 파악하는 데 매우 중요한 시사점을 던져줄 수 있다. 어촌이 국화를 즐겨 노래했다는 사실의 이면에는 그가 자연을 바라본 관점과 인식이 고스란히 숨어있기 때문이다. 즉, 진(晋)대 시인 도연명(陶淵明, 365~427)으로부터 비롯된 국화의 은일지사(隱逸志士)적 상징과 오상고절(傲霜孤節)로 대표되는 국화의 표상을 어촌의 시에 묘사된 국화의 흔적에서 찾아볼 수 있다는 것이다. 혹 이러한 접근법은 기존의 관습적 상징과 전혀 다른 의미를 확인해보는 계기가 될 수도 있다. 이렇듯 시적 소재에 담긴 상징성을 확인하는 작업은 작가의 작품 세계를 이해하는 첩경(捷徑)의 하나라는 점에서 매우 중요한 의의를 지닌다.

본 연구자는 『국역 어촌집』을 대상으로 어촌이 지녔던 자연 인식의 태도를 확인해보고자 한다. 다만 작품집을 통틀어 방대한 분량의 시에 등장하는 자연물을 모두 다룬다는 것은 지난(至難)한 작업이 될 것이다. 따라서 이 글의 연구 대상은 빈번하게 사용된 동식물로 그 범위를 국한시키도록 한다. 이를 바탕으로 그 상징성과 어촌 시와의 연관성은 물론, 어촌만이 독특하게 해석해낸 자연물의 의미를 살펴봄으로써 그가 자연을 바라보았던 작가 의식의 일단에 접근해보고자 한다.

2. 관습적 관념 대상의 현실화

한시에 등장하는 생물들은 일반적으로 시공간적 배경이나 관념적 대상으로 사용된다. 예컨대, 소나무와 측백나무를 의미하는 '송백(松柏)'은 상록수(常綠樹)이기 때문에 '굳은 절개(節槪)'나 '장수(長壽)'를 상징하는 식이다. 이러한 예는 이루 헤아릴 수 없이 많으며, 이는 압축미와 절제미를 중시하는 한시의 효과적인 표현 수단으로 오랜 세월 사용되어 왔다.

어촌의 시 작품들에도 소나무[松], 가래나무[楸·梓], 오동(梧桐), 대나무[竹], 버드나무[柳], 가시나무[棘], 기러기[雁·鴻], 학(鶴), 두견(杜鵑), 까마귀

[烏], 매화(梅花) 등 주변에서 쉽게 볼 수 있는 매우 다양한 동식물이 소재로 사용되었다. 물론 그 상징성도 기존의 관습적 틀에서 크게 벗어나지 않고 있다. 주목할 점은 이들 가운데 그 관념적 성격에서 벗어나 실생활과 밀접하게 결부되어 구체성을 획득하는 자연물들이 등장한다는 사실이다.

뉘 집에 앙마라 이름하는 기구가 있는가?
훤칠한 머리와 꼬리는 길고 둥글다.
배는 느릅이나 대추나무로, 등은 오동으로 만들었는데
이를 보니 키가 작은 것이 엎어놓은 기와와 같도다.
아침저녁으로 동서로 오가도 여윌 줄을 모르고
백한에 일두라도 굶주린 적이 없도다.
농가에서는 이 물건을 가장 요긴하게 쓰는데

(수가유기명앙마)誰家有器名秧馬
(헌앙수미기차타)軒昻首尾頎且橢
(복위유조배추동)腹爲楡棗背楸桐
(견지패왜여복와)見之罷矮如覆瓦
(동조서모부지수)東朝西暮不知瘦
(백한일두하상기)百䭕一豆何嘗飢
(전가차물최절용)田家此物最切用[3]

이상은 어촌이 홍문관(弘文館)에서 월과(月課)로 지은 〈속앙마가(續秧馬歌)〉의 1~7행이다. 이는 농기구 중 '앙마'를 묘사한 부분인데, 앙마는 사람이 두 다리가 편안하도록 배처럼 타고 모내기에 사용하는 도구이다. 송(宋)대에 출현하여 전문적으로 물벼를 옮겨심기 위해 설계·제조되어 나온 농기구이

---

3 『국역 어촌집(國譯 漁村集)』 제1권, 강릉문화원(江陵文化院), 2006, 54쪽.

다. 이 시에 등장하는 느릅나무, 대추나무, 오동나무는 기존의 시적 관습에 의한 상징성에서 탈피하여 앙마의 재료로 현실화되었다.

우선 느릅나무는 자신의 몸 상태에 따라 일정하게 자라는 고정생장(固定生長) 나무로서 더디게 자라는 대신 단단한 성질을 지녔기 때문에 예로부터 배를 만드는 재료로 사용되었다. 느릅나무를 의미하는 '유(楡)'자의 음(音)부분 자체가 카누[canoe] 같은 작은 배인 '마상이'를 의미한다.[4] 앙마의 형태도 배[舟] 모양이고, 그 배[腹] 부분을 만드는 재료로 느릅나무를 사용한 것은 우연이 아닌 것이다.

또한 느릅나무는 외부의 침입을 막는 울타리로도 사용했다. 특히 중국의 경우, 변방의 요새지에 흙 외에도 나무를 사용해 담을 쌓았는데, 이때 사용한 나무가 바로 느릅나무이다. 이처럼 느릅나무로 만든 울타리를 '유새(楡塞)'라 하는데, 느릅나무로 변방을 지킨다는 의미에서 유새는 변방의 요새를 뜻하기도 한다. 이러한 점을 염두에 두면, 어촌이 "한밤 중 변방에 내리는 비 느릅나무 잎 떨구고"[5]라 노래했던 것도 느릅나무가 변방과 관련 깊다는 까닭이 있었던 셈이다.

한편, 느릅나무는 나무껍질이 이뇨(利尿) 등에 주요 약재였던 까닭에 예로부터 마을 주변에 많이 심어 흔히 볼 수 있는 나무이다. 따라서 껍질이 흰 느릅나무를 의미하는 '분(枌)'자와 합해 '분유(枌楡)'라고 하면 이는 '고향'을 의미하기도 한다.

대추나무 역시 매우 단단하기 때문에 목판(木版)이나 창을 만드는 등 다양한 목재로 사용되었고, 특히 벼락 맞은 대추나무는 '벽조목(霹棗木)'이라 하여 이것으로 부적을 만들어 차고 다니면 사악한 잡귀를 물리쳐 나쁜 일을 당하지 않는다고 여겼다.

또 열매인 대추는 원래 중국에서 밤[栗]과 함께 '빨리 임신을 하다[早立

---

4 강판권 지음, 『나무열전』, 글항아리, 2007, 204~205쪽.

5 『어촌집』 제5권 〈황숙공에게 부치다(기황숙공-寄黃叔貢)〉 중 11행 "삼경새우황유락(三更塞雨黃楡落)" 『國譯 漁村集』, 江陵文化院, 2006, 326쪽.

子]'라는 의미를 지닌 것이었다. 그 이유는 대추를 뜻하는 '조(棗)'자가 이를 '조(早)'자와 발음이 같고, 밤을 뜻하는 '률(栗)'자는 설 '립(立)'자와 발음이 같으며, '자(子)'자는 열매를 의미하므로 서로 동일시했기 때문이다. 우리나라는 한자 독음(讀音)이 중국과 달라서 그 원리를 상실했기 때문에 대추는 아들로, 밤은 딸로 그 의미가 퇴색되었지만, 지금도 혼례 중 폐백(幣帛) 때 신부에게 대추와 밤을 던져 주는 행위에 그 의의가 잔존한다.[6] 아울러 대추는 많이 열리는 속성 때문에 자손의 번성을 상징한다고 여겨 제사상에 올리기도 한다.

오동나무의 주요 쓰임새가 거문고 재료임은 주지의 사실이다. 따라서 북송(北宋)대 강서시파(江西詩派) 시인인 진사도(陳師道, 1053~1101)의 시구[人生亦何須 有酒與桐君]에서 유래해 거문고는 '동군(桐君)'이라 일컫기도 한다. 이외에도 실생활에 쓸모가 많아 딸에게 농을 만들어 시집보내기도 했고, 재질이 무르기는 하지만 '동관(桐棺)'을 만들기도 했으며, '동장(桐丈)'을 만들어 모친(母親)이 돌아가셨을 때 사용하기도 했다. 오동나무는 다른 나무보다 부드러워 음(陰)을 상징하고 음양사상에서 여성은 음에 해당하기 때문이다.

이와 같이 느릅나무, 대추나무, 오동나무는 시 속의 관념적 대상이기에 앞서 민중의 삶과 밀접한 연관을 맺고 있던 친숙한 자연물이다. 이상의 시를 참고할 때, 어촌은 평소 예리한 관찰력으로 앙마에 사용된 목재의 종류까지 관심을 갖고 세심하게 살폈음에 틀림없다. 아울러 현실화된 자연물을 활용한 농기구를 통해 당대 서민의 생활상을 보여줌으로써 구체화된 시적 현실성을 담보하고 있다. 즉, 어촌에게 자연은 도학자(道學者)의 머릿속에 내재한 관념 세계가 아니라 삶 그 자체였던 것이다. 이처럼 어촌의 치밀한 관찰력에 입각한 현실성은 쉽게 보아 넘길 수 있는 자연물에 새로운 의미를 부여하기도 한다.

---

6 조용진, 『동양화(東洋畵) 읽는 법』, 集文堂, 2007, 38쪽.

(가) 송라로 승의(僧衣)를 만들고 풀로 건을 만드니
떨쳐버린 포부는 육진을 진정시키도다.

(송라위납초위건)松蘿爲衲草爲巾
(두수금기정육진)抖擻襟期靜六塵[7]

(나) 부모님 슬하에서 숙수를 마음에 품고
선영의 소나무 넝쿨 생각하니 눈물이 나네.

(고당회숙수)高堂懷菽水
(선롱읍송라)先隴泣松蘿[8]

(가)는 〈호음의 시를 차운하여 조상인에게 드리다(차호음운 증조상인-次湖陰韻贈祖上人)〉의 기(起)구이고, (나)는 길주(吉州)에 있던 문중에게 준 〈문중과 이별하며 드리다(증문중령공위별-贈文仲令公爲別)〉 두 수 중 첫째 수의 43, 44행이다.

두 시에 공통으로 등장하는 '송라'는 '소나무 겨우살이'이다. 송라는 우리나라 북부 산악지역의 침엽수가 많은 곳에 덩굴로 흔히 자라는 기생식물이며, 뛰어난 살균작용 때문에 줄곧 한약재로 애용되어온 식물이다.[9] 그런데 이상과 같이 어촌의 시에서 송라는 의복의 재료로 탈바꿈하는 한편, 그리운 고향의 심상을 대표하는 자연물로 사용되기도 한다.

(가)의 '육진'은 심성(心性)을 더럽히는 육식(六識)의 대상계(對象界). 곧, 육

7 『國譯 漁村集』 제2권, 江陵文化院, 2006, 130쪽.

8 『國譯 漁村集』 제5권, 江陵文化院, 2006, 351쪽.

9 "… 맛은 쓰고 달며 성질은 평하다. 간열을 내리우고 담을 삭이며 피나는 것을 멈추고 독을 푼다. 약리실험에서 살균작용을 나타낸다. 머리가 아프고 눈이 벌개지는 데, 기침, 학질, 외상성 출혈, 라력, 뱀에게 물린 데 등에 쓴다. 하루 6~9g을 달임약으로 먹는다. 외용약으로 쓸 때는 달인물로 씻거나 가루내여 바른다. 제약부문에서는 우스닌산을 뽑아서 살균약을 만들어 상처, 덴 데, 무좀, 땀띠 등에 바른다." 김동일 외, 『동의학사전(東醫學辭典)』, 여강출판사(驪江出版社), 1989, 577쪽.

식에서 생기는 '빛·소리·냄새·맛·감촉·법'의 여섯 가지 욕정(欲情)을 통틀어 이르는 말이다. 그리고 이것들에 더럽혀지지 않는 일을 '육근청정(六根淸淨)'이라고 한다. 여기에서 송라는 육진을 진정시키고 육근청정의 경지에 도달할 수 있는 계기로 작용하고 있다. 즉, 어촌은 소박한 삶이나 초야(草野)에 묻혀 지내는 선비를 가리키는 데 관습적으로 사용되는 '갈건포의(葛巾布衣)' 대신에 송라를 사용함으로써 시에 참신함을 더하고, 나아가 신의(新意)의 의의를 한껏 살리고 있다.

(나)의 '숙수'는 콩과 물로서 변변치 않은 음식을 상징하며, 인신(引伸)해서 청백하고 가난한 살림살이를 의미한다. 이와 함께 송라는 선영으로 표상되는 고향의 상징물로 활용되었음을 확인할 수 있다. 뒤에서 언술하겠지만, 이는 어촌의 시 세계에서 중요한 축을 담당하는 소재인 소나무와 결부되어 공간 심상을 확장시키는 데까지 나아간다.

3. 공간 심상의 확장

어촌의 시에 소재로 쓰인 생물 중 가장 많은 비중을 차지하는 것은 소나무와 가래나무이다.[10] 이들 자연물은 주변에서 쉽게 볼 수 있는 만큼 민초(民草)들의 삶과 깊이 관련되어 있으며, 실생활에 유용하게 사용되어 온 생

10 이에 못지않게 '가시나무'도 상당한 활용 빈도수를 보이는데, 이것이 상징하는 바, 부정적 심상에서 크게 벗어나지는 못하고 있다. 예를 들면, ① 무주공산(無主空山)같은 미약하고 슬픈 처지를 노래한 〈평구 땅 희백강 정자에서 묵다(숙평구희백강정(宿平邱希白江亭))〉의 기(起)구인 "동자개연정자수(動者皆然靜者誰)(움직이는 건 다 그러니 고요한 건 누구인가?) 임천무주단봉자(林泉無主但蓬茨)(임천에 주인 없어 쑥과 가시나무뿐이로다.)" ② 혼탁한 세상에 쓰임 받지 못함을 한탄한 〈헤어지며 최생에게 주다(증최생 위별(贈崔生 爲別))〉의 전(轉)구인 "타생수탁세(唾生羞濁世)(흐린 세상에서 탐욕은 부끄러운 것) 도경좌고재(道梗坐高才)(가시나무 자리에 덕 높은 인재가 앉아있네.)" ③ 〈밤에 경원 객관에 앉아서 짓다(경원객관 야좌(慶源客館 夜坐))〉의 전(轉)구인 "금애수양안형양(禽愛隨陽雁衡陽) 기러기 따르는 날짐승 좋아하고) 충증지극승(蟲憎止棘蠅)(가시나무에 모여드는 파리 멈추게 하는 벌레를 증오하네.)" 등이다. 『國譯 漁村集』 제3권/제4권/제5권, 江陵文化院, 2006, 177쪽/227쪽/309쪽.

활형 소재들이다. 하지만 어촌에게 이들은 단순한 자연물의 차원을 넘어서 늘 고향 그 자체이거나 고향을 떠올리게 하는 매개로 작용한다.

(가) 고향의 소나무 가래나무는 때 묻고 마을은 황폐한데
흰 돌과 맑은 강은 바닷가에 있네.

(고산송재년황촌)故山松梓涊荒村
(백석청강방해문)白石淸江傍海門[11]

(나) 꿈은 소나무 가래나무를 헤매는데 남쪽 끝은 멀고
혼은 관산에서 끊어지고 북방은 어둡도다.

(몽미송재남유원)夢迷松梓南維遠
(혼단관산삭토유)魂斷關山朔土幽[12]

(다) 산이 비었는데 누가 역산이라 부를까?
척박한 땅이라 소나무도 자라지 않네.

(산공수호력)山空誰號櫟
(지척불생송)地瘠不生松[13]

(가)는 〈윤형중 구의 시를 차운하다(차윤형중구운-次尹亨仲衢韻)〉의 기(起)구와 승(承)구이고, (나)는 함경감사가 되어 관아에서 죽은 서지를 애도한 〈감사

11 『國譯 漁村集』 제1권, 江陵文化院, 2006, 56쪽.
12 『國譯 漁村集』 제1권, 江陵文化院, 2006, 97쪽.
13 『國譯 漁村集』 제5권, 江陵文化院, 2006, 313쪽.

서지를 애도하다(서감사사만사-徐監司社輓詞)〉 두 수 중 첫째 수의 전(轉)구이며, (다)는 〈회령 역산역의 시를 차운하다(회령력산역 차운-會寧櫟山驛 次韻)〉의 승(承)구이다.

(가)에서는 때 묻은 소나무와 가래나무처럼 비록 고향은 예전과 달리 쇠락했지만, 고결한 마음만은 잃지 않으려는 굳은 의지를 선명하게 대비시키고 있다. (나)에는 객지에서 생사를 달리한 동료 지방관의 죽음을 슬퍼하는 가운데, 꿈속에서나 가볼 수 있는 머나먼 고향에 대한 애틋함이 배어있다. (다)에서 소나무는 역산이라는 호칭과 달리 상수리나무[櫟]조차 자라지 않는 척박한 변방의 공간 심상을 구축하는데 활용되었다. 역시 고향에서 흔히 보아온 나무라는 점에서 이 시의 소나무도 고향을 상징하는 소재로 사용되었다고 하겠다.

소나무는 오랜 세월 우리 민족에게 식품이자 땔감이었고 숭배의 대상[14]이었다. 따라서 그 역사만큼이나 다양한 상징성을 내포하고 있다. 우선 소나무는 그 강인한 생명력이 인간의 간절한 희구와 결부되어 '장수(長壽)'를 상징한다. 이는 불로장생을 상징하는 '십장생(十長生)'에 나무로는 유일하게 소나무가 포함된 것을 보아도 확인할 수 있다.

또한 『논어(論語)』 「자한(子罕)」 편에서 공자(孔子)는 '날씨가 추워진 뒤에야 소나무와 측백나무가 뒤늦게 시듦을 안다.'[15]고 하였다. 이는 위급한 상황에 처해야 비로소 그 인간의 진면목이 드러난다는 뜻이고, 여기에서 소나무는 그 상록성(常綠性)에 기인하여 굽히지 않고 변치 않는 '절개'를 의미한다.

아울러 당(唐)대 시인 부재(符載)가 〈식송론(植松論)〉에서 '소나무야말로 명당(明堂)의 기둥감이요, 큰 집의 대들보감이 되니, 나무 가운데 나무다.'라고

---

14 천여 평의 땅을 소유해 세금 내는 소나무로 유명한 경상북도 예천의 수령 600세의 소나무인 '석송령(石松靈)'이나 스스로 가지를 들어 올려 세조의 가마를 지나가게 해서 벼슬을 받았다는 속리산 입구의 '정이품송(正二品松)' 등이 대표적이다. 강판권 지음, 『어느 인문학자의 나무 세기』, 지성사, 2002, 227쪽.

15 "자왈 세한연후에 지송백지후조야(子 | 曰 歲寒然後에 知松栢之後彫也 |)니라" 김혁제(金赫濟) (교열)校閱, 『논어집주(論語集註)』, 명문당(明文堂), 1976, 182쪽.

예찬했듯이 소나무는 대형 건축물의 대들보로 사용되었다는 데서 곧잘 '인재(人材)'를 상징한다.[16] 뿐만 아니라 솔잎은 두 개가 한 엽초[입자루] 안에서 나고, 말라 떨어질 때에도 하나로 최후를 마감한다는 데 착안해 '백년해로(百年偕老)' 내지는 '완전무결한 부부애'의 상징으로 여기며, 이를 따라 소나무를 '음양수(陰陽樹)'라 부르기도 한다.

가래나무 역시 소나무만큼이나 동아시아 사회에서 그 애용의 흔적이 길며, 특히 최고급 관재(棺材)로 많이 사용되었다. 예컨대, 2천여 년 전 미라[mirra]가 출토되어 유명해진 중국 호남성(湖南省) 장사(長沙) 마왕퇴(馬王堆) 고분의 목곽(木槨)은 넓은잎삼나무[廣葉杉] 재질이고, 목관(木棺)이 바로 가래나무 재질이다.[17] 우리나라에서도 가래나무로 관을 만들기는 했지만, 대부분은 느티나무와 소나무를 사용했다.

가래나무를 의미하는 한자인 '재(梓)'의 음(音)부분은 '재(宰)'와 통하여 일반적으로 '우두머리'나 백관(百官)의 우두머리인 '재상(宰相)'을 상징한다. 따라서 가래나무로 천자(天子)의 관을 만들면 '재궁(梓宮)' 혹은 '재구(梓柩)'라 하며, 따라서 자연스럽게 가래나무는 온갖 나무의 우두머리 자격을 획득하게 된다. 목수의 우두머리인 도편수를 재인(梓人)이라 일컫는 것도 이와 같은 맥락 때문이다.

아울러 문서 출판을 '재행(梓行)' 또는 '상재(上梓)'라 하는데, 국가에서 중요한 서적을 대량으로 출판하는 데 판목으로 가래나무를 즐겨 사용했던 데서 유래한 말이다. 이처럼 가래나무는 중세 문자와 지식의 보급에도 중요한 역할을 담당했다.

어촌의 시에 이들 나무가 빈번하게 사용된 것은 관습적 상징성의 영향 외에도 소나무의 변치 않는 성질과 가래나무의 유용한 쓰임새에 주목했던 어촌의 삶에 대한 깊은 관심이 큰 비중을 차지했기 때문이라고 할 수 있다. 그

16 임경빈 글·사진, 『소나무』, 대원사, 1995, 31쪽.

17 박상진 지음, 『역사가 새겨진 나무이야기』, 김영사, 2004, 79쪽.

리고 언제나 친근한 예전의 기억 그대로 나를 맞이해주는 공간인 고향의 심상으로 이들 자연물을 환치(換置)시켰다고 할 수 있다.

한편, 어촌의 시에는 소나무와 가래나무가 '송추(松楸)'라는 관습적 표현을 이루어 함께 사용되는 경우도 있다. '추(楸)'의 정체성[18]에 대한 면밀한 고찰이 필요하기는 하지만, 이 경우 역시 소나무와 가래나무를 통해 고향이라는 공간으로 심상의 확대가 이루어진다.

(가) 백장 송추에 재수를 보니 슬펐고
　　십년 여곽의 어머니 부엌살림이 슬펐도다.

　　(백장송추비재수)百丈松楸悲梓樹
　　(십년려곽탄자주)十年藜藿歎慈廚[19]

(나) 다른 날 병약한 몸 던져 둔 땅바닥에는
　　경호 서쪽 언덕에 송추가 빽빽하리.

　　(타일잔해투조지)他日殘骸投厝地
　　(경호서안울송추)鏡湖西岸鬱松楸[20]

(가)는 〈효옹의 연세 높으신 부모님을 뵙고, 감회가 있어서 이 시를 지어

---

18 '추(楸)'는 일설에 '개오동나무'라고 하는데, 유희(柳僖, 1773~1837)의 『물명고(物名考)』에는 "엽대이피작(葉大而皮皵), 수유행렬(樹有行列), 직용가애(直聳可愛). ○『동의(東醫)』급(及)『시경(詩經)』개이추위(皆以楸爲)가ᄅᆡ. 아국지소어물명류(我國之疏於物名類), 다여시(多如是), 가참야(可慚也)."라 하였고, 『광재물보(廣才物譜)』에도 "ᄀᆞᄅᆡ나무. 사재이목리적(似梓而木理赤)."이라 하였다. 이 글에서는 일단 이들 견해에 따라 '추'를 '가래나무'로 보기로 한다. 정량완(鄭良婉) 외, 『조선후기한자어휘검색사전(朝鮮後期漢字語彙檢索辭典)』 II, 한국정신문화연구원(韓國精神文化研究院), 1997, 572쪽.

19 『國譯 漁村集』 제1권, 江陵文化院, 2006, 62쪽.

20 『國譯 漁村集』 제6권, 江陵文化院, 2006, 379쪽.

효옹에게 부치다(견효옹상수쌍당 유감이작 기효옹-見孝翁上壽雙堂 有感而作 寄孝翁)〉의 전(轉)구이고, (나)는 〈여름밤 홀로 앉아 있으니 느낌이 있어 짓다(하야 독좌유감-夏夜 獨坐有感)〉의 결(結)구이다.

송추는 예로부터 선산(先山)에 많이 심었기 때문에 선영(先塋)을 의미한다. 그리고 이들 나무가 묘지에 많이 심는 나무인 데서, 무덤의 상징으로도 쓰인다. 특히 소나무를 무덤가에 많이 심었던 이유는 죽은 자의 뇌를 삼킨다고 믿어진 망상(罔象)이라는 전설적인 괴물이 소나무를 싫어한다는 전설 때문이었다.

한편, 앞서 언급했던 바대로 이들 나무는 관재(棺材)로도 유용하게 사용되었는데, 오동으로 만든 관은 약해서 경제적으로 여유가 있는 사람들은 소나무나 가래나무로 관을 만들기도 했다. 따라서 이들 자연물은 인간의 죽음과 밀접한 관련을 맺고 있다고 하겠다.

이상 두 시의 송추도 기본적으로 죽음의 심상을 내포하고 있다고 할 수 있다. (가)에서 송추는 언제일지 모르지만 죽음을 앞둔 노모(老母)와 그로 인한 상실감을 미리 연상케 하는 매개물로 사용되었다. (나) 역시 인생무상의 경지에서 언젠가 닥쳐올 죽음에 대한 의연한 자세를 그리고 있다. 그러나 이러한 심상의 귀착지는 언제나 고향이다. 선영이 있는 곳도, 내가 영면(永眠)할 곳도 결국 고향이기 때문이다. 이런 점에서 어촌 시의 주요 소재인 송추는 의미의 이중성을 지닌 채 고향이라는 귀결점으로 그 공간 심상을 확장시키고 있다고 할 수 있다.

4. 우국애민(憂國愛民)의 매개(媒介)

어촌은 관찰사(觀察使)·절도사(節度使)·경변사(警邊使) 등의 신분으로 지방에 나간 경우가 매우 많고, 이때마다 창작한 작품들을 독립된 시고(詩稿)로 엮을 수 있을 만큼 많은 시를 남겼다. 이들 시편은 주로 부임지까지의 여정과 객지에서 느끼는 감회 등을 읊은 것인데, 우국의 마음과 객수가 잘 드러나 있으며, 어촌의 명편으로 꼽히는 것도 이들 작품이다.[21]

(가) 변방의 기러기가 바다 끝으로 날아가니
용천검으로 산을 깎아 평평하게 만들려네.

(안새요임청해진)雁塞遙臨靑海盡
(용천욕섬백산평)龍泉欲剡白山平[22]

(나) 기러기 어느 곳으로 바삐 날갯짓하는가?
멀리 변방으로 날아가겠지.

(소소하처안)翛翛何處雁
(요향새원비)遙向塞垣飛[23]

(다) 변방의 구름은 찬비를 몰고 오고
기러기는 바람 따라 멀리 날아가네.

(관운한대우)關雲寒帶雨
(새안원수풍)塞雁遠隨風[24]

(가)는 〈통군정에 올라 시를 차운하다(등통군정 차운-登統軍亭 次韻)〉 두 수 중

21 김은정, 「어촌(漁村) 심언광(沈彦光)의 생애와 시세계(詩世界)」, 『어촌 심언광 연구 총서』, 강릉문화원, 2010, 17쪽.

22 『國譯 漁村集』 제4권, 江陵文化院, 2006, 285쪽.

23 『國譯 漁村集』 제5권, 江陵文化院, 2006, 295쪽.

24 『國譯 漁村集』 제5권, 江陵文化院, 2006, 302쪽.

둘째 수의 승(承)구이고, (나)는 함경도관찰사 시절에 지은 〈8월 19일 사정전에서 임금께 하직인사 하고 짓다(팔월십구일 사정전사계-八月十九日 思政殿辭階)〉의 15, 16행이며, (다)는 〈용흥강을 건너다(도용흥강-渡龍興江)〉의 전구이다.

이상의 시들에서 확인할 수 있듯이 어촌의 시에서 변방을 상징하는 자연물로 자주 등장하는 대상은 기러기[雁]이다. 기러기는 인간의 생활과 직접적 관련은 적으나, 그 기질과 특성 때문에 문학적 소재로 차용되어 우리의 정서에 많은 영향을 주는 새이다. 예컨대, 명(明)대 학자 이시진(李時珍, 1368~1644)이 『금경(禽經)』을 인용해 『본초강목(本草綱目)』에 정리한 바에 따르면, 기러기는 4덕(四德)을 상징하는 날짐승이기도 하다.[25]

다른 한편으로 기러기는 애상(哀傷)의 정서를 이끄는 새이다. 즉, 하늘 멀리 무리지어 날아가는 기러기 떼는 멀리 떨어진 사람과 고향에 대한 그리움, 지나간 이별을 떠올리기도 하며, 때로 세월의 흐름과 인생무상의 고독한 감정을 불러일으키기도 한다.

또한 기러기는 가을에 왔다가 봄에 돌아가는 철새로서 가을철을 알려주는 새인 동시에 19년간 흉노(匈奴)에 억류되었던 한(漢)대 소무(蘇武, B.C.140~B.C.60)의 고사(故事)에서 유래해 소식을 전해주는 새로도 인식되어 왔으며, 암수의 의가 좋고 애정이 지극한 새로 알려져 있다. 따라서 혼례 때 신랑이 신부집에 살아있는 기러기나 나무로 만든 기러기[木雁]를 전하는 습속이 유래되었으며, 혼인예식을 '전안례(奠雁禮)'라 일컫기도 한다.[26]

어촌의 시에서 기러기는 이와 같은 상징성 중 주로 애상의 정서를 담고

---

25 "'안'(雁)은 네 가지 덕을 지녔다. 추우면 북쪽으로부터 남쪽으로 내려오고, 더우면 남쪽으로부터 북쪽으로 올라가니 그것은 '신'이다. 날 때에 차례가 있고, 앞에서 울면 뒤에서 응하니 그것은 '예'이다. 짝을 잃으면 거듭 짝하지 않으니 그것은 '절'이다. 밤이면 무리는 자더라도 한 놈은 돌아다니며 경계하고, 낮이면 '로'(갈대)를 물고, 줄 맨 주살(오늬에 줄을 매어 쏘는 화살)을 피하니 그것은 '지'이다.(안유사덕(雁有四德). 한즉자북이남(寒則自北而南) 열즉자남이북(熱則自南而北) 기신야(其信也). 비즉유서(飛則有序) 이전명후화(而前鳴後和) 기례야(其禮也). 실우부재배(失偶不再配) 기절야(其節也). 야즉군숙(夜則羣宿) 이일노순경(而一奴巡警) 주즉함로이피증격(晝則嗡蘆以避繒繳) 기지야(其智也).)" 정학유 지음/허경진·김형태 옮김, 『시명다식(詩名多識)』, 한길사, 2007, 374~375쪽.

26 구미래 著, 『한국인의 상징세계』, 교보문고, 1992, 233~241쪽.

있다고 할 수 있다. 중요한 점은 그 정서의 바탕에 우국애민의 마음이 전제로 자리매김 되어 있다는 점이다. 이는 여러 해 변방의 지방관을 지낸 어촌의 이력에 기인하기 때문이며, 다음과 같은 작품들에서 이러한 변별점을 구체적으로 확인할 수 있다.

(가) 만 리 밖 변방에 기러기 울음 슬프고
새벽녘 차가운 달빛 처마 기둥을 비추네.

(만리애홍명해요)萬里哀鴻鳴海徼
(오경한월조첨영)五更寒月照簷楹[27]

(나) 만 리 변방의 기러기 눈물 흘리고
새벽녘 변방 달빛 아픈 내 마음 알아주네.

(만리새홍공병루)萬里塞鴻工迸淚
(오경관월해상신)五更關月解傷神[28]

(다) 변방의 기러기는 눈물 흘리기를 잘 하였고
관외의 달은 슬픈 마음을 이해하도다.

(새홍공병루)塞鴻工迸淚
(관월해상신)關月解傷神[29]

---

27 『國譯 漁村集』 제5권, 江陵文化院, 2006, 311쪽.
28 『國譯 漁村集』 제5권, 江陵文化院, 2006, 314쪽.
29 『國譯 漁村集』 제1권, 江陵文化院, 2006, 97쪽.

(가)는 〈경흥 객관에 차운하다(차경흥객관운-次慶興客館韻)〉 두 수 중 둘째 수의 승(承)구이고, (나)는 〈영동역에서 장난삼아 짓다(영동역 희작-嶺東驛 戲作)〉의 전(轉)구이며, (다)는 〈감사 서지를 애도하다(서감사사만사-徐監司社輓詞)〉 두 수 중 둘째 수의 전(轉)구이다.

이상의 시들에서도 크기는 다르지만 큰 기러기[鴻]가 주요 소재로 활용되었다. 중요한 것은 이들이 단순히 애상의 정서를 드러내는 상징물이 아니라는 점이다. 즉, 울음 우는 기러기는 어촌의 슬픈 마음을 의탁(依託)한 자연물이기도 하지만, 그에 앞서 중앙 정부의 온정이 닿지 않는 궁벽한 변방에서 어렵고 고된 삶을 영위하는 백성을 상징한다고 할 수 있다.

(가)의 시가 달빛마저 차갑게 느껴지는 변방 백성의 슬픔을 표현하고 있다면, (나)에서는 이를 보고 마음 아파하는 어촌의 심회가, (다)에서는 인정(仁政)의 큰 포부를 채 펼치기도 전에 생을 마감해야 했던 동료 지방관에 대한 상실감이 무르녹아 있는 것이다.

기러기가 백성을 상징함은 『시경(詩經)』 「소아(小雅)」 〈홍안(鴻鴈)〉 편에서도 확인할 수 있다. 홍안 편은 주선왕(周宣王)의 덕을 기린 시들로 이루어져 있는데, 그가 흩어진 백성을 위로하고 편안히 살게 한 일을 담고 있다. 따라서 홍안은 재해(災害)와 병란으로 떠돌아다니는 백성을 의미하기도 한다.

우리나라 역사 기록 중 『삼국사기(三國史記)』 권(卷) 제23 「백제본기(百濟本紀)」 온조왕(溫祚王) 43년 9월 조(條)에도 이와 일맥상통하는 다음 내용의 기사가 실려 있다.

> 43년 … 9월에 큰 기러기 백여 마리가 왕궁에 모였는데, 이를 본 일관(日官)이 큰 기러기는 백성을 상징하는 것이니, 장차 먼 곳에서 귀순하여 오는 자가 있을 것이라고 해석했다. 그 해 10월에 남옥저(南沃沮)의 구파해(仇頗解) 등 20여 명이 부양(斧壤/平康)에 이르러 귀의(歸依)했

고, 왕이 이를 받아들여 한산(漢山) 서쪽에 안치했다.[30]

이상의 기록은 기러기가 통솔자를 중심으로 날아가는 모습이 마치 일사불란한 지휘체계를 갖춘 것처럼 보인데서 유래해 당시 사람들이 기러기를 백성의 상징으로 여겼으리라는 유추를 가능케 한다.[31] 즉, 기러기 떼의 맨 앞에서 길잡이 역할을 하는 기러기를 왕이나 관리로, 그 뒤를 따라오는 나머지 기러기 떼는 백성의 상징으로 간주했던 것이다.

따라서 변방의 목민관으로서 여러 해 복무한 어촌의 마음에 기러기는 이미 변방의 백성들로 각인되어 있었고, 이는 다시금 선정(善政)을 다짐하는 계기로 작용했을 것이다. 그리고 이와 같은 다짐은 궁핍한 민중에 대한 따뜻한 인정과 호연지기(浩然之氣) 충만한 진충보국(盡忠保國)의 한결같음으로 승화될 수 있었다.[32]

(가) 풍토병에 붉은 얼굴이 야위어지고
백성들 걱정에 흰머리만 늘어나네.
잔성에는 호랑이가 절반을 차지했고
독한 풍토병에 많은 민가가 걱정되네.
검은 인끈을 찬 관리는 병 고칠 재주 없어
백성들은 병이 나서 모두가 불행하네.
해골을 덮느라 들판에 울음소리 가득하고
격양가를 부르는 마을은 적네.

30 "사십삼년(四十三年), … 구월(九月), 홍안백여집왕궁(鴻鴈百餘集王宮), 일자왈(日者曰), 홍안민지상야(鴻鴈民之象也), 장유원인래투자호(將有遠人來投者乎). 동십월(冬十月), 남옥저(南沃沮), 구파해등이십여가(仇頗解等二十餘家), 지부양납관(至斧壤納款), 왕납지안치(王納之安置), 한산지서(漢山之西)." 김부식(金富軾)/이병도(李丙燾) 역주(譯註), 『삼국사기(三國史記)』 하(下), 을유문화사(乙酉文化社), 1983, 17쪽.

31 김종대 지음, 『우리문화의 상징세계』, 다른세상, 2001, 94~95쪽.

32 이한길, 「어촌 심언광의 한시 고찰」, 『어촌 심언광 연구 총서』, 강릉문화원, 2010, 78~79쪽.

(촉장주안감)觸瘴朱顔減

(우민백발가)憂民白髮加

(잔성분반호)殘城分半虎

(독려민천가)毒癘悶千家

(흑수무인술)黑綏無仁術

(창생진찰채)蒼生盡札瘥

(엄해다야곡)掩骸多野哭

(격양소촌가)擊壤少村歌[33]

(나) 북녘 땅 구름 없애려 호랑이 굴을 찾으니

여연 어느 곳에 오랑캐 사는 마을이 있을꼬?

… (중략) …

변방의 기러기는 찬비 속에서 울고

(욕소삭운탐호혈)欲掃朔雲探虎穴

(여연하처시호거)閭延何處是胡居

… (중략) …

(새안명한우)塞雁鳴寒雨[34]

(다) 머리가 세고서야 세상일 잘못했음을 후회하며

맨손으로 호랑이 때려잡은 몸 부끄럽네.

(백두이회감어사)白頭已悔泔魚事

33 『國譯 漁村集』 제5권, 江陵文化院, 2006, 350쪽.

34 『國譯 漁村集』 제4권, 江陵文化院, 2006, 264~265쪽.

(적수환수박호신)赤手還羞搏虎身[35]

(가)는 〈문중과 이별하며 드리다(증문중령공위별-贈文仲令公爲別)〉 두 수 중 첫째 수의 25~32행이고, (나)는 〈강계 인풍루에서 상국 허종이 머물렀을 때 지은 시에 차운하다(차강계인풍루운 허상국종류시-次江界仁風樓韻 許相國琮留詩)〉 세 수 중 7언 첫째 수의 결(結)구와 5언의 11행이며, (다)는 〈오대산에서 세 수재와 독서하던 때를 생각하다(억오대산독서삼수재-憶五臺山讀書三秀才)〉 세 수 중 둘째 수의 전(轉)구이다.

세 작품에는 공통적으로 호랑이[虎]가 등장한다. 호랑이는 앞서 언급한 소나무 못지않게 우리 민족과 불가분의 관계에 있는 동물이다. 경외(敬畏)의 대상이자 용맹함의 대명사인 호랑이는 우리의 단군신화(檀君神話) 뿐만 아니라, 중국 최고(最古)의 대표적 신화집으로 알려진 『산해경(山海經)』「해외동경(海外東經)」에도 다음과 같은 기록으로 전한다.

> 군자국이 그 북쪽에 있다. (그 사람들은) 의관을 갖추고 칼을 차고 있으며 짐승을 잡아먹는다. 두 마리의 무늬 호랑이를 부려 곁에 두고 있으며 그 사람들은 사양하기를 좋아하여 다투지 않는다. 훈화초(薰華草)라는 식물이 있는데 아침에 나서 저녁에 죽는다. 혹은 간유시의 북쪽에 있다고도 한다.[36]

최남선(崔南善, 1890~1957)은 군자국의 이러한 정경을 우리 민속 중의 산신(山神) 혹은 독성(獨聖)의 자태를 묘사한 것으로 보았다. 아울러 서진(西晉)대 진수(陳壽, 233~297)가 지은 『삼국지(三國志)』「위지(魏志)」〈동이전(東夷傳)〉에

---

35 『國譯 漁村集』 제10권, 江陵文化院, 2006, 589쪽.

36 "군자국재기북(君子國在其北). 의관대검(衣冠帶劍), 식수(食獸). 사이대호재방(使二大虎在旁), 기인호양부쟁(其人好讓不爭). 유훈화초(有薰華草), 조생석사(朝生夕死). 일왈재간유지시북(一曰在肝榆之尸北)." 정재서(鄭在書) 역주(譯註), 『산해경(山海經)』, 민음사(民音社), 1985, 252쪽.

도 '호랑이를 신으로 섬겨 제사를 지냈다[祭虎以爲神]'고 하여 삼한시대에 이미 호랑이를 신격화해서 섬겼던 민간신앙의 형태를 확인할 수 있다.

이처럼 호랑이는 민간신앙 뿐 아니라 용(龍)과 더불어 우리나라의 설화와 이야기, 그림과 조각 등의 미술 작품에 가장 많이 등장하는 동물이다. 그 모습은 주로 효자를 알아보는 영물(靈物), 보은담(報恩談)의 주체, 둔갑(遁甲)의 귀재(鬼才), 축귀(逐鬼)의 수호신 등으로 묘사되며, 희화화(戲畵化)되어 어리석게 희롱당하는 모습으로 그려지기도 한다.

그런데 앞에 제시한 어촌의 시에 묘사된 호랑이는 기존의 상징성에서 일탈해 물리쳐야할 대상으로 묘사되고 있다는 점이 독특하다. 즉, (가)의 호랑이는 장기(瘴氣)와 여기(癘氣)등 전염성을 지닌 풍토병과 함께 부단히 백성을 괴롭히는 호환(虎患)으로 묘사되었고, (나)와 (다)에서는 오랑캐처럼 백성들의 삶을 피폐하게 만드는 부정한 세력으로 상징화되었다.

이와 같이 호랑이가 퇴치되어야할 대상으로 상징화된 예는 부산지역의 '수영들놀음[水營野遊]'을 참고할 수 있다. 수영들놀음의 탈놀이 중 '사자마당'에서는 사자가 호랑이(혹은 담비)를 잡아먹는데, 이것은 사자에게 호랑이를 제물로 바친다는 의미로 여겨질 수 있다. 그러나 사자가 호랑이를 잡아먹는 과정을 보면, 호랑이는 잡귀나 병을 옮기는 역신(疫神)을 의미하고, 퇴치되어야 할 나쁜 존재이기 때문이기도 하다.[37] 어촌의 시에서도 호랑이는 퇴치해야할 부정적 대상으로 묘사되었는데, 그 이유는 호랑이가 어촌이 평생 추구했던 우국애민의 장애물이자 매개로 상징화되었기 때문이라고 할 수 있다.

37 여기에는 민간신앙과 관련된 몇 가지 전설이 뒤따른다. 첫째, 수영 동남쪽의 백산이 수영의 앞산임에도 불구하고, 그 형상이 마치 사자가 마을을 등지고 달아나는 모양이므로 그 사자신을 위로하기 위해 호랑이를 제물로 바치는 놀이라는 것. 둘째, 사자가 웅크리고 앉아 있는 형상인 백산의 사자신이 해안으로 침범하는 왜적을 물리쳐 수영을 수호하는 것을 상징하기 위해 사자가 호랑이를 잡아먹는 놀이를 한다는 것. 셋째, 수영 근처에 호암(虎巖)이란 바위가 있는 탓으로 호환이 심하다고 믿고, 호랑이의 침입을 막기 위해 사자탈을 쓰고서 춤을 춘다는 것이다. 김종대, 앞의 책, 438~439쪽.

5. 맺음말

지식인의 처세(處世)를 지칭하는 말 가운데 '함로(銜蘆)'[38]라는 용어가 있다. '기러기가 갈대를 물고 난다.'는 의미이다. 이 말은 신중히 처신한다는 뜻도 되지만, 주로 난세(亂世)에 보신책(保身策)을 강구한다는 뜻으로 쓰인다. 어촌의 시 세계만 놓고 본다면, 그는 결코 이와 같은 명철보신(明哲保身)만을 추구한 지식인이 아니었다.

우선 어촌의 시 세계는 현실적이다. 농가에서 흔히 쓰는 농기구까지 세심하게 관찰하여 그 모양과 재료까지 자세히 밝혔을 정도이다. 물론 그도 봄이란 계절 심상을 나타낼 때에는 버드나무를, 고귀함을 표현할 때에는 학(鶴)을, 부정한 세력은 쥐[鼠]·참새[雀]·여우[狐] 등으로 자연물의 관습적 상징성을 활용했지만, 약재(藥材)로 친숙한 덩굴식물에서 소박한 의복의 심상을 새롭게 도출해낼 만큼 늘 현실성을 추구했다.

또한 소나무와 가래나무의 예에서 확인되듯이 마을이나 무덤 주변의 흔한 자연물을 시적 소재로 활용해 기존의 심상을 초월한 그리움의 공간으로 확장시키고 있다. 이를 통해 확보된 고향이라는 공간은 변방의 심상들과 맞물려 어촌의 우국애민적 가치관을 돋보이게 하고 있다.

따라서 이상의 특성을 종합해볼 때, 어촌에게 자연은 삶 자체로 인식되었다고 할 수 있다. 즉, 어촌은 주변에서 흔히 접할 수 있고 이용할 수 있었던 친근한 자연물 소재들에 신선한 의미를 부여하고자 부단히 노력함으로써 다른 시인들이나 작품들과 차별화될 수 있는 생기(生氣)를 획득하고 있다고 하겠다. 아울러 그 저변에는 늘 우국애민을 전제로 삼아 진정한 목민관이 되고자 했던 어촌의 웅대한 포부가 담겨 있다. 그러므로 시를 통한 어촌

---

38 옛날 중국에서 기러기들이 겨울을 나기 위하여 양자강(揚子江) 남쪽으로 날아올 때는 북쪽에서 잘 먹지 못했기 때문에 몸이 말라서 하늘 높이 날아오지만, 봄에 다시 날아갈 때에는 남쪽에 있는 동안 살이 쪄서 높이 날지 못했다. 이것을 이용하여 어부(漁夫)들은 그물을 치고 기러기 사냥을 하였는데, 기러기들은 이 그물에 걸리지 않도록 하기 위하여 갈대를 꺾어 가로로 입에 물고 날았다고 한다. 그러므로 '갈대를 물다'라는 말이 보신책을 강구한다는 뜻이 된 것이다. 조용진, 앞의 책, 64쪽.

의 자연 인식 속에는 스펙터클[spectacle]적 요소보다는 실제 생활이 가득 찬 세계, 서민의 고단한 삶을 적극 이해하고자 했던 지식인의 태도가 무르녹아 있는 것이다.

간혹 한 인간의 삶이 문학을 절대적으로 규정하는 사태가 벌어지곤 한다. 이 시대에 어촌은 적어도 문학이 삶을 규정하는 자유로움 속에 부활하기를 소망해본다. 어촌에 대한 문학적 연구는 이제 시작이다.

| 참고문헌

1. 논문

김은정, 「어촌(漁村) 심언광(沈彦光)의 생애와 시세계(詩世界)」, 『어촌 심언광 연구 총서』, 강릉문화원, 2010.

박영주, 「어촌 심언광 시세계의 양상과 특징」, 『어촌 심언광 연구 총서』, 강릉문화원, 2010.

이한길, 「어촌 심언광의 한시 고찰」, 『어촌 심언광 연구 총서』, 강릉문화원, 2010.

2. 단행본

강판권 지음, 『어느 인문학자의 나무 세기』, 지성사, 2002.

__________, 『나무열전』, 글항아리, 2007.

구미래 著, 『한국인의 상징세계』, 교보문고, 1992.

김종대 지음, 『우리문화의 상징세계』, 다른세상, 2001.

김혁제(金赫濟) 교열(校閱), 『논어집주(論語集註)』, 명문당(明文堂), 1976.

박상진 지음, 『역사가 새겨진 나무이야기』, 김영사, 2004.

임경빈 글·사진, 『소나무』, 대원사, 1995.

정재서(鄭在書) 역주(譯註), 『산해경(山海經)』, 민음사(民音社), 1985.

정학유 지음/허경진·김형태 옮김, 『시명다식(詩名多識)』, 한길사, 2007.

조용진, 『동양화(東洋畵) 읽는 법』, 집문당(集文堂), 2007.

C.A.S 윌리암스 지음/이용찬 외 공역, 『중국문화 중국정신』, 대원사, 1989.

3. 자료

『국역(國譯) 어촌집(漁村集)』 제1권, 강릉문화원(江陵文化院), 2006.

김동일 외, 『동의학사전(東醫學辭典)』, 여강출판사(驪江出版社), 1989.

『어촌 심언광 연구 총서』, 강릉문화원, 2010.

정량완(鄭良婉) 외, 『조선후기한자어휘검색사전(朝鮮後期漢字語彙檢索辭典)』 II, 한국정신문화연구원(韓國精神文化研究院), 1997.

03

어촌 심언광 영사시(詠史詩)에 나타난 역사인식과 삶의 지향

강지희 _한림대학교 기초교육대학 강사

이 글은 2012년 12월 7일(금) 강릉문화원에서 개최한 "제3회 어촌 심언광 전국학술세미나"에서 발표한 「어촌 심언광의 詠史詩에 대한 一考察」을 수정·보완하여 『漢文古典硏究』 제28집(한국한문고전학회, 2014. 6.)에 수록한 것이다.

1. 서언(緖言)

어촌(漁村) 심언광(沈彦光)(1487~1540)은 중종조의 명신으로, 과거에 급제하여 관직에 오른 후 삼사(三司)의 청요직(淸要職)을 두루 거치고 예문관 제학, 이조판서 등을 지냈다. 특히 그는 시문을 잘한다는 평을 얻어 1537년(중종 32) 명나라에서 사신 공용경(龔用卿)과 오희맹(吳希孟)이 황자(皇子)의 탄생을 알리고자 왔을 때 호음(湖陰) 정사룡(鄭士龍)과 더불어 관반사(館伴使)에 임명되었다. 사신을 접대하며 시를 수창(酬唱)하는 자리에서는 그의 민첩한 솜씨에 명나라 사신들이 모두 감탄할 정도로 그는 당대에 문재(文才)를 인정받은 시인이었다. 그럼에도 불구하고 그의 시문(詩文)이 그다지 주목받지 못한 이유는 중종조(中宗朝) 중반에 권력을 독점하여 수많은 옥사를 일으킨 김안로(金安老)(1481~1537)를 그가 조정에 끌어들인 일로 인하여 불명예스럽게 벼슬에서 물러났기 때문이었다. 김안로가 사사(賜死)당한 그 이듬해 심언광도 삭탈관직을 당하고 고향으로 돌아가 은거하였으며, 1538년 52세의 나이로 경호별업(鏡湖別業)에서 별세하였다.

그는 850수의 시 작품을 남겼고[1] 그 중 영사시(詠史詩)는 44수를 차지하는데, 그 중 「소군원」(昭君怨) 과 「심궁원」(深宮怨) 2수는 그가 함경도 관찰사로 재직하던 당시 쓴 『북정고』(北征稿)에 실려 있고, 나머지 42수는 『귀전록』(歸田錄)에 실려 있다. 『귀전록』은 1538년 2월에 파직되고 난 후 고향인 강릉으로 돌아와 지은 저작이다. 그 중에서도 영사시는 『귀전록』의 거의 마지막 부분에 실려 있으니, 어촌의 말년작이라고 할 수 있다.

영사시(詠史詩)는 시인이 역사 속에서 소재를 취하여 자기 자신의 사상이나 감정을 의탁하여 읊은 시를 말한다. 대개는 역사적 사실 또는 역사 속의 인물을 제재로 하여 쓰기 마련인데, 어촌은 주로 역사 인물을 소재로 하였

1 『韓國文集叢刊』 卷24에 『漁村集』이 수록되어 있다. 모두 13권으로 이루어져 있는데 詩가 850여 수이고, 文은 40여 편이다.

다. 영사시는 역사적인 사실 또는 역사 속 인물에 관한 사건들을 객관적으로 서술하고 단지 회고하는 정도에 그치는 경우도 있지만, 시인이 과거의 역사 사실을 주관적으로 재해석하고 평가하는 경우도 있다. 시인의 역사인식과 현실인식, 또한 삶의 지향을 구체적으로 드러내는 것은 후자의 경우이다.

『귀전록』을 보면 파직을 당하고 명예를 잃은 채 낙향해야만 했던 어촌의 참담한 심정이 첫 번째 수록된 시에서부터 드러난다.

새벽에 청문로를 나와서
채찍을 멈추고 자꾸만 고개를 돌려보네
남은 생애 고향으로 돌아감은
임금께서 변변치 못한 나를 버리셨음이라
곧은 도는 진실로 비방의 근원이요
헛된 명성은 재앙의 모태로구나
외로운 신하 아직 죽지 않았는데
시대의 그물망은 또한 넓고도 넓구나

효출청문로(曉出靑門路)
정편수루회(停鞭首屢回)
잔생환고토(殘生還故土)
성주기비재(聖主棄非才)
직도진참병(直道眞讒柄)
허명시화태(虛名是禍胎)
고신유불사(孤臣猶不死)
시망역회회(時網亦恢恢)[2]

2 沈彦光, 『漁村集』 卷10, 「缺題」. 이하의 시 번역은 『국역 어촌집』(정항교·최호·박도식·임호민 공역, 강릉문화원, 2006.)을 참조하되, 필요에 따라 필자가 일부 수정을 가하였다.

청문(靑門)은 한(漢)나라 장안성(長安城)의 동남문으로, 여기서는 한양의 대궐문을 가리킨다. 대궐문을 나서면서 자꾸만 고개를 돌리는 것은 그만큼 회한(悔恨)이 남아있음을 뜻한다. 직도(直道)와 허명(虛名)으로 인해 비방을 받고 재앙을 만난 시인은 여전히 자신을 옭아매는 세상의 그물이 한없이 넓은 것을 한탄한다. 임금에 대한 그리움, 진퇴(進退)를 적절하게 하지 못한 것에 대한 부끄러움, 가슴에 품은 포부를 다 펼치지 못한 것에 대한 애석함 등은 『귀전록』에 수록된 많은 시편들에서 어렵지 않게 발견할 수 있다.

어촌이 '의영사(擬詠史)'라는 제목 하에 쓴 40수의 영사시, 그리고 소무(蘇武)를 제재로 쓴 「북해목양」(北海牧羊), 상산사호(商山四皓)를 제재로 쓴 「상산채지」(商山採芝) 등은 모두 『귀전록』 말미에 실려 있다. 이 시편들은 그가 귀향 후에 느꼈던 복잡한 심경 속에서 지어진 것들로, 그 속에 담겨있는 역사에 대한 해석과 평가는 곧 어촌의 자기 인식, 삶의 지향, 세사(世事)에 대한 가치 판단 등을 드러낸다고 할 수 있다. 이 글에서는 『귀전록』에 수록된 영사시의 분석을 통해 어촌이 고향에 돌아온 후 지녔던 여러 가지 생각들을 읽어보고자 한다.

2. 역사에 대한 관심과 영사시

젊은 시절부터 어촌은 역사서를 탐독하였던 것으로 보인다. 15세에 「승로반기」(承露盤記)를 주제로 한 향시(鄕試) 삼장(三場)에서 장원을 차지했고, 21세 때 「옥문관」(玉門關)시로 진사시에 입격하였으며, 45세에는 문신 정시(庭試)에 응시하여 수석을 차지했는데, 이 모두가 중국의 역사를 소재로 하여 쓴 작품들이다. 20대 때 그는 역사서를 섭렵하기 위해 일부러 작은 암자에 거처하면서 독서하는 시간을 보내기도 하였다.[3] 역사에 대한 관심은 말

---

3 『漁村集』 卷1에 수록된 시 「역사를 섭렵하려고 조산 작은 암자에 있으면서 자문에게 부치다[以獵史

년까지 지속적으로 이어져 그는 『귀전록』 말미에 42수나 되는 영사시를 남겼다. 그는 중국 역사상의 인물을 제재로 하여 영사시를 썼는데, 그 인물들의 역사적 성격을 정리해보면 다음과 같다.

번호	시 제목	시대 및 성격	역사적 사실
1	북해목양(北海牧羊) 소무(蘇武)	전한(前漢), 충신	흉노에게 잡혔으나 굴복하지 않고 절개를 지켜 귀국함.
2	상산채지(商山採芝) 상산사호(商山四皓)	진말한초(秦末漢初), 은사	진나라의 학정(虐政)을 피해 상산(常山)에 은거. 한 고조 때 산에서 내려와 태자 책봉에 관여.
3	의영사(擬詠史) -태공(太公)	은말주초(殷末周初), 공신	무왕(武王)을 도와 은나라를 멸망시키고 천하를 평정함. 제(齊)나라의 시조.
4	의영사(擬詠史) -이제(夷齊)	은말주초(殷末周初), 은사	무왕(武王)의 거사(擧事)에 반대하며 수양산(首陽山)에서 아사함.
5	의영사(擬詠史) -굴원(屈原)	전국(戰國) 초(楚), 충신	회왕(懷王)의 총애를 받았으나 정치적인 모함으로 인해 추방, 멱라강(汨羅江)에서 투신 자살.
6	의영사(擬詠史) -오원(伍員)	춘추(春秋) 오(吳), 충신	합려(闔閭)를 보좌하여 오나라를 강국으로 키우고 이어 부차(夫差)를 섬겼으나, 정치적 모함을 당해 자결.
7	의영사(擬詠史) -신생(申生)	춘추(春秋) 진(晉), 태자(太子)	헌공(獻公)의 비 여희(驪姬)의 이간질로 무고(誣告)를 당했으나, 진상을 따지지 않고 자결함.
8	의영사(擬詠史) -부소(扶蘇)	진(秦), 시황(始皇)의 장자	시황제가 죽은 뒤 호해(胡亥)와 이사(李斯), 조고(趙高) 등의 거짓 조서(詔書)를 받고 자살.
9	의영사(擬詠史) -몽념(蒙恬)	진(秦), 장군	흉노 정벌에 공이 있었는데, 시황제가 죽자 조고와 이사의 흉계로 투옥, 자살.

在助山小庵 寄子文」는 이 때 독서를 하면서 느낀 감회를 적은 것이다.

번호	시 제목	시대 및 성격	역사적 사실
10	의영사(擬詠史) -범증(范增)	초(楚), 모신(謀臣)	항우(項羽)를 제후의 패자(覇者)로 만드는 데 공이 있었으나, 의심을 받고 파면당함.
11	의영사(擬詠史) -사호(四皓)	진말한초(秦末漢初), 은사	수양산에 은거해 있다가 한(漢) 건국 후 장량(張良)에게 협조, 한(漢)의 세자를 정함.
12	의영사(擬詠史) -항적(項籍)	초(楚), 패왕(覇王)	재기(才氣)가 뛰어났으나 유방(劉邦)과의 싸움에서 패배, 오강(烏江)에 이르러 자결.
13	의영사(擬詠史) -외황아(外黃兒)	위(魏), 조왕(趙王)	장이(張耳). 항우에 의해 상산왕(常山王)이 되었으나, 훗날 유방에게 자진 투항, 조왕(趙王)이 되었음.
14	의영사(擬詠史) -한신(韓信)	한초(漢初), 공신(功臣)	유방을 도와 한(漢) 건국에 공이 있었으나, 유방의 견제로 인해 죽임을 당함.
15	의영사(擬詠史) -장량(張良)	한초(漢初), 공신(功臣)	유방을 도와 한의 창업을 이루었지만, 공을 이룬 후에는 정치에 관여하지 않음.
16	의영사(擬詠史) -가의(賈誼)	한(漢), 충신	재주가 뛰어나 약관의 나이에 최연소 박사가 되었으나, 고관들의 시기로 좌천.
17	의영사(擬詠史) -예양(豫讓)	전국(戰國) 진(晉), 의사(義士)	주군인 지백(智伯)이 죽자 조(趙) 양자(襄子)를 죽여 보복하려 했으나 실패, 스스로 자결함.
18	의영사(擬詠史) -주운(朱雲)	한(漢), 직신(直臣)	권간(權奸)들의 사형을 주장하다 끌려나가게 되자 난간을 잡고 놓지 않아 난간이 부러짐.
19	의영사(擬詠史) -소망지(蕭望之)	한(漢), 충신	도덕주의적 입장에서 환관의 전횡을 막고 제도 개혁을 시도했으나, 모함을 만나 자살.
20	의영사(擬詠史) -왕가(王嘉)	한(漢), 직신(直臣)	애제(哀帝)의 잘못을 직간하였으나 받아들여지지 않아, 결국 감옥에서 피를 토하고 죽음.

번호	시 제목	시대 및 성격	역사적 사실
21	의영사(擬詠史) -마원(馬援)	후한(後漢), 장군	광무제(光武帝)의 신임을 받아 남방 정벌의 공이 있었으나, 비방과 모함을 만나 관직 박탈.
22	의영사(擬詠史) -공승(龔勝)	한(漢), 충신	왕망(王莽)이 집권한 후 벼슬을 주려 하였으나, 끝까지 거절하다 벽곡(辟穀)하고 죽음.
23	의영사(擬詠史) -설방(薛方)	한(漢), 의사(義士)	왕망이 신(新)나라를 세운 후 그를 등용하고자 하였으나 끝까지 거절함.
24	의영사(擬詠史) -양웅(揚雄)	한(漢), 문신	문장력이 뛰어났으나 왕망이 정권을 찬탈한 후 그에게 협조함.
25	의영사(擬詠史) -양진(楊震)	후한(後漢), 직신(直臣)	개결(介潔)한 성품으로 관서(關西)의 공자(孔子)로 불렸으나 환관들에 의해 파면, 낙향 후 자살함.
26	의영사(擬詠史) -신도반(申屠蟠)	후한(後漢), 은사(隱士)	학문에 뛰어났으나 나라가 혼란해질 기미를 알아차리고, 벼슬에 응하지 않은 채 은거함.
27	의영사(擬詠史) -양표(楊彪)	후한(後漢), 모신(謀臣)	동탁(董卓)의 잔당들을 이간시켜 자멸하게 하고, 헌제(獻帝)로 하여금 조조(曹操)를 불러들이게 함.
28	의영사(擬詠史) -장홍(臧洪)	후한(後漢), 충신	예전에 섬겼던 장초(張超)가 조조군에게 포위되자 주군인 원소(袁紹)에게 구원병 요청, 거절당하자 반기를 들었고 끝까지 저항하다 처형당함.
29	의영사(擬詠史) -제갈량(諸葛亮)	삼국(三國) 촉한(蜀漢), 모신(謀臣)	유비(劉備)를 도와 조조(曹操)를 물리치고, 유비가 죽은 후 그 아들 유선(劉禪)을 끝까지 보좌하다 병사.(病死)
30	의영사(擬詠史) -도잠(陶潛)	동진(東晉), 은사	명문가의 출신으로 팽택현령(彭澤縣令)에서 사임한 후 관계(官界)에서 나가지 않고 전원(田園)에서 생을 마침.
31	의영사(擬詠史) -도잠(陶潛)	남조(南朝), 문신	문명(文名)이 있었으며, 송·제·양(宋·齊·梁) 삼대에 걸쳐 벼슬을 함.

번호	시 제목	시대 및 성격	역사적 사실
32	의영사(擬詠史) -심약(沈約)	남조, 문신	시문으로 당대에 이름을 떨쳤으며, 송·제·양(宋·齊·梁) 삼대에 걸쳐 벼슬을 함.
33	의영사(擬詠史) -심유지(沈攸之)	남조(南朝), 충신	송(宋) 명제(明帝)의 유지(遺志)를 받들어 후폐제(後廢帝)를 죽인 소도성(蕭道成)을 토벌하려 했으나 실패하고 자살함.
34	의영사(擬詠史) -곡율광(斛律光)	북제(北齊), 충신	북주(北周)와의 전투에서 큰 공을 세웠지만, 북주의 장군 위효관(韋孝寬)이 퍼뜨린 요언(謠言)으로 말미암아 모반죄에 걸려 멸족 당함.
35	의영사(擬詠史) -위징(魏徵)	당(唐), 직신(直臣)	당 태종에게 중용되었으며 직간(直諫)으로 유명함.
36	의영사(擬詠史) -장구령(張九齡)	당, 직신	현종(玄宗) 때의 재상으로, 안록산(安祿山)의 모반을 경계하여 주청하였으나, 이림보(李林甫)의 미움을 받아 좌천당함.
37	의영사(擬詠史) -적인걸(狄仁傑)	무주(武周), 직신	칙천무후(則天武后) 아래서 재상을 지내며 정치를 쇄신하여 무주(武周)의 치(治)을 이끌었음.
38	의영사(擬詠史) -오왕(五王)	당(唐), 명신	환언범(桓彦范), 경휘(敬暉), 장간지(張柬之), 최현위(崔玄暐), 원서기(袁恕己). 무주(武周)가 막을 내린 후 이당(李唐)을 중흥시킨 공이 있었지만, 위황후(韋皇后)에게 밀려 울분 속에서 죽음.
39	의영사(擬詠史) -악비(岳飛)	남송(南宋), 충신	금나라와의 전투에서 전공을 올렸지만 진회의 모략에 걸려 누명을 쓰고 투옥, 살해됨.
40	의영사(擬詠史) -문천상(文天祥)	남송(南宋), 충신	수도가 원군에 의해 함락된 후 근왕군을 일으켜 대항, 원 세조의 회유를 끝까지 거절하다가 사형 당함.

번호	시 제목	시대 및 성격	역사적 사실
41	의영사(擬詠史) -육수부(陸秀夫)	남송(南宋), 충신	익왕(益王), 위왕(衛王)을 옹립하고 송나라 왕실을 지키려 애씀. 원군의 공격을 받자 위왕을 업고 바다로 투신.
42	의영사(擬詠史) -장세걸(張世傑)	남송(南宋), 충신	육수부가 투신한 후 원군(元軍)에게 결사적으로 대항하다 배가 침몰하여 죽음.

위의 표에서 보는 바와 같이 시의 제재가 된 인물들은 충신이 대다수이고, 그 외에 모신·명신·공신·직신·은사·태자·패왕 등으로 다양하다. 전체적으로 볼 때 어촌은 임금을 위해 또는 주군을 위해 목숨을 바치며 끝까지 싸웠던 충신들에게 가장 많은 분량을 할애하였으며, 임금을 잘 보좌한 현명한 재상·모신 등에 대해서도 긍정적인 평가를 내렸다. 그러나 공을 세우고도 억울하게 죽음을 당하거나, 은거의 삶을 버리고 현실 정치에 참여했지만 그 결과가 좋지 않았던 경우도 들어서 감계(鑑戒)를 삼고 있다. 또한 자신의 재주를 의지하여 시류에 따라 기회를 타면서 여러 임금을 섬긴 문신들에 대해서는 자못 비판적이었다. 이제 어촌의 영사시에 구현된 다양한 인물들의 양상들을 구체적으로 살펴보기로 한다.

3. 영사시(詠史詩)의 제양상(諸樣相)

1) 절의(節義)의 표창(表彰)

어촌의 영사시에는 실로 많은 충신(忠臣)들이 등장한다. 그 중에는 적의 회유와 설득에도 끝까지 의리를 지켜 마침내는 그에 대한 보상을 받은 이도 있지만, 대개는 뜻을 굽히지 않고 장렬하게 죽음을 맞이하였다. 소무(蘇武)의 경우, 흉노에게 항복하지 않고 끝까지 절개를 지키다 귀국할 수 있었는데, 그 후 한(漢) 선제(宣帝)의 옹립에 가담하여 그 공을 인정받아 관내후(關內侯)에 봉해졌다. 어촌은 북해(北海)에서 양을 치던 소무를 떠올리면서 다음과 같은 시를 지었다.

「**북해목양(北海牧羊)**」
흰 눈과 두꺼운 얼음으로 손가락 떨어져나가는 추위라
십년 동안 완전한 절의 무엇보다 어려웠으리
무릉에서 언젠가 떨어지는 눈물을 참을 것이니
한 조각 붉은 내 마음 알아주시리라

백설현빙타지한(白雪玄氷墮指寒)
십년완절최간난(十年完節最艱難)
무릉타일감수루(茂陵他日堪垂淚)
긍식오심일촌단(肯識吾心一寸丹)

소무는 한 무제의 명을 받고 흉노 지역에 사신으로 갔는데, 이 때 흉노의 우두머리인 선우(禪于)에게 붙잡혀 복속할 것을 강요당하였다. 그가 굴복하지 않자 선우는 그를 북해[바이칼호] 부근에 19년 간 유폐시켰는데, 그곳에서 소무는 양치기를 하며 긴 세월을 견뎌야 했다. 흉노에게 이미 항복한 과거의 동료 이릉(李陵)이 그를 설득하려 했지만 그는 끝내 절개를 지켰고 결국 한나라로 돌아올 수 있었다. 위에 인용한 시 기구(起句)와 승구(承句)에서는 소무가 흉노의 땅에서 겪었던 어려움을 말하고 있다. 전구(轉句)와 결구(結句)에서는 살아서 돌아간 훗날을 소무의 입장에서 상상한 것인데, 언젠가 무릉(武陵)에 있는 한 무제의 묘를 찾아가 배알한다면 자신이 굳게 지켰던 충심(衷心)을 임금이 알아줄 것이라고 기대하였다.

절의를 지킨 충신으로서 어촌이 표창(表彰)하고자 했던 인물들은 소무 외에 공승(龔勝), 설방(薛方), 예양(豫讓), 장홍(臧洪), 심유지(沈攸之), 문천상(文天

祥), 육수부(陸秀夫), 장세걸(張世傑) 등을 들 수 있다. 이 중 소무와 설방을 제외하면 모두가 의리를 지키다 결국 비장한 죽음을 맞이하였다.

「공승(龔勝)」

광록으로 일찍이 한실의 신하가 되었으나
누가 인끈을 함부로 몸에 더할 수 있으랴
평생에 세운 절조 돌과 같이 견고하니
만승으로도 한 사람의 뜻을 끝내 빼앗기 어려웠네

광록증위한실신(光祿曾爲漢室臣)
수장인수만가신(誰將印綬謾加身)
평생식조견여석(平生植操堅如石)
만승종난탈일인(萬乘終難奪一人)

공승은 한나라 때 명예로 절개로 이름이 있었던 충신이다. 애제(哀帝) 때 광록대부(光祿大夫)가 되었는데, 왕망(王莽)이 정권을 잡자 사직을 청하였다. 왕망은 그를 등용하고자 하여 사자를 보내 여러 번 칙서(勅書)와 함께 인수(印綬)와 수레, 말 등을 하사했으나, 공승은 병을 핑계로 응하지 않았다. 그는 한나라에서 은혜를 입었기 때문에 두 성을 섬길 수 없다는 말을 하고서, 벽곡(辟穀)을 한 지 14일 만에 숨을 거두었다. 절의를 지키고자 고결한 죽음을 선택한 경우로 볼 수 있다.

「장홍(臧洪)」

한 편의 글로 공장의 마음을 부끄럽게 하였고
열사는 성을 지켜 여러 사람의 존경을 받네
다시 진용으로 하여금 같은 날 죽게 하였으니
충의로 사람을 깊이 감화시켰음을 비로소 알겠구나

일서능괴공장심(一書能愧孔璋心)
열사영성중소흠(烈士嬰城衆所欽)
갱사진용동일사(更使陳容同日死)
방지충의감인심(方知忠義感人深)

장홍은 후한 말의 정치가로 즉구현령(卽丘縣令)을 지냈으나, 영제(靈帝) 말년에 관직을 버리고 고향으로 돌아갔다. 훗날 그는 장초(張超)에게 재능을 인정받아 그를 주군으로 섬겼다. 그 후 원소(袁紹)의 휘하에 들어간 장홍은 청주자사(靑州刺史)가 되어 2년간 재임하였고, 다시 동군태수(東郡太守)가 되었다. 그런데 이전에 섬겼던 장초가 옹구(雍邱)에서 조조(曹操)의 군대에게 포위당했다는 소식이 들려왔고, 장홍은 병력을 빌려 구원에 나설 수 있도록 원소에게 부탁하였으나 거절당하였다. 장홍의 구원병만을 기다리던 장초는 결국 스스로 목숨을 끊었고, 이에 분노한 장홍은 원소에게 반기를 들었다.

원소는 군대를 일으켜 장홍을 포위하였으나, 해를 넘기도록 함락시키지 못했다. 원소는 진림(陳琳)을 시켜 항복을 권하는 편지를 써서 보내도록 했지만, 항복하지 않겠다는 장홍의 답장을 받았을 뿐이다. 위의 시 기구(起句)에 나오는 공장(孔璋)은 진림의 자(字)이다. 원소는 더욱 거세게 장홍을 공격하였고, 장홍은 죽음을 각오한 채 성을 지켰다. 그는 성 안의 주민들에게 탈출할 것을 권하였지만, 그들 모두가 장홍을 따르며 굶주림 속에서도 성을 떠나지 않았다. 오랜 전쟁 끝에 성은 함락되었고 결국 장홍은 원소에게 사로잡혔다. 원소는 애초에 장홍을 신임하였기 때문에 그를 용서하고자 했지만, 장홍은 절개를 굽히지 않아 끝내 처형당하고 말았다.

진용(陳容)은 서생일 때부터 장홍을 흠모하였고, 장홍이 원소 휘하에서 동군태수가 되자 그의 밑에서 승(丞)을 지낸 인물이다. 장홍이 처형당하게 되자 진용은 자리에서 일어나 원소에게 충의로운 자를 죽이는 것은 하늘의 뜻에 어긋난다고 항변하였고 이로 인해 장홍과 함께 처형당하였다. 진림은 건안칠자(建安七子)의 한 사람으로 문명(文名)을 날렸지만, 하진(何進)·원소(袁紹)

의 문서담당자를 거쳐 조조에게 투항한 기회주의자였다. 위의 시는 장홍과 대조적인 삶을 살았던 진림과 그의 절의를 본받고자 했던 진용을 함께 등장시켜 장홍의 충의를 더욱 드러내었다.

「심유지(沈攸之)」

원·유는 나라가 망하자 강개하나
소공이 발호하니 세를 감당하기 어렵네
장군은 선황과의 맹세 저버리지 않고
홀로 깊은 충정을 품고 옷깃을 가리키네

강개원류위국망(慷慨袁劉爲國亡)
소공발호세난당(蕭公跋扈勢難當)
장군부부선황서(將軍不負先皇誓)
독포심충지량당(獨抱深衷指裲襠)

위의 시는 남조(南朝) 송(宋)나라의 충신이었던 심유지의 일을 읊은 것이다. 첫 구에 나오는 '원유(袁劉)'는 원찬(袁粲)과 유병(劉秉)을 가리킨다. 송 명제가 죽음에 임해 어린 임금을 보좌하라는 유조(遺詔)를 이들에게 내렸는데, 소도성(蕭道成)이 송나라를 멸망시키고 제나라를 세우려 하자 원찬과 유병은 명제의 고명(顧命)을 받들어 소도성에게 불복하였다. 그러나 소도성은 결국 중앙군을 완전히 장악하여 순제(順帝)를 폐위시키고 제나라를 세웠다. 2구의 '소공(蕭公)'은 소도성을 가리킨다. 심유지 역시 명제가 죽을 때 고명대신(顧命大臣) 중의 한 사람이었는데 그의 옷깃 속에는 유사시에 역신들을 멸하고 사직을 보위하라는 송 명제의 친필 어명이 간직되어 있었다. 그는 군사를 일으켜 소도성을 토벌하려 했으나, 소도성이 미리 알고 방비했기 때문에 계획은 실패로 돌아가고 심유지는 자살로 생을 마감하였다.

어촌은 이 외에도 설방, 예양, 문천상, 육수부, 장세걸 등의 일을 말하여 끝까지 절개를 굽히지 않고 자신의 뜻을 지켰거나, 변절보다는 차라리 죽음을 선택한 이들의 충절을 선양하였다.

2) 한사(恨死)에 대한 탄식

어촌의 영사시에는 충신이 많이 등장하지만 그들의 역사적 성격이 꼭 같은 것만은 아니다. 앞서 열거했던 소무를 비롯한 9인의 의사(義士)와 충신들이 스스로 비장한 최후를 선택한 것과는 달리, 뛰어난 재주로 임금을 보좌했지만 공을 이룬 후에는 억울하게 누명을 쓰거나 참소를 당하여 목숨을 잃은 이들이 또한 있었던 것이다. 굴원(屈原), 오원(伍員), 신생(申生), 부소(扶蘇), 몽념(蒙恬), 곡률광(斛律光), 범증(范增), 한신(韓信), 가의(賈誼), 소망지(蕭望之), 마원(馬援), 양진(楊震), 오왕(五王), 악비(岳飛) 등이 그런 경우이다. 영사시의 제재가 된 인물 가운데 이런 특성을 가진 인물이 수적으로 가장 많은 것을 볼 때, 어촌은 이런 '억울한 죽음'에 특히 더 주목을 했던 것으로 보인다.

그 중에서도 굴원에 대해서는 어촌이 영사시를 지었을 뿐만 아니라 그의 '이소경(離騷經)'에 차운한 장편의 시를 짓기도 하였다. 어촌은 「차이소경(次離騷經)」의 서에서 다음과 같이 말하였다.

> 내가 이소경(離騷經)을 읽고 굴원과 시대를 함께하지 못했음이 매우 슬프다. 천년 후에 그 책을 읽으니 그 사람됨을 알 수 있다. 아! 세상에는 현인 군자가 있어도 울적하게 뜻을 얻지 못한 채로 있는데, 용렬한 자들은 보고서도 그것을 잊어버리니 어찌 슬프지 않겠는가? 감히 이소의 운에 따라 부(賦)를 지어 스스로 위로하노라.[4]

굴원은 전국시대(戰國時代) 초나라의 귀족 출신으로, 회왕(懷王)은 그를 깊

4 沈彦光, 『漁村集』 卷9, 「次離騷經」, "余讀離騷經, 深悲屈原之未遇時也, 千載之下, 讀其書, 可以知其人矣. 噫, 世有賢人君子, 鬱鬱不得志, 庸夫見而弭之, 豈不悲夫! 敢依離騷韻爲賦, 以自悼焉."

이 신임하여 나라의 대내외적인 일을 두루 상의하였다. 당시 초나라는 진나라와 첨예한 대립을 하고 있었으며, 안으로는 친진파(親秦派)와 친제파(親齊派)의 대립이 있었다. 초의 왕족들이 친진파였고, 굴원은 친제파의 대표적인 인물이었는데 정치적인 모함으로 조정에서 쫓겨났다. 이 같은 내정의 불안을 틈타 진나라는 초나라가 제나라와 단교하도록 획책하였고 진나라의 기만적인 외교술로 인해 회왕은 3년 동안 진나라에 포로로 있다가 그곳에서 죽었다. 회왕의 장자인 경양왕(頃襄王)이 즉위한 후 친진 세력은 더욱 득세하였고 굴원에 대한 박해는 한층 심해져서, 결국 그는 강남으로 추방되었다. 굴원은 9년 동안 상강(湘江) 일대를 떠돌다가 비분(悲憤)을 참지 못하고 멱라강(汨羅江)에 투신하였다. 이러한 굴원의 비극적인 삶에 어촌은 깊이 공감하고 함께 슬퍼하면서, 굴원을 노래한 영사시를 짓고 「이소경」에 차운함으로써 스스로를 위로하고자 하였던 것이다.

어촌은 가의(賈誼)에 대해서도 시를 남겼다. 가의는 뛰어난 재주로 한나라 효문제(孝文帝)의 총애를 한 몸에 받아 최연소 박사가 되었는데, 주발(周勃) 등 당시 고관들의 시기로 인해 장사왕(長沙王) 태부(太傅)로 좌천되었다. 그는 자신의 불우한 운명을 굴원에 비유하여 「조굴원부(弔屈原賦)」와 「복조부(鵩鳥賦)」를 짓기도 하였다. 4년 뒤 다시 수도로 올라와 효문제의 막내아들인 양왕(梁王)의 태부가 되었으나, 양왕이 낙마하여 급서하자 이를 슬퍼한 나머지 1년 후 죽고 말았다. 이에 대해 어촌은,

「가의(賈誼)」

통곡하며 준엄하게 말하는 것은 본래 임금을 사랑해서니
이와 같은 인재를 한에서 들어보지 못했네
주발과 관영의 의심과 꺼림을 많이 받았으나
장사에서도 효문제를 원망하지 않았네

통곡위언본애군(痛哭危言本愛君)

인재사차한무문(人才似此漢無聞)
지연강관다의기(只緣絳灌多疑忌)
부향장사원효문(不向長沙怨孝文)

라고 하면서, 가의가 지녔던 재주와 임금을 사랑했던 마음, 권신들에 의해 의심과 시기를 받아 좌천되었지만 효문제를 원망하지 않았던 한결같은 충심을 말하였다.

「오원(伍員)」
몸으로 부차를 섬김은 도리를 바로잡기 위함이나
자서는 오히려 돌아가 의지할 곳 알지 못하겠네
눈알 빼서 동문에 내건 것이 명철하지 않으나
다만 망하는 오나라 보려 함이지 기회를 보려 함이 아니라네

신사부차욕필위(身事夫差欲弼違)
자서유미식의귀(子胥猶未識依歸)
동문괘안비명철(東門掛眼非明哲)
지견오망불견기(只見吳亡不見機)

위의 시는 오자서(伍子胥)로 잘 알려진 춘추시대의 인물, 오원(伍員)을 노래한 것이다. 본래는 초나라 사람이었으나, 아버지와 형이 살해당한 뒤 吳나라로 망명하였다. 오왕(吳王) 합려(闔閭)를 도와 오나라를 강대국으로 키웠으나 아들 부차(夫差)에게는 중용되지 못하고 모함을 받아 자결하였다. 죽기 전 오자서는 그의 문객에게 자신이 죽으면 오나라가 월나라에 멸망당하는 것을 볼 수 있도록 눈알을 도려내서 동문 위에 걸어달라고 당부하였다. 부차는 이 소식을 듣고 격노하여 그의 시신을 말가죽 부대에 넣어 강물에 던져버렸다. 위의 시에서 어촌은, 부차를 충심으로 이끌려 했던 오원의 노력

과 억울한 죽음, 그로 인한 원한과 분노를 말하고 있다. 눈알을 도려내서 동문 위에 걸라고 했던 유언은 결국 부차의 격노를 사서 그의 시신이 강물에 버려지는 결과를 낳았으니 명철한 행동은 아니었지만, 살아서나 죽어서나 한 번도 기회주의자로 살지 않았던 그의 삶을 긍정하고 있는 것이다.

신생과 부소는 모두 임금의 아들로 권력욕을 가진 자들에 의해 희생된 인물들이다. 두 사람 모두 선량한 품성을 지녔고 효성이 지극하였으나 거짓 계략과 음모에 의해 스스로 목숨을 끊었다.

「신생(申生)」

주육을 보낸 내 마음 본래 효성이건만
궁궐 한밤중에 요희가 우는구나
십년 진나라에 편안한 세월 없었으니
누가 여융이 재앙의 씨앗인 줄 믿었겠는가

귀조오심본효사(歸胙吾心本孝思)
궁중야반읍요희(宮中夜半泣妖姬)
십년진국무녕세(十年晉國無寧歲)
수신려융시화기(誰信驪戎是禍基)

신생은 진나라 헌공(獻公)의 태자였다. 아버지 헌공이 여희(驪姬)를 총애하여 그 소생인 해제(奚齊)를 후계자로 봉하고 신생을 팽형(烹刑)에 처하려고 했으나, 도망가지 않고 공경을 다하였다. 여희는 헌공과 신생 사이를 이간질하기 위해 여러 가지 음모를 꾸몄는데, 그 중 하나가 제사음식에 독을 넣은 사건이다. 멀리 떨어져 있던 신생이 헌공에게 제사음식을 보냈는데, 여희는 그 속에 미리 독을 넣고서 헌공이 보는 앞에서 개에게 고기 한 점을 먹게 하였다. 개는 그 자리에서 즉사하였고, 여희는 제주(祭酒)에도 역시 독을 넣어 신생의 짓이라고 무고(誣告)하였다. 헌공은 신생을 당장 불러들일 것을 명하였다. 신생의 모신(謀臣)들은 가서 진상을 밝히자고 하였으나 진상이 드러나면 여희가 죽게 되고, 여희가 죽으면 헌공이 깊이 상심할 것을 우려하여 신생은 스스로 목숨을 끊었다. 이 시의 첫 구는 이러한 정황을 함축적으로 담고 있다.

여희는 헌공 앞에서 여러 차례 우는 연기를 하며 그에게 자신의 선함을 보였고 동정심을 유발하였다. 자질이 훌륭한 여러 아들들을 제쳐두고 해제를 후계자로 삼았을 때도 그것을 짐짓 반대하는 척하며 눈물을 흘렸고, 신생이 자신에게 수작을 건다고 음해할 때도 눈물을 흘렸다. 2구는 그런 여희의 요사한 작태를 그린 것이다.

여희는 원래 이민족인 여융(驪戎) 군주의 딸이었지만, 헌공이 여융을 정벌하였을 때 사로잡혀 동생과 함께 헌공의 후궁이 되었다. 헌공의 총애를 받아 왕비가 된 후 여희는 자신이 자식인 해제를 태자로 삼으려고 태자인 신생을 비롯해 중이(重耳), 이오(夷吾) 등 다른 아들들까지도 모함하여 차례로 죽이려 하였다. 결국 태자인 신생은 자살하고 아버지인 헌공이 자신의 두 아들인 중이와 이오를 공격하는 상황까지 벌어지면서 진나라의 정치는 큰 혼란에 빠졌다. 중이와 이오는 도망하여 진나라를 탈출하였으며, 이 사건으로 진의 국력은 크게 쇠퇴하였다. 바로 3·4구가 지시하고 있는 역사적 사실이다.

부소(扶蘇)는 진시황의 장자였다. 장성에서 흉노를 방어하던 몽염의 군대를 감독하기 위해 파견되었다가, 시황제가 순행 도중 사구(沙丘)에서 죽은 뒤 호해(胡亥)와 이사(李斯), 조고(趙高) 등이 거짓으로 보낸 시황제의 조서(詔書)를 받고 자살하였다. 몽념(蒙恬)은 진나라 장군으로, 제나라를 멸망시킬 때 큰 공을 세웠으며 흉노 정벌에 큰 활약을 하였다. 북쪽 변경을 경비하는 총사령관으로서 상군(上郡)에 주둔하였는데, 시황제가 죽자 환관 조고와 승상 이사의 흉계로 투옥, 자살하였다. 몽염의 죽음에 대해 어촌은 "손에 군사 30만을 쥐고서도, 원통함을 머금고 헛되이 죽으니 어찌 남아이겠는가." 라며 탄식을 했지만 역시 그의 억울한 죽음에 대한 안타까움이 담겨 있다고 볼 수 있다.

「소망지(蕭望之)」
내시의 깊은 뿌리 힘써 김매지 못하고
어지러운 나라에 살다 몸을 망치고 말았네
관직이 사부가 되어 혼주임을 알았으나
명철하기론 당시의 이소에 부끄러우리라

엄환심근력미서(閹宦深根力未鋤)
운신응좌난방거(殞身應坐亂邦居)
관위사부지혼주(官爲師傅知昏主)
명철당시괴이소(明哲當時愧二疏)

소망지는 전한 시대의 학자이자 관리였다. 농민 출신이었으나 추거(推擧)되어 장안에서 학업을 닦아 이름이 널리 알려졌다. 당시의 실력자인 곽광(霍光)에게 핍박을 받았지만 곽씨가 몰락한 후에는 선제(宣帝)에게 신임을 얻어 태자태부(太子太傅)를 역임하였다. 환관인 홍공(弘恭), 석현(石顯) 등의 전횡에 맞서 여러 가지 제도 개혁을 시도했지만, 이에 반대하는 세력에 의해 모함을 받아 벌을 받게 되자 자살하였다. 위 시의 1·2구는 이러한 상황을 함축하고 있다. 마지막 구의 "이소(二疏)"는 소광(疏廣)과 소수(疏受)를 가리킨다. 한나라 선제 때 소광은 태자태부(太子太傅)가 되고, 그 형의 아들인 소수는 태자소부(太子少傅)가 되었는데, 5년간 재직 후 벼슬을 버리고 귀향하였다. 그들의 어짊에 감동하여 공경(公卿)과 그의 벗들이 동도문(東都門) 밖에 전별연을 열었다고 한다. 3·4구는 소망지가 태자의 사부가 된 후에 임금이 어리석다는 것을 알 만큼 명철하였지만, 소광과 소수처럼 만족을 알고 적절한 시기에 떠나지 않았으니 명철함으로 따지면 그들에게 뒤진다고 하여 감계(鑑戒)로 삼은 것이다.

이 외에도 어촌은 범증, 한신, 곡율광, 마원, 양진, 오왕, 악비 등을 노래하며, 주군을 위해 충성을 다하였지만 주변의 시기와 질투, 모함으로 인해 원통하게 죽음을 맞이했던 인물들의 삶을 조명하였다.

3) 진퇴(進退)의 문제

여기에 해당되는 인물은 상산사호(商山四皓), 강태공(姜太公), 백이(伯夷)·숙제(叔齊), 도연명(陶淵明), 장량(張良), 신도반(申屠蟠), 제갈량(諸葛亮) 등을 들 수 있다. 특히 이 중 상산사호에 대해서는 두 수의 시를 남겨 그들이 은거하던 삶을 버리고 현실정치에 뛰어든 것이 과연 옳은 일이었는가 의문을 제기하였다.

「상산채지(商山採芝)」
세상을 잊는다면서 어찌하여 아직도 잊지 못하였나
세자를 정하는 건 오히려 백성을 구제할 만했네
몸을 일으켜 잠시 경륜의 솜씨 시험하였으나
유후의 책략이 반드시 좋다고만은 할 수 없으리라

망세여하상미망(忘世如何尙未忘)
정저유족제검창(定儲猶足濟黔蒼)
기래잠시경륜수(起來暫試經綸手)
불필유후책독량(不必留侯策獨良)

상산사호(商山四皓)는 진나라 말기에 학정(虐政)을 피하여 상산에 숨어살았던 동원공(東園公), 하황공(夏黃公), 기리계(綺里季), 록리선생(甪里先生)을 가리킨다. 이들이 오랜 세월 은둔을 끝내고 하산하였을 때는 다같이 80여 세가 되어 눈썹이 모두 하얗게 되었으므로 사람들은 그들을 '상산사호'라고 불렀다.

유방(劉邦)은 오래 전부터 이 네 사람의 명성을 듣고 그들에게 자신과 함께 일해 줄 것을 청하였으나 거절당하였다. 유방은 한나라를 세운 후 장자인 유영(劉盈)을 태자로 세우고, 여의(如意)를 조왕(趙王)에 봉하였다. 그러나 태자는 천성이 나약하고 재주가 평범한 데 비해, 여의는 총명하고 학문도 출중하였다. 또한 자신이 낳은 아들을 태자로 삼으려는 척부인(戚夫人)의 간절한 요구도 있었으므로 유방은 유영을 폐하고 여의를 태자로 삼으려고 하였다. 유영의 어머니인 려태후(呂太后)는 이 풍문을 듣고 대책을 마련하던 중 장량(張良)의 건의대로 상산사호를 초빙하였다. 고조(高祖)와 군신(君臣)이 함께한 연회장에 태자를 따라 들어선 상산사호는, 자신들은 태자의 빈객이라며 태자의 훌륭한 덕성을 칭송하였다. 고조는 태자가 동정 받고 있음을 깨닫고 조왕 여의를 태자로 하겠다는 생각을 거두었다. 은거하던 삶을 버리고 현실정치에 참여하게 된 이 같은 정황이 위의 시 1·2구에 그려졌다.

그러나 유영은 제위에 오르고 나서 어머니인 고황후(高皇后) 려씨(呂氏)의 그늘에 가려 불운한 황제로 지냈다. 유방이 죽은 후 여태후는 유방의 총애를 받던 척부인을 질투하여 그녀와 그녀의 아들 유여의를 죽이려는 음모를 꾸몄다. 결국 여태후는 유여의를 죽이고 척부인의 팔다리를 잘라 '인체(人彘)'를 만드는 등 잔인한 짓을 서슴지 않았다. 또한 그녀는 유방의 큰아들인 유비(劉肥)가 여전히 혜제[유영]의 정적이라 생각하고 연회에서 독주를 준비하여 그를 죽이려고 하였다. 혜제의 방해로 이 일은 성공하지 못하였지만, 이런 몇 가지 사건들로 인해 혜제는 정치에 뜻을 잃었다. 야심이 컸던 여태후는 자신의 문중 인사들을 조정에 발탁, 조정을 장악하였으므로 혜제는 평생 자신의 뜻을 제대로 펴지 못하였다.

이런 역사의 흐름을 알고 있다면 위의 시 3·4구에서 어촌이 무엇을 말하려는지 짐작할 수 있다. 상산사호는 정치적인 안정을 위해 자신들이 과감한 결단을 한 것이라고 생각했겠지만, 결과적으로는 여태후의 횡포를 방조한 입장이 되었으니 이것이 과연 옳은 선택이었을까 어촌은 회의(懷疑)하고 있는 것이다.

태공망(太公望)이 무왕을 도와 은나라를 멸망시킨 일에 대해서도 어촌은 선뜻 공감을 표하지 않는다.

「태공(太公)」

몇 년 동안 기영의 풍류를 흉내 내더니
흰머리로 낚싯대 드리우고 마침내 주를 낚았네
위천에서 귀를 씻을 수 있었을까 알 수 없지만
목야에서 명성을 떨침은 무엇을 구하고자 함인가

기년기영의풍류(幾年箕穎擬風流)
백수수간경조주(白首垂竿竟釣周)
미식위천감세이(未識渭川堪洗耳)
응양목야욕언구(鷹揚牧野欲焉求)

태공의 본명은 강상(姜尙)인데, 그의 선조가 려(呂)나라에 봉해졌으므로 여상(呂尙)이라 불렸고, 태공망(太公望), 강태공(姜太公)으로도 불린다. 그는 동해(東海)에서 매우 가난하게 살았는데 집안을 돌보지 않고 독서에만 몰두하여 그의 아내가 집을 나갔다고 한다. 하루는 위수(渭水)에서 낚시를 하고 있는데, 인재를 찾아 돌아다니던 서백(西伯)-훗날의 주나라 문왕-에게 발탁되어 그의 스승이 되었다. 그는 문왕의 아들인 무왕을 도와 상(商)나라 주왕(紂王)을 멸망시키고 천하를 평정하였으며, 그 공으로 제나라 제후에 봉해져 그 시조가 되었다.

1구의 "기영(箕穎)"은 요(堯)임금이 제위를 선양(禪讓)하려고 허유(許由)를 찾아갔는데 그가 거절하고 기산(箕山)에 숨어 영수(穎水)에 귀를 씻었다는 고사를 빗댄 것이다. 위수에서 낚시하며 때를 기다리고 있던 태공의 모습에 대해 허유(許由)를 흉내 낸 것일 뿐이라고 폄하하였다. 2구에서는 늘그막에 낚시를 드리우고 있다가 마침내 주를 낚았다고 했다. 전설에 의하면 태공의 낚시 바늘은 갈고리 모양이 아닌 일자의 바늘이었다고 하니, 그것이 사실이라면 그는 낚시 자체에는 별 관심을 갖지 않고 위수 가에 앉아 있었던 셈이다. "마침내 주를 낚았다"는 표현은 그런 면에서 적확하다고 볼 수 있다. 허유가 영수에서 귀를 씻은 것처럼 태공망도 위수에서 귀를 씻으려는 마음이 있었을까. 그것은 모를 일이라고 시인은 능쳤지만 4구를 보면 태공망을 바라보는 시인의 인식이 비교적 명확하게 드러난다.

목야(牧野)는 무왕이 5만의 군대로 주왕(紂王)의 70만 대군을 이긴 전투의 현장이다. 사기충천한 무왕의 군사들이 은나라 수도에서 70리 떨어진 목야에 이르렀을 때 상나라 주왕은 군사 70만을 긁어모아 직접 그곳으로 달려나왔다. 숫자상으로는 주왕에게 절대 유리할 것 같았지만, 상나라 군사의 대부분은 노예이거나 동이(東夷)에서 잡혀온 포로들이었다. 주왕의 학대를 받아온 그들은 오래 전부터 불만을 품고 있었으므로, 무왕의 군대가 진격해오자 모두 창끝을 되돌려 상나라 군대를 공격했다. 70만 대군은 모래성처럼 무너졌고 태공망은 군사를 지휘하여 상나라 수도를 향해 나아갔다.

그러나 이 모든 일이 있기 전, 무왕이 군대를 이끌고 출격할 당시 이것을 간절히 막은 이들이 있었으니 곧 백이(伯夷)와 숙제(叔齊)이다. 이들은 무왕이 주왕을 토벌하는 일이 대역무도(大逆無道)하다는 이유로 질책했고, 태공망은 장수들에게 명하여 이들을 죽이지 말고 다른 곳으로 끌고 가게 했다. 나중에 그들 형제는 수양산(首陽山)에 들어가 고사리를 캐먹다가 그마저도 관두고 곡기를 끊어 자살하였다.

어촌은 태공의 일을 읊은 다음 바로 뒤에서 '이제(夷齊)' 즉 백이·숙제의 일을 읊었다. 「이제(夷齊)」의 3·4구에서 그는 "죄인을 풀어주고 봉분을 먼저 할 뿐, 서산에서 굶어 죽은 사람은 조문하지 않는구나."[5]라고 하였다. 죄인을 풀어주고, 전쟁에서 공훈을 세운 사람은 그 공적을 기리기 위해 봉분을 높이 쌓아올려 주지만, 그 전쟁이 옳지 못함을 주장한 백이·숙제의 행동은 기억하지 않는 행태에 대해 다분히 비판적이다. 이것과 위의 시 마지막 구를 연결해서 본다면, 태공은 세속적 욕망을 버리지 못하고 그저 은둔의 흉

5 沈彥光, 『漁村集』 卷10, 「擬詠史-夷齊」, "大義堂堂扣馬陳, 殷亡豈獨有三仁. **釋囚封墓徒先務, 不問西山餓死人.**"

내만 내다가 백이·숙제 같은 절의지사(節義之士)를 수양산에서 굶어죽게 만든 셈이다. 목야의 전투는 태공망에게 현실적 성공을 가져다 주었지만, 그 이면에는 대의로 전쟁의 부당함을 직언한 이제 같은 이들의 희생이 깔려 있는 것이다.

「신도반(申屠蟠)」

당적에서 명성을 피해 달아나 일민이 되었으니
어찌 고인이 간흉의 더럽힘을 입겠는가
채옹과 순상은 얼마나 낯짝이 두꺼운가
끝내 미후를 위해 그 몸을 굽히었다네

당적도명작일민(黨籍逃名作逸民)
간흉기합매고인(姦兇豈合浼高人)
채옹순상안하후(蔡邕荀爽顔何厚)
종위미후굴차신(終爲郿侯屈此身)

신도반은 후한 때의 사람으로 경학(經學)과 도위(圖緯)에 능통했다. 누차에 걸쳐 조정의 부름을 받았으나 끝까지 불응하고 학문에만 몰두하였다. 그는 나라가 혼란해질 기미를 알아차리고 아예 깊은 산 속으로 들어가서 움집을 짓고 숨어 살았다. 그 때문에 후한 말기의 수많은 변란을 다 면하였으므로 선견지명이 높은 사람으로 손꼽힌다. 1·2구는 신도반과 관련된 이 같은 사실을 담고 있다.

3·4구는 신도반과 대조적인 삶을 살았던 채옹(蔡邕)과 순상(荀爽)을 그리고 있다. 두 사람 모두 동탁(董卓)에게 발탁되어 높은 벼슬에 올랐던 이들이다. 동탁은 헌제(獻帝)를 옹립하고 나서 상국으로 승진하였고 미후(郿侯)에 봉해졌다. 어촌은 이 시에서 채옹과 순상을 후안무치(厚顔無恥)의 인간으로 비판하면서, 반대로 혼란한 세상을 피해 은거하며 몸을 보존하였던 신도반

을 높이 평가하였다.

이 외에도 어촌은 도연명, 장량, 제갈량 등의 삶을 노래하였다. 전원에서의 삶을 지향한 도연명과 공(功)을 이룬 후 은거를 택한 장량의 선택에 대해서는 긍정의 시선을, 은둔에서 몸을 빼내 유비를 돕고 이어 그의 아들 유선을 도운 제갈량의 선택에 대해서는 회의적인 시선을 보내고 있다. "후주가 위의 빈객 될 줄을 일찍이 알았다면, 초려에 누워 일생을 마침이 합당했으리라."[6]고 한 것을 보면, 제갈량의 모든 노력에도 불구하고 유선이 종국에는 위나라 장수 등애(鄧艾)에게 투항하였던 사실을 기억하면서 제갈량의 헌신이 수포로 돌아갔음을 안타까워한 것이다.

4) 명철보신(明哲保身)의 경계(警戒)

어촌은 절의의 충신을 높이는 것만큼이나 시류에 따라 변절하는 기회주의자들을 경계한다. 여기에 속한 인물로는 외황아(外黃兒) 장이(張耳), 양웅(揚雄), 사굴(謝朏), 심약(沈約), 양표(楊彪) 같은 이들을 들 수 있다. 어찌 보면 명철보신(明哲保身)에 탁월했던 사람들이라고도 할 수 있지만, 과연 그 삶이 옳았던가는 숙고해볼 여지가 있다.

「외황아(外黃兒)」

사람을 많이 죽여 무리의 마음을 떠나게 하고
신안에 모두 묻으니 차마 할 수 있겠는가
서초의 군신은 모두 지혜롭지 못하니
도모를 잘한 외황아와 누가 같겠는가

살강도사중심리(殺降徒使衆心離)

---

6 沈彦光, 『漁村集』 卷10, 「擬詠史-諸葛亮」, "鄴下繁雄作帝居, 區區庸蜀欲何如. **早知後主終賓魏, 只合終身臥草廬.**"

갱진신안상인위(坑盡新安尙忍爲)
서초군신개부지(西楚君臣皆不智)
선모수사외황아(善謀誰似外黃兒)

위(魏)나라 출신의 장이(張耳)를 노래한 시이다. 그가 위나라의 외황(外黃)에서 유랑하다가 그곳 부호의 딸과 혼인하고, 벼슬을 얻어 외황의 수령까지 지냈기 때문에 '외황아'라고 부르는 것이다. 진(秦)나라가 위나라를 멸망시킨 후 진나라에서는 장이(張耳)와 진여(陳餘)의 목에 현상금을 걸었다. 두 사람은 성명을 바꾸고 진(陳)나라로 도망쳤다. 두 사람은 죽음을 무릅쓰고 신의를 지키기로 한 절친한 친구 사이였다. 항우가 제후왕을 분봉(分封)할 때 장이는 상산왕(常山王)이 되었다. 그러나 후에 장이는 유방에게 자진 투항하여 조왕(趙王)이 되었다. 훗날 장이는 이익과 권력을 다투는 과정에서 '문경지교(刎頸之交)'를 약속한 진여와 원수가 되었고, 진여는 한(漢)을 배반한 까닭에 피살당하였다.

위 시의 1·2구는 항우에 대한 비판이다. 항우는 신안성(新安城) 남쪽에 진(秦)나라 군사 20만을 생매장하였다. 이렇게 잔인한 짓도 서슴지 않는 항우이니 어떻게 백성들의 마음을 얻을 수 있겠는가. 그를 떠난 것은 어찌 보면 자연스러운 결과일 수 있다. 3구는 서초패왕의 힘과 꾀가 다하였는데도 그의 곁을 지키며 끝까지 함께 하다 목숨을 잃은 강동(江東)의 자제들을 언급하며 지혜롭지 못하다고 하였다. 그리고 4구에서 유방에게 자진 투항하여 조왕(趙王)이 된 장이를 칭찬하는 듯한 뉘앙스를 풍긴다.

그런데 이 구절이 과연 장이를 말 그대로 칭찬한 것인가는 따져봐야 한다. 『사기(史記)』에 수록된 「장이 진여 열전(張耳 陳餘 列傳)」에 나오는 사마천(司馬遷)의 평을 보면 어촌의 장이에 대한 평가를 표면적으로 받아들이기 어렵다. 사마천은 이들에 대해 사뭇 비판적이다.

태사공은 말한다.

"장이와 진여는 어진 사람으로 세상에 전해졌으며, 그들의 빈객과 종들까지도 천하의 준걸이 아닌 자가 없어서 제각기 살고 있는 나라에서 경상(卿相)의 자리를 얻었다. 장이와 진여가 처음에 빈궁할 때에는 서로 죽음을 무릅쓰고 신의를 지켰으니, 어찌 서로 돌아보고 의심하는 일이 있었겠는가. 그러나 그들이 나라를 움켜쥐고 권력을 다투게 되자, 마침내는 서로를 멸망시켰다. 예전에는 서로 앙모하고 신뢰함에 있어 성의를 다하더니 뒤에는 서로 배반하고 사리에 어긋나는 일을 하였으니, 이것은 어찌된 일인가? 그들이 권세와 이익만을 추구하였기 때문이 아니겠는가. 비록 명예가 높고 빈객이 많았다고 해도 두 사람이 걸어온 길은 태백(太伯)이나 연릉(延陵)의 계자(季子)와는 아마도 상황이 다르다고 할 것이다."

사마천의 이러한 평가를 참고해 본다면, 어촌의 장이에 대한 마지막 구의 언급은 반어와 풍자로 보아야 마땅할 것이다.

「양웅(揚雄)」

서한의 풍류 마침내 아첨으로 흐르더니
여기저기서 왕망을 칭송하여 나라에 선비가 없네
평생의 식자를 끝내 어디에 썼는가
부질없이 신도로 가서 대부가 되었구나

서한류풍경첨유(西漢流風竟諂諛)
분분송망국무유(紛紛頌莽國無儒)
평생식자종안용(平生識字終安用)
만향신도작대천(謾向新都作大夭)

양웅은 청년시절에 동향 선배인 사마상여(司馬相如)의 작품을 통하여 배운 문장력을 인정받아, 한(漢) 성제(成帝) 때 궁정문인의 한 사람이 되었다. 성제의 유람에 수행하면서 지은 「감천부(甘泉賦)」, 「하동부(河東賦)」, 「우렵부(羽獵賦)」, 「장양부(長楊賦)」 등은 문장이 화려하면서도 성제의 사치를 꼬집는 풍자를 담고 있다.

시대에 적응하지 못한 자신의 삶이 불우한 원인을 분석한 「해조(解嘲)」, 「해난(解難)」도 독특한 여운을 주는 산문으로 평가받는다. 학자로서 각 지방의 언어를 집성한 『방언(方言)』, 『역경(易經)』에 기본을 둔 철학서 『태현경(太玄經)』과 『논어(論語)』의 문체를 모방한 수상록 『법언(法言)』 등을 저술하였다. 이처럼 당시에 문명을 떨친 그의 식견은 한나라를 대표하는 것으로 일컬어진다. 그럼에도 불구하고 왕망이 정권을 찬탈한 뒤 새 정권을 찬미하는 문장을 썼고 괴뢰정권에 협조하였기 때문에, 지조가 없는 사람으로 송학(宋學) 이후에는 비난의 대상이 되기도 하였다. 어촌은 양웅의 뛰어난 문장력을 주목하지 않고 그가 왕망에게 협조하여 그 밑에서 벼슬한 것을 비판한다. 그 사람이 가진 재주보다는 그 삶의 궤적을 더 중시하는 그의 시각을 엿볼 수 있다. 앞서 논했던 '장홍'의 일에서도 그는 진림(陳琳)을 대조시켜 장홍의 절의를 칭송했는데, 진림 역시 문장으로는 조조의 지병인 두통을 잊게 할 만큼 실력자였다. 그러나 어촌은 문장과 식견이 뛰어난 그 자체에 가치를 두기 보다는 그것을 통해서 그 사람이 이룬 것이 무엇인가에 더 주목하였다.

「사비(謝朏)」

풍모와 절도 당시에 사가를 말하는데
휴문이 말 잘함은 얼굴이 두텁기 때문이네
은사가 어찌하여 양무에게 돌아가랴
만년에 신명이 이하에게도 부끄러우리라

풍절당시설사가(風節當時說謝家)
휴문회조후안다(休文懷詔厚顔多)
각건저사귀양무(角巾底事歸梁武)
말로신명괴이하(末路身名愧二何)

사비는 남조(南朝) 송의 시인 사장(謝莊)의 둘째 아들로, 10세에 글을 잘 지어 신동의 이름을 얻었으며, 송(宋)·제(齊)·양(梁)삼대에 걸쳐 벼슬하였다. 첫 번째 구에서는 "사가(謝家)"는 사비가 사령운(謝靈運)을 배출한 명문가 사씨(謝氏)의 집안 출신임을 말하였다. 2구에 나오는 "휴문(休文)"은 심약(沈約)의 자인데, 그 역시 송(宋)·제(齊)·양(梁) 세 나라에서 벼슬하였다. 사비와 심약 모두 문장을 잘해서 당시에 이름이 있었지만 역시 후안무치(厚顔無恥)한 인간들임을 비판하고 있다.

그런데 사비가 마치 절개가 있는 선비인 양 오해하게 만드는 사건이 있었다. 송나라가 망하고 남제(南齊)의 고제(高帝)인 소도성(蕭道成)이 송주(宋主)로부터 선위(禪位)받을 당시 사비가 시중(侍中)으로 재직하고 있었다. 옥새의 전달은 시중이 하게 되어 있는데, 사비는 모른 척하고 있었다. 명을 전하는 자가 옥새를 제왕에게 전해야 한다고 말하자, 이에 대해 사비는 "제나라에 응당 시중이 있을 것이다."라고 하면서 베개를 베고 누워버렸다고 한다. 이 사건만 볼 때는 그가 송나라의 순신(純臣)이고 제나라를 섬기려는 마음이 없었던 것처럼 보인다. 그러나 그 이후의 행보를 보면 그에게서 절의라고는 찾아볼 수 없다. 그는 제나라에서 네 임금을 섬기고 심지어 태수가 되어 외직으로 나가기를 구하였고 이후 양나라까지도 섬겼던 것이다. 위 시의 3구는 그러한 사정을 담고 있다.

4구에 나오는 "이하(二何)"는 진나라 때의 은사인 하충(何充)과 하준(何準)을 가리킨다. 이들은 모두 벼슬에 나가지 않았으며, 불교를 숭상하여 사찰들을 건립하고 수많은 승려를 공양하였다. 사비가 참으로 절의가 있는 선비라면 제나라뿐 아니라 양나라를 세운 무제에게도 나아가지 않았을 것이다.

양 무제의 치세는 50년에 이르는데, 그 전반은 정치에 힘을 기울였으나 후반에는 그의 불교신앙이 정치면에도 나타나, 불교 사상에서는 황금시대가 되었지만 정치는 파국의 징조를 보이기 시작했다. 양 무제의 숭불에 혹 마음이 이끌려 사비가 그 밑으로 들어가 벼슬을 했다 해도, 벼슬에 나아가지 않고 숭불했던 하충과 하준 같은 이가 있으니 그들과 비교하면 사비의 말년의 행로는 부끄러움을 면치 못하리라는 비판이 읽혀진다.

4. 결어(結語)

심언광이 낙향한 후 쓴 시들에서는 곳곳에서 슬픔과 회한이 묻어난다. "나아가고 물러남에 절로 부끄럽고, 나라의 안위 이어가지 못하였네.[자참신진퇴(自慙身進退), 불계국안위(不係國安危)]"[7], "동으로 오니 삭막하고 시사가 없어, 가슴속 그리움만 갈래갈래 남았구나.[동래삭막무시사(東來索莫無詩思), 지유흉중수서다(只有胸中愁緒多)]"[8], "엄한 견책을 만나 나라를 등지고, 성대한 때에 명예를 잃었으니 부끄럽네.[부국조엄견(負國遭嚴譴), 휴명괴성시(虧名愧盛時)]"[9]라고 한 토로는 그가 지난날의 잘못을 얼마나 뼈아프게 인식하고 있으며 반성하고 있는가를 보여준다. 그는 또 「몽견천안(夢見天顔)」이라는 시에서 늘 대궐을 그리워하며, 하얗게 센 머리로 일편단심 임금을 생각하며, 대궐에서 임금을 모시던 지난날들을 꿈속에서 본다고 하였다.

이 같은 그의 심리상태를 염두에 두고 그가 말년에 지은 영사시를 보면 그 속에서 심언광이 말하고자 하는 메시지는 분명하다. 우선 그가 거론한 인물들은 대개가 위기의 시대에 목숨을 바쳐 나라를 구한 충신이다. 성세

7 沈彦光, 『漁村集』 卷10, 「宿白洞驛」 中.

8 沈彦光, 『漁村集』 卷10, 「毛老嶺上 遇雪」 中.

9 沈彦光, 『漁村集』 卷10, 「到湖莊」 中.

(盛世)에 명예를 잃은 것이 부끄럽다고 하였지만, 이 시대 또한 제 한 몸을 아끼지 않고 임금과 국가를 위해 헌신할 수 있는 충신을 필요로 한다. 그리고 심언광 자신이 그런 충신이 되고자 했다. 그러나 순수한 충정(衷情)이 항상 그에 상응하는 보답을 얻는 것은 아니다. 역사 속의 많은 인물들이 절의를 지키고, 임금을 위해 직간을 아끼지 않고, 자기의 재능을 다 펼쳐서 임금을 보필하였지만 그럼에도 불구하고 참소와 비방을 당하고 때로는 죽음에 이르는 일들은 비일비재하다. 심언광은 재주를 다 펼쳐보이지도 못하고 억울하게 죽어간 사람들을 기억하며 자신을 위로하였을 것이다. 자신을 옭아매는 세상의 그물이 넓고도 넓다는 탄식은, 자신이 처한 상황이 반드시 정당하지만은 않다는 억울함에 대한 하소연이 아닐까.

진퇴의 문제에 있어서는 은둔 끝에 현실정치에 참여하였지만 그다지 빛나지 못했거나 좋은 결과를 이끌어내지 못한 경우를 말하며 경계하였고, 은둔을 지향한 은사들에 대해서는 긍정적인 서술을 하였다. 이는 지금 벼슬에서 물러나 있는 처지가 반드시 나쁜 것만은 아니며, 오히려 자신이 처한 당시의 상황을 긍정적으로 보고자 하는 마음이 담겨 있다고 생각된다. 또한 그는 여러 왕조를 거치고 여러 임금을 섬기면서 시류의 변화에 발맞춰 보신을 잘한 기회주의적 인물들에 대해서는 비판적인 평가를 내린다. 시문을 잘 짓고 재주가 아무리 뛰어나다 해도 권력에 아부하고 시류에 영합하는 삶은 그에게 가치 없는 삶이다. 그는 주운(朱雲), 왕가(王嘉), 위징(魏徵), 장구령(張九齡), 적인걸(狄仁傑) 등을 노래하면서 죽음을 두려워하지 않는 직신(直臣)들을 선양하였다. 직간(直諫)과 직언을 아끼지 않는 이러한 태도 역시 그가 지향했던 충신의 참모습이었을 것이다.

심언광이 노래한 인물들은 일반적으로 충신·재사·모신으로서 이미 널리 알려져 있다. 또한 국사를 염려하는 신하라면 누구라도 본받고 추앙할 만한 인물들임에는 틀림없다. 다만 심언광이 영사시의 제재로 삼은 이들이 조선시대 문인들이 쓴 영사시의 공통적인 소재로 쓰인 것은 아니라는 점을 볼 때, 다소간의 차이들을 규명해 볼 필요가 있다. 동시대의 다른 문인들, 또는 다수의 영사시를 창작한 여타 문인들의 작품과 비교하고 그들이 처한 상황과 처지에 따라 어떤 방식으로 역사를 바라보고 역사 속의 어떤 인물들을 선택해서 평가했는지 좀 더 정치하게 살펴본다면 심언광의 영사시에 내재된 독특한 개성과 의미가 더욱 뚜렷하게 나타날 것이다. 다양한 문인들의 영사시에 대한 개별적 연구가 충분히 이루어진 후에 이를 바탕으로 종합적인 비교 검토가 가능할 것이라 생각된다.

| 참고문헌

『漁村集』, 『韓國文集叢刊』 24, 한국고전번역원.

정항교·최호·박도식·임호민 공역, 『國譯 漁村集』, 강릉문화원, 2006.

『朝鮮王朝實錄』 DB, 국사편찬위원회.

김은정, 「어촌 심언광의 생애와 시세계」, 『한국한시작가연구』 5, 한국한시학회, 2000.

박도식, 「어촌 심언광의 생애와 경세론」, 『제1회 어촌 심언광 학술세미나 자료집』, 강릉문화원, 2010.

박영주, 「어촌 심언광 시세계의 양상과 특징」, 『제1회 어촌 심언광 학술세미나 자료집』, 강릉문화원, 2010.

박해남, 「어촌 심언광의 시문학 고찰」, 『제2회 어촌 심언광 전국 학술세미나 자료집』, 강릉문화원, 2011.

신익철, 「심언광의 '동관록'과 '귀전록'에 나타난 공간 인식과 그 의미」, 『제1회 어촌 심언광 학술세미나 자료집』, 강릉문화원, 2010.

이한길, 「어촌 심언광의 한시 고찰」, 『제8회 강릉전통문화 학술세미나 자료집』, 강릉문화원·관동대학교 영동문화연구소, 2007.

04

심언광의 「북정고」 연구

박동욱 _한양대학교 기초융합교육원 교수

이 글은 2012년 12월 7일(금) 강릉문화원에서 개최한 "제3회 어촌 심언광 전국학술세미나"에서 발표한 「조선 지방관의 고단한 서북(西北) 체험」을 수정·보완하였다.

2013년 한양대학교 교내 연구비 지원으로 연구되었다.(HY-2013-G)

토론자로 참여한 고려대학교 송혁기 교수가 보완점을 제시해 주어 논문 완성에 큰 도움이 되어서 감사의 뜻을 전한다.

1. 서론

심언광(沈彦光, 1487~1540)은 조선 중종 때의 문신으로 본관은 삼척(三陟), 자는 사형(士炯), 호는 어촌(漁村)이다. 어린 나이에 과거에 급제한 재사(才士)였다. 이조판서에 이르렀으나 김안로가 점차 횡포 정치를 일삼고 자신의 외손녀를 세자빈(世子嬪)으로 삼으려 하자, 이를 극력 반대하다가 김안로의 모함을 받아 함경도 관찰사로 좌천되었다. 1537년 김안로가 사사(賜死)된 뒤 우참찬(右參贊)을 거쳐 공조판서가 되었으나, 앞서 김안로를 구출한 일로 탄핵을 받고 이듬해 삭직(削職)되었다가 뒤에 복원되었다. 상세한 생애에 대해서는 선행 논문에서 다루었으므로 여기서는 재론하지 않는다.[1]

최고의 감식안을 지녔던 허균(許筠)은 『학산초담』, 『성수시화』, 『국조시산』에서 심언광을 언급한 바 있다. 특히 『학산초담』에서는 당시 문단에서 신광한(申光漢)과 쌍벽으로 꼽혔던 정사룡(鄭士龍)에 버금간다고 평가했다. 이것만으로도 그의 시가 범상한 수준이 아님을 확인할 수 있다. 그 뒤로는 이익의 『성호사설』정도에 등장할 뿐, 그 이외의 기록에서는 거의 찾아볼 수 없다. 허균 같은 사람이 이 정도로 높이 평가했던 작가가 그 후로는 시화(詩話)나 시선집(詩選集)에서 철저히 사라진 것이다.[2] 보통 그의 정치적인 선택과 결부시켜서 이런 현상을 설명하고 있지만 과연 이것이 전부일까 의심스럽다.

심언광의 생애에서 김안로(金安老)는 큰 부분을 차지하는 동시에 악연으로 얽힌 인물이다. 김안로는 기묘사화를 통해 정계에 급부상하였다가 곧 그 세력을 견제하는 인물들로 말미암아 조정을 떠났는데, 그를 다시 조정에 불러들인 장본인이 바로 심언광이다.[3] 처음에는 그들의 사이가 돈독하였으나

---

1 강릉 문화원에서 발행한 심언광 연구 총서가 심언광에 대해 이루어진 연구의 전부라 할 수 있다. 심언광에 대해서는 우선 학위논문을 통한 종합적인 연구의 선행이 무엇보다 필요하다.

2 문집에 없는 작품으로 〈病鶴〉이 있는데, 『箕雅』와 『大東詩選』에 실려 있다.

3 김은정, 〈어촌 심언광의 생애와 시세계〉, 『어촌 심언광 연구 총서』, 강릉문화원, 2010, 9p 참조.

끝내 사이가 틀어져 심언광이 1537년 함경도 관찰사로 쫓겨나기도 했다.

심언광에 대한 후세의 평가가 유달리 박한 것은 이 때문이다. 한 번의 잘못된 정치적 판단이 얼마나 큰 영향을 미쳤는지 여실히 보여준다. 두 사람의 어그러진 만남이 김안로의 문제에서 비롯된 것이었는지, 아니면 심언광에게 그런 혐의를 피치 못할 이유가 있었는지는 분명치 않다. 그렇지만 모든 문제가 김안로에게 있었다 해도 그러한 인물을 제대로 보지 못한 심언광의 안목도 비난을 면하기 어렵다.

서북(西北) 지역은 함경도와 평안도를 묶어 이른다. 그는 1536년 평안도 경변사로, 1537년 함경도관찰사로 각각 부임하게 된다. 전통적으로 서북 지역은 그 지역민이 홀대 당한 것은 물론이고, 그곳에 부임되는 지방관 또한 좌천의 성격이 강했다. 이 글에서는 그의 「북정고」를 중심으로 논의를 전개하려 한다. 「북정고」는 심언광이 함경도 관찰사로 있을 때의 체험을 담고 있다. 뒤에 아주 잠깐 중앙 관직으로 복귀하기는 했지만 그에게 있어서 함경도 관찰사는 실질적으로 마지막 관직이라 할 수 있다. 이 연구를 통해서 심언광 연구의 지평이 넓혀지는데 하나의 단초가 되기를 기대한다.

2. 출사의 경위와 의미

1537년 8월, 함경도 관찰사로의 부임은 김안로와 사이가 틀어지면서 당한 좌천에 가까운 인사였다. 동년 10월에 공조판서를, 11월에 의정부 우참찬을 각각 제수받고, 12월에는 대간이 심언광의 서용을 반대하여 정계(政界)에서 완전히 배제된다. 결국 1538년 2월 고신(告身)을 거두어들이고 물러나면서 그의 정치적인 생명은 완전히 끝났다. 이후 강릉에 은거하다가 1540년 쉰 넷의 나이로 생을 마쳤다.

「북정고」는 함경도 관찰사 시절의 작품을 모은 것이다. 이때 이미 자신의 운명을 예감했던 것으로 보인다. 영욕의 시절을 지내고 난 뒤, 자신의 선택에 대한 슬픈 자탄이 주를 이루고 있다. 지방관으로 나간 관리의 위엄이나 포부 보다는 유배에 처한 유배객의 심사와 다를 바 없다.

〈鏡城朱村驛 感懷〉

서울 떠나 가을 동안 변방에 있었는데,
낯선 땅 풍경들은 모두 다 맘이 가네.
넓은 강 건너려니 사공이 하나 없고,
겨울나무 말라가나 겨우살이 매달렸네.
일신을 도모함이 옳은 도리 아님 우습고,
세상 속여 헛된 이름 붙든 것 부끄럽네.
새벽에 문을 열고 푸른 바다 마주하니,
아침 해 밝고 밝아 간담을 비추구나.

去國經秋滯塞城
異方雲物摠關情
洪河欲濟無舟子
寒木將枯有寄生
自笑謀身非直道
還慙欺世坐虛名
曉來拓戶臨青海
旭日昭昭照膽明

경성(鏡城)의 주촌역(朱村驛)은 『신증동국여지승람』에 “경성의 남쪽 79리에 있는데, 군창(軍倉)이 있다.”라고 나온다. 이 시는 그가 함경도 관찰사로 있을 때에 지은 것이다.[4] 허균은 『성수시화』에서 “후회하는 마음이 싹튼 것

4 이 시에 대해서는 이익의 『성호사설』에도 언급이 되어 있다.

이다[5]"라고 평한 바 있다. 이러한 평가는 「북정고」 전체를 평하는 말로도 손색이 없어 보인다. 허균의 『학산초담』에는 심언광의 시가 4편 나오는데, 위의 작품이 그중 한 편이다. 4편 중에 2편은 「북정고」에, 1편은 「귀전록」에 각각 실려 있고, 다른 1편은 문집에 수록된 작품이 아니어서 창작 시기를 정확히 획정할 수는 없다. 허균이 꼽은 4편 중에 3편이 생애 말기에 창작된 것이고, 2편은 「북정고」에 속한 작품인 것은 예사롭게 넘길 수 없는 부분이다.

서울을 떠나 가을 한 철 변방에 있어 보니, 낯선 땅의 풍경들이 하나같이 예사롭지 않게 마음이 쓰인다. 3구의 넓은 강[洪河]은 험난한 인생 또는 환로(宦路)를, 뱃사공은 자신을 도울 조력자를 의미하고, 4구의 겨울나무는 김안로를, 겨우살이는 김안로의 잔당을 의미한다. 특히 4구에 대해서 『학산초담』에는 "안로(安老)가 죽었지만 그의 잔당은 아직 다 죽지 않았음을 가리킨 것이다."라고 나온다. 5, 6구에서는 자신의 잘못된 정치적 선택에 대한 회한을 직설적으로 토로했다. 7, 8구에서는 문을 열고 바다를 마주하자 밝은 햇살이 자신을 비춘다고 하면서 아직도 세상에 대한 의기(義氣)와 희망을 놓지 않은 모습을 보여준다.

〈宿嶺東驛 有感〉

총욕이 유유하나 두 가지에 다 놀라니
영락한 남은 목숨 그 어디에 붙일까.
하늘가 해질 무렵 고향 그리는 눈물
국경 밖 늦가을 고국 떠나는 마음일세.
구름은 어지럽고 산은 온통 까맣지만
둥근 달 나직이 비치니 온 바다 환하도다.
나그네 신세 오늘밤 유난히 시름겨워

---

5 漁村晩與安老有隙, 出爲北伯, 有詩云云, 皆悔心之萌乎!

푸른 등불 마주하고 앉아서 지새웠네.[6]

寵辱悠悠兩自驚
飄零何處着殘生
天邊落日懷鄉淚
塞外窮秋去國情
雲葉亂飛山盡黑
月輪低照海全明
羈愁此夜偏多緖
坐對靑燈到五更

총애를 받던 때나 욕을 당할 때나 생각해 보면 놀랍고 가슴 철렁한 기억 뿐이다. 이제는 총애도 욕됨도 모두 옛일이 되었고, 남은 인생은 또 무엇에 기대어 지내야 할지 아득하고 막막하다. 3, 4구에선 고향을 떠나 변방 땅으로 오게 된 자신의 처지에 대한 막막한 심정을 표현했다. 5, 6구에서는 전망 부재의 현실을 구름이 낀 산에, 현실을 타개해줄 현명한 군주를 온 바다를 밝게 비추는 둥근 달에 빗대고 있다. 흑(黑)과 명(明)은 암울한 현실에서 절망과 희망이 교차되는 복잡한 작가의 심사를 대신한다. 7, 8구는 오경까지 푸른 등불만 보면서 밤새 고민을 했지만 타개할 수 없는 현실에 마주 서 있음을 보여준다.

이처럼 생애 마지막 출사(出仕)를 예감한 심언광의 시는 자탄과 회오가 주를 이룬다. 자신의 잘못된 정치적 판단으로 맞게 된 불우한 운명을 그는 매우 격정적으로 토로한다. 욕된 기억이 많을수록 그 옛날 총애의 달콤한 기억이 더더욱 그를 괴롭혔다. 또, 언젠가 이 모든 현실을 타개해 줄 임금에 대한 간절한 기대와 소망이 「북정고」전편에 깔려 있다.

6 해석은 고전번역원의 것을 따른다.

3. 처지에 대한 자탄과 회한

함경도 관찰사는 좌천의 성격이 강했다. 말년에 찾아온 예기치 않은 불운에 답답하고 복잡한 심사를 숨김없이 토로하고 있다. 그는 다시 중앙의 정계(政界)로 복귀하기 어려울 뿐만 아니라, 이 자리조차도 오래 보존할 수 없다는 사실을 누구보다 잘 알고 있었다. 그의 시에는 유배객과 다를 바 없는 의식이 강하게 깔려 있다. 때로는 기러기나 나그네에 자신을 빗댔고 이릉, 가의, 굴원, 소무 같은 인물들에게도 자신을 강하게 투사했다.

〈鏡城朱村驛 感懷〉

옛날에 부신(符信) 차고 이 성을 다스렸는데
다시 오니 어찌 마음을 가눌 수 있으랴.
쓸쓸한 옛 모습은 고향과 같았으나,
반백의 유민들은 절반쯤 죽었도다.
변방 밖 강산들은 모습이 익숙하고,
변방의 초목들은 이름을 알겠구나.
금장과 옥절은 큰 은혜에 부끄러운데
흰 머리 유독 더해 귀밑머리 환하도다.

昔佩銅魚宰此城
重來那得易爲情
蕭條舊色如鄕國
斑白遺民半死生
徼外江山應識面
天涯草木尙知名
金章玉節慙洪造
霜雪偏添兩鬢明

1519년 33세 때 경성교수(鏡城敎授)로, 1525년 39세 때 경성판관으로 각각 함경도에 왔었다. 지금은 세월도 흘렀고 사람도 변했다. 예전에 알고 지내던 백성들 중 절반이나 세상을 떠났다는 말에서 시간이 오래 경과했음을 알 수 있다. 다만 강산이나 초목만이 익숙하게 그를 예전처럼 대할 뿐이다. 젊은 시절에 왔을 때 가지고 있던 포부는 온데간데없고, 말년에 다시 와서는 쓸쓸한 회한만 남았다.

〈渡龍興江〉

나룻배가 검푸른 물결 가르고
강물은 저절로 물줄기 나누네.
아침 햇살에 맑은 파도 붉어지고
가을빛에 저물녘 나무는 붉어지네.
변방 구름 차갑게 비를 몰고 오고,
변방 기러기는 바람 타고 멀리 갔네.
객의 머리 노쇠함에 놀라서
맑은 물결에 마른 모습 비춰 보네.

輕舟截黝碧
江水自分洪
旭影晴波赤
秋光晩樹紅
關雲寒帶雨
塞雁遠隨風
客鬢驚衰邁
淸流照瘦容

용흥강(龍興江)은 함경남도 고원군 운곡면의 각고산(角高山, 1,038m) 남쪽에서 발원하여 영흥평야를 관류해서 송전만(松田灣)으로 흘러드는 강이다. 옛 이름은 횡강(橫江) 또는 요락지(瑤樂池)라고도 하였다. 이 시는 이곳을 건널 때의 감회를 적고 있다.

그의 시에서 가장 빈번히 등장하는 시어로는 기러기와 나그네를 들 수 있다. 그의 심정을 기탁할 수 있는 하나의 동물을 꼽자면 기러기라 할 만하다. 한시에서 기러기는 외롭고 처량함의 상징이다.[7] 나그네는 말할 것도 없이 그의 심정을 대변한다. 관리로 임명되어 왔지만 이 지역에서는 이방인에 불과하니 고향을 향해 돌아갈 날만 기다리며 여기저기 떠돌아다니는 나그네와 다를 바 없다.[8] 이처럼 기러기와 나그네는 그가 당시 상황을 인정하지 못하고 고통스러워했음을 잘 보여주고 있다.

〈寄閔耆叟〉

바다 북쪽 유배 온 외로운 신하
변방 밖 누각에 오른 지 오래되었네.
몸에 걸친 다 낡은 한 벌 갖옷이
호산의 빗줄기에 몇 번 젖었나.
찬 이불 속 누워 있는 일생이니
기구한 운명 하늘이 주신 것이네.
날개 찢긴 짝을 잃은 기러기이고,
여러 차례 상갓집 개 신세였네.
3월말 관동에서
필마로 처음 북쪽을 향했다네.

---

7 북정고에 기러기가 등장하는 시로는 〈曉發文川館 有感〉,〈渡龍興江〉,〈定平館夜雨〉,〈慶源客館 夜坐〉,〈宿穩城德明驛〉,〈嶺東驛 戲作〉,〈登元帥臺〉,〈續題 四首〉,〈贈文仲令公爲別〉 등이 있다.

8 북정고에 나그네가 등장하는 시로는 〈德源鐵關驛 有懷〉, 〈豊川驛館 次韻〉,〈次安邊館韻〉,〈登望京樓 別徐伯羣〉,〈定平館夜雨〉,〈定平道中〉,〈宿嶺東驛 有感〉,〈會寧館〉,〈高山驛 追次張玉子剛韻〉,〈寄德受〉,〈夢慈顏〉,〈登會寧雲頭城 有感〉,〈鍾城館 遇雨〉,〈寄閔耆叟〉,〈行營除夜〉,〈偶吟〉,〈次朴訥齋昌世韻 送別金玉汝〉,〈自敍艱危〉,〈次安邊龍堂韻〉,〈贈文仲令公爲別〉 등이 있다.

구구한 말들도 부끄러우니
눈물 참으며 어머니를 하직했네.
붉은 마음 여러 되의 피와 같은데,
하늘의 해는 땅 아래 비추는구나.
다만 필묵으로 가볍게 짐을 꾸려서
관산 길을 손으로 가리켜 보네.
…중략…
음산에선 이릉이 늙어 갔었고,
큰 움집에서는 소무가 거처했네.
옛 군자를 손꼽아 세어 보니
실의한 사람들 열에 아홉이었네.
초택으로 방축된 굴원이었고,
장사왕 태부로 쫓겨난 가의였네.
일찍이 듣건대 군자란 사람은
쓰이고 버려짐 천수(天數)에 관련되네.

孤臣謫海北
塞外登樓久
身上一弊裘
幾濕胡山雨
寒衾裏生涯
奇釁天所賦
翛翛失侶鴻
累累喪家狗
關東三月尾
匹馬初北首
刺刺亦可恥

忍淚辭慈母

丹心數斗血

天日照下土

輕裝只筆墨

指點關山路

…중략…

陰山老李陵

大窖幽蘇武

屈指算前修

失意者十九

楚澤放靈均

長沙投賈傅

曾聞君子人

用舍關天數

이 시는 민수천(閔壽千)에게 보낸 것이다. 북정고에서 여러 명과 교유를 나눴던 흔적을 찾을 수 있는데 대표적인 인물로 서고(徐固, ?~1550)[9], 장옥(張玉, 1493~?)[10] 등을 들 수 있으며, 이들에 대해서 여러 편의 시를 남겼다.[11]

자신의 처지를 짝을 잃은 기러기나 상갓집 개에 빗대는 등 전반적인 분

---

9 서고(徐固, ?~1550): 조선 중기의 문신. 본관은 달성(達城). 자는 백공(伯鞏). 1526년 생원으로서 별시문과에 병과로 급제하고 1534년 사간원정언(司諫院正言)이 되었다. 1548년 충주목사를 지내고, 이듬해 예조참의를 역임하였다. 사절을 받들고 명나라에 갔다가 도중에 병사하였다.

10 장옥(張玉, 1493~?): 본관은 덕수(德水). 자는 자강(子剛), 호는 유정(柳亭). 1519년 응교가 되었다가 1521년의 기묘사화의 여파인 신사무옥에 연루되어 유배되었다. 1526년 유배지에서 풀려나와 문과에서 급제하여 사가독서(賜暇讀書)하였다. 1532년 김안로(金安老)의 일당에게 몰려 유배되었다가 1537년 김안로가 문정왕후(文定王后)의 폐위를 도모하다가 유배되어 사사(賜死)되자 풀려나왔다. 기묘명현의 천거로 한때 명망이 있었으나, 심정(沈貞)의 소요정(逍遙亭) 정자 서문을 지으며 미사여구를 남발하여 비난을 듣기도 했다. 저서로는 『유정유고』가 있다.

11 서고(徐固), 〈永興館 遇徐伯鞏 徐爲災傷御史來二首〉, 〈登望京樓 別徐伯鞏〉; 장옥(張玉), 〈除夜有感 寄子剛〉, 〈偶吟 寄子剛〉,〈高山驛 追次張玉子剛韻〉.

위기는 유배객의 시와 다를 바 없다. “3월말에 관동에서 북쪽으로 향했다”는 구절은 논란이 있을 수 있다. 심언광의 연보를 살펴보면, 함경도 관찰사에 임명되어 8월에 출발한 것으로 나온다. 그러나 위의 시만 보아도 3월에 함경도로 향했던 것으로 나오며, 다른 시에서도 단오를 다룬 두 편이 있기 때문에 시기적으로 맞지 않는다. 이 부분에 대해서는 좀 더 논의가 필요하다.[12]

이어서 어머니와 작별하는 장면, 짐을 꾸리는 모습 등을 담담히 기술한 뒤, 자신의 심정을 이릉이나 소무, 굴원, 가의 등 하나같이 낙척불우(落拓不遇)했던 인물들과 동일시하고 있다. 지방관으로서의 자부나 포부는 전혀 보이지 않고, 유배객과 같은 자탄(自歎)과 회한(悔恨) 따위가 주를 이룬다.

4. 이질적인 풍속과 풍토

이중환(李重煥)의 『택리지(擇里志)』에 “함흥 이북은 산천이 험악하고 풍속이 사나우며 기후가 춥고 토지도 메말라 곡식은 조[粟]와 보리뿐이며, 벼는 적고 면화(棉花)도 없다. 지방 사람이 개가죽을 입고 추위를 막으면 굶주림을 견디는 것은 여진족[13]과 똑같다.”라고 나온다. 함경도의 혹독한 기후나 낯선 풍속 또한 지방관을 힘들게 하는 요인 중 하나였다. 잦은 폭설과 세찬 바람, 그에 동반된 혹독한 추위는 남쪽 사람들에게 더더욱 견디기 힘든 고통이었다. 게다가 익숙하지 않은 풍속은 이국적(異國的)이기까지 해서 때로는 오랑캐의 습속하고도 별반 차이가 없어 보였다. 오랫동안 중앙 정계에서 생활을 해왔던 심언광에게는 이 모든 것이 쉽게 받아들일 수 없는 버거운 일이었다.

---

12 초간본이 일찍 산일되는 등의 곡절을 겪으며 생긴 문집 편찬 상의 오류일 가능성도 있어 보인다.

13 심언광의 시에도 이러한 언급이 나온다. 〈又疊〉: …이 땅은 여진의 나라이어서, 백성들은 오히려 몽고의 풍속이 있네[地是完顔國, 民猶鐵木風]…

〈會寧館〉

[1]

천막에 사는 백성들이 오랑캐 거처와 섞였으니

창과 방패를 어찌 시서와 바꾸겠는가?

구름 끝 옛 수자리엔 무너진 성곽 남아 있고,

영웅은 간 곳 없고 빈터만 남아 있네.

千帳民居雜虜居

戈矛那得換詩書

雲頭古戍餘殘郭

寂寞英雄但舊墟

[5]

대낮에 무서운 짐승 마을에 보이니

친구 중 누가 다시 편지를 보낼 텐가?

산하에는 천년 버틴 나무가 있는데,

시든 풀만 쓸쓸하게 옛 터에 가득하네.

白日夔獖見邑居

親朋誰復寄音書

千年幹木山河在

衰草蕭蕭滿古墟

[6]

황사 쌓인 강가에 백성들 사는데,

글 올려 백성 고통 해결할 사람 없네.

개간지에 너그러운 세금 탓에 살기 충분한데

여러 마을 밥 짓는 연기 옆에는 황폐한 땅일세.

黃沙磧外亦民居
疾苦無人解上書
寬賦斫畬生事足
數村煙火傍荒墟

회령관이란 제목의 연작시 6편 중 일부이다. [1] 백성들의 거처는 오랑캐의 거처와 지척에 있다. 글공부 보다는 무예에 더 치중할 수밖에 없는 현실이다. 오랑캐 땅과의 지리적인 인접성과 상무(尙武)의 전통은 자연스레 백성들의 풍속을 거칠고 야만스럽게 만들 여지가 있었다. 그 옛날 이곳을 호령하던 영웅은 다 사라지고 남은 것이라곤 그저 무너진 성곽뿐이다. 싸워야 할 뚜렷한 적(敵)도 싸울 만한 사람도 없다. [5] 대낮에 산짐승이 어슬렁거릴 정도로 첩첩산중이다. 변방의 풍경이 을씨년스럽고 쓸쓸하게 그려져 있다. 앞선 시의 적막(寂寞)이나 이 시의 소소(蕭蕭)는 변방에 대한 그의 감정을 대변해 준다. 그러한 고립무원의 장소에서 편지마저 끊겨 외부와는 철저히 단절되었다. [6] 강가에 사는 백성들은 열악한 환경 속에 살고 있는데 누구하나 상소를 올려 시정해 줄 사람 하나 없다. 그나마 개간지에 대한 세금이 관대한 것은 다행이다. 작가 본인도 어떤 사안에 적극적으로 개입해서 해결하려는 의지는 보이지 않고, 관찰자나 방관자의 시각을 면하지 못하고 있다.

〈過鍾城小白山〉
장백산은 소백산과 잇닿았고
가을 교외 눈이 쌓여 길이 아득하네.
초가집은 몰아치는 바람 막아주는데,
9월에 두툼한 솜옷도 추위를 견딜 수 없네.

長白山連小白山
秋郊堆雪路漫漫
黃茅颯飁風吹遏
九月重綿不耐寒

『신증동국여지승람』에 “소백산(小白山)은 종성의 남쪽 45리에 있으니 진산(鎭山)이다. 봄과 여름에도 눈이 있다.”라고 나온다. 이 시는 종성의 소백산을 지나다 쓴 것이다. 9월에 벌써 눈이 내려서 쌓여 있고, 초가집이 몰아치는 바람을 막아준다지만 두툼한 솜옷을 입어도 추위를 견디기에는 역부족이다. 추위에 대한 언급은 여러 편의 시에 등장하고 있다.[14]

〈文川道中, 望海島, 島有民居云〉

[1]

섬 안에서 연기가 모락모락 나는데
아스라한 파도 넘어 고을 성 보이누나.
다만 그저 부세 징수 성화보다 더 급하니
이 몸에 신선 땅에 가까운 줄 모르겠네.

島中煙火亦生生
縹緲溟波隔郡城
只爲徵科星火急
不知身世近蓬瀛

[2]

섬마을 쓸쓸하게 몇 집만이 사는데,

14 〈慶興阿吾地堡.次韻〉, 天寒劫塞風; 〈次慶興客館韻〉, 靑海冷雲侵几席, 白山寒籟透軒楹

밭 가는 사람들은 모두 다 우리 백성.
인간 세상 토지마다 세금을 징수하니
무슨 수로 도원에서 진나라 피하리오.

海島蕭條數戶民
耕黎猶是域中人
人間任土皆征賦
何路桃源可避秦

문천군(文川郡)은 서울에서 6백 68리나 떨어진 곳이다. 문천군 동쪽 30리 지점에는 사눌도(四訥島)가 있으며, 문천군 북쪽 40리 지점에는 마도(馬島)가 있다. 이 시에 나오는 섬은 이 두 섬 중 한 곳으로 보인다. 문천에서 바라보는 섬의 풍경은 마치 신선이라도 살 것 같이 아름답다. 하지만 여기도 부세의 징수만은 면하지 못했다. 함경도의 가혹한 수탈은 예전부터 있었던 일이었다. 이익의 『성호사설』에도 "수령(守令)들을 대부분 무신(武臣)에서 임용(任用)한 것만은 잘못이다. 무신은 대개가 염치(廉恥)를 불구하고 조정 대신들에게 뇌물을 바쳐 영달의 지름길을 찾기에만 힘쓰기 때문에 재물을 탐하여 지나치게 거두어들인다. 그러므로 백성이 편히 살 수가 없다."라고 나온다. 그나마 옥토라 생산이라도 풍성하다면 부세(賦稅)의 부담이 덜하겠지만 땅은 척박하기 이를 데 없어서 가혹한 세금이 더욱 혹독하게 느껴질 수밖에 없었다.[15]

이처럼 함경도의 낯선 풍속과 풍토는 그를 더욱 고단하게 만들었다. 상무(尙武)의 전통과 호풍(胡風)의 전통이 강한 지역이라 매우 낯설게 다가왔다. 이 때문에 심리적으로는 더욱더 고립감을 느낄 수밖에 없었고, 육체적으로

---

15 함경도 백성의 고단한 형편은 다음의 시에서도 잘 나타나 있다. 부거(富居)는 함경도 부령(富寧)의 옛 지명이다. 가난한 형편인데도 고을 이름이 부거이니 허황된 지명이라고 비꼬고 있다. 〈題富寧富居縣〉: 山下荒田數頃餘, 黃茅白屋野籬疏. 貧民活計本無賴, 古縣虛名是富居.

도 추위로 대표되는 풍토 때문에 고생해야 했다. 그러나 이러한 상황을 적극적으로 개선하려는 의지 없이 철저히 타자로서의 시선만을 보여주고 있을 뿐이다.

5. 국경 수호에 대한 결의

서북 지역은 국경과 맞닿아 있어서 군사적으로 매우 중요한 곳이었다.[16] 특히 함경도는 평안도보다 더 방어하기가 수월치 않은 지역이다. 서쪽으로 삼수(三水)와 갑산(甲山)으로부터 동쪽으로 바다에 이르기까지 모두 말갈(靺鞨)과 강물 하나를 사이에 두고 있으며, 또 번호(藩胡)가 육진(六鎭)의 성참(城塹) 밖에 뒤섞여 살고 있어 그 부락들이 서로 바라다 보인다.[17] 그의 시에서 함경도 관찰사로서의 공무에 대한 의식이나 포부는 거의 찾아볼 수 없지만, 변방 영토의 수복이나 방어에 대한 의지만은 잊지 않고 있다.

〈登鐵嶺有感〉

높디높은 큰 고개 철령이라 이름 하고

---

16 국경 문제에 대해서는 다음의 연구가 참고가 된다. 강석화, 『조선후기 함경도와 북방영토의식』, 경세원, 2000; 이화자, 『조청 국경문제연구』, 집문당, 2008.

17 장유(張維)의 〈送東岳李公觀察嶺北序〉에는 함경도 관찰사의 중요성에 대해서 다음과 같이 역설하고 있다. "지난날로 말하면 건이(建夷)가 변발(辮髮)을 풀게 되는 등 황제의 위령(威靈)이 먼 지방에까지 떨쳐지면서부터 관서 수신(守臣)의 입장에서는 오직 중국 사람을 응접하는 것이 중대한 일로 떠오르게 되었을 뿐 변경(邊境)을 다스리는 일은 걱정할 필요가 없게 되었다. 이에 반해 영북의 경우는 안으로는 번호(藩胡) 종족들을 무마하며 제어해야 하고 밖으로는 거센 오랑캐들을 막아 내어야 하였으며, 이런 가운데 한 번이라도 조치가 잘못되기라도 하면 적자(赤子)들마저 금수(禽獸)로 변하여 으르렁대면서 거꾸로 물어뜯으려 덤벼드는 판국이었다. 예컨대 선조(先朝) 계미년(1583, 선조 16)의 변고 같은 것은 단지 조무래기 하나가 조정의 교화를 막고 나선 데에 불과한 것이었을 따름인데도 사방을 진동시키기에 충분하였다. 이런 까닭에 옛날에 양계에 대해서 난이도(難易度)를 논할 때에는 함경도가 평안도보다도 중하다고 하였던 것이었다[異時建夷解辮, 皇靈遠震, 關西守臣, 唯以應接華人爲重務, 疆圉之事, 非所憂也. 嶺北內以撫御藩種, 外以隄防勁虜, 一有失宜則赤子化爲龍蛇犬羊, 猖然反噬. 如先朝癸未之變, 特小醜梗化耳, 猶足以震撓四方. 故昔之論劇易者, 謂北重於西]" 번역은 고전번역원의 것을 따른다.

성세에 관문 열어 북쪽 사람 백성 삼네.
천년의 검각은 하늘이 만든 험한 곳인데
금우 길로 하루 밤새 촉과 진이 통하누나.
슬프다 고려 때에 대장부 없을까마는
변방 영토를 여진에게 넘기었네.
가시덤불 어느 곳에 윤관의 묘갈 묻혔던가.
오랑캐 산 어렴풋한 선춘령 바라보네.

峨峨巨嶺名爲鐵
盛世開關爲北民
劍閣千年天設險
金牛一夕蜀通秦
堪嗟麗代無男子
却使邊疆付女眞
何處荊榛埋尹碣
胡山隱約望先春

철령(鐵嶺)은 함남 안변군과 강원 회양군 (현 강원 고산군과 회양군)의 경계에 있는 고개 이름이다. 서울과 관북지방을 연결하는 교통·군사상 중요한 곳으로 이 고개의 북쪽을 관북지방, 동쪽을 관동지방이라고 부른다. 고려 말 명(明)나라와의 사이에서 야기되었던 철령위문제(鐵嶺衛問題)[18]가 있었던 곳

18 고려를 지배하던 원(元)나라의 세력이 기울고 1368년 명나라가 일어난 이후, 명나라 태조(太祖)가 철령 이북의 땅은 원래 원나라에 속했던 땅이라 하여 자기 나라에 귀속시켜 철령위를 설치하고 병참군영으로 만들 계획이라는 사실이 명나라에 다녀온 설장수(偰長壽)를 통해 알려졌다. 이에 고려에서는 이곳에 성(城)을 신축하여 대비케 하는 한편, 박의중(朴宜中)을 다시 명나라에 보내어 철령 이북의 문천(文川)·고원(高原)·영흥(永興)·함흥(咸興) 등과 공험진(公險鎭)까지 고려의 영토임을 밝히고 철령위 설치를 중지해 줄 것을 요구하였다. 또한 조정에서는 최영(崔瑩)이 중신 회의를 열어 타개책을 논의한 결과 명나라와 화의하자는 쪽으로 의견이 기울었다. 그러나 1388년 3월 명나라의 후군도독부(後軍都督府)에서 왕득명(王得明)을 고려에 보내 랴오둥[遼東]에서 철령에 이르기까지 70여 개의

이기도 하다.

검각(劍閣)은 중국(中國) 장안에서 촉으로 가는 길인 대검(大劍)·소검(小劍)의 두 산(山)의 요해지(要害地)이다. 금우(金牛)는 사천성(四川省)과 섬서성(陝西省) 사이에 있는 옛날의 잔도(棧道) 이름으로, 한중(漢中)에서 촉(蜀) 땅으로 들어가려면 반드시 거쳐야만 하는 길이다.

여진족이 침범해 오자, 고려는 임간 등을 보내 여진족의 군사를 치게 했으나 오히려 패배했다. 다시 윤관을 출동시켰지만 그 역시 크게 패하고 겨우 화약만 맺고 돌아왔다. 임간과 윤관의 패전으로 정평 장성 밖의 여진 촌락은 모두 완안부 치하에 들어가고 말았다. 고려 예종 2년(1107) 평장사 윤관(尹瓘) 등이 17만 군사를 이끌고 여진을 물리친 뒤, 그곳에 6성을 쌓고 선춘령(先春嶺)에 '고려지경(高麗之境)' 네 글자가 새겨진 비를 세워 국계(國界)로 삼았다.

군사요충지인 철령을 지나면서 옛 역사를 더듬어 변방 수호의 의지를 재확인하였다. 「북정고」에 실린 대부분의 시는 자폐감과 열패감(劣敗感)에 휩싸여 있다. 그나마 변방의 영토 문제에 대해서만은 의기(義氣)와 충정(忠情)을 엿볼 수 있다.

〈次文仲令行營永嘯堂韻〉

술잔 들고 온화하게 방책을 짜내었고

예사롭게 시 읊으니 맑은 놀이였네.

조정에서 영토를 다스리려 땅 개척하고,

평소에는 성지(城池) 수리 요구를 하였다네.

우리 조선 몇 사람이 원대한 계책 다투고

병참(兵站)을 두는 철령위 설치를 정식으로 통고해 오자, 급기야 우왕(禑王)은 요동 정벌을 명하게 되었다. 이에 최영을 팔도도통사(八道都統使), 이성계(李成桂)를 우군(右軍)도통사, 조민수(曺敏修)를 좌군(左軍)도통사로 삼고 3만 8천여 군사로 평양을 출발하였다. 결국 이성계의 회군(回軍)으로 요동 정벌은 실현되지 않았으나, 철령 이북도 명나라에 귀속되지는 않았다.

글 읽는 고아한 선비는 장구한 계략 품었네.
단에 올라 부월 받든 것은 지난해의 일인데,
만 리 밖 산하에는 누대 하나 걸려 있네.

樽酒雍容足運籌
尋常吟嘯做淸遊
聖朝疆理方開拓
平日城池要繕修
屛翰幾人爭遠略
詩書雅士抱長猷
登壇授鉞他年事
萬里河山控一樓

국경 수호에 대한 의지가 드러난 작품이다. 조정에서는 정책적으로 미개척지에 백성들을 이주시켜 땅을 개척하게 하고, 평소에도 성에 딸린 해자를 정비하였다. 원략(遠略)이나 장유(長猷)는 모두 북방 개척이나 북벌(北伐)에 대한 논의를 말한다. 동 제목의 다른 시에서 "변방의 해자는 막중한 임무인 것 알겠으니, 궁중의 염파(廉頗)와 이목(李牧) 같은 옛 사람 떠올리네.[19][閫外渠隍知重寄, 禁中頗牧想前修]"라고 하여 변방의 임무에 대한 막중한 책임감을 토로한 바 있다. 이처럼 실의(失意)한 상태에서도 무거운 책무만은 완전히 저버리지 않았다.

〈次安邊客舍韻〉
길이 변방의 흰 눈이 속으로 들어가는데,
거란의 오래된 부락 있고 수루는 비었도다.

---

19 문무의 재주를 겸비한 시종신이 외방으로 나가 장군이 되는 것을 말한다.

서리는 용천검에 들이치는데 천산엔 달이 떴고
구름은 무호기를 누르는데 사막에 바람 부네.
만 리의 장한 명성 초목을 맑게 하는데,
천년 세월 인물 중에 영웅이 적었도다.
오랑캐 무마할 이렇다 할 계책 없다 말지니,
한가롭게 책 보는 것으로 오랑캐 막을 만하리.

路入關河白雪中
奚丹舊落戍樓空
霜侵龍劍天山月
雲掣螯弧瀚海風
萬里威聲淸草木
千秋人物少英雄
撫摩莫道無長策
閑把詩書足禦戎

1, 2구에서는 변방의 모습이 잘 묘사되어 있다. 3, 4구의 용천검(龍泉劍)과 모호기(螯弧旗)는 오랑캐를 평정하고픈 자신의 의지를 대변한다. 용천검은 춘추 시대 간장(干將), 막야(莫邪) 부부가 제작했다는 보검(寶劍) 이름이다. 그의 시에는 용천검이 자주 등장한다. 모호기는 창·방패와 호시성(弧矢星)을 그린 깃발이다. 춘추 시대 정백(鄭伯)의 기(旗)였는데, 영고숙(潁考叔)이 이 깃발을 들고 적군의 성벽에 먼저 올라간 고사가 있다. 5, 6구에는 천년동안 많은 인물이 있었지만 변방에 있는 오랑캐들을 완전히 평정시킨 영웅이 없었으니 자신이 그러한 영웅이 되고 싶다는 바람을 담았다. 골칫거리인 오랑캐를 제압할 계책이 없다고들 하지만, 무력으로 똑같이 대응하기 보다는 오히려 문치(文治)로 교화하는 것이 더 적합하다고 역설했다.

상황이야 어쩔 수 없이 자신이 원하지 않는 곳으로 오게 되었지만, 변방

의 사정들을 살펴보고 나서 오랑캐를 평정하려는 자신의 포부를 여러 차례 드러내고 있다.[20]

6. 끊임없는 충성과 연군의 다짐

「북정고」에 실린 연군과 충성에 대한 시를 문면 그대로 받아들이는 것은 곤란하다. 자신의 절망적인 처지를 구원해 줄 대상은 오로지 절대 권력을 가진 군주밖에 없었기에 그의 시는 더 절박하고 애절하게 연군(戀君)을 외칠 수밖에 없었다. 보통 유배 한시에서 이러한 성향을 드물지 않게 찾아볼 수 있다. 심언광은 자신의 처지를 유배객의 그것과 다를 바 없이 받아들이고 있었기에, 그의 시에서 보이는 연군 역시 유배 한시에서 보여주는 것과 별반 차이가 없다.

〈豐川驛館, 次韻, 二首〉

[1]

늙은이가 궁궐을 떠나게 되니,

행장일랑 단출하게 말과 안장뿐이네.

지방관 되어 북쪽으로 떠나와서는

남쪽 보니 상감 얼굴 떠오르누나.

두만강 구름 가에 수자리 있고,

마천령 눈 밖에는 멧부리 있네.

숲 속은 오히려 의지할 만한데,

지친 새는 언제나 돌아오려나.

20 〈又次〉, 總戎常耀武, 雲鳥整軍容; 〈共遊六鎭〉, 久畫平戎策, 丁寧報聖君; 〈鍾城館 次文仲令公韻〉, 夷夏分疆閱幾年, 長江南北割山川. 豪來欲試平生劍, 還怕英名塞上傳; 〈望長白山 鴨綠江 發源于此山〉: 雪嶽千層白半邊, 地分華夏隔腥羶. 强胡往往來馳突, 尙恨山高未接天.

白首辭丹地
行裝但馬鞍
北來持鳳節
南望憶龍顔
豆滿雲邊戍
磨天雪外巒
林棲猶可托
倦鳥幾時還

[2]
말 가는대로 가다 여관에 묵고
해질녘에 잠시 임금 안장 생각하네.
서릿발이 완전히 귀밑털에 들자,
붉은 얼굴 점차로 얼굴에 사라지네.
하늘 끝 먼 길에는 가을 저물고,
높직한 멧부리엔 단풍이 졌네.
어찌하여 나그네의 창가 꿈이
빈번히 서울 향해 돌아가는가.

信馬投郵館
斜陽暫御鞍
淸霜渾入鬢
紅藻漸收顔
秋晩天邊路
楓粧鳥外巒
如何旅窓夢
頻向錦城還

초로의 늙은이는 단출한 행장으로 임지로 떠난다. 지방관으로의 부임이지만 심정적으로 유배나 별반 차이가 없다. 이 두 편의 시에서 그의 절절한 심정이 잘 드러난다. 그의 시에서 임금에 대한 끊임없는 구애(求愛)와 서울에 대한 향수(鄕愁)를 쉽게 찾을 수 있다. 위의 두 작품에서도 용안(龍顔)이나 어안(御鞍)이란 시어를 써서 직접적으로 임금을 향한 마음을 숨기려 하지 않았다. [1]에서 지친 새[倦鳥]는 자신을, 숲 속[林捿]은 임금의 품을 상징한다. [2]에서도 역시 객지에 계속 서울로 돌아가는 꿈을 꾼다고 했다. 이러한 정서는 북정고 전편을 관류하고 있다. 때로는 버림받은 여인의 심정을 담은 〈昭君怨〉[21],〈深宮怨〉[22] 등을 통해서 자신의 답답한 심사를 기탁하였다.

〈鍾城館 遇雨〉

구름 속 새는 당당하게 진을 치듯 이어졌는데,
서생의 소매 안에 용천검 자리했네.
몸은 천 리 밖 누런 모래의 옛 수자리에 있고,
한낮에 서울의 대궐을 꿈꾸네.
변방에 빗소리는 바다 산에 이어졌고,
변방 강의 가을빛은 경치가 오래됐네.
관산의 밤에 쓸쓸하게 낙엽이 졌으니,
여관의 푸른 등불 나그네 잠 시름겹게 하네.

雲鳥堂堂陣勢聯
書生袖裏有龍泉
黃沙古戍身千里
白日長安夢九天

21 〈昭君怨〉: 琵琶一曲瀉幽思, 起向胡山落月時. 自分紅顔常薄命, 黃金未必誤姸媸.

22 〈深宮怨〉: 一種蛾眉粉黛均, 南宮歌笑北宮嚬. 靑春未老羊車斷, 自是容華不動人.

榆塞雨聲連海嶠
狄江秋色老風煙
蕭蕭落木關山夜
旅館靑燈惱客眠

구름 속 새들은 떼 지어 자유롭게 날아가는데 자신은 유배지나 다름없는 곳에 있다. 운조(雲鳥)와 서생(書生)은 과거와 현재의 처지로도 읽힌다. 자주 등장하는 용천검은 뛰어난 능력에도 불구하고 버림받은 자신의 좌절된 욕망을 상징한다. 몸은 천 리 밖 수자리에 있지만 그는 언제나 한양에 있는 궁궐을 꿈꾼다. 현실을 인정하지 못하는 만큼 과거의 기억은 그를 더 강력하게 견인한다. 밤뿐 아니라 낮에도 꿈을 꿀 정도니 심언광의 희망이 얼마나 간절한지 알 수 있다. 짙어가는 가을, 비까지 내리는 변방은 심회를 더욱 돋운다. 현실을 인정하고 싶지 않다. 비 내리는 밤 여관에 누워 있으니 낙엽은 쓸쓸하게 떨어지고 잠을 청해도 잘 수가 없다.[23]

7. 결론

심언광은 탁월한 시재임에도 불구하고 잘못된 정치적 선택 탓으로 문학사에서 철저하게 사라진 작가이다. 특히 이 글에서 살핀 「북정고」는 심언광이 함경도 관찰사로 있을 때의 체험을 담고 있는데, 생애 말년에 보이는 노성한 시들에서 그의 높은 문학적 성취를 확인할 수 있었다.

함경도 관찰사로 출사하기는 했지만 사실 좌천의 성격이 강했다. 자신의

23 시에 연군이 드러난 시는 다음과 같다. 〈會寧重九日 有感〉: 白髮思慈母, 丹心戀聖君; 〈寄黃叔貢〉: 九重北顧方霄肝, 那得憑君達下情; 〈明川路中 有感〉: 迢迢故國悲寒望, 何處西方有美人. 특히 다음 시에는 시 전체에 연군에 대한 마음이 잘 표현되어 있다. 〈贈都事渭叟〉: "孤臣血淚省愆尤, 欲叫彤墀不自由. 指點北辰天柱遠, 回瞻南土海門幽. 胡山夜月明妃淚, 楚澤秋風屈子愁. 萬死投荒堪白首, 此行何日大刀頭.

잘못된 판단에 대한 자탄과 회한이 주를 이룬다. 이릉, 가의, 굴원, 소무 같은 이들에게 빗대어 자신의 심정을 표출했다. 여기에 보이는 시들은 거의 유배객의 심사와 다를 바 없다.

아무래도 낯선 풍속과 풍토는 중앙 정계에서 오래 활동한 노신(老臣)에게는 심신(心身) 모두에 있어서 견디기 힘든 문제였다. 여기에서 벌어지는 어떤 사안에 대해 자신이 적극적으로 개입해서 해결하려 하기보다는 방관자의 시각을 벗어나지 못한다. 이러한 의식은 대부분의 소외된 지역에 파견된 관리에게서 흔히 찾아볼 수 있다.

함경도는 국경과 인접해 있어 군사적으로 매우 중요한 요지이다. 지리적인 위치 탓으로 국경 문제로 인한 분쟁이 심심치 않게 벌어졌다. 공무에 대해서 커다란 의지를 표명하지 않음에도 불구하고, 변방 영토의 수복이나 방어에 대한 의지만은 잊지 않았다.

그가 함경도에 부임하게 된 상황이나 시기를 볼 때 개인적으로 매우 모욕적으로 받아들일 만했다. 그럼에도 불구하고 이러한 상황을 타개해 줄 사람은 역설적으로 이러한 상황에 놓이게 한 주체이기도한 임금밖에 없었다. 매우 간절하게 연군(戀君)을 외칠 수밖에 없는 아이러니한 상황이었다. 그의 정서는 유배객의 모습과 다를 바 없었다.

심언광에 대한 연구는 아직 시작에 불과하다. 그의 생애 전체를 포섭하여 전망을 제시할 수 있는 연구와 함께 세밀하게 특정 시기의 시들을 분석하는 작업이 함께 이루어져 할 것이다. 이번 연구가 문학사에서 정당한 평가를 받고 있지 못하고 있었던 심언광 문학의 위상이 제자리를 찾는데 작은 단초가 되기를 기대한다.

_참고문헌은 각주로 대신함

05

어촌 심언광의 한시에 나타난 죽음의 형상화와 미적특질

하정승 _한림대학교 기초교육대학 교수

이 글은 2013년 11월 22일(금) 강릉문화원에서 개최한 "제4회 어촌 심언광 전국학술세미나"에서 발표한 「어촌 심언광의 한시에 나타난 죽음의 형상화와 미적특질」을 수정·보완하여 『동양학』 55집(단국대 동양학연구소, 2014. 2.)에 수록한 것이다.

1. 문제제기

어촌 심언광(1487~1540)은 조선중기 특히 중종조에 주로 활동했던 문인이다. 그는 조선조에 강릉에서 배출된 대표적인 정치가이기도 하다. 일찍이 부친을 여의고 넉넉지 못한 가정 형편에서도 학문에 매진하여 15세 때인 1501년에 강릉에서 치러진 향시에서 장원을 하였고, 1513년 문과에 급제하여 관직에 오른 뒤로 대사간, 대제학, 공조판서, 이조판서, 의정부 좌참찬 등의 요직을 역임하였다. 말년에는 좌천되어 쫓겨나 있던 김안로를 천거했다는 탄핵을 받고 고향으로 낙향하여 여생을 보내다 1540년 54세의 나이로 세상을 떠났다.

현재 전하는 심언광의 문집인 『어촌집(漁村集)』은 권1부터 권7까지는 시(詩)가, 권8부터 권9는 문(文), 권10은 낙향(落鄕) 후에 쓴 시, 그리고 권11에서 권13까지는 행장과 묘비명, 발문 등의 부록으로 구성되어 있다. 따라서 문집의 대다수를 시가 차지하고 있어서 어촌의 문학적 성격을 규명하는 데에는 시인으로서의 면모를 살피는 것이 우선 급선무이다.

지금까지 심언광의 문학에 대한 연구 역시 시세계의 전반적인 특징을 다룬 것, 지인들과의 교유시(交遊詩)에 대한 것, 어촌시에 나타난 자연인식에 대한 것, 서북지방의 지방관으로서 보고 느낀 것을 다룬 것, 영사시에 대한 것 등 대개가 어촌의 시를 중심으로 심언광의 문학세계를 조명하고자 한 것이 주를 이루고 있다.[1] 『어촌집』에 실려있는 심언광의 시는 대략 542제

---

1 심언광의 문학을 다룬 선행 연구업적을 정리하면 대체로 다음과 같다. 김은정, 「어촌 심언광의 생애와 시세계」, 『한국한시작가연구』5권, 한국한시학회, 2000; 김은정, 「어촌 심언광의 교유시 연구」, 『어촌 심언광 연구총서』1집, 강릉문화원, 2010; 박영주, 「어촌 심언광 시세계의 양상과 특징」, 『고시가연구』27집, 한국고시가문학회, 2011; 김형태, 「어촌 심언광 시의 자연인식과 상징성 연구」, 『동방학』24권, 한서대 동양고전연구소, 2012; 신익철, 「심언광의 동관록과 귀전록에 나타난 공간 인식과 그 의미」, 『어촌 심언광 연구총서』1집, 강릉문화원, 2010; 이한길, 「어촌 심언광의 한시 고찰」, 『어촌 심언광 연구총서』1집, 강릉문화원, 2010; 이한길, 「어촌 심언광의 경포 관련 한시 고찰」, 『어촌 심언광 연구총서』1집, 강릉문화원, 2010; 박해남, 「어촌 심언광의 시문학 고찰」, 『제2회 어촌 심언광 전국 학술세미나 자료집』, 강릉문화원, 2011; 박동욱, 「조선 지방관의 고단한 서북체험」, 『제3회 어촌 심언광 전국 학술세미나 자료집』, 강릉문화원, 2012; 강지희, 「어촌 심언광의 영사시에 대한 일고찰」,

560여 수로 결코 적지 않은 분량이다. 어촌의 시세계는 자연 현상에 대한 시인의 감수성을 노래한 것, 친우들과 주고받은 것, 역사와 정치현실을 읊은 것, 목민관으로서 백성의 삶을 목도하고 쓴 것, 낙향 후에 정치적 불우를 토로한 것, 유학자 또는 성리학자로서 자연을 바라보고 해석한 것 등 참으로 다양하다.

그중에서도 이 글에서는 가까운 가족이나 벗, 그리고 선후배들의 죽음을 다룬 만시에 주목하고자 한다. 필자가 특히 어촌의 만시를 다루는 이유는 일단 동시대 다른 문인들에 비해 문집에서 차지하는 그 분량이 많을 뿐만 아니라, 그 내용이나 문학적 기법 면에서도 시적 형상화가 뛰어난 수작이 많기 때문이다. 필자는 16세기 전반기에 활동했던 시인 중에서는 죽음을 다룬 만시나 애사(哀辭), 제문(祭文)의 작가로 어촌을 최고로 꼽고 싶다. 한국의 한시사에서 만시는 고려중엽 김부식의 한시에서 처음 보인 이후 고려말 목은 이색에서 꽃을 피우고, 조선조 중엽 이후로는 시인들의 필수 사항이 될 정도로 다양한 시인들과 다양한 창작 경향을 보이며 발전해 왔다.[2] 이같은 한시사적 관점에서 놓고 보더라도 심언광은 고려말과 조선중엽을 잇는 가교 역할을 하며 만시의 발전에 이바지 했던 것으로 생각된다. 이 글에서는 560여 수의 많은 작품들 중에서 특히 죽음을 다루고 있는 만시및 쟝르

『제3회 어촌 심언광 전국 학술세미나 자료집』, 강릉문화원, 2012.

2 『동문선』에 전하는 김부식의 한시 중 예종과 그의 비 경화왕후, 그리고 김순과 친구 권적의 죽음을 애도한 시가 보이는데, 이것이 한국한시사에서 본격적인 만시의 첫 출발이 아닌가 싶다. 고려후기의 시인들 중에는 목은 이색의 만시가 약 80여 수로 압도적으로 많은 양을 차지하는바, 목은이 만시 창작에 매우 큰 관심과 공을 들였음을 알 수 있다. 그 영향 때문인지 정몽주와 이숭인, 김구용 등 목은과 밀접한 관계에 있던 시인들도 모두 상당한 분량의 만시를 남기고 있다. 조선조로 넘어가면 만시 창작은 비약적으로 늘어나게 된다. 특히 16세기에서 17세기에 더욱 그러한데, 예컨대 홍섬(洪暹)[『인재집(忍齋集)』], 양경우(梁慶遇)[『제호집(霽湖集)』], 장유(張維)[『계곡집(谿谷集)』], 최석항(崔錫恒)[『손와유고(損窩遺稿)』]의 문집에는 각각 수 십 수의 만시가 실려있다. 필자가 조사한 바로는 조선조의 문인들 가운데 이들이 남긴 만시가 가장 숫적으로 많아 보인다. 이상에 대한 사항은 하정승, 「이숭인의 만시류 작품에 나타난 죽음의 형상화와 미적특질」, 『한국한시연구』21호, 한국한시학회, 2013, 115~118쪽을 참조할 것. 이 글의 대상인 심언광은 16세기 초엽의 인물임으로, 목은 이색에 의해 본격화 된 만시 창작의 전통에서 고려말엽에서 조선중기로 넘어가는 가교 역할을 담당했다는 의미가 있는 것으로 보여진다.

적으로는 만시는 아니지만 죽음을 주제로 한 작품들을 아울러서 살펴보고자 한다. 이를 위해 먼저 심언광 만시의 개괄적인 상황을 정리해보고, 만시의 표현기법과 죽음에 대한 시인의 인식을 살펴봄으로써 심언광 만시가 갖는 시적·문학적 특질을 밝혀 보고자 한다. 이같은 일련의 작업은 한국한시사에서 만시가 갖는 문학적 위상 및 그 의의를 밝히는 데 일조를 할 수 있을 것으로 생각한다.

2. 『어촌집(漁村集)』 소재 만시류(挽詩類)의 작품개황

심언광의 일생은 크게 강릉에서 태어나고 자라며 공부를 했던 수학기(修學期), 27세에 과거 합격 후 서울에서 관직생활을 했던 환로기(宦路期), 52세에 고향으로 돌아가 별세할 때까지의 귀향기(歸鄕期)로 나눌 수 있다. 문집의 시들 역시 크게 환로기와 귀향기의 작품들로 구별되며, 그중에서도 특히 환로기의 작품은 「동관록(東關錄)」·「서정고(西征稿)」·「북정고(北征稿)」·「관반시잡고(館伴時雜藁)」 및 기타로 나눠볼 수 있다. 권4에 실려있는 「동관록」은 1530년 강원도관찰사로 부임했을 때의 작품이고, 역시 권4의 「서정고」는 1536년 평안도경변사(平安道警邊使)로 나갔을 때의 작품이다. 권5의 「북정고」는 1537년 함경도관찰사 시절의 작품이고, 권7의 「관반시잡고」는 1537년 明의 사신 공용경(龔用卿)·오희맹(吳希孟)이 황태자의 출생을 알리러 왔을 때 관반사(館伴使)가 되어 접빈하면서 수창했던 작품이다. 귀향기의 작품은 권 10의 「귀전록(歸田錄)」으로 1538년 과거에 권신 김안로(金安老)를 등용시켰던 일로 인해 파직을 당하고 고향으로 돌아와 경호별업(鏡湖別業)에서 생활하면서 썼던 작품들이다.

만시는 『어촌집』 전체에 골고루 분포되어 있고 분량도 상당히 많은 편이다. 특히 권6에는 1/3이 만시일 정도로 어촌은 만시의 창작에 적극적이었다. 『어촌집』에 실린 만시 및 죽음을 다룬 시들의 분포와 전체적인 작품 개황을 알기 위해서 표로 정리해보면 다음과 같다.

＊『어촌집(漁村集)』 소재 죽음 관련 작품 일람표

일렬 번호	시제	형식	권수	비고(대상인물)
(1)	權副正祺母氏挽詞	칠언율시	권1	권기(權祺)의 모친
(2)	哭崔正字景弘	칠언율시	권1	최경홍(崔景弘)
(3)	趙判事妻閔氏挽詩	오언고시	권1	민씨(閔氏) [조판서(趙判事)의 부인]
(4)	柳牧使仁貴輓詩	칠언율시	권1	유인귀(柳仁貴)
(5)	李同知誠彥輓詞	칠언율시	권1	이성언(李誠彥)
(6)	金直提學千齡妻李氏輓詞	오언고시	권1	이씨(李氏) [김천령(金千齡)의 부인]
(7)	尹參議漑先大人堤川公輓	오언고시	권1	제천공(堤川公) [윤개(尹漑)의 부친]
(8)	韓參議承貞挽詩	칠언율시	권1	한승정(韓承貞)
(9)	悼亡兒	칠언율시	권1	심운(沈雲)[심언광의 아들]
(10)	又用前韻	칠언율시	권1	심운(沈雲)[심언광의 아들]
(11)	徐監司祉挽詞(1)	칠언율시	권1	서지(徐祉)
(12)	徐監司祉挽詞(2)	오언율시	권1	서지(徐祉)
(13)	燕山廢妃愼氏輓詞	칠언절구	권1	폐비신씨(廢妃愼氏) [연산군비(燕山君妃)]
(14)	李陰崖耔輓	칠언율시	권1	이자(李耔)
(15)	咸博士軒大人輓詞	칠언율시	권1	함헌(咸軒)의 부친
(16)	崔梅窓世節挽	칠언율시	권1	최세절(崔世節)
(17)	蔡直提學妻氏挽	칠언율시	권1	직제학(直提學) 채모(蔡某)의 부인
(18)	章敬遷陵輓章	칠언율시	권1	장경왕후(章敬王后) [중종비(中宗妃)]
(19)	哭趙靜菴光祖	칠언절구	권2	조광조(趙光祖)

일렬 번호	시제	형식	권수	비고(대상인물)
(20)	哭朴判書壕	오언고시	권2	박호(朴壕)
(21)	挽洪翰林係貞(1)	칠언율시	권2	홍계정(洪係貞)
(22)	挽洪翰林係貞(2)	오언율시	권2	홍계정(洪係貞)
(23)	挽趙三宰元紀	칠언율시	권2	조원기(趙元紀)
(24)	挽南參判正卿	칠언율시	권2	남정경(南正卿)
(25)	挽耆叟	오언고시	권2	민수천(閔壽千)
(26)	挽李同知誠彦	칠언율시	권3	이성언(李誠彦)
(27)	挽南參判母氏	칠언율시	권3	참판(參判) 남모(南某)의 모친
(28)	挽崔二相淑生	칠언율시	권3	최숙생(崔淑生)
(29)	容齋李公荇挽沈應教沈校理母夫人金氏	오언율시	권3	김씨(金氏)[응교(應敎) 심모(沈某)의 모친]
(30)	次子由愛日堂韻	칠언율시	권3	김연(金緣)으로 추정되는 인물의 모친
(31)	挽李文學英符	칠언율시	권3	이영부(李英符)
(32)	挽貞顯王后	오언율시	권3	정현왕후(貞顯王后) [성종비(成宗妃)]
(33)	挽高二相荊山	오언고시	권4	고형산(高荊山)
(34)	哭申判書鏛	칠언율시	권4	신상(申鏛)
(35)	元日展掃先塋有感。次東軒韻	칠언율시	권4	부친, 모친
(36)	哭送妻柩于江上	칠언율시	권4	강릉박씨(江陵朴氏) [심언광의 아내]
(37)	挽吳僉正準母氏	오언율시	권4	오준(吳準)의 모친
(38)	挽河著作母金氏	오언율시	권4	김씨(金氏) [하저작(河著作)의 모친]
(39)	輓黃承旨士祐妻氏	오언고시	권4	황사우(黃士祐)의 아내
(40)	夢亡妻	칠언율시	권4	강릉박씨(江陵朴氏) [심언광의 아내]

일련번호	시제	형식	권수	비고(대상인물)
(41)	亡妻大祥日感懷	칠언율시	권4	강릉박씨(江陵朴氏) [심언광의 아내]
(42)	哭姪奎	칠언절구	권5	심규(沈奎)
(43)	聞姪奎葬靑良山	오언율시	권5	심규(沈奎)
(44)	沈敎授涵挽八韻	칠언고시	권5	심함(沈涵)
(45)	挽孫三宰仲暾	칠언고시	권6	손중돈(孫仲暾)
(46)	挽李奉事昌茂母氏	오언율시	권6	이창무(李昌茂)의 모친
(47)	挽鄭承旨應麟	오언고시	권6	정응린(鄭應麟)
(48)	哭平安監司許硡	칠언고시	권6	허굉(許硡)
(49)	哭魚執義彦深	오언고시	권6	어언심(魚彦深)
(50)	挽李都事妻氏	칠언율시	권6	도사(都事) 이모(李某)의 아내
(51)	挽許同知確	칠언율시	권6	허확(許確)
(52)	祭富寧府使李公信文	祭文	권9	이신(李信)
(53)	祭文伯玉瓘文	祭文	권9	문관(文瓘)
(54)	祭左議政金公應箕文	祭文	권9	김응기(金應箕)
(55)	嘉靖乙酉, 予守鏡城, 是年仲冬上旬, 大雪, 平地四尺許. 其夜, 暴風大作, 海波蕩溢, 海濱民家, 漂溺殆盡, 男女老弱死亡者百十餘人. 設壇海崖, 爲文以祭之.	祭文	권9	경성(鏡城)의 백성들
(56)	祭崔知事漢洪文	祭文	권9	최한홍(崔漢洪)
(57)	祭閔耆叟壽千文	祭文	권9	민수천(閔壽千)
(58)	貞顯王后殯殿中宮進香文	進香文	권9	정현왕후(貞顯王后) [성종비(成宗妃)]
(59)	貞顯王后哀冊文	哀冊文	권9	정현왕후(貞顯王后) [성종비(成宗妃)]
(60)	金仲輿光軒哀辭	哀辭	권9	김광헌(金光軒)
(61)	弔成忠文	弔文	권9	성충(成忠)

일련 번호	시제	형식	권수	비고(대상인물)
(62)	王父忌日	오언율시	권10	심문계(沈文桂) [심언광의 조부]

위의 도표를 통해서도 알 수 있다시피 어촌이 남긴 만시는 50제(題)이고, 기타 운문(韻文) 형식으로 쓴 제문(祭文), 진향문(進香文), 애사(哀辭) 등 크게 보아 만시류로 묶을 수 있는 것까지 합치면 60제(題)로 그 양이 늘어난다. 이는 단순히 분량면에서만 놓고 보더라도 고려말기 만시의 최대 작가였던 이색과 비슷하고, 16세기 이후 만시 창작이 보편화된 상황에서 만시를 많이 남겼던 작가들과 비교해도 뒤지지 않는다. 더욱이 만시의 표현이나 구성 등 질적인 면을 따져보면 어촌의 만시는 한국만시사에서 차지하는 위상이 매우 크다는 것을 짐작할 수 있다.

위의 도표를 정리해보면 심언광이 쓴 만시는 오언율시, 칠언율시, 오언고시, 칠언고시, 칠언절구로 그 형식이 매우 다양하다. 이중에서도 칠언율시가 28제로 가장 많고 오언율시와 오언고시가 각각 9제이며 칠언고시와 칠언절구는 각각 3제이다. 오언절구의 형식으로 지은 것은 한 작품도 없다. 전체적으로 분석해보면 율시와 고시가 많고 절구는 거의 없는데, 이는 심언광의 만시가 갖는 특징과 성격을 대변해준다. 어촌의 만시에는 죽은 망자에 대한 추억과 개인적 감정을 비롯하여 망자가 살았던 삶의 족적이 구체적이고 자세히 기록된 경우가 많다. 심지어 고시의 경우에는 기승전결의 이야기 형식으로 쓴 작품들도 있을 정도다. 이처럼 심언광은 망자에 대한 개인의 추억과 인연을 최대한 강조하고자 했기에 시의 형식 역시 비교적 장편화 될 수밖에 없었던 것이다. 이는 넓은 범위에서 만시류로 묶을 수 있는 제문, 진향문, 애사에서 더욱 두드러지게 나타난다. 제문이나 진향문 중 만시의 성격을 갖고 있는 작품들은 매우 길이가 길고, 구성적인 측면에서 보면 마치 서사시처럼 이야기적 요소가 강하다.

또한 위 도표에서 만시의 대상이 되는 인물들을 살펴보면 일렬번호 (62)번까지 대다수의 인물들이 저자와 개인적 친분이 아주 깊다는 것을 발견할 수 있다. 이들의 신분은 (55)번 경성(鏡城)의 백성들을 제외하곤 모두 사대부들이다. 어촌은 만시를 창작할 때 단순한 부탁이나 어쩔 수 없는 청탁은 가능한 최대로 배제하고, 마음에서 우러나오는 진정어린 슬픔과 애도속에서 지었음을 짐작할 수 있다. 이처럼 지극히 자발적인 감정의 발로에서 지어졌기에 그의 시는 앞에서 살펴본 것처럼 분량이 길어지고 이야기적 요소를 띄게 된 것이다. 만시의 대상 인물 중 특이한 것은 시인의 가족 및 왕후와 관련된 시가 유난히 많다는 점이다. 우선 (9), (10)은 어촌의 아들 심운(沈雲)의 죽음을 다룬 곡자시(哭子詩)이고, (35)는 부친과 모친을 추모하는 시이며, (36), (40), (41)은 아내 강릉박씨(江陵朴氏)의 죽음을 다룬 '도망시(悼亡詩)'이다. 또한 (42), (43)은 조카 심규(沈奎)의 죽음을 애통하는 시이며, (62)는 조부 심문계(沈文桂)의 기일에 추모하는 시다. 이처럼 가족의 죽음과 관련된 시가 무려 9제나 될 뿐만 아니라 그 대상도 부모, 아내, 아들, 조카 등 매우 다양하다. 이는 만시를 많이 창작했던 다른 시인들과 비교해 보더라도 매우 특이한 일로서, 어촌 만시가 기본적으로 개인적인 애절한 추도와 마음의 상처에서 시작되었음을 알 수 있다. 그중에서도 특히 아내를 추모하는 '도망시'는 세 수나 될 뿐만 아니라 그 내용 또한 애절하여 독자의 심금을 울리기에 충분하다. 한국의 만시사 전체를 놓고 보더라도 뛰어난 수작으로 꼽을 수 있을 것이다.

또한 왕후의 죽음을 많이 다루고 있는 것도 특이한데, (13)번 시는 연산군비(燕山君妃)인 폐비신씨(廢妃愼氏)이고, (18)번 시의 주인공은 중종비(中宗妃) 장경왕후(章敬王后)이며, (32), (58), (59)는 성종비(成宗妃) 장현왕후(貞顯王后)이다. 진향문(進香文)과 애책문(哀冊文)인 (58), (59)까지 포함하면 왕비의 죽음을 애도한 작품이 무려 5작품이나 되며, 그중에서도 특히 정현왕후를 다룬 작품은 3수나 된다. 정현왕후는 성종의 계비이자 중종의 생모인데, 그에 대한 어촌의 남다른 존경과 추모의 마음을 읽을 수 있다. 또 한 가지 특이한 점은 (55)번 경성(鏡城)의 백성들의 죽음을 다룬 작품인데, 저자는 1525년 39세 때에 경성판관(鏡城判官)으로 부임하였다. 그런데 이 해 겨울에 대설(大雪)이 내린 후 큰 해일까지 겹쳐 바닷가의 주민들이 110여 명이나 죽는 참사가 발생했다. 이 작품은 말하자면 천재지변으로 안타까운 죽음을 맞이한 힘없는 민초들에 대한 진혼곡이자 경성 지역의 판관으로서 그들을 지켜주지 못한 목민관으로서의 탄식인 셈이다.

3. 죽음에 대한 인식과 표현기법

심언광은 비교적 작시(作詩)에 열중한 문인이었다. 『어촌집』에 전하는 그의 시는 대략 560여 수이다. 이를 그가 남긴 산문과 비교해보면 그 차이가 확연히 드러나는데, 『어촌집』의 권1부터 권7까지와 권10은 시이고, 문은 권8 및 권9에 불과하다. 그나마 권8과 권9의 문도 상당수가 제문(祭文), 애사(哀辭), 부(賦) 등이므로 순수한 의미에서 산문은 몇 편의 서(序), 기(記), 론(論) 밖에 없다. 권11에서 13까지는 일종의 부록으로 타인이 쓴 행장과 신도비명 및 상소문 등으로 되어있다. 이것은 심언광 문학의 본령이 산문 작가가 아니라 시인으로서의 면모에 있음을 보여주는 것이다. 또한 시인으로서 심언광의 문학을 살펴봄에 있어서도 가장 중요한 특징은 만시에 있다고 생각한다. 물론 어촌은 만시뿐만이 아니라 다양한 경향의 많은 시를 남겼지만, 한시사의 큰 흐름속에서 볼 때 어촌의 만시는, 만시가 본격적으로 창작된 고려후기와 만시가 보편화되고 비약적인 증가를 이루는 조선중기를 이어주는 중요한 위치를 차지하고 있기 때문이다.

어촌의 시에는 험난한 인생길에 대한 근심, 걱정과 더 나아가 죽음에 대한 인식이 바탕을 이루고 있다. 사실 어촌은 9세 때에 이미 부친의 죽음을 경험했고 그 후 모친과 부인, 하나밖에 없던 아들, 심지어 조카까지 가장 가까운 가족들의 죽음을 계속해서 겪게 되었다. 게다가 워낙 일찍 부친이 세상을 떠났기에 가세가 기울어 어려서부터 가난을 혹독하게 경험한 것으로 보인다.[3] 또한 18세 때에는 오대산에서 공부하다 병을 얻어 도시로의 유학을 포기하였는데, 곧 다시 몸이 좋아지기는 했지만 이후 평생에 잔병을 달고 살았던 것 같다. 또한 환로에 들어서고 난 후에도 시련은 계속되었다. 어촌은 과거에 급제한 이후 사헌부와 사간원, 홍문관 등 대체로 언론과 감찰, 학문을 관장하는 직에 종사하였는데, 첫 시련은 1537년 이조판서 재직 시에 발생했다. 당시 권신이었던 김안로가 그의 외손녀를 동궁비로 삼으려하자 어촌은 반대를 하였고 이에 김안로의 미움을 받아 함경도관찰사로 좌천된 것이다. 그 후 김안로가 유배를 가게 되자 다시 조정으로 복귀하여 공조판서, 의정부 좌참찬을 역임했지만, 이도 얼마 가지 못해 또 다시 과거 김안로를 등용시켰던 일로 인하여 탄핵을 받고 모든 관직에서 물러나 고향으로 낙향하게 되었다. 이때가 1538년 어촌 나이 52세 때였고 2년 후 고향에서 세상을 떠났으니 그의 만년은 불우했다고 할 수 있을 것이다.

어촌은 관직 생활 중 경성판관, 평안도경변사, 함경도관찰사 등 외직도 수차례 경험했는데, 그 지역이 대개 나라의 변새요 국경이었으므로 험난한 인생길과 죽음에 대한 생각을 자연스럽게 많이 하게 되었을 것이다. 고향으로 낙향한 만년의 삶에서는 그같은 의식이 더욱 심해졌다. 어촌시에 특히 만시 혹은 죽음을 다룬 작품이 많은 것도 이같은 그의 삶과 깊은 관련이 있을 것이라 생각된다.

1) 도붕시(悼朋詩)

심언광이 남긴 만시 가운데 가장 많은 양을 차지하는 것은 친구와 선·후배 문인들의 죽음을 애도한 도붕시 계열의 작품들이다. 50제의 만시 중 24

---

3 『어촌집(漁村集)』 권수의 「연보」에는 어촌이 13세 되던 해에 오대산에서 글공부를 하였는데, 어려서 아버지의 상을 당해 집에 읽을 책이 고문서 한 권밖에 없었고, 어촌은 이 책을 천 번 읽음으로써 마침내 문장을 이루었다고 기록하고 있다.

제 가량으로[4] 거의 절반이나 된다. 이는 비단 심언광에게만 해당하는 것이 아니라 우리나라 만시 창작의 일반적인 현상으로 다른 시인들의 경우에도 대체로 동일한 양상을 보이고 있다.[5] 심언광의 도봉시에 나타난 인물들은 유학자이거나 관료가 대부분이다. 하지만 이들 중에서 크게 영달한 사람은 거의 보이지 않는다. 대체로 이름도 생소한 문인, 학자, 신진관료들이다. 그렇다고 어촌이 당대의 거물급 유력 인사들과 교유가 없었던 것은 아니다. 어촌은 판서를 비롯하여 요직을 역임했는바, 당대 정치권력의 핵심인사 중 한 명이었다. 어촌이 쫓겨나있던 권신 김안로를 다시 조정으로 불러들였던 사실은 어촌의 정치적 입지가 상당했음을 증명해준다. 그런데 왜 그의 만시에는 당대 권력의 주요인물들이 많이 등장하지 않는 것일까? 이를 통해서 어촌의 개인적 기질, 성격은 물론 어촌시의 문학적 특징까지도 짐작할 수 있다. 다음 시를 살펴보자.

서로 의지하며 도운지 십여 년
뇌의와 진중처럼 높은 의리 헛되지 않았네
금강에서 봄술을 함께 마시며 취했고
사헌부에선 가을서리처럼 함께 소를 지었지
아득한 지난 일 마음은 슬퍼지고
남은 혼백 적적한데 꿈은 뚜렷하기만 하네
인생은 마침내 모두가 흙으로 돌아가는 것
늘그막에 의지할 곳 없으니 애석하도다

---

4 여기에서 24제라 한 것은 친구들의 부모나 아내를 추도한 시는 제외하고, 순수히 벗들의 죽음을 다룬 것만 계산한 것임을 밝혀둔다.

5 예컨대 고려후기의 문인 목은 이색의 경우에도 80여 수에 가까운 만시 중 1/2 이상이 도봉시이고 포은 정몽주의 경우에는 26제의 만시 중 1/3 이상, 도은 이숭인의 경우는 19제의 만시 중 2/3 이상이 도봉시이다. 이는 조선조의 문인들의 경우에도 마찬가지이다. 만시의 특징 상 아내, 자식, 부모, 형제 등 가족들이나 본인 스스로에 대한 시를 쓰는 경우보다는 아무래도 친구나 선후배에 대한 시가 많을 수밖에 없을 것으로 판단된다.

鷄壓相資十載餘

雷陳高義不曾疏

錦江春酒同拚醉

柏府秋霜共草疏

往事悠悠情惻惻

遺魂寂寂夢蘧蘧

人生畢竟皆黃土

春老無依最惜渠[6]

위 시의 주인공은 이영부(李英符: 1487~1523)[7]이다. 이영부는 호가 유촌(柳村), 자는 응서(應瑞)로 본관은 광주(廣州)이며, 부친은 장단부사(長湍府使) 이반(李攀)이고 모친은 송희열(宋希烈)의 딸이다. 1516년(중종 11) 식년문과에 갑과로 급제, 형조좌랑을 거쳐 사헌부지평·사간원헌납·사헌부장령·세자시강원문학을 역임하였다. 지평으로 있을 때 현량과(賢良科)에 대한 폐지 의견이 제시되자 그 불가함을 거론하다 이것이 화근이 되어 탄핵을 받고 파직되었다. 이영부의 벼슬을 보면 사헌부·사간원 같은 삼사(三司)의 간관(諫官)을 주로 지냈는데, 이 점은 어촌과 동일하다. 나이는 어촌과 동갑이고 과거급제는 어촌보다 3년 후이므로 아마도 환로(宦路) 역시 삼사에서 어촌과 함께 근무했을 가능성이 높다. 인용시의 제1구 "서로 의지하며 도운 지 십여 년"은 삼사의 동료로서 함께 봉직하며 상부상조 했던 사실을 가리키는 말이다. 이는 제4구 "사헌부에선 가을서리처럼 함께 소를 지었지"를 통해서도 확인할 수 있다. 그래서 시인은 제2구에서 본인과 망자의 관계를 후한(後漢)의 뇌의(雷義)와 진중(陳重)과도 같은 '교칠지교(膠漆之交)'로 표현하고 있다. 그런데

---

6 「만이문학영부(挽李文學英符)」, 『어촌집(漁村集)』권3.

7 이영부에 대한 생몰년은 1487년에 태어나 1523년에 죽었다는 설과 1499년에 태어나 1535년에 죽었다는 설 두 가지가 있는데, 이 글에서는 호음 정사룡이 찬한 이영부의 묘지명(『국조인물고』 권45 수록.)을 기준으로 전자의 설을 따르기로 한다.

그렇게 서로 돕고 막역하게 지내던 친구가 세상을 하직하였다. 망자는 37세의 젊은 나이로 청운의 꿈을 미처 다 펼쳐보지도 못하고 떠났다. 더구나 이영부는 간관으로 있으면서 현량과 폐지불가를 주장하다 벼슬마저 그만두었고 그 후로 얼마 지나지 않아 세상을 떠났으니, 친구인 어촌은 너무나 슬프고 안타까웠다. 아마도 어촌은 이영부를 노경에 이르기까지 함께 벗할 친구로 여긴 것 같다. 마지막 8구 "늘그막에 의지할 곳 없으니 애석하도다"는 망자의 죽음에 대한 어촌의 아쉬움과 그리움을 표현한 것이다. 하지만 죽음은 이미 생자와 망자 사이를 갈라놓았으니 어찌하겠는가. 시인은 슬픔과 안타까움을 체념한 듯 "인생은 마침내 모두가 흙으로 돌아가는 것"이라고 애써 자위(自慰)하고 있다.

이같은 유형의 만시는 다른 곳에서도 보이니 예컨대 "떨어진 벗들 새벽별처럼 드물어졌는데/그대처럼 맑고 밝은 사람도 시들어가는구나/반평생에 얼굴 마주한 지 겨우 삼십 육년/꿈같은 세월에 한평생이 끝나간다/가을물처럼 맑은 기개 가엽구나/대쪽처럼 곧았던 행실 생각난다/늘그막에 다시는 지기를 만날 수 없으니/이 세상 어느 곳에서 다시 청안(靑眼)을 대하리요(落落親朋似曉星, 如君澄爽亦凋零, 半生面目纔三紀, 一夢光陰了百齡, 秋水冷冷憐氣槩, 霜筠挺挺想儀刑, 白頭無復逢知己, 何處風塵眼更靑)"[8]와 같은 시가 그렇다. 인용시는 한승정(韓承貞: 1478~1534)에 대한 만시인데, 한승정은 당대의 권신 김안로(金安老)와 동문이었으나 김안로가 세도를 부리자 절교하였고, 사헌부 지평으로 있을 때는 김안로를 탄핵하여 크게 미움을 받았던 인물이다. 인용시 5-6구 "가을물처럼 맑은 기개 가엽구나/대쪽처럼 곧았던 행실 생각난다"는 한승정의 올곧은 성품과 기개를 그리워하는 시인의 심정을 표현한 것이다. 이처럼 어촌은 삼사의 간관으로 강직하고 곧은 성품과 기개를 지녔던 인사들과 특히 깊은 교유관계를 맺었던 것으로 보인다. 다음에 살펴볼 시 역시 매우 안타까운 죽음을 두고 쓴 것이다.

8 「한참의승정만시(韓參議承貞挽詩)」, 『어촌집(漁村集)』권1.

천자의 궁궐에서 일 마칠 때 예법에 벗어나지 않더니
수레 타고 멀리 바라보며 계문으로 돌아가네
평생을 유자로서 경륜이 많았지만
말년의 공명은 옳고 그름 반반이구나
연산에 해는 지고 혼백은 아득한데
압록에 바람부니 길이 희미하도다
서쪽 교외의 피리소리는 땅을 나누고
지난 자취 아득하여 눈물이 옷을 적신다

竣事天墀禮不違
輶車遙目薊門歸
平生儒術多經略
末世功名半是非
日暮燕山魂杳杳
風悲鴨水路依依
西郊歌管分攜地
陳迹悠悠淚濕衣[9]

위 인용시는 이성언(李誠彦: ?~1534)의 죽음을 듣고 쓴 것으로 시 전편에 슬픔의 정조가 완연하다. 이성언은 본관은 광주(廣州), 자는 군미(君美)이다. 조부는 평안도절도사를 지낸 수철(守哲)이고, 아버지는 찬성 손(蓀)이며, 모친은 이계반(李繼潘)의 딸이다. 1509년(중종 4)에 별시문과에 병과로 급제하였으며, 그 뒤 사헌부지평, 수원부사를 역임하였다. 무재(武才)를 지닌 문신으로 여겨져 만포첨사와 전라좌도수군절도사를 거쳐 함경북도병마절도사, 함경도관찰사를 역임하고 한성부좌윤에 이르렀다. 그 뒤 1534년에 진위진

---

9 「만이동지성언(挽李同知誠彦)」, 『어촌집(漁村集)』 권3.

향사(陳慰進香使)로 명나라에 갔다가 돌아오지 못하고 그곳에서 죽었다. 이성언의 정확한 사인(死因)은 알려지지 않았지만, 중국으로의 사행이 매우 험한 여정이었음은 주지의 사실이다.[10]

인용시의 3-4구는 이성언의 평생의 공과(功過)를 나눠서 말한 것이다. 전술했다시피 그는 사헌부지평, 수원부사, 함경도관찰사 등 여러 벼슬을 맡으면서 잘 다스렸고 유자(儒者)로서 경륜이 매우 뛰어났다. 뿐만 아니라 그는 무예에도 소질이 있어 전라도수군절도사, 함경도병마절도사를 맡아 외적과 맞서 변방을 지키기도 하였다. 하지만 그는 1517년 대간(臺諫)이 올린 소(疏)를 비판하여 대간들을 모두 교체시키는 사건을 일으키기도 하였다. 이때 문인 기준(奇遵)은 상소를 올려 대간들을 옹호하고 이성언을 강력히 규탄하기도 하였다. 이러한 일로 인해서 1519년에는 조광조(趙光祖)등 신진사류들이 정국공신들을 대거 삭훈할 때에 이성언도 삭훈되었다가 기묘사화 후 복적(復籍)되는 일이 일어났다. "말년의 공명은 옳고 그름 반반이구나"라는 싯구는 이를 두고 한 말이다. 이처럼 심언광은 만시를 쓰면서 망자의 좋은 점만을 무조건 과대 포장하지 않고 공과를 객관적으로 기술하고 있으니, 이 또한 어촌 만시의 한 특징이라고 하겠다.

경련(頸聯)과 미련(尾聯)은 이성언의 죽음을 떠올리며 안타까워하는 장면이다. 5-6구 "연산에 해는 지고 혼백은 아득한데/압록에 바람부니 길이 희미하도다"라는 말로 보아 이성언은 연경에서의 사행 임무를 무사히 마치고 귀국 길에 압록강에 거의 다 와서 죽은 것으로 보인다. "연산(燕山)"은 하북

10 가령 고려말 포은 정몽주는 명나라에 사행을 갔다가 돌아오는 길에 큰 태풍을 만나 일행은 죽고 본인은 표류 끝에 겨우 목숨을 건진 일이 있었고, 조선조에서도 이와 같은 일은 비일비재했다. 조선시대에 많이 이용하던 연행 코스는 육로 두 코스와 해로 두 코스가 있었는데, 해로의 경우 등주(登州)를 거쳐 연경(燕京)으로 가는 것이 보편화된 연행노정이었다. 그런데 고려시대 정몽주의 경우처럼 특히 해로 코스가 위험했으니, 가령 1617년 안경(安璥) 일행은 청천강에서 배를 타고 출발하여 등주를 거쳐 연경으로 갔는데, 도중에 풍랑을 만나 배가 9척이나 침몰되는 참변을 겪게 되었다. 비단 이와같은 태풍뿐만 아니라 음식과 기후 등이 맞지 않아 각종 풍토병이 걸리는 일도 많았고, 여름에는 무더위와 홍수로, 겨울에는 한파와 대설로 인하여 이루 다 말할 수없는 여러 가지 고생을 겪는 것을 수많은 연행록에서 쉽게 찾아볼 수 있다. 위의 연행 코스와 안경의 사행(使行)에 대한 사항은 임기중, 『연행록연구』, 일지사, 2006, 472~473쪽을 참조할 것.

성 계현에 있는 산으로 지금의 천진시 북쪽에 위치하니 조선과 명나라를 오고가는 사행단이 거쳐가는 길목이라 할 수 있다. 이성언은 귀국 길에 연산을 지나 압록강으로 가는 도중에 죽은 것으로 추측된다. 이는 제1구 "천자의 궁궐에서 일 마칠 때 예법에 벗어나지 않더니"를 통해서도 이성언이 연경에서 사행의 임무를 완수했음을 확인할 수 있다.

특히 주목할 점은 경련에 쓰인 시어와 그 시어들이 빚어내는 의상(意象)이다. "지는 해", "아득한 혼백", "바람", "희미한 길" 등은 모두 어두움과 불안감, 고난을 내포하고 있는 시어들로, 이들은 서로 긴밀히 조응하며 전체적으로 죽음의 의상을 그려내고 있다. 이처럼 시어의 이미지를 잘 활용하여 "정경교융(情景交融)"의 기법으로 망자의 죽음을 슬퍼하고 안타까워하는 심정을 그려내는 것이 어촌 만시가 갖는 주요한 특징 중 하나이다. 마지막 7-8구는 망자의 죽음에 대한 시인의 슬픔이자 추모의 정이다. 시인이 정말 슬퍼하는 것은 단순히 이성언이 죽었다는 사실 자체가 아니다. 물론 그의 죽음도 슬픈 것이기는 하지만, 그보다 더 가슴 아픈 것은 이미 세상을 떠난 이성언의 자취를 이제 그 어디서도 찾을 수 없다는 사실이다. 지나간 망자의 자취는 어느덧 아득하기만 하다. 시간이 흐를수록 망자를 추억하는 사람은 사라질 것이고 망자의 자취는 더욱 찾아보기 힘들어질 것이다. 아마도 이 땅에서 망자의 자취가 완전히 사라져 버렸을 때, 망자는 더 이상 그 누구에게도 기억되지 못할 것이다. 어쩌면 그것은 육체적 죽음보다 더 처절한 진정한 의미의 죽음이라고도 할 수 있다. 그래서 시인은 "눈물이 옷을 적신다"라고 그의 자취가 사라져 가는 것을 아쉬워하고 있다. 다음에 살펴볼 시는 친구의 아내를 두고 쓴 것이다.

> 여강 민씨 가장 빛나는 후손은
> 훌륭한 두 군자라네
> 풍모는 모두 맑고도 뛰어나며
> 재주는 진실로 아름다운 그릇이라네

먼 길 아득하여 천 리나 되니
준마도 중도에서 죽고 말았네
하늘은 어찌하여 이 가문을 박대하나
재능은 주었지만 수명은 주지 않았네
지난해엔 두 동생을 빼앗아 가더니
금년엔 그 누이 빼앗았네
부드럽고 아름다운 조씨 부인은
자애롭고 은혜로워 문중이 의지했지
부평초 같은 인생 오십년
적막하여 별자리마저 슬퍼하는구나
여러 아들과 조카들
혈혈단신 되었으니 마침내 누구를 믿으리요
장주가 동이를 두드렸지만 어찌 슬프지 않았겠으며
다시 생명을 의탁하는 이치가 어찌 없었겠는가
슬픈 바람은 여강에 불어대고
강물은 부질없이 넘실거린다

驪江最華胄
有斐兩君子
風猷共淸儁
瑚璉眞美器
長途邈千里
逸驥中道死
天何薄此門
與才不與齒
往年奪二弟
今年奪其姊

柔嘉趙氏婦

慈惠門所倚

浮生五十年

寂寞悲星紀

諸兒及諸姪

孑孑竟誰恃

莊盆寧不哀

無復托生理

悲風吹驪江

江水空瀰瀰[11]

인용시의 주인공은 조판사(趙判事)의 아내 민씨(閔氏)이다. 조판사가 누구인지는 확실하지 않지만 상당히 높은 관직을 지낸 명문가의 인물로 추정된다. 조선조에서 판사는 각 관아의 으뜸 벼슬로, 예컨대 삼사(三司)의 판삼사사(判三司事; 從一品)나 중추원(中樞院)의 판중추원사(判中樞院事; 正二品)등이 여기에 속하였다. 그 아내 역시 여흥민씨(驪興閔氏)라고 한 것으로 보아 명문가 출신으로 판단된다. 사실 이것은 위시를 통해서도 확인할 수 있다. 인용시는 전체 20구로 이뤄진 오언고시인데, 크게 두 부분으로 나눌 수 있다. 전반부는 1구부터 10구까지로 죽은 민씨와 그 집안 내력을 설명하고 있다. 후반부는 11구부터 마지막 20구까지로 민씨가 죽고 난 뒤 남은 가족의 고통과 망자에 대한 그리움, 슬픔을 말하고 있다.

제2구의 "훌륭한 두 군자"는 민씨 부인의 두 남동생을 가리키는 말이다. 시인은 이들을 풍모가 "맑고도 뛰어나며" 재주 역시 "아름다운 그릇"이었다고 소개한다. 하지만 무슨 사연이 있었는지, 민씨 부인이 죽기 바로 한 해 전에 두 형제는 모두 세상을 떠나고 말았다. 시인은 이를 "준마가 중도에서

11 「조판사처민씨만시(趙判事妻閔氏挽詩)」, 『어촌집(漁村集)』 권1.

죽고 말았다"고 애석해 한다. 집안의 비극은 계속되어 지난 해 두 동생들의 죽음에 이어서 올 해에는 그 누이까지 세상을 떠나게 되자, 시인은 "하늘은 어찌하여 이 가문을 박대하나/재능은 주었지만 수명은 주지 않았네"라고 민씨 가문 형제들의 단명을 비통해 하고 있다. 시인은 이렇게 전반부에서 민씨 집안에 닥친 거듭된 화를 서술하고 난 뒤, 이어지는 11-12구에서 망자인 민씨 부인의 성품을 단적으로 "자애롭고 은혜롭다[慈惠]"고 소개한다. 친정이나 시댁 모두 온 집안이 의지하는 인격과 덕망을 갖추었다는 것이다. 13-14구를 통해서는 민씨의 향년(享年)을 짐작할 수 있으니, "부평초 같은 인생 오십년"이라는 말로 보아 망자는 나이 50여 세에 죽은 것 같다.

제15구에서 18구 까지는 남은 가족들의 고통과 슬픔, 그리고 어머니 없이 살아야 하는 앞날에 대한 두려움이다. "여러 아들과 조카들"이라는 말로 보아 민씨 부인은 친자식뿐만 아니라 조카들까지 거두어 양육했던 것 같다. 남편과 자식은 물론이고 조카들까지도 하루아침에 고아 같은 신세가 된 것이다. 민씨 부인의 성품을 생각해 볼 때 아마도 집안의 종들이나 이웃들까지도 모두 그녀의 죽음을 슬퍼했을 것이다. 17-18구는 옛날 장자가 그의 아내가 죽자 동이를 두드렸다는 고사를 인용하여 민씨 부인의 남편인 조판사의 슬픔을 말한 것이다. 마지막 19-20구에서는 "슬픈 바람은 여강에 불어대고"라고 하여 망자에 대한 시인의 감정을 직접적으로 표현함으로써 시를 마무리하고 있다. 이상과 같이 인용시는 망자뿐만이 아니라 그의 가족과 친지들까지 모두 동원하여 죽은 이에 대한 애도의 감정을 다양한 관점에서 매우 자세하고 핍진하게 그려내고 있다.

사대부 시인들이 친구 아내의 죽음을 애도하는 만시를 쓰는 것은 한국의 만시사에서는 매우 보편적인 현상이다. 예컨대 고려후기의 이색이나 정몽주, 이숭인의 만시에도 친구의 아내를 기리는 시가 상당수 포함되어 있다. 이는 비단 고려조뿐만이 아니라 조선조의 만시에서도 마찬가지다. 따라서 심언광이 조판서 부인의 만시를 쓴 것은 그리 남다른 일도, 이상한 일도 아니다. 하지만 좀 더 자세히 살펴보면 위의 어촌의 만시는 확연히 특이한 점이 있다. 일단 그 형식부터가 다르다. 필자가 지금까지 조사한 바로는 친구의 아내를 다루는 만시의 경우에는 거의 대부분이 절구거나 율시였다. 이에 비해 위의 인용시는 오언고시로 20구의 매우 긴 형식을 취하고 있다. 이는 그만큼 망자에 대해 할 말이 많기 때문이다.

또한 인용시처럼 망자뿐만 아니라 그 가족과 집안까지도 자세히 서술하는 것은 매우 드문 일이다. 망자가 시인의 친구였다면 가계를 밝히는 경우가 많이 있지만, 친구의 아내라면 대체로 부인의 인품이나 덕성, 효성, 사람들의 칭송, 그리고 생전에 시인과 어떤 추억거리가 있다면 간단히 쓰는 것이 일반적인 만시 작법이다. 그런데 인용시는 망자의 두 남동생을 비롯한 집안 내력을 얘기하고 있고, 심지어 거기에 시인의 애틋한 슬픔까지도 덧붙이고 있다. 그렇다고 해서 어촌이 조판서 부인 민씨와 어떤 혈연관계가 있는 것 같지는 않다. 만약 민씨가 어촌과 친척이었다면 민씨의 남동생이 두 명이나 죽었는데, 이들에 대한 만시를 쓰지 않고 민씨 부인에 대한 시만 썼을 리가 없기 때문이다. 따라서 어촌은 일단 만시를 쓰는 한, 어떤 형식적인 관계를 떠나 망자의 죽음을 진심으로 극히 슬퍼하고, 이를 최대한 시화(詩化) 시키고자 했던 것으로 해석된다. 이 점 또한 어촌 만시가 갖고 있는 중요한 특징이라 할 수 있겠다. 다음에 살펴볼 시는 더욱 자세하게 망자를 그리고 있다.

영락한 신세로 짝할 벗이 없었던
십년 전을 추억해본다
늙어갈수록 지음이 없더니
청안시하는 우리 그대 얻었도다
세상에 하나밖에 없는 나의 벗
조정에서도 이 사람밖에 어진 이 없었지
절차탁마하여 새로 경지에 올랐고
시와 예로는 집안 대대로 뛰어났지

홍문관에선 둘도 없는 선비였고
한림원에선 제일가는 문사였지
상수리 녹나무가 두텁게 뿌리 내리는 것 같고
넓은 바다가 여러 시냇물 모으는 것과 같다네
재능 있는 그릇이라 경륜은 크고
문장은 비단을 수놓은 듯 아름다웠지
임금께 글 올리기를 여러차례
대궐에선 엄연히 주선하였지
곧게 서있는 모습 대나무를 나눈듯하고
금같이 화려한 풍모는 연꽃을 불태우는 듯
그 충성심 일마다 두드러지니
도가 어찌 세월따라 변하겠는가
깨끗한 지조는 풍땅의 검[12]을 간 듯하고
일편단심은 기나라 하늘을 향하는 듯
시절을 걱정하느라 항상 마음이 편치 않았고
나라를 사랑함에는 참으로 지극정성이었지
여러 사람들 서로 시끄럽게 이러쿵저러쿵해도
고고한 향초처럼 스스로 지키기를 귀하게 여겼다네
재주는 진실로 탁월하게 뛰어나지만
천운이 없어서 마침내 머뭇거리며 돌아갔네
거원은 잘못된 세월을 알았으며
공자께서 지팡이 끌던 해라네
높은 산을 부질없이 우러러보니

---

12 원시의 ‘풍검(酆劍)’은 ‘풍성검(豊城劍)’으로 중국 오(吳)나라 때 두우(斗牛), 즉 북두성과 견우성 사이에 늘 보랏빛 기운이 감돌기에 장화(張華)가 예장(豫章)의 점성가 뇌환(雷煥)에게 물었더니 보검의 빛이라 하였다. 이에 뇌환이 풍성(豊城)의 오래된 감옥의 땅속에서 ‘용천검(龍泉劍)’과 ‘태아검(太阿劍)’ 두 보검을 발견하여 한 자루는 자기가 갖고 한 자루는 장화에게 주었다 한다. (『진서(晉書)』 권36, 「장화열전(張華列傳)」.) 전(轉)하여 문무(文武)를 겸비한 큰 인물을 뜻하는 말로 쓰인다.

큰 길은 이미 아득하구나

흐르는 세월 속에서

하늘과 땅을 우러르고 굽어보네

일찍이 마음을 열었던 것 생각해보니

서로의 믿음이 늘그막까지 이어졌네

마음을 보인 것은 거울처럼 맑았고

생각을 논한 것은 활시위처럼 곧았다네

등불을 돋우어 놓고 자주 무릎을 치곤했으며

술자리에선 몇 번이나 함께 했던가

깨고 취하는 사이에 인생은 흘러가고

슬펐다 기뻤다 하면서 세상사에 이끌려 살았네

평생의 친구를 애도하자니

오늘 깊은 근심 품게 되었네

계절은 바뀌어 한식이 온 것에 놀라고

꽃이 지니 두견새 아쉬워하네

외롭게 읊조리면서 달구경 그만두고

홀로 서서 황천을 향해 소리지른다

만물은 저마다 성쇠가 다른 법

하늘의 은혜는 치우쳤도다

이 세상에서 아양곡 연주하다가

백아는 슬프게도 거문고 줄 끊었다네

濩落無儔侶

追思十年前

白頭傾蓋少

靑眼得君先

海內惟吾友

朝中只此賢
切磋新白璧
詩禮舊青氈
玉署無雙士
鸞坡第一仙
橡樟根厚地
滄海納群川
才器經綸大
文章錦繡鮮
皁囊頻出入
彤陛儼周旋
玉立班留笏
金華炬擁蓮
忠應隨事著
道豈與時遷
素節磨鄷劍
丹心向杞天
憂時常耿耿
愛國浪拳拳
百喙相從棹
孤芳貴自堅
有才眞卓犖
無命竟起邅
遽瑗知非日
宣尼曳杖年
高山空仰止
大路已茫然

日月居諸裏

乾坤俯仰邊

憶曾開底蘊

相信到華顚

瀝膽淸如鏡

論心直似弦

挑燈頻擊節

遇酒幾同筵

醒醉人生過

悲懽世事牽

平生悼親舊

此日抱幽悁

節換驚寒食

花殘惜杜鵑

孤吟抛勝月

獨立叫重泉

物象榮枯異

天心雨露偏

峨洋宇宙內

悽斷伯牙絃[13]

인용한 시제(詩題)의 '기수(耆叟)'는 중종 때의 문신 민수천(閔壽千: ?~1530)으로 보인다.[14] 인용시는 오언고시로 무려 52구나 되는 장편이다. 필자가 지

---

13 「만기수(挽耆叟)」, 『어촌집(漁村集)』권2.

14 '기수'라는 자나 또는 호를 가진 인물들 중에서 심언광과 동시대인 중종 무렵의 인물을 조사해보니 모두 네 명이 나왔다. 하나는 민수천(閔壽千: ?~1530)이고 다른 하나는 정미수(鄭眉壽: 1456~1512)이며, 다른 한 명은 송귀수(宋龜壽: 1497~1538)이며, 또 다른 한 명은 이명원(李明遠: ?~?)이다. 민

금까지 살펴본 여러 시인들의 만시 가운데에서 길이가 가장 긴 작품 중 하나이다. 이는 그만큼 인용시의 주인공과 시인의 관계가 매우 밀접함을 말해준다. 제1구는 어촌이 민수천을 처음 만났던 장면에 대한 회상이다. 시는 "영락한 신세로 짝할 벗이 없었던/십년 전을 추억해본다"라고 시작된다. 이 시가 민수천이 죽은 1530년에 쓰인 것으로 본다면 십년 전은 1520년이 된다. 이때는 심언광이 한 해 전에 일어난 기묘사화에 연루되어 관직에서 쫓겨나 있었던 시절이었다. "영락한 신세로 짝할 벗이 없었"다는 것은 이러한 상황을 두고 한 말이다. 민수천은 1516년 문과급제 후 홍문관과 사헌부 등에서 벼슬을 하고 있었다. 시인은 민수천을 처음 만난 기쁨을 "세상에 하나밖에 없는 나의 벗"이라고 표현하고 있다.

제6구부터 27구까지는 민수천의 인품과 학문, 유자로서의 경륜과 능력, 신하로서의 충성심등을 자세히 기술하고 있다. 민수천의 집안은 여흥민씨로 대대로 학문에 뛰어났으며 민수천 역시 그 후예답게 "홍문관에서 둘도

수천과 정미수 및 송귀수는 모두 자가 '기수(耆叟)'이고, 이명원은 자 또는 호가 '기수'인 것으로 보인다. 이 중 민수천은 부친이 대사헌을 지낸 휘(暉)이고 모친은 소우흥(蘇雨興)의 딸이며, 동생은 집의(執義) 민수원(閔壽元)이다. 일찍이 생원시에 합격하고 1516년(중종 11) 문과에 3등으로 급제하여 환로에 오른 뒤 홍문관 직제학, 강원도관찰사, 성균관대사성을 역임하였다. 성품이 온유하고 학문과 문장에 뛰어났으나 쫓겨났던 권신 김안로(金安老)를 두둔한 이유로 사림의 비판을 받기도 하였다. 김안로의 재 등용을 주장한 것 등 심언광과 정치적 노선을 같이 했기에 어촌과 매우 밀접한 교유를 가졌던 것으로 알려져 있다. 『어촌집』 권9에 「제민기수수천문(祭閔耆叟壽千文)」이 실려 있는 점이라든가 또한 위의 인용시의 여러 가지 내용으로 볼 때에 이 시의 주인공으로 판단된다. 정미수는 부친이 형조참판을 지낸 영양위(寧陽尉) 종(悰)이고, 모친은 문종의 딸 경혜공주(敬惠公主)로 명문가 출신답게 여러 벼슬을 거쳐 공조판서, 우찬성을 지냈고 중종반정 후에는 보국숭록대부(輔國崇祿大夫)가 되고 해평부원군(海平府院君)에까지 봉해졌던 인물이다. 평소 독서를 좋아하고 학문에 뛰어났으며 재식과 명망을 두루 갖추었기 때문에 인용시의 내용과 적합한 면이 있지만, 어촌과 나이 차가 무려 31년이나 되기에 인용시의 "친구"라는 표현과 거리가 있으며, 또한 정미수가 죽은 1512년은 어촌이 아직 문과에 급제하기도 전이므로 인용시의 주인공이라고 하기 어렵다. 두 번째 인물인 송귀수는 나이만 보았을 때에는 어촌과 10년 차이므로 가장 적합하지만, 벼슬이 음직(蔭職)으로 참봉(參奉)에 머물렀기에 시의 내용과 맞지 않는 점이 있고, 또한 42세의 나이로 죽었기에 인용시에 50세로 죽었다는 표현과도 맞지 않는다. 나머지 한 명인 이명원은 『국조인물고』를 포함한 어느 기록에도 중종조의 인물 중에서는 찾을 수 없고 오직 『조선왕조실록』에만 언급이 되는데, 중종 16년(1521) 소위 '신사무옥(辛巳誣獄)'과 관련된 사건에서 "기수(耆叟)는 종실 삼기수(三岐守) 명원(明遠)이다."라는 말만 보일 뿐이다. 이상의 내용을 종합적으로 판단해 볼 때에 시제(詩題)에 나타난 '기수'와 가장 근접한 인물은 민수천이라고 생각된다.

없는 선비였고, 한림원에선 제일가는 문사"였다는 것이다. 재능과 경륜이 클뿐만 아니라 문장솜씨까지 뛰어나 임금에게 여러차례 글도 올리곤 하였다. 민수천은 이렇게 재주와 능력이 출중한데 거기에 지조와 충성심까지 있었다. 시인은 이를 "깨끗한 지조는 풍땅의 검을 간 듯하고"라든가 "그 충성심 일마다 두드러지니"라고 말하고 있다. 민수천은 시절을 걱정하고 나라를 사랑하여 항상 노심초사 했다는 것이다. 하지만 민수천에게도 고난은 닥쳐왔다. 당시의 권신이었던 김안로가 1524년 파직을 당하자 그의 재등용을 위해 조정에서 적극 변호한 것이 화근이었다. 이 일로 인해 당시 사림들에게 큰 비난을 받게 되었던 것이다. 민수천이 무슨 이유로 정치적인 문제를 많이 일으켰던 김안로를 두둔했는지는 알 수 없지만, 어촌은 이것이 최소한 개인적인 어떤 욕망이나 정치적 야합 때문이 아니라 민수천의 충성심에 기초했던 것이라고 역설하고 있다.

제25-26구 "여러 사람들 서로 시끄럽게 이러쿵저러쿵해도/고고한 향초처럼 스스로 지키기를 귀하게 여겼다네"는 바로 이점을 말한 것이다. 어촌이 특히 김안로와 관계된 부분을 역설하고 있는 데에는 사실 자기자신과도 깊은 관계가 있기 때문이다. 어촌 역시 민수천처럼 김안로의 재등용을 주장했다가 정치적으로 큰 타격을 입고 결국 고향으로 돌아가 생을 마감했으니 말이다. 어촌이 그 누구의 만시보다도 민수천의 만시를 이렇듯 길게 쓴 것도 어쩌면 그 자신이 민수천과 정치적인 동지였기에 그를 옹호하고 두둔하고 싶었던 것이었을지 모르겠다. 28구에서 30구까지는 민수천의 죽음을 말하고 있으니, 거백옥(蘧伯玉)과 공자를 인용하여 민수천이 50세에 죽은 것임을 비유적으로 표현한 것이다. 35구에서 40구까지는 살아생전 민수천과 함께 보냈던 추억이다. '간담상조(肝膽相照)'라는 고사처럼 서로가 서로에게 마음을 열고 믿어 주었다. 또 여러 가지 사안을 놓고선 생각을 논했으며, 때로는 등불 밝히는 밤까지 이야기하며 술잔을 기울이기도 하였다. 하지만 이제와 평생 친구의 죽음을 접하고 나니 모든 것이 헛되고 부질없어 보인다. 인생은 "깨고 취하는 사이에 흘러가" 버린 것이다.

마지막 43구부터 52구까지는 감정이 최고조에 달하는 이 시의 정점이자 백미다. 친구를 잃은 후 시인이 갖는 근심과 슬픔, 고독감을 표현하였는데, 평생의 친구를 잃은 슬픔은 시인에게 아름다운 자연마저도 상처가 되게 만든다. 친구가 떠난 계절은 하필 꽃이 져가는 봄날이었다. 시인은 "꽃이 지니 두견새가 아쉬워한다"고 했지만, 기실 아쉬워하는 것은 시인 자신이다. 친구가 없는 세상에서는 달구경마저 재미가 없다. 그래서 시인은 혼자 하던 달구경을 그만두고 급기야 하늘을 향해 "하늘의 은혜는 치우쳤다"라고 소리를 지른다. 지금까지 여러 수의 만시를 살펴보았지만, 이렇게 떠나간 자를 아쉬워하며 살아남은 고통을 격정적으로 표현한 시는 많이 보지 못했다. 더구나 그 대상이 친족이 아니라 친구인 '도봉시'인 경우에는 드문 일이다. 51구와 52구에서는 종자기가 죽은 후 백아가 거문고 줄을 끊었던 것을 인용하고 있으니, 이는 민수천의 죽음 앞에서 어촌 본인도 백아처럼 모든 것이 의미없고 허무하게 되었다는 비유적인 표현이다.

위의 인용시는 친구의 죽음을 맞아 시인이 겪은 슬픔을 매우 감성적이고 격정적으로 시화(詩化)했다는 점도 특이하지만, 장편고시 형식을 취해서 한 편의 짜임새 있는 이야기 형식으로 쓰고 있다는 점도 매우 주목할 만하다. 시는 크게 다섯 부분으로 나눌 수 있다. 제1부는 1구에서 5구까지로 도입부에 해당하는데, 친구의 죽음을 맞아 과거를 회상하는 장면이다. 마치 현대 드라마나 영화의 도입 장면과 매우 흡사하다. 2부는 6구에서 27구까지로 망자의 성품과 인격, 재능, 경륜 등을 여러 가지 관점에서 자세히 기술하고 있다. 3부는 28구부터 34구까지로 민수천의 죽음에 대해 묘사하고 있다. 4부는 35구부터 42구까지로 망자와 살아생전 함께 나눈 추억을 그리고 있다. 마지막 5부는 시의 절정이자 결말인데 43구부터 52구까지다. 시인의 감정이 최고점에 달하면서 친구를 잃은 슬픔을 극대화 시키고 있다. 이상을 분석해보면 인용시는 형식은 시이지만 마치 한 편의 소설처럼 매우 치밀하게 구성되어 있음을 보게 된다. 이처럼 어촌 만시의 큰 특징 중 하나는 짜임새 있는 구성미와 표현미에 있음을 알 수 있다.

2) 곡자시(哭子詩) 및 도망시(悼亡詩)

앞장에서도 서술했지만 어촌 만시에는 유난히 가족과 관련된 시가 많다. 양으로 보면 무려 9제나 될 뿐만 아니라 그 대상도 부모, 아내, 아들, 조카 등 매우 다양하다. 그중에서도 가장 주목할 만한 시는 아내와 자식의 죽음을 다룬 도망시와 곡자시다. 그럼 먼저 자식의 죽음을 다룬 시부터 살펴보자.

일에 따라 안배함은 선비의 마땅한 것인데
어찌하여 근심하고 번뇌하며 스스로 잊지 못하는가
반평생에 재앙은 쌓여만 가고
한 줌 흙으로 골육들 죽어가는구나
은혜와 사랑은 날카로운 칼과 같음을 알겠고
늙고 쇠하여 창자가 갈라짐을 깨달았네
지난날의 얼굴에서 홍조는 사라지고
부질없이 거울만 부여잡고 흰머리 비춰본다

隨事安排是士常
如何憂惱自難忘
半生未免災殃積
一塊頻教骨肉亡
恩愛極知同利刃
老衰偏覺割剛腸
向來顔面收紅藻
空把靑銅照雪霜[15]

어촌이 죽은 아들을 애도한 시는 모두 4수가 있다. 위에서 인용한 「도망

---

15 「도망아(悼亡兒)」, 『어촌집(漁村集)』 권1.

아(悼亡兒)」라는 제목의 연작시 2수와 위의 시와 같은 운자를 써서 같은 형식으로 쓴 또 다른 연작시 2수가 더 있다. 심언광은 아내 강릉박씨와의 사이에서 아들 하나를 두었는데, 이름은 운(雲)이다.[16] 심운이 언제 죽었는지는 확실하지 않으나 어촌의 행장에서는 "운은 문학이 있었으나 일찍 죽었다. 처음 부인인 참판 김광철(金光轍)의 딸에게서 1남을 낳았으니 이가 진사 장원(長源)이다. 재취는 안준(安濬)의 딸로서 1남 1녀를 낳았으니 아들은 수원(粹源)이고 딸은 감사 홍춘년(洪春年)에게 출가하였다."[17]라고 기록되어 있다. 이 말로 미뤄보면 심운은 요절하기는 했으나 두 번이나 결혼하고 아들 둘과 딸 하나까지 둔 것으로 보아 아주 어려서 죽은 것은 아닌 것 같다. 『어촌집』 권수에 실린 「연보」를 통해 추정을 해볼 수 있는데, 심운이 태어난 것은 어촌의 나이 26세 때인 1512년이고 심운의 장남 장원이 난 해가 1531년이며, 그 후로도 심운은 1남 1녀를 더 두었으니 대략 1530년대 중반에서 어촌이 별세한 1540년 사이,[18] 즉 20대 중·후반 무렵에 죽은 것임을 알 수 있다.

인용시는 아들을 잃은 괴로움과 번민의 심정을 토로하는 것으로 시작된다. 선비는 기쁨이나 슬픔에도 감정을 조절하고 안배해야 마땅한데, 본인은 "근심하고 번뇌하며 스스로 잊지 못하"고 있다는 것이다. 사실 그 어느 선비라도 자식의 죽음 앞에 평정심을 잃지 않을 사람이 몇 명이나 되겠는가. 자식의 죽음이 아무렇지도 않다면 그는 정상적인 부모가 아닐 것이다. 3-4구는 집안에 계속된 우환으로 가족들이 하나 둘 죽어가는 것을 말한 것이다. 실제로 1533년에는 부인 강릉박씨가 사망하였고, 1537년에는 조카 규

---

16 『어촌집』권수(卷首)에 실린 「어촌심선생세계지보(漁村沈先生世系之圖)」에 의하면 심운(沈雲)은 자가 '종룡(從龍)', 호는 '첩하(捷霞)'로 되어 있다.

17 『어촌집(漁村集)』권11, 「행장(行狀)」. "一男雲有文學早歿, 初娶參判金光轍之女, 生一男曰長源進士, 再娶安濬之女, 生一男一女, 男曰粹源, 女適監司洪春年."

18 아들 운(雲)은 최소한 어머니의 3년상 날인 대상일(大祥日)까지는 살아있었던 것이 확실해 보인다. 왜냐하면 어촌이 아내의 3년상을 마치고 탈상하던 날 쓴 시 「망처대상일감회을미(亡妻大祥日感懷乙未)」(『어촌집』권4 수록.)에 "삼년동안 슬프게 운 아들놈은 조문하네(三載哀號弔一男)"라는 말이 보이기 때문이다. 이 해가 1535년이므로 아들 운은 1535년에서 어촌이 죽은 해인 1540년 사이에 사망한 것으로 추정할 수 있다.

(奎)가 죽었으며, 이제 아들까지 떠나버렸다. 어촌은 조카 규가 죽어서 고향인 청량산에 묻었다는 소식을 듣고 다음과 같이 통곡하였다. "나를 보기를 아버지[19]처럼 하였고/나도 진실로 아들을 보는 것 같이 하였지/하늘 끝 변방에서 골육의 비보를 듣고/꿈속에서 그 얼굴 보았다네/귀한 자식을 깊은 땅속에 묻었으니/청춘은 푸른 산에 가리웠네/청량산 한 쪽 언덕에서/영원토록 아득한 밤 보내겠구나(視我如郎罷, 眞成阿囝看, 天涯悲骨肉, 夢裏見容顔, 白璧埋黃壤, 靑春掩碧山, 靑良一丘土, 千古夜漫漫.)[20]" 차가운 땅속에 조카를 묻고 꿈속에서 조카의 얼굴을 대한다. 아들같이 여겼던 조카였기에 상실감은 더욱 컸다. 비슷한 시기에 조카와 아들을 동시에 잃었으니 그 괴로움은 감당하지 못할 정도였다.

제5-6구에서는 가족들의 죽음을 겪는 시인의 아픔과 고통을 표현하고 있다. 가족에 대한 사랑이 깊을수록 그를 잃은 상실감은 더욱 커진다. 그래서 시인은 그 사랑을 "날카로운 칼"이라 말한다. 사랑도 깊으면 비수가 되는 것이다. 그리고 그 비수에 늙고 쇠한 시인은 "창자가 갈라짐을 깨닫"는다. 이렇듯 험난한 세월은 시인의 얼굴에서 홍조를 사라지게 만들었다. 시인이 이제 할 일이라곤 "부질없이 거울만 부여잡고 흰머리 비춰보"는 것밖에 없다. 자식을 비롯한 가족들의 죽음 앞에 심신이 지쳐버린 것이다. 가족의 죽음은 아내를 떠나보내는 다음 시에서 절정에 이른다.

(1)
아름다운 붉은 깃발의 상여는 떠나가고
짝을 향한 깊은 정은 꿈속에서만
강가에서 이별하니 창자는 끊어지는 듯
살아생전의 고생을 생각하니 눈물이 떨어지네

---

19 원시의 '낭파(郎罷)'는 중국 남부 복건성(福建省), 특히 민(閩)땅의 방언으로 아버지를 일컫는 말이며, 제2구의 '아건(阿囝)' 역시 이 지역 방언으로 아들을 가리킨다.

20 「문질규장청량산(聞姪奎葬靑良山)」, 『어촌집(漁村集)』권5.

공명은 인생사에 도움이 되지 않아

매번 때가 되면 음식은 누가 감당하리요

혈혈단신 이 몸만 이 세상에 머무니

쓸쓸하게 쇠한 귀밑머리 하얗게 솟아나네

丹旌婀娜轊車馳

伉儷深情但夢思

江上別離腸亦裂

人間契闊淚常垂

功名未足裨生㵐

鷄黍誰堪其歲時

孑孑此身留此世

蕭然衰鬢迸華絲[21]

(2)

두 이랑 밭으로 열 식구 먹여야하니

가난한 집안 살림 어진 아내에게 의지했지

어렵고 힘들게 살아가길 삼십 육년에

영광스런 공명은 겨우 몇 년뿐이었네

당신과 더불어 늙어가겠다 스스로 말해놓고서

어찌하여 먼저 나를 버리고 황천길 떠났는가

저승길은 너무 멀어 혼백이 찾아와도 알지 못할텐데

꿈속의 연둣빛 두건은 아직도 또렷하네

十口常資二頃田

21 「곡송처구우강상계사(哭送妻柩于江上癸巳)」, 『어촌집(漁村集)』권4.

貧家生理賴妻賢
艱辛契活曾三紀
榮顯功名僅數年
自謂與君同白首
何先棄我落黃泉
魂來不覺冥途隔
夢裏綦巾尙宛然[22]

아내 강릉박씨(江陵朴氏)는 진사(進士) 박승서(朴承緖)의 따님으로 어촌이 16세 되던 해에 결혼하여 47세 때인 1533년에 죽었으니 31년간 부부로 함께 살아왔음을 알 수 있다. 어촌의 아내에 대한 사랑은 매우 지극했던 것으로 보인다. 위에서 인용한 두 편의 시 이외에도 아내의 죽음을 슬퍼한 시가 한 수 더 있으니 도합 3수인 셈이다.[23] 이는 일반 사대부들이 도망시(悼亡詩)를 짓는 편수에 비해서 매우 많은 것으로 어촌이 아내를 각별히 생각했음을 짐작할 수 있다. 인용시 (1)은 "아름다운 붉은 깃발의 상여는 떠나가고/짝을 향한 깊은 정은 꿈속에서만"이라는 매우 서정적이고 감성적인 시구로 시작된다. 사랑하는 아내를 실은 붉은 깃발의 상여가 떠나가고 이제 아내를 향한 그리움은 꿈속에서 밖에 달랠 길이 없다. 영원한 이별 앞에 "창자는 끊어지는" 것 같고 더욱이 살아생전 아내가 고생한 것을 생각하니 눈물만 흐를 뿐이다.

아내를 그린 다른 시에 "궁벽한 살림살이 어쩔 수 없이 누에치며 살았으니/씀바퀴처럼 쓰디쓴 지난날 며칠이나 달콤했으랴(窮居無計課畊蠶, 荼苦從前幾日甘)"[24]라는 말로 보아 강릉박씨는 두 이랑 밭에서 누에를 치며 어려운 살

---

22 「몽망처(夢亡妻)」, 『어촌집(漁村集)』 권4.

23 인용한 두 편의 시 외에 나머지 한 수는 아내의 3년상을 마치고 쓴 「망처대상일감회을미(亡妻大祥日感懷乙未)」(『어촌집(漁村集)』 권4.)이다.

24 「망처대상일감회을미(亡妻大祥日感懷乙未)」, 『어촌집(漁村集)』 권4.

림살이를 도맡아 했던 것 같다. 5-6구는 아내의 죽음 앞에서 그동안 쌓은 공명(功名)은 그저 헛되고 헛될 뿐이라는 탄식이다. 이제 좀 살만해지니 고생만하다가 죽어버린 아내를 안타까워하고 있는 것이다. 마지막 7-8구는 아내가 떠나고 혼자만 남았다는 처절한 고독감이다. “혈혈단신 이 몸만 이 세상에 머무니” 생기는 것은 쓸쓸하게 자라나는 하얀 귀밑머리 밖에 없다. 인용시 외의 다른 시에서도 “지하에서 길이 잠든 당신은 괜찮겠지만/이 세상에 홀로 있는 나는 어떻게 감당하며 살까…(중략)…가산을 기울여 새로 집을 장만한 것 후회되니/남은 여생 누구와 담소하며 살아가리요 (地下長眠君自得, 人間獨處我何堪, 却悔傾家買新屋, 殘生契活與誰談)”[25]라며 이제 아내 없이 홀로 살아가야 하는 고독감과 쓸쓸함을 토로하고 있다.

(2)는 시인이 간밤에 죽은 아내에 대한 꿈을 꾸고 쓴 시이다. 아마도 어촌은 아내를 떠나보낸 뒤 아내의 꿈을 자주 꿨던 것 같다. 1-2구는 “두 이랑 밭으로 열 식구를 먹여야” 했던 가난한 아내의 살림살이에 대한 묘사다. 3-4구는 앞의 (1)번 시에도 나온 것처럼 평생 고생만 하고 이제 겨우 세상 사람들이 얘기하는 ‘공명’이란 것을 좀 누려볼까 했는데, 아내가 안타깝게도 떠났다는 것이다. 요즈음에도 TV를 보면 부부가 평생토록 갖은 고생을 해서 살림이 조금 안정되어 이제 여행이라도 할까 했는데, 둘 중의 하나가 먼저 떠나버렸다는 소식을 심심치 않게 접할 수 있다. 그러고 보면 인생은 참으로 허무한 것이고 쓸쓸한 것이다. 죽음은 예측하기 힘들 때, 예측하기 힘든 방법으로 다가온다. 그리고 그 죽음은 가족들을 영원한 이별로 이끈다. 망자는 망자대로 아쉽고, 생자는 생자대로 안타깝다. 5-6구는 이와 같은 부부의 허망한 이별을 그린 것이다. 죽은 아내는 시인에게 “당신과 더불어 늙어가겠다”고 평소에 말했던 것 같다. 하지만 죽음의 때는 그 누구도 마음대로 정할 수 없다. 시인은 아내의 죽음 앞에 “어찌하여 먼저 나를 버리고 황천길 떠났”느냐고 절규한다. 그만큼 시인의 아내에 대한 사랑이 깊

25 「망처대상일감회을미(亡妻大祥日感懷乙未)」, 『어촌집(漁村集)』권4.

은 것이다. 그리고 그 사랑은 아내를 떠나보내지 못해 밤이면 꿈속에서 아내를 만난다. 아내가 먼저 간 "저승길은 너무 멀어"서 아내의 "혼백이 찾아와도 알지 못할"까 걱정된다. 그래도 간밤에 꿈속에서 보았던 아내의 "연두빛 두건은 아직도 또렷하"여 손에 잡힐 것 같다. 아내의 육체는 비록 죽었지만, 아내의 영혼은 시인의 가슴속에서 영원히 살아 있는 것이다.

3) 기타 만시류

다른 사람들에 비해 어촌의 만시에는 유독 죽은 왕비를 애도하는 시가 많다. 이 점 역시 어촌 만시의 특징으로 보이는데, 제2장에서 전술했다시피 성종(成宗)의 비(妃)인 정현왕후(貞顯王后)에 대한 작품이 3수, 중종(中宗)의 비(妃)인 장경왕후(章敬王后)에 대한 작품이 1수, 연산군비(燕山君妃)인 폐비신씨(廢妃愼氏)에 대한 작품 1수 등, 왕비의 죽음을 애도한 작품이 모두 5작품이나 된다. 그중에서 폐비 신씨를 애도한 다음 작품을 보자.

한바탕의 꿈처럼 장추궁에서 몇 해를 보냈던가
영락한 신세로 또다시 비참해졌네
고생한단 소식 들을 때마다 흐르는 눈물 견뎠으니
더구나 당시에 신하였던 사람임에랴

一夢長秋度幾春
飄零身世更悲辛
每聞契闊堪流涕
何況當時北面人[26]

이 시는 칠언절구로 된 세 수의 연작시 중 첫 번째 작품이다. 폐비신씨

---

26 「연산폐비신씨만사(燕山廢妃愼氏輓詞)」, 『어촌집(漁村集)』 권1.

(1476~1537)[27]는 연산군(1476~1506)의 부인으로 영의정 신승선(愼承善)의 딸이며 좌의정 신수근(愼守勤)의 누이이기도 하다. 중종반정으로 연산군이 폐위되면서 함께 폐비가 되어 그의 본관을 따라 '거창군부인(居昌郡夫人)'으로 강등된다. 신씨는 연산군과는 달리 덕이 있었다고 알려져 있다. 『조선왕조실록』에 의하면 "신씨(愼氏)는 어진 덕이 있어 화평하고 후중하고 온순하고 근신하여, 아랫사람들을 은혜로써 어루만졌으며, 왕이 총애하는 사람이 있으면 비(妃)가 또한 더 후하게 대하므로, 왕은 비록 미치고 포학하였지만, 매우 소중히 여김을 받았다. 매양 왕이 무고한 사람을 죽이고 음난, 방종함이 한없음을 볼 적마다 밤낮으로 근심하였으며, 때로는 울며 간하되 말뜻이 지극히 간곡하고 절실했는데, 왕이 비록 들어주지는 않았지만, 그렇다고 성내지는 않았다. 또 번번이 대군·공주·모보(姆保)·노복들을 계칙(戒勅)하여 함부로 방자한 짓을 못하게 하였는데, 이때에 이르러서는 울부짖으며 기필코 왕을 따라 가려고 했지만 되지 않았다."[28]라고 되어 있다.

제1구의 "장추궁(長秋宮)"은 원래 한(漢)나라 고조(高祖) 때 황후가 거처하던 곳을 말하는데 여기서는 신씨가 머물던 궁궐을 지칭하고 있다. 신씨는 1488년(성종 19년) 왕세자로 있던 연산군과 가례를 치르고 입궁하여 1494년에 연산군 즉위와 함께 왕비에 봉해졌다가 1506년 연산군 폐위 때에 궁에서 나와 사저(私邸)로 쫓겨났으니 어림잡아 18년 정도 궁궐생활을 하였고 왕비로서는 12년을 지낸 셈이다. 인용시의 1-2구에서는 이러한 사실을 말하고 있다. 3-4구는 신씨의 죽음을 접하고 그가 왕비에서 서인(庶人)으로 강등당하여 살아가던 시절의 고생을 떠올리면서 안타깝고 슬픈 마음을 표현한 것이다. 신씨는 1506년에 서인이 되어 1537년에 세상을 떠났으니 무려 31년간이나

---

27 일설에는 생년이 연산군과 같은 해인 1476년이 아닌 1472년이라는 설이 있으나, 신씨의 묘지명에 의거 1476년으로 한다.

28 『연산군일기(燕山君日記)』 권63, 「연산군 12년」. "廢婦愼氏, 有賢德, 和厚溫謹, 撫群下以恩, 王有所寵幸, 妃亦加厚之, 王雖狂虐, 甚見重. 每見王多殺不辜, 淫縱無道, 日夜憂悶, 時或泣諫, 辭意切至, 王雖不能聽, 亦不之怒. 又每戒勅大君,公主,姆保,奴僕, 不令橫恣, 至是號泣, 必欲從王而去, 不得." 여기 국역과 원문은 국사편찬위원회의 웹사이트(sillok.history.go.kr)를 이용하였음.

일반 백성으로 살아갔다. 왕비로 지낸 시간보다 훨씬 더 긴 세월이었다. 따라서 그녀가 겪었을 마음의 고통을 어렵지 않게 짐작해 볼 수 있다.

남편 연산군은 1506년 폐위된 후 얼마 지나지 않아 죽었고, 게다가 연산군과의 사이에 4남 3녀를 낳았으나 두 아들과 공주 하나를 제외한 나머지는 모두 요절했고, 세자로 있던 큰아들을 포함한 두 아들은 연산군 폐위 후 사사되었다. 하루아침에 남편과 모든 자녀들을 잃은 것이다. 부친이 영의정까지 지낸 명문가의 여식이었는데, 만약 왕궁에 들어오지 않았다면 평안하게 한평생을 보냈을 지도 모른다. 또한 제3구의 "고생한단 소식 들을 때마다[每聞契闊]"라는 말로 보아 아마도 경제적인 형편이 좋았던 것 같지도 않다. 그렇게 30여 년의 세월을 살았으니 참으로 모진 인생이었을 것이다. 그래서 시인은 그녀의 죽음 앞에 "눈물을 흘린다"고 말한다. 어찌보면 역사에 오점을 남기고 왕의 자리에서 쫓겨난 폐군(廢君)의 부인의 죽음이므로 아무도 관심을 가지지 않았을지도 모른다. 하지만 심언광은 세상인심과 관계없이 참으로 한 많고 슬픔을 간직한 한 명의 죽음 앞에서, 눈물 흘리며 망자의 영전에 시를 지어 바치고 있다. 이를 통해 어촌의 따뜻한 인간미, 성숙한 인격을 짐작할 수 있다.

양반사대부나 권력층은 아니지만 억울하고 안타까운 죽음을 위로하는 글을 어촌은 즐겨 지었다. 앞의 제2장에서도 전술한 바와 같이 1525년에 어촌은 경성판관(鏡城判官)으로 있었는데, 그 해 겨울에 대설이 내린 후 큰 해일까지 겹쳐 바닷가의 주민들이 110여 명이나 죽었다. 어촌은 안타깝게 희생된 힘없는 민초들의 영혼을 위로하는 사언(四言)의 장편 고시체 형식의 제문(祭文)을 짓는다.[29] 이렇듯 슬픈 인생을 살다간 죽음을 잊지 않고 시를

---

29 참고로 이 때 지은 제문의 제목을 살펴보면 다음과 같다. "가정 을유년[중종 20, 1525년]에 내가 경성을 지킬 때 동짓달 상순에 큰 눈이 내려 평지에도 넉 자나 쌓일 정도였다. 그날 밤 폭풍이 크게 불고 바닷물이 넘쳐 들어와 해변의 민가가 모두 떠내려가 사망한 남녀노약자가 백여 명이나 되었다. 해변에 제단을 설치하고 글을 지어 제사지낸다.(嘉靖乙酉, 予守鏡城, 是年仲冬上旬, 大雪, 平地四尺許. 其夜, 暴風大作, 海波蕩溢, 海濱民家, 漂溺殆盡, 男女老弱死亡者百十餘人. 設壇海崖, 爲文以祭之.)"

통해서나마 그 영혼을 위로하고, 또 후세 사람들에게 알리려고 한 것이 어촌이 만시를 창작하게 된 주요 동기였음을 알 수 있다.

4. 결어

우리 인생의 끝은 죽음이다. 그 누구도 죽음을 피해 갈수는 없다. 따라서 죽음은 망자 본인의 입장에서는 지금까지 살아온 날들의 정리이고, 남은 자들의 입장에서는 이 땅에서는 더 이상 볼 수 없는 이별이요 보냄이다. 죽음이 중요하고 의미있는 이유가 바로 여기에 있다. 요즈음 들어 인생을 어떻게 하면 행복하고 의미있게 잘 살 것인가라는 소위 '웰빙(well-being)'과 더불어 어떻게 하면 인생을 잘 마무리하며 죽을 것인가라는 '웰다잉(well-dying)'의 문제가 사회적 관심사로 떠오르고 있다. 우리 문학사에서 '웰다잉'을 다룬 대표적인 장르가 만시라고 할 수 있겠다.

이 글에서는 15세기 말엽에서 16세기 전반기에 활동했던 문인 어촌 심언광의 만시 등 죽음과 관련된 시들을 살펴보았다. 한국한시사의 큰 흐름 속에서 만시 창작 과정을 살펴보면 어촌의 만시는 매우 중요한 위치를 차지하고 있다. 우선 김부식으로부터 시작된 만시는 고려후기 목은 이색에 이르러 본격화 되었고, 조선조에 들어와 특히 17세기 이후로는 문인들의 일상이 될 정도로 보편화되고 많은 작품과 작가들이 나오게 되었다. 심언광은 14세기 이색에서부터 17세기 만시 창작이 보편화되고 비약적인 증가가 이루어지는 사이에 존재하며 그 가교 역할을 한 것으로 판단된다.

필자가 『어촌집』에서 찾을 수 있었던 만시 및 죽음과 관련된 작품들은 무려 60여 제에 이를 정도로 그 분량이 많다. 이는 한국의 만시사 전체를 놓고 보더라도 매우 많은 작품을 남긴 작가에 속하며, 특히 어촌이 활동했던 15~16세기로는 최고의 만시 창작 작가라고 여겨진다. 또한 어촌의 만시는 비단 분량뿐만이 아니라 그 내용적인 면에서 보더라도 만시가 갖춰야 할 여러 가지 요소를 모두 가지고 있으며, 특히 망자의 죽음을 애도하고 슬퍼하는 감정을 문학적으로 훌륭히 형상화하는데 성공한 것으로 판단된다. 어촌이 남긴 60제의 만시류 작품의 대상 인물의 지위는 대다수가 사대부들이다. 이를 유형별로 분류해보면 부모와 아들, 아내, 조카 등 가족의 죽음을 다룬 시들과 선·후배, 친구, 친구의 부모나 아내 등의 죽음을 다룬 것으로 크게 나눠볼 수 있다. 물론 이 두 가지 유형에 속하지 않는 왕비라든가 백성들의 죽음을 다룬 것도 있기는 하지만 이는 소수이다.

한시의 형식적인 측면에서 보면 칠언율시와 오언고시가 가장 많고, 칠언절구는 극소수이며 오언절구는 아예 한 작품도 없다. 이는 어촌의 만시의 분량이 대체로 길고 장편화 되었음을 말한다. 심지어 경우에 따라서는 기·승·전·결의 구조나 이야기형식을 띠고 있는 작품들도 보인다. 그만큼 시인은 망자에 대한 추억과 미련, 그리고 하고 싶은 이야기가 많았던 것이다. 이같은 현상은 시인의 만시 창작 동기와도 관련이 깊다. 어촌은 본인과 인간적으로 밀접한 관계를 갖고 있는 사람들에 대한 만시를 주로 썼다. 이 말은 단순한 청탁에 의해서 어쩔 수 없이 쓰거나 또는 유명 인물의 죽음을 맞아 남에게 보여주기 위한 의도로 쓴 작품들이 없다는 의미다. 그만큼 어촌의 만시는 절실하고 애절하며 진실하게 될 수밖에 없었고, 이에따라 그 분량도 장편화 된 것으로 보인다. 이 글에서는 조선조 강릉이 배출한 가장 저명한 정치가이자 문인 중 한 명인 어촌 심언광의 시세계를 주로 만시와 관련된 작품을 중심으로 살펴보았다. 이 글을 통해 어촌의 시인으로서의 면모와 특히 한국만시사에서 차지하는 그의 위상이 새롭게 부각되기를 기대해본다.

| 참고문헌

1. 자료

沈彦光, 『漁村集』, 『한국문집총간』24, 한국고전번역원.

심언광 저, 정항교 외 역주, 『국역 어촌집』, 강릉문화원, 2006.

洪暹, 『忍齋集』, 『한국문집총간』32, 한국고전번역원.

梁慶遇, 『霽湖集』, 『한국문집총간』73, 한국고전번역원.

張維, 『谿谷集』, 『한국문집총간』92, 한국고전번역원.

崔錫恒, 『損窩遺稿』, 『한국문집총간』169, 한국고전번역원.

『국역 국조인물고』, 세종대왕기념사업회, 2004.

『국역 조선왕조실록』 (웹사이트(sillok.history.go.kr)), 국사편찬위원회.

2. 논저

강지희, 「어촌 심언광의 영사시에 대한 일고찰」, 『제3회 어촌 심언광 전국 학술세미나 자료집』, 강릉문화원, 2012.

김은정, 「어촌 심언광의 생애와 시세계」, 『한국한시작가연구』5권, 한국한시학회, 2000.

_____, 「어촌 심언광의 교유시 연구」, 『어촌 심언광 연구총서』1집, 강릉문화원, 2010.

김형태, 「어촌 심언광 시의 자연인식과 상징성 연구」, 『동방학』24권, 한서대 동양고전연구소, 2012.

박동욱, 「조선 지방관의 고단한 서북체험」, 『제3회 어촌 심언광 전국 학술세미나 자료집』, 강릉문화원, 2012.

박영주, 「어촌 심언광 시세계의 양상과 특징」, 『고시가연구』27집, 한국고시가문학회, 2011.

박해남, 「어촌 심언광의 시문학 고찰」, 『제2회 어촌 심언광 전국 학술세미나 자료집』, 강릉문화원, 2011.

신익철, 「심언광의 동관록과 귀전록에 나타난 공간 인식과 그 의미」, 『어촌 심언광 연구총서』1집, 강릉문화원, 2010.

이한길, 「어촌 심언광의 한시 고찰」, 『어촌 심언광 연구총서』1집, 강릉문화원, 2010.

_____, 「어촌 심언광의 경포 관련 한시 고찰」, 『어촌 심언광 연구총서』1집, 강릉문화원, 2010.

임기중, 『연행록연구』, 일지사, 2006, 472~473쪽.

하정승, 「이숭인의 挽詩類 작품에 나타난 죽음의 형상화와 미적 특질」, 『한국한시연구』, 한국한시학회, 2013, 115~118쪽.

06

어촌 심언광 한시의 풍격(風格)과 미적 특질

-만당풍(晩唐風)과의 상관성을 중심으로

박종우 _고려대학교 민족문화연구원 선임연구원

이 글은 2013년 11월 22일(금) 강릉문화원에서 개최한 "제4회 어촌 심언광 전국학술세미나"에서 발표한 논문을 수정·보완하였다.

1. 서론

이 연구는 조선 전기의 문신 어촌 심언광(1487~1540)의 한시를 풍격론적(風格論的) 관점에서 분석하여 어촌 문학의 심미적 특성을 파악하고, 나아가 그 문학사적 의미를 모색하는 데 목적을 둔다.

어촌은 16세기 전반을 대표하는 시인 가운데 한 사람이면서도, 당대에는 물론 현재까지도 그가 보여준 문학적 성취에 비해 큰 주목을 받지 못했다. 특히, 관반사(館伴使)로서 중국의 사신들과 수창한 일을 그가 자신의 능력을 과시하고 싶어서 미리 준비하고 있다가 관반의 임무를 청한 것이라고 부정적으로 평한 기록[1]도 일부 전하지만, 당대의 대표 시인이었던 호음(湖陰) 정사룡(鄭士龍)(1491~1570)과 작시에 대한 평가가 대등하게 거론된 기사가 실록에 전하는 것을 보면 후대의 어촌 문학에 대한 평가의 부재는 참으로 의문이 아닐 수 없다.

잘 알려진 바대로 그가 중앙 정치 무대에서 활동하던 시기에 권세를 이용해 파당을 만들고 수많은 화옥을 일으킨 김안로(1481~1537)를 천거한 정치적 오명과 이어진 삭탈관직으로 인해 낙향하여 두 해만에 세상을 뜬 일이나, 사후 144년(1684)에 이르러서야 비로소 신원(伸寃)이 이루어진 탓도 있겠지만, 무엇보다 그의 생평(生平)에서 시인보다는 경세가로서의 삶이 두드러진 것이 보다 큰 요인이 아닐까 판단된다. 그리고 같은 이유로 근대 이후에 들어서도 여전히 문학 연구자들의 관심권에서 벗어나 있었던 것도 동일한 맥락으로 보인다.

어촌 문학에 대한 학계의 연구는 2000년대에 들어서야 비로소 본격적으로 시작되었다. 초기 연구자들의 관심은 크게 어촌의 생애와 관련하여 나타나는 시 세계의 변모 양상과 특징적으로 보이는 개별 주제의 해명에 주목한

---

1 박동량(朴東亮)의 『기재잡기(寄齋雜記)』와 권응인(權應仁)의 『송계만록(松溪漫錄)』 등에서 그러한 태도를 볼 수 있다고 한다. 김은정, 「어촌 심언광의 생애와 시세계」(『한국한시작가연구5』, 한국한시학회, 2000.) 17면 참조.

연구 작업으로 양분되었다. 전자는 격변하던 당대의 정치적 소용돌이에서 부침하였던 어촌의 삶의 궤적을 탐구하고, 그의 문집인 『어촌집』의 연결고리를 찾아 문학적 변모의 추이를 밝히려는 작업으로 수행[2]되었고, 후자는 경포 관련 한시와 교유시 외에 특정 시기에 창작된 작품에 대한 연구[3]가 차례로 이루어졌다. 그 결과 어촌 한시의 변모 양상과 주제적 특징이 밝혀졌고, 그에 관한 연구 자료의 수집·정리 및 역주 작업이 이루어져 연구의 토대가 마련되었다. 이후 강릉문화원의 주도로 매년 정기 학술세미나를 개최하는 등 연구 활동과 관련 사업이 현재까지 활발하게 추진되면서 꾸준한 성과가 제출되고 있어 어촌 연구의 전망은 밝다고 하겠다.

지금까지의 연구 성과를 통해 우리는 어촌 문학의 전체적인 윤곽과 특징의 대강을 가늠할 수 있다. 앞으로의 과제는 어촌 문학에 대한 심층적 이해가 중요하며, 이를 위해 보다 다양한 접근의 시도를 통해 작품을 분석하고 해석할 필요가 있을 것이다. 이는 물론 이 글이 감당하기 어려운 장기적 연구 주제이다. 이 글은 다만 이러한 연구 방향의 일환으로서 시론적(試論的) 고찰인 셈이다. 본론에서는 시풍과 풍격론의 시각[4]에서 어촌의 한시 작품을 살펴보고 그 주요 특질들을 찾아볼 것이다. 그리고 이 결과를 토대로 결론을 대신하여 어촌 시문학이 가지는 한시사적 위상에 대해 다시 한번 생각

---

2 김은정의 「어촌 심언광의 생애과 시세계」(『한국한시작가연구5』, 한국한시학회, 2000)와 이한길의 「어촌 심언광의 한시 고찰」(『제8회 강릉전통문화 학술세미나 자료집』, 강릉문화원·관동대학교 영동문화연구소, 2007)이 대표적이다. 그리고 박영주의 「어촌 심언광 시세계 양상과 특징」(『제1회 어촌 심언광 학술세미나 자료집』, 강릉문화원, 2010)은 어촌 심언광의 시세계에 개괄적으로 접근하여, 현전하는 그의 한시 작품수를 파악하여 그 유형적 양상을 살피고, 그의 시와 시세계에 결부된 역대 문헌들에 전하는 평들을 한 자리에 모아 그 특징적 면모를 작품론에 입각한 논의와 함께 정리·함축한 연구로 어촌 문학의 연구 기반을 마련하였다. 이 글의 주제도 이에 많은 감발과 도움을 받았음을 밝혀둔다.

3 이한길의 「어촌 심언광 경포 관련 한시 고찰」(『임영문화 제31집』, 강릉문화원, 2007), 김은정의 「어촌 심언광의 교유시 연구」(『어촌 심언광의 생애와 문학』, 제1회 어촌 심언광 학술세미나, 강릉문화원, 2010), 신익철의 「어촌 심언광의 『동관록』과 『귀전록』에 나타난 공간 인식과 그 의미」(『제1회 어촌 심언광 학술세미나 자료집』, 강릉문화원, 2010) 등이 대표적이다.

4 이러한 구상은 이 글만의 새로운 것은 아니다. 기존 연구에서 조사·소개된 어촌 한시의 풍격 용어에서 단서를 구하여 실제 시 작품 분석에 적용하고자 한 시론적 접근이다.

해보고자 한다.

2. 어촌 한시의 추이(推移)와 특질

한 작가의 한시를 이해하기 위한 단서는 일반적으로 해당 작가의 문집이나 관련 문헌에 나타나는 수학의 과정에서 찾을 수 있다. 다시 말해 그가 언제 누구의 문하에서 공부하였고, 주로 어떤 책들을 읽었으며 누구와 교유하였는가와 같은 것이다. 하지만 어촌의 경우 매우 간략한 기록들만이 산견되어 학시(學詩)의 연원이나 학문 전수의 과정 등이 자세하지 않다.

먼저 어촌의 나이 5세에 부친이 "등"(燈)으로 시를 쓰게 하자 "등입방중야출외(燈入房中夜出外)"의 시구를 얻었다는 일이나 9세에 아버지를 여의고 형과 더불어 오대산사에서 독서에 전념하였다는 기록[5]이 있다. 여기서는 어촌이 어려서부터 시재가 있었음을 짐작하는 정도이다. 이후 부친이 일찍 타계하여 가학의 전수도 별로 이루어지지 않았으며, 형과 함께 산사에서 학업에 매진한 기록이 전한다. 게다가 집이 가난해서 읽을 책이 거의 없었는데, 단 한 권 남아있던 『고문선(古文選)』을 천 번이나 읽어 마침내 문장을 이루었다는 기록을 놓고 보면 어촌의 수학 과정은 문자 그대로 독학으로 진행되었던 것으로 추정된다.

이후 과거 시험을 통해 정계에 입문한 뒤에는 여러 요직을 거치고 관반사(館伴使)로 활동하는 등 전형적인 관각(館閣) 문인으로서 활동하는 모습을 보인다. 그런데 이 시기 어촌의 한시 창작을 다룬 기록에서 어촌 한시의 풍격을 해명할 만한 단서[6]들이 다수 등장하는 점이 특기할 만하다. 우선 한 가지 주목되는 사실은 어촌이 호음 정사룡(1491~1570)과 대등하게 비교되었다

5 어촌의 수학(受學)에 대한 기사는 『어촌집』 권수에 수록되어 있는 「연보」와 「행장」에 보인다.

6 이는 박영주의 「어촌 심언광 시세계 양상과 특징」(『제1회 어촌 심언광 학술세미나 자료집』, 강릉문화원, 2010)에 일목요연하게 정리되어 있다. 이후 인용은 이 글에서 재인용한 것이다.

는 사실이다. 이는 다음의 기사에서 구체적으로 확인할 수 있다.

> 김근사에게 전교하기를, "심언광과 정사룡의 글 지은 점수가 똑 같으니(두 사람이 모두 삼상(三上)과 차상(次上)이었다) 마땅히 다시 같은 제목으로 글을 짓게 하여, 고하(高下)를 결정케 하라." 하고, 상이 '동정추월(洞庭秋月)'로 칠언율시를 '서산제설(西山霽雪)'로 오언율시를 짓도록 시제(詩題)를 써서 내렸다. 그리하여 심언광이 1등을 하였고 활 쏘는 일도 끝났다.[7]

> 어가를 돌릴 적에 견항에서 낮을 머물렀다. 상이 '일출부상(日出扶桑)'이란 칠언율의 시제(詩題)를 친히 써서 시신(侍臣)들에게 모두 시를 짓게 하고, 또 좌상과 우상에게 고열(考閱)하게 하였다. 심언광과 정사룡 등이 우등을 하니, 특별히 만든 활 1장(張)씩 하사하였다.[8]

여기서 호음은 당시 문단에서 기재(企齋) 신광한(申光漢)(1484~1555)과 더불어 한시의 쌍벽으로 꼽혔던 대표적 시인이다. 그는 일찍이 중국에 사신으로 가서 문명(文名)을 떨쳤을 뿐만 아니라 중국 사신을 접대하는 동안 주고받은 시도 많이 남아 전할 정도로 대내외적으로 인정받았다. 그런데 어촌의 한시가 이런 호음과 대등하게 거론되었다는 점은 유의할 만하다. 더구나 그 기록의 출전이 공문서인 실록이라는 점에서 사실의 객관성에 대해 충분히 신뢰할 수 있다. 이런 점에서 실록의 기록은 어촌 한시가 가지는 높은 문학적

---

7 "전우김근사왈, 심언광정사룡소제등화(양인개위삼상차상), 의갱령작일제, 결고하. 상이동정추월오언율시, 서산제설오언율시, 제서이하지. 어시언광거수, 이사사역필."(傳于金謹思曰, 沈彦光鄭士龍所製等畫(兩人皆爲三上次上), 宜更令作一題, 決高下. 上以洞庭秋月五言律詩, 西山霽雪五言律詩, 題書而下之. 於是彦光居首, 而射事亦畢) 『조선왕조실록』 중종31 5월 12일조.

8 "가환, 주정우견항. 상친서일출부상칠언율시제, 명시신개제지, 우명좌우상고지. 심언광정사룡우등, 명사별조궁일장."(駕還, 晝停于犬項. 上親書日出扶桑七言律詩題, 命侍臣皆製之, 又命左右相考之. 沈彦光鄭士龍優等, 命賜別造弓一張) 『조선왕조실록』 중종31 10월 15일조

수준과 가치를 증거하는 자료로서 큰 의미를 갖는다.

다음 일련의 기사들은 어촌 한시가 가지는 문학적 특징과 풍격에 대한 자료이다. 출전 문헌의 연대별로 살펴보기로 한다.

> 어촌의 시는 웅혼하고 도타우며[혼후(渾厚)] 화려하고 아름답기[부염(浮艶)]가 호음(湖陰)에 못지 않은데, 송계(松溪)가 중종 이래 대가를 평하는 데 뽑혀 있지 않으니, 도대체 무슨 까닭인지 모르겠다.[9]

교산 허균(1569~1618)의 시화집이자 시평집인 『학산초담』에 나오는 기사이다. 주지하듯이 교산은 시의 창작은 물론 시의 감식안이 당대에 으뜸으로 평가받았던 인물이다. 역모로 몰려 사사된 뒤에도 그가 선편(選編)한 『국조시산(國朝詩刪)』은 활자본으로 간행되어 널리 읽힌 것도 그의 뛰어난 비평적 안목을 짐작케 한다. 이러한 교산이 역대 문헌들 가운데 어촌의 시와 관련하여 가장 많은 내용과 논평을 남기고 있어 주목된다.

위에에서 교산은 어촌 시의 풍격적 특징 가운데 하나로서 '웅혼하고 도타우며 화려하고 아름답다[혼후부염(渾厚浮艶)]'는 평과 함께, 호음의 시에 견주어 전혀 뒤질 것이 없음에도 송계 권응인(松溪 權應寅)이 어촌의 시를 대가들의 반열에 선평(選評)해 놓지 않았음을 지적했다. 다시 말해 어촌 한시의 가치가 당대에 충분히 평가 받지 못한 데에 대한 비평가로서의 불만을 밝힌 것이다. 그리고 어촌 한시의 특징을 '혼후(渾厚)'와 '부염(浮艶)'으로 요약 제시한 것이 흥미롭다. 이 평어들은 어촌 한시의 만당풍적(晩唐風的) 성격을 압축적으로 제시한 것이다.[10]

> 시부(詩賦) 등에 이르러서는, 모두 기력이 혼연히 굳세고[기력혼강

---

9 허균, 「학산초담(鶴山樵談)」, 『성소부부고(惺所覆瓿稿)』 卷26.

10 이에 대해서는 다음 장에서 詩風과 함께 다룰 것이다. 이하 평어들도 같다.

(氣力渾剛)] 물 흐르듯 노련하여[파란노성(波蘭老成)], 억지를 부리거나 기교를 일삼지 않았다. 여기서 우리나라 성대한 시기의 언어와 문장을 볼 수 있으니, 말년의 쇠퇴한 시기의 그것과는 스스로 구별되는 것이다.[11]

이 기사는 중간본 『어촌집』에 있는 서하(西河) 이민서(李敏敍)(1633~1688)의 「어촌집서」의 일부이다. 서하는 우암(尤菴) 송시열(宋時烈)(1607~1689)의 문인으로 문장과 글씨에 뛰어났던 인물로 알려져 있다. 여기에서 서하는 어촌 시의 풍격에 대해 '기력이 혼연히 굳세고, 물 흐르듯 노련하다.(기력혼강(氣力渾剛), 파란노성(波蘭老成).)'는 평을 하고 있다. 이와 함께 '억지를 부리거나 기교를 일삼지 않았다'고 했는데, 이러한 평은 교산이 『학산초담』에서 『어촌집』 권10 『귀전록』에 수록되어 있는 〈운계사에서 두견새 울음을 듣다[운계사문두견(雲溪寺聞杜鵑)]〉라는 칠언절구를 두고, '서글픈 뜻이 충심에서 우러나온 것이어서 연군의 정이 말 밖에 넘쳐나니, 수식과 기교를 일삼는 무리들의 시와는 그 격이 전혀 다르다'는 평과 상통하는 것으로 볼 수 있다.[12] 여기서 '기력혼강(氣力渾剛)'과 '파란노성(波蘭老成)'도 풍격을 나타내는 평어로서 만당풍과 관련이 있다. 따라서 어촌 한시에서 구체적으로 무엇을 뜻한 것인지 확인할 필요가 있다.

그 문장이 바르고 우아[爾雅]하여 관각에 연이어 등용되어 명문과 대책이 많이 그의 손에서 나왔으며, 더욱이 시에 뛰어나 건실하고 풍부하며 화려[健富麗]하여 스스로 일가를 이루었다.[13]

---

11 "지기타시부제작, 개기력혼강, 파란노성, 무천착섬교지태, 가견기국조성시, 언어문장, 자별어쇠계야."(至其他詩賦諸作, 皆氣力渾剛, 波蘭老成, 無穿鑿纖巧之態, 可見其國朝盛時, 言語文章, 自別於衰季也) 이민서(李敏叙), 「어촌집서(漁村集序)」, 『어촌집』 권수.

12 박영주, 앞의 논문, 70면.

13 "기문장이아, 연등관각, 명문대책, 다출기수. 우장어시, 주건부려, 자성일가."(其文章爾雅, 延登館閣, 名文大策, 多出其手. 尤長於詩, 遒健富麗, 自成一家) 이의철(李宜哲), 「시장(諡狀)」, 『어촌

이 기사도 중간본 『어촌집』에 있는 문암(文庵) 이의철(李宜哲)(1703~1778)의 「시장」의 일부이다. 여기에서 문암은 어촌의 문장이 바르고 우아[爾雅]하여 당대 홍문관·예문관 등 언관(言官)에서 작성한 글들이 그의 손에서 많이 나왔으며, 관반사(館伴使)의 직무를 수행하던 시기에 중국 사신들과 수창한 시들이 당시에 널리 읊어졌음을 말하고 있어, 어촌이 관각문학에 뛰어났음을 지적하고 있다. 이와 함께 문암은 어촌 시의 풍격에 대해 '건실하고 풍부하며 화려하다[건부려(健富麗)]'는 평을 함으로써, 그의 시편들에 강건한 의지를 바탕으로 한 주제의식과 풍부하면서도 아름다운 표현의 묘가 돋보임을 지적하고 있다. 아울러 말년에 낙향하여 생활하는 가운데 지어진 시편들에는, 풍류운사의 정취가 묻어나는 작품들과 함께, 우국·연군의 정을 담은 작품들, 환로(宦路)시절 김안로와 결부된 일들에 대한 자책을 담은 작품들 또한 간간이 지었음을 말하고 있다.[14] 여기서 '우아'와 '건부려'의 평어도 관각문학의 성격을 말함과 함께 만당풍과 관련되어 있어 흥미로운 자료이다.

자구의 망원정(望遠亭) 시에,

흰 기러기는 찬 물가에 기대어 있고
푸른 나귀 작은 다리 건너가누나.

백안의한저(白雁依寒渚)
청려도소교(青驢渡小橋)

라고 한 시구가 있는데, 자못 만당(晩唐) 시인의 풍격과 운치가 있다.[15]

집』 권13.

14 박영주, 앞의 논문, 73면.

15 "자구망원정시유왈, 백안의한저, 청려도소교지구, 파요만당인풍운."(子求望遠亭詩有曰, 白雁依寒渚, 青驢渡小橋之句, 頗饒晩唐人風韻.) 한치윤(韓致奫), 『해동역사(海東繹史)』 권69 인물고(人物

한치윤(韓致奫)(1765~1814)의 『해동역사』에 있는 기사이다. 그는 어촌의 시 한 연을 소개하면서, '자못 만당의 풍격과 운치'가 있다고 하였다. 위 시는 『어촌집』 권7 『관반시잡고』에 수록되어 있는 〈부사에 차운하다[차부사운(次副使韻)]〉 가운데 두번째 오언율시의 경련(頸聯)이다. 중국 사신과의 이별을 제재로 한 것이지만, 경련에서 보여주는 선명한 색조의 대비를 배경으로 환기되는 이미지의 섬세함과 감각적 정취 및 낭만적 정서는 만당의 풍격과 운치가 점점이 묻어난다 할 것이다.[16] 그런데 이미지, 정취, 낭만성 등이 물론 만당 한시의 특징의 일부인 것만은 분명하나 만당풍은 이밖에 보다 복잡다기한 양상으로 나타나므로 보다 섬세한 구분을 통해 검증해볼 필요가 있다. 다음 장에서는 이상의 기사에서 확인된 평어를 어촌 한시의 풍격에 대한 단서로 놓고 실제 작품 분석에 연계할 것이다.

3. 어촌 시풍의 제 양상

앞서 살펴보았듯이 어촌 시풍의 핵심은 만당풍에서 단서를 구할 수 있다. 그가 스스로 자신의 시풍에 대해 언급한 것은 없지만 그가 남긴 시작품과 후대의 평어들을 통해 우리는 그가 작시에 즐겨 사용한 시풍이 어떤 것인지 유추해 볼 수 있다. 그럼에도 불구하고 만당풍이 중요한 실마리라고는 해도 그 실체를 간단하게 요약하기는 쉽지 않다.[17] 일단 논의의 편의를 위해 최근까지의 중국문학 연구 성과를 빌면 만당풍의 한시에서 나타나는 특징적

考)3 본조(本朝)·심언광 조.

16 박영주, 앞의 논문, 72면.

17 중국 고전문학 연구자들도 만당의 시기 구분부터 작가군의 범주까지 다양한 이견이 존재한다. 부선종·장인 주편(傅璇琮·蔣寅 主編), 『중국고대문학통론(中國古代文學通論): 수당오대권(隋唐五代卷)』(중국 요녕인민출판사(遼寧人民出版社), 2005) 110면 참조.

국면은 대체로 다음의 네 가지[18]로 요약할 수 있다. 1) 고음청천(苦吟淸淺)의 시풍 2) 청려감상(淸麗感傷)의 시풍 3) 심완기염(深婉綺艶)의 시풍 4) 반사원자(反思怨刺)의 시풍이 그것이다. 그런데 어촌의 경우 현전하는 『어촌집』에는 심완기염(深婉綺艶)의 시풍[19]이 보이지 않는 것도 특이한데, 이 시풍의 부재는 어촌 시풍이 가지는 문학적 개성을 의미한다.

1) 고음청천(苦吟淸淺)의 시풍

고음청천의 풍격은 만당풍의 대표적인 특징의 하나로 요합(姚合)(779?~846?)과 가도(賈島) 등이 주도한 한시 창작 경향이다. 주로 오언 율시의 형식에서 많이 나타나는데, 시어의 부단한 퇴고와 의미의 함축을 통해 예술미를 추구하는 것이 특징이다.[20] 위의 두 시인들은 이른바 대력십재자(大曆十才子),[21] 곧 당나라 대종(代宗) 때의 연호인 대력(766~779) 연간에 활동한 시인으로 대체로 실의한 중하층의 사대부들로, 반수는 권문세가의 청객(淸客)으로 살았다[22]고 전한다. 이로 인해 그들에게는 윗사람에게 바치거나 응답한 작품이 많았다. 그러나 그들이 관직을 얻지 못해 방황하고 전란의 와중

---

18 이 구분은 부선종·장인(傅璇琮·蔣寅) 주편(主編), 앞의 책, 125~134면 참조.

19 만당(晩唐) 전기(前期)의 시인 두목(杜牧)으로 대표되는 염정시(艶情詩)가 이에 해당한다. 향렴체(香奩體)라고도 하는데 조선 중기의 시인 백호(白湖) 임제(林悌, 1549~1587) 등이 유명하다.

20 부선종·장인(傅璇琮·蔣寅) 주편(主編), 앞의 책, 126면 참조.

21 이 10인의 명단은 요합(姚合)의 『극현집(極玄集)』 상권에 이단(李端)의 이름 아래 주석으로 붙어 있다. 이단을 비롯하여 노륜(盧綸)과 길중부(吉中孚), 한익(韓翃), 전기(錢起), 사공서(司空曙), 묘발(苗發), 최동(崔洞 또는 崔峒), 경위(耿湋), 하후심(夏侯審) 등이 서로 작품을 지어 불렀는데, 10재자로 불려졌다는 기록이 있다. 『신당서·노륜전』에도 그가 나머지 아홉 사람과 함께 시로 이름을 함께 해서 10재자로 불렸다는 기사가 전한다. 갈립방(葛立方, ?~1164)은 『운어양추(韻語陽秋)』에서, 조공무(晁公武)는 『군재독서지(郡齋讀書志)』에서, 왕응린(王應麟)은 『옥해(玉海)』에서 역시 같은 설을 주장하였다. '대력십재자(大曆十才子)'조(條), 『문학비평용어사전』(한국문학평론가협회 편, 2006) 참조.

22 중국 명나라의 호진형(胡震亨)은 『당시계첨(唐詩癸籤)』에서 "10재자 중 사공서는 원재의 문하에 의지했고, 노륜은 위거모의 추천을 받았으며, 전기와 이단은 곽씨 귀주의 막하로 들어가는 등 모두 권문세가로부터 멀어지지 못했다. 십재자여사공부원재지문, 노륜수위거모지천, 전기·이단입곽씨귀주지막, 개불능자원권세."(十才子如司空附元載之門, 盧綸受韋渠牟之薦, 錢起·李端入郭氏貴主之幕, 皆不能自遠權勢.)라고 한 바있다.

에서 떠돌이 생활을 하면서 살았기 때문에 간혹 현실 속에서 체험한 경험을 토로한 진실한 작품도 없지는 않다. 그들은 모두 5언으로 된 근체시에 뛰어났으며, 자연 경물과 마을의 정취, 나그네의 향수 등을 묘사하는 솜씨가 남달랐다. 그들의 시어는 우아하고 아름다우며 음률에 있어서도 조화를 이루었지만, 제재를 취하는 것이나 풍격은 비교적 단조로웠다. 관세명(管世銘)은 “대력 연간의 시인들은 실로 처음으로 자구의 공교로움을 다투었는데, 힘차면서 단련하는 것을 손상하지 않았고, 공교하면서 섬세함을 손상하지 않았다. 또 시의 체제에 통달하고 우아하고 아름다우며 온화하고 순정하여 사람들이 읊조릴만 했다.”[23]라고 했는데, 이는 이들이 공통적으로 지닌 예술적 특징이라고 할 수 있다.

〈스스로 역경을 서술하다(자서간위(自敍艱危))〉

정자를 떠나 강물을 굽어보니
가는 마음, 보내는 마음 어떻겠는가
나그네 갈 길은 천산 밖인데
구사일생 살아남은 인생이구나
궁핍한 여정에도 절의에 매였고
나이 먹어서도 시서를 숭상하네
혈혈단신 고향을 생각하니
한 밤에 옛집이 꿈에 보이네

이정부강수(離亭俯江水)
별의양하여(別意兩何如)
객로천산외(客路千山外)

23 “대력제자, 실시쟁공자구, 연준불상련, 교불상섬. 우통체잉필아령온순내인음풍.”(大曆諸子, 實始爭工字句, 然雋不傷煉, 巧不傷纖. 又通體仍必雅令溫醇耐人吟風.) 관세명(管世銘), 『독설산방당시초(讀雪山房唐詩鈔)』.

잔생구사여(殘生九死餘)

궁도유절의(窮途維節義)

만세상시서(晩歲尙詩書)

혈혈회향국(孑孑懷鄕國)

중소몽구려(中霄夢舊廬)[24]

이 시는 시제에서 보듯 어촌이 자신의 삶이 겪어온 부침(浮沈)에 대해 담담히 노래한 작품이다. 고음청천(苦吟淸淺)의 풍격이 잘 드러나는 시로 화자인 어촌이 흐르는 강물을 바라보며 시상(詩想)을 촉발하여 나그네의 향수와 지나온 삶의 역경을 회상하고 있다. 오언 율시의 형식으로 솔직 담백한 어조를 선택하였으나 즉흥적이지 않은 섬세하게 시어의 공교함이 특징이다. 예컨대 함련의 '천산외(千山外)'와 '구사여(九死餘)'의 대비적 배치는 어촌이 단조로워 보이면서도 시어의 단련(鍛錬)에 유의하였음을 보여준다.

그리고 3구의 나그네[객(客)]란 표현도 음미할 만하다. 한시의 제재로서 흔한 소재이지만 실제 정황과 상관 없이 정서적 표출의 과정에서 작시자의 개성이 드러난다. 어촌은 스스로를 나그네라고 즐겨 표현하였다. 이 말을 통하여 평생을 나그네처럼 살아야 했던 자신의 고달픈 심정이 환기된다. 스스로도 환로에 나가면서부터 나그네길로 인식하고 있었음을 짐작할 수 있다. 여기서는 이제 고향에 돌아왔지만 그럼에도 지난 수십 년 환로에 부대끼며 살아왔던 시절이 나그네처럼 오버랩되는 것이다.[25]

다음의 시도 유사한 시풍의 사례로 들 수 있다.

〈부사에 차운하다[차부사운(次副使韻)]〉 2

정자는 멀리 긴 강을 당겼고,

24 『국역 어촌집』 권5, 『북정고』, 347면.

25 이한길, 「어촌 심언광의 한시 고찰」, 『제8회 강릉전통문화 학술세미나 자료집』, 강릉문화원·관동대학교 영동문화연구소, 2007.

하늘은 아득히 넓은 언덕 머금었네.
유리빛은 수면 위에 펼치어졌고,
복숭아 오얏꽃은 산허리를 둘렀네.
흰 기러기 찬 물가에 기대어 있고,
푸른 나귀는 작은 다리 건너가누나.
허전한 이 마음 술로 달래도,
내일 아침이면 그리운 님과 아득히 멀어지겠지.

정공장강원(亭控長江遠)
천함활안요(天銜闊岸遙)
파려개수면(玻瓈開水面)
도리잡산요(桃李匝山腰)
백안의한저(白雁依寒渚)
청려도소교(靑驢渡小橋)
간장탁준주(肝腸托樽酒)
운수격명조(雲樹隔明朝)[26]

미련의 내용으로 보아 중국 사신과의 이별을 제재로 한 것이지만, 특히 경련에서 보여주는 선명한 색조의 대비를 배경으로 환기되는 이미지의 섬세함과 감각적 정취 및 낭만적 정서는, 한치윤의 평 그대로 만당의 풍격과 운치가 점점이 묻어나는 것으로 본 해석[27]은 적절하다. 좀 더 구체적으로 말하면 함련과 경련의 '파려(玻瓈)'과 '도리(桃李)', '수면(水面)'과 '산요(山腰)', '백안(白雁)'과 '청려(靑驢)', '한저(寒渚)'와 '소교(小橋)' 등이 어촌의 섬세한 시어의 조탁(彫琢)을 보여주며 수련과 미련에서는 전형적인 고음청천(苦吟淸淺)

26 『국역 어촌집』 권7, 『관반시잡고』, 396면.
27 박영주, 앞의 논문, 72면.

의 풍격이 감지된다.

2) 청려감상(淸麗感傷)의 시풍

청려감상의 시풍은 주로 만당풍의 칠언 율시의 창작에서 자주 나타나는 특징적 국면이다. 만당 전기의 시인인 허혼(許渾), 장호(張祜), 두목(杜牧) 등이 이러한 경향의 대표적 작가이다. 공교하며 수려한 시어로 공령(空靈)한 표일(飄逸)의 의경(意境)을 창조하고 소슬(蕭瑟)한 감상(感傷)의 서정(抒情)을 드러내는 방법을 주로 한다.[28]

〈영동역에서 유숙하며 느낌이 있어 짓다[숙영동역유감(宿嶺東驛有感)]〉

영예와 모욕 유유하다 두 가지 다 놀래니
보잘 것 없이 남은 목숨 그 어디에 붙일까?
하늘가 해질 무렵 고향 그리는 눈물
변방의 늦가을에 고국 떠나는 마음일세.
구름낙엽 어지러이 날아 산은 새까맣고
둥근 달 나직이 비치니 온 바다는 밝도다.
나그네 신세 오늘밤 유난히 시름겨워서
등잔불과 마주하여 앉아 지샜네.

총욕유유양자경(寵辱悠悠兩自驚)
표령하처착잔생(飄零何處着殘生)
천변낙일회향루(天邊落日懷鄉淚)
한외궁추거국정(寒外窮秋去國情)
운엽란비산진흑(雲葉亂飛山盡黑)

---

28 부선종·장인(傅璇琮·蔣寅) 주편(主編), 앞의 책, 127면 참조.

월윤저조해전명(月輪低照海全明)

기수차야편다서(羈愁此夜偏多緖)

좌대청등도오갱(坐對青燈到五更)[29]

이 시는 어촌이 역사에 머물면서 느끼는 심사를 술회한 칠언 율시 작품이다. 이 작품에서 화자인 어촌은 중앙의 정쟁에서 밀려나 변방의 외직을 떠도는 서글픈 심경과 함께, 시름에 겨운 자신의 처지를 깊은 사념과 함께 선연하게 그리고 있다. 특히 첫 구에서 총애와 모욕 둘 다를 겪어 스스로 놀란다는 말에 이어, 쌀쌀한 바람에 구름처럼 어지러이 일어 하늘을 까맣게 덮는 낙엽과 나직이 떠올라 사해를 밝게 비추는 둥근 달의 대조적 정경을 통해, 자신이 놓여 있는 처지와 임금의 덕화이자 총애를 기리는 심경을 감각적 이미지로 형상화하고 있다.[30]

아울러 앞서 말한 청려감상의 시풍이 잘 드러난 사례인 점에서 보다 섬세하게 점검해볼 필요가 있다. 우선 '청려'는 시어의 특징을 말한 것이다. 6구의 '월윤저(月輪低)'와 끝구의 '청등(青燈)'은 깨끗한 청(淸)의 이미지를 부각시키는 데에 유효한 소재이다. 청정한 달밤의 정경을 제시하여 독자로 하여금 청(淸)을 감지할 수 있도록 유도한다. 그리고 '려'(麗)는 시어가 가지는 세련되고 수려한 언어미를 가리킨다. 예컨대 4구의 '궁추(窮秋)'와 5구의 '운엽(雲葉)'이나, 5구의 '산진흑(山盡黑)'와 6구의 '월윤저(月輪低)' 등은 잘 정제된 시어의 미감을 느낄 수 있다. 그리고 이와 같은 시어는 '나그네 신세'로 대표되는 감상적 정서와 결합하여 개성적인 시풍을 이룬다.

다음의 시도 같은 관점에서 해석할 수 있는 작품이다.

---

29 『국역 어촌집』 권5, 『북정고』, 306면.

30 박영주, 앞의 논문, 66면.

〈경성 주촌역에서 느낌이 있어 짓다[경성주촌역유감(鏡城朱村驛有感)]〉 2

고향을 떠난지 한 해 만에 변방성에 머무니
이방의 모든 풍경은 고향을 떠오르게 하네.
넓은 강 건너고자 하나 뱃사공은 없고
겨울나무 말라가도 겨우살이는 매달렸네.
일신을 도모함이 곧은 길 아닌 것이 우습고
세상 속여 헛된 이름만 있어 오히려 부끄럽네.
새벽에 창을 열고 바다와 마주하니
아침해 밝고 밝아 간담을 비추네.

거국경추체새성(去國經秋滯塞城)
이방운물총관정(異方雲物摠關情)
홍하욕제무주자(洪河欲濟無舟子)
한목장고유기생(寒木將枯有寄生)
자소모신비직도(自笑謀身非直道)
환참기세좌허명(還慙欺世坐虛名)
효래척호임청해(曉來拓戶臨靑海)
욱일소소조담명(旭日昭昭照膽明)[31]

이 시도 앞의 시처럼 어촌이 역사에 머물면서 느낀 심정을 술회한 칠언율시 작품이다. 이 작품에서 어촌은 황량한 변방을 떠돌며 고향을 그리는 쓸쓸한 심경과 함께, 그와 같은 자신의 처지가 기실 스스로의 허물로부터 비롯된 것임을 직설적으로 뉘우치면서, 다시금 새로운 마음가짐으로 올바른 도리를 행할 것임을 다짐하고 있다. 따라서 자신이 처해 있는 현실의 모

31 『국역 어촌집』 권5, 『북정고』, 307면.

습을 '넓은 강 건너고 싶으나 뱃사공이 없고, 겨울나무 말라가도 겨우살이는 매달렸네.'라 그리고 있는 함련의 복합적 비유가 탁월하고, 진정성이 배어나는 경련의 자기고백을 거쳐, '새벽에 문을 열고 푸른 바다 마주하니, 아침 해 밝고 밝아 간담을 환히 비추네.'라는 미련의 일신된 분위기 묘사와 자기다짐이 청신한 이미지와 더불어 여운을 남긴다는 해석[32]은 온당해 보인다.

그리고 함련과 경련의 정교한 대비와 미련의 '청해(靑海)'와 '욱일(旭日)' 등의 시어의 선택은 앞서 말한 '청려'의 그것이다. 아울러 이러한 언어의 조탁이 삶의 감상성을 표출하는데 적절히 활용된 점이 어촌의 시풍이 가지는 개성적 일 국면으로 보인다.

3) 반사원자(反思怨刺)의 시풍

반사원자의 시풍은 영사시와 시사를 기탄(譏彈)하는 주제의 작품에서 보이며 역시 만당(晩唐) 시기 대량으로 창작되었다. 여기서 반사는 반성을 뜻하고 원자는 원망어린 시선으로 비판과 풍자를 가하는 것을 말한다. 그리고 시사(時事)를 기탄(譏彈)한다는 것은 당시의 사건이나 사실에 대한 결점이나 착오를 지책(指責)하는 것을 뜻한다. 만당 전기의 두목(杜牧)과 이상은(李商隱)이 대표적이며, 후기에는 간헐적으로 나타난다. 여기서의 영사(詠史)는 단순한 회고(懷古)와는 다르다는 점에 유의할 필요가 있다. 곧 지난 역사적 사실을 떠올리며 반추하고 사색하는 데에 머무르지 않고 역사적 사실의 재해석을 통해 새로운 의미를 구하고 나아가 자신의 삶을 반성하는 방식으로 이루어진다.[33]

어촌은 말년에 남긴 『귀전록(歸田錄)』에 〈의영사(擬詠史)〉라는 시제 아래 40수의 일련의 영사시를 지었는데, 역사적으로 중요한 인물을 통해서 당대

---

32 박영주, 앞의 논문, 66면.

33 부선종·장인(傅璇琮·蔣寅) 주편(主編), 앞의 책, 133면 참조.

의 현실을 노래하거나 개개인의 행적에 대해 어촌 자신의 시각으로 새롭게 재해석하려한 것이 공통적으로 나타나는 특징이다. 이 가운데 제일 첫 수와 마지막 수를 들어 구체적으로 살펴보고자 한다.

〈의영사(擬詠史)·태공(太公)〉
몇 년을 기영에서 풍류를 흉내내더니
흰머리로 낚싯대 드리우고 마침내 주(周)를 낚았네.
위천에 귀를 씻음보다 나은지 알 수 없으나
목야에서 명성을 떨침은 무엇을 구하고자 함인가

기년기영의풍류(幾年箕潁擬風流)
백수수간경조주(白首垂竿竟釣周)
미식위천감세이(未識渭川堪洗耳)
응양목야욕언구(鷹揚牧野欲焉求)[34]

이 시는 시제에서 나타난 대로 문·무왕을 도와 주나라를 열게 한 태공망 여상을 읊은 작품이다. 그런데 태공망을 제재로 한 일반적인 영사시와는 다르게 이 시의 경우 그 뜻은 자못 비판적으로, 태공망을 임금의 부름을 거절하고 끝내 은거한 허유(許由)와 대조하고 있는 점에 유의할 필요가 있다. 1구에서 화자인 어촌은, 태공망이 위천(渭川)에서 낚시하던 일을 허유가 기산과 영수에 은거한 풍류를 흉내낸 것이라고 지적한다. 이어지는 2구에서는 그러한 가식적 의도가 성공하여 태공망이 드디어 주를 낚았다고 비판한다. 어촌은 허유처럼 문왕의 부름을 받았을 때 귀를 위천에서 씻었어야 했으며, 무왕을 도와 은의 주왕을 토멸한 땅에서 명성을 떨친 것은 도의적으로 적절

34 『국역 어촌집』 권10, 『귀전록(歸田錄)』, 598면.

하지 못한 선택이었다는 지적이다.[35]

이처럼 역사적 사실의 반성적 회고를 통해 새로운 감오(感悟)를 표현하려는 것은 만당의 반사원자의 시풍과 연계하여 해석할 수 있다. 일반적인 역사적 평가의 호오(好惡)를 벗어나 자유롭게 자신의 생각을 표출함으로서 새로운 뜻을 모색하고 그러한 깨달음을 자신을 반성하는 계기로 삼는 시적 태도가 바로 그것이다.

다음의 시도 유사한 맥락으로 해석할 수 있는 작품이다.

〈의영사(擬詠史)·장세걸(張世傑)〉

조병(趙昺)의 육신 한 덩이 남아 있어
넘어지고 깨어지더라도 일을 도모하였네.
송(宋)의 덕 하늘이 응당 싫어함을 알겠으니
잠시 바람과 파도로 문득 배를 뒤집어버렸네.

조육유여일괴류(趙肉猶餘一塊類)
간난전패상감모(艱難顚沛尙堪謀)
야지송덕천응염(也知宋德天應厭)
아경풍도편복주(俄傾風濤便覆舟)[36]

이 시는 중국 남송의 무관 장세걸(?~1279)의 행적을 제재로 노래한 작품이다. 장세걸은 남송의 무관으로 원이 침범하자 이를 물리치러 나간다. 그러나 송이 멸망하였다는 소식을 듣고 조송을 회복하고자 배를 타고 건너오다가 폭풍을 만나 파도에 쓸려 죽은 인물이다. 일반적으로 장세걸과 같은 인물은 멸망한 왕조를 부흥시키고자 한 충신으로 전한다. 여기서 어촌은 전혀

35 김은정, 「어촌 심언광의 생애과 시세계」, 『한국한시작가연구5』, 한국한시학회, 2000. 27면 참조.
36 『국역 어촌집』 권10, 『귀전록』, 612~613면.

다른 의견을 내고 있다. 즉 송의 덕이 다하였기 때문에 하늘이 이를 허락하지 않아 폭풍을 일으킨 것이라고 보고 있는 것이다.[37] 이처럼 동일한 역사적 사실이라고 하더라도 관점을 달리하여 참신한 의견을 제시하는 것은 어촌의 영사시가 가지는 개성적 특징이다. 이상에서 보았듯이 어촌의 영사시는 몰락한 왕조를 슬퍼하는 맥수지탄(麥秀之嘆) 주제의 회고시나 위대한 인물의 부재를 아쉬워하는 일반적인 영사시와는 다르다는 점을 특기할 만하다. 어촌은 역사적 사실의 참신한 재해석을 통해 일반적인 평가를 뒤집는 자유로운 비판과 풍자를 가하고 그 과정에서 얻은 시적 체험을 자신의 삶을 반성하는 것으로 전환한다. 이 점은 어촌의 한시에 일관되게 나타나는 만당 시풍의 일국면으로 볼 수 있을 것이다.

4. 결론

이상으로 어촌의 한시를 풍격과 미적 특질의 관점에서 살펴보았다. 어촌이 남긴 시 작품을 당대에 알려진 바 만당풍과 연관하여 분석하고 어촌 문학의 심미성의 본질을 찾아보고자 하였다. 이를 위해 만당풍의 한시에서 나타나는 특징적 국면인 고음청천의 시풍, 청려감상의 시풍, 반사원자의 시풍으로 나누어 어촌의 시 세계를 점검하였다.

어촌의 한시는 조선 전기와 중기를 연결하는 한시사적 맥락에서 그 문학사적 위상을 확인할 수 있다. 주지하듯이 조선 개국 이래 문인들은 대체로 경세가로서 관각 문학에 집중하는 양상을 갖는다. 어촌의 경우도 예외는 아니어서 출사 이후 재직 중 남긴 작품은 그러한 경향이 뚜렷하다. 하지만 어촌은 거기에서 머무르지 않고 보다 확장된 시 세계를 보여주고 있다. 그 기

37 김은정, 앞의 논문, 28면 참조. 여기까지는 적절한 해석이지만 이를 이어 “이처럼 말년의 심언광은 깊은 실의에 빠져 역사와 정치를 비판하고 있는 것이다. 「귀전록(歸田錄)」에 수록된 시편들은 대체로 이와 같은 어조로 이루어져 있다.”는 논자의 해석은 재고의 여지가 있다고 할 수 있다.

저에는 만당풍이라고 하는 시풍이 자리하고 있다.

만당의 시풍은 일찍이 고려 전기부터 유행한 것으로 정지상, 최광유 등이 대표적인 작가로 전한다. 이 시풍은 경물과 정감을 잘 융화한다는 장점과 함께 묘사가 지나치게 연약하다는 비판도 받아왔다. 대체로 만당풍의 한 범주인 염정시 계열의 작품에서 많이 지적된다. 그런데 어촌의 한시에는 만당풍이 뚜렷하게 보이면서도 이 계열의 작품은 창작하지 않았다. 그러므로 어촌 한시의 평어에 '혼후'나 '기력혼강' 등과 같은 풍격이 나오게 된 것으로 보인다. 어촌은 당대 정치의 풍랑에 부침하면서도 시를 통해 자기 정위를 분명히 하였고 결코 실의에 빠져 좌절하는 나약한 인간의 모습을 노래하지 않았다. 이 점은 어촌 시가 가지는 큰 미덕일 것이다.

만당의 시풍은 어촌의 뒤를 이어 이른바 삼당파(三唐派) 시인에 이르러 정점에 도달한다. 삼당파 시인은 조선 선조 때의 최경창(1539~1583)·백광훈(1537~1582)·이달(1539~1618)의 세 시인을 일컫는다. 고려시대 이래 조선 전기의 시인들이 대개 중국 송나라의 소동파·황산곡 등을 추종하는 경향을 보여 왔는데, 이 세 사람은 당시를 배우는 데 힘을 기울여 대성한 사례로 당대의 문단에서 크게 주목받았다. 이후 평자들에 의해 그 수준은 만당에 머물렀으며, 성당에는 이르지 못하였다는 비판을 받기도 하였으나 이들이 한시사에 남긴 족적과 영향은 적지 않다. 보다 세밀한 검토를 요하는 바이나 우리 한시사에서 만당풍의 형성과 전변에 대한 고찰은 반드시 해명해야 할 중요한 과제로 판단된다.

| 참고문헌

1. 자료

『國譯 漁村集』, 강릉문화원, 2006.

『朝鮮王朝實錄』 中宗 條.

李瀷, 『星湖僿說』 卷21 經史門·沈彦光 條.

李敏叙, 「漁村集序」, 『漁村集』 卷首.

李宜哲, 「謚狀」, 『漁村集』 卷13.

韓致奫, 『海東繹史』 卷69 人物考3 本朝·沈彦光 條.

許筠, 『國朝詩刪』 詩 卷3 七言絶句·「沈彦光」 條.

____, 「惺叟詩話」, 『惺所覆瓿稿』 卷25 說部4.

____, 「鶴山樵談」, 『惺所覆瓿稿』 卷26.

2. 논저

余恕誠, 『唐詩風貌』, 安徽大學出版社, 1997.

강석중 외 3인 지음, 『허균이 가려뽑은 조선시대의 한시·3』, 문헌과해석사, 1999.

김은정, 「어촌 심언광의 생애와 시세계」, 『한국한시작가연구·5』, 한국한시학회, 2000.

錢仲聯 等 總主編, 『中國文學大辭典(上·下)』, 中國 上海辭書出版社, 2000.

田耕宇, 『唐音餘韻-晩唐詩研究』, 中國 巴蜀書社, 2001.

傅璇琮·蔣寅 主編 『中國古代文學通論: 隋唐五代卷』, 中國 遼寧人民出版社, 2005.

이한길, 「어촌 심언광의 경포 관련 한시 고찰」, 『임영문화』 제31집, 강릉문화원, 2007.

_____, 「어촌 심언광의 한시 고찰」, 『어촌 심언광의 경세사상과 문학적 정서』(제8회 강릉 전통문화 학술세미나 발표자료집), 강릉문화원·관동대학교 영동문화연구소, 2007.

박영주, 「어촌 심언광 시세계 양상과 특징」, 『제1회 어촌 심언광 학술세미나 자료집』, 강릉문화원, 2010.

김은정, 「어촌 심언광의 교유시 연구」, 『어촌 심언광의 생애와 문학』, 『제1회 어촌 심언광 학술세미나 자료집』, 강릉문화원, 2010.

신익철, 「어촌 심언광의 『동관록』과 『귀전록』에 나타난 공간 인식과 그 의미」, 『제1회 어촌 심언광 학술세미나 자료집』, 강릉문화원, 2010.

2부

어촌 심연광의 생애

07

어촌 심언광의 정치 역정과 생애

한춘순 _경희대학교 후마니타스 칼리지 객원교수

이 글은 2011년 12월 2일(금) 강릉문화원에서 개최한 "제2회 어촌 심언광 전국학술세미나"에서 발표한 논문을 수정·보완하였다.

1. 머리말

어촌 심언광(1487~1540)은 중종 대 관료이자 대표적 문인이다. 강릉 출신인 그는 문과에 급제한 후 청요직을 두루 거쳤고, 문재가 뛰어나 많은 한시들을 남겼다. 그러나 정작 문학계나 역사학계에서 그에 대한 관심이 없었고, 그래서 그에 대한 연구도 거의 없다시피 하였다. 역사적 측면에서의 본격적인 고찰은 1편에 불과하고,[1] 한시들에 대한 연구도 근년에 들어서야 비로소 이루어지고 있다.[2] 그 이유는 중종 대 중후반에 권력을 독점하여 국정 혼란을 야기한 김안로(金安老, 1481~1537)를 조정에 끌어 들인 인물이라는 부정적 평가 때문이었다. 그에 따른 여파로 김안로가 사사(賜死) 당한 후, 관료들의 반대에 중종이 재등용의 의지를 포기하면서 심언광은 삭관(削官)되어 귀향하였다. 그리고 얼마 후 생을 마감하게 된다.

불명예스럽게 관직에서 강제로 퇴직 당한 탓인지 심언광에 대한 『실록』의 기록은 부정적이고, 그 내용도 많지 않다. 그러나 그가 세상을 떠난 지 35년이 지난 선조 5년(1572)년에 손서(孫壻) 강원도 관찰사 홍춘년(洪春年)이 활자로 문집을 간행하였다. 늦기는 했지만, 다행한 일이 아닐 수 없다. 그 후에 후손 심승택(沈升澤) 등이, 고종 26년(1889)에, 초간본을 바탕으로 숙종 11년(1685) 5대손 심징(沈澄)에 의해 수집된 심언광에 대한 신원(伸寃)관계 사실과 후손 심홍수(沈弘洙)가 편찬한 세계(世系)·연보 및 재수집한 시문을 첨가하여 목활자본 『어촌집(漁村集)』을 간행하였다. 문집이 간행됨으로써 『실록의 부족한 자료들을 보완할 수 있게 되었고, 여러 각도에서 심언광에 대한 심도 있는 연구가 가능해졌다.[3]

필자는 심언광의 생애를 크게 세 시기로 나누어 고찰하고자 한다. 제1기

---

1 박도식, 2010, 「어촌 심언광의 생애와 경세론」 『제1회 어촌 심언광 학술 세미나 자료집』, 강릉문화원.

2 강릉문화원, 2010, 『어촌 심언광 연구 총서』 참조.

3 이 글에서는 『조선왕조실록』을 기본 자료로, 『국역(國譯) 어촌집(漁村集)』은 실록을 보완하는 자료로 사용하겠다.

는 출생부터 관직에 진출하기 전까지(1487~1512), 제2기는 초입사(初入仕)부터 김안로 등장 이전까지(1513~1528), 제3기는 김안로 등장 이후부터 귀향(1529~1540)까지이다. 그 중에서도 자료가 풍부한 2기, 3기의 활동이 주를 이룰 것이다. 이 논고를 통해 심언광의 정치 활동과 그에 대한 평가, 그리고 그의 생애를 종합적으로 살펴보는 기회로 삼고자 한다.

2. 제1기: 출생과 학문 연마(성종 18, 1487~중종 7, 1512)

심언광의 본관은 삼척이고, 호는 어촌, 자는 사형(士炯)이다. 그는 강릉부 대창(大昌) 용지리(龍池里)에서 부 심준(沈濬)과 모 강릉 김씨 사이에서 출생하였다. 부친은 사마시(司馬試) 문과에 급제하여 벼슬이 호조좌랑에 이르렀고, 숭정대부 의정부 좌찬성에 추증되었으며, 모친은 정경부인 강릉 김씨로 호조참의 김자흠(金子欽)의 손자인 사직(司直) 김보연(金普淵)의 딸이었다. 증조(曾祖)는 이조참판에 추증된 충보(忠甫)이고, 조(祖)는 병조판서에 추증된 문계(文桂)이다. 심광언의 부·조·증조가 증직(贈職)된 것은 그가 고위직을 역임한 때문이었다.

심언광의 가계는, 혼탁해진 정치를 피해 삼척부에 물러나 거주하면서 신재(愼齋)라 이름붙인 당(堂)에서 사람들을 가르쳤던 고려 조 공민왕 때에 중서사인(中書舍人)을 지냈고 공민왕으로부터 '동로(東老)'라는 이름을 하사받은 비조(鼻祖) 심한(沈漢)으로부터 시작되었다. 삼척 심씨는 동로의 3세손인 원연(原連)(1365~1406)이 삼척 김씨 행(荇)의 딸과 결혼한 후 처향(妻鄕)인 강릉에 정착하면서 입향(入鄕)하게 되었다.[4] 고려시대부터 사위가 결혼하여 처가에서 생활하는 남귀여가혼(男歸女家婚)의 습속이 있었고, 그러한 전통은 조선전기까지 이어지고 있었기 때문이었다. 그 후 삼척 심씨 후손들이 강릉

4 박도식, 앞 논문, 179~180쪽.

지역에 세거(世居)하게 된다.

심언광이 중종 대 청요직을 두루 역임했다는 사실은 그의 학문적 역량이 뒷받침된 결과였다. 그러므로 그의 수학(修學) 방법이나 과정을 살펴볼 필요가 있다. 그는 4세(성종21, 1490) 때부터 책을 읽은 이래, 6세 때에는 등잔을 주제로 "등불이 방 가운데 들어왔다 밤에는 밖으로 나가네"라는 시를 지어 부친을 놀라게 하였다.

또한 9세(연산군 1년, 1495) 때에 당한 부친상의 시묘(侍墓)를 마치고 13세 때 오대산에서 공부를 하였는데, 집에 있는 단 한권의 책인 『고문선(古文選)』을 천독(千讀)하여 문장을 이루었다. 학문에 대한 그의 열정과 노력의 정도를 잘 보여주고 있는 사례이다. 그의 탁월한 실력은 15세 때에 치른 향시(鄕試) 삼장(三場)에서 '승로반기(承露盤記)'로 으뜸을 차지하는 것으로 나타났다.[5] 16세에 강릉 박씨 진사 박승서(朴承緖)의 딸과 혼인하여 가정을 이룬 후인 17세(연산군7, 1501)에도 그는 "선비로 태어나 아직 스승으로부터 배움을 받지 못했으니 어떻게 성현의 길로 나아갈 수 있겠는가?" 라는 자경문(自警文)을 벽에 붙여 놓고, 학문 연마에 대한 의지를 더욱 굳건히 하였다. 부친이 일찍 별세하여 가세가 기울어진 상태에서 나약해질 수 있는 스스로를 채찍질한 것으로 보인다. 그리고 18세 때에는 김윤덕(金允德)과 함께 오대산 산사에서 다시 공부를 시작하였다. 그 과정에서 건강의 문제가 발생하기도 하였으나, 21세에 중종 2년(1507) 진사시에서 '옥문관시(玉門關詩)'로 1등 4위로 입격하는 성적을 거두었다.

지기들과의 교유는 심언광이 선택한 또 다른 학문 연마의 방법이었다. 그

5 강릉문화원, 2006, 『국역 어촌집』, 549~551쪽.(이하 『국역 어촌집』으로만 표기) 승로반(承露盤)은 한(漢)의 무제가 하늘에서 내리는 장생불사의 감로수를 받아먹기 위하여 만들었다는 쟁반이다.

는 23세(중종 4, 1509)에 삼가(三可) 박수량(朴遂良)[6]·원정(猿亭) 최수성(崔壽峸)[7]과 함께 경호재(鏡湖齋)에서 강회(講會)를 열었다. 25세에는 아직 정계에 본격적으로 등장하기 전 도봉에 살았던 정암(靜庵) 조광조(趙光祖)를 방문하여 경의(經義)를 강론하며 여러 날 머물기도 하였고, 26세에는 신재(愼齋) 주세붕(周世鵬)과 심경(心經)을 강론하기도 하였다.[8] 실제 주세붕과의 교유는 그 후로도 계속되고 있었다.[9]

심언광이 양반 자제로서 지방 교육 기관인 향교에서 공교육을 받았는지 여부는 잘 드러나지 않는다. 조선전기에 선비가 학문을 이루는 데는 일차적으로는 가학(家學)이, 2차적으로는 사우(師友) 관계가 중요하였다. 이는 성종 중반 사림이 진출한 후에 가학을 통한 학문 전수에서 사우 중심으로 학문 전수가 변화되고 있었기 때문이었다. 당시 사림파의 학문 전수는, 가학을 통해 학문을 성취한 다음에 경향(京鄕)을 왕래하는 과정에서, 또는 좌주(座主)와 문생(門生)관계에서, 혹은 사환상의 교유나 학문의 토론과 질의 같은 접촉을 통해 사우 관계가 형성되고 있었다.[10] 심언광의 경우는 부친이 9

---

6 박수량(1475~1546)은 강릉 출신으로 연산군 10년(1504) 30세에 생원시에 합격하였으나, 대과에는 응시하지 않았다. 그는 폐조(廢朝)(=연산군)가 단상(短喪)을 행하는 시제(時制)에 불구하고 상복을 입고 상기(喪期)를 다 마쳐 예에 충실한 모습을 보였으나, 장안(贓案)에 기록된 한급(韓伋)의 사주를 받고 유생의 신분으로 그 무고함을 진정하는 상소를 올리거나 김식[金湜(기묘명현)]의 무리에게 잘 보이려 노력한 결과 현량(賢良)으로 천거되어 현감에 제배되었다는 부정적 평가도 있다. 중종 13년 천거인으로서 사섬시 주부로 처음 등장하고 있다.(『중종실록』권6, 3년 5월 무술 ; 권20, 9년 9월 기묘 ; 권33, 13년 5월 을축)

7 최수성(1487~1521)은 뜻이 크고 재주가 뛰어나 거짓으로 미친 척하면서 세상을 피하는 은사(隱士)였다. 그가 일찍이 시를 지어 삼촌인 최세절(崔世節)을 풍간(諷諫)하였는데, 그 내용이 임금의 꺼림에 관계된 말이 많았다. 최세절이 그 시를 여러 동료에게 보이고 최수성의 궤격(詭激)함을 비난하였다. 최세절은 마음속으로 조카를 제거할 마음을 품었고, 안처겸(安處謙)의 난에 그가 난폭한 말을 하였다고 몰래 심정(沈貞)에 알려 대죄에 빠뜨렸다. 최수성은 대신을 모해(謀害)하려 하였다는 것 때문에 복주(伏誅)된 것이다.(『중종실록』 권47, 18년 4월 계미: 권74, 28년 3월 을축: 권43, 16년 10월 기해) 한편 최수성은 조광조와 함께 김굉필에게서 수학하였고, 조광조가 현량과에 천거하였지만 응시하지 않았다가 신사무옥(辛巳誣獄)에 처형되었다.(박도식, 앞 논문, 182쪽)

8 『국역 어촌집』, 권수 연보, 37~39쪽과 제11권, 행장, 617~618쪽.

9 『국역 어촌집』, 권1, 송주신재세붕출재곤양(送周愼齋世鵬出宰昆陽), 105쪽 및 권2, 기주신재세붕(寄周愼齋世鵬), 143쪽.

10 이수건(李樹健), 1995, 『영남학파(嶺南學派)의 형성과 전개』, 일조각, 280쪽.

세 때 세상을 떠났으므로 아버지로부터 수학하였다 하더라도 그 기간은 짧았을 것이다. 오히려 그는 문자를 조금 익힌 상태에서 과거에 합격하여 입신양명하기까지 외삼촌 김세남(金世南)에게서 큰 도움을 받았다.[11] 당시 김세남의 학문적 태도나 처사적 생활을 자처한 것으로 볼 때, 그에게서의 도움은 경제적인 것이라기보다는 학문적인 도움인 것으로 판단된다. 앞서 학문 연마로 선택한 방법을 종합적으로 본다면 그가 당시 보편적인 지방 교육기관인 향교에서 수학했다고 보기는 어려울 것 같다.

꾸준히 학문을 익힌 심언광은 21세(중종 2, 1507) 때에 식년 진사시에 1등 4위로 입격하였다. 대제학 신용개(申用漑)가 서울로 돌아온 강원도의 시관 이행(李荇)에게 강원도의 인재를 물었을 때, 그는 문장이 출중한 자로 심언광과 김광철(金光轍)을 언급하며 회시(會試)의 합격을 단언하였었다. 심언광은 그의 예견과 같이 훌륭한 성적을 거두었고, 김광철 역시 생원시 차석으로 입격하였다.[12]

3. 제2기: 초입사와 관직 생활

1) 초입사(初入仕)·기묘사화(己卯士禍)까지(중종 8, 1513~중종 14, 1519)

진사시에 입격한 심언광은 27세인 중종 8년(1513) 식년 문과 을과 5위로 입격하였다. 문과에 입격하기까지 6년이라는 세월이 걸렸음을 알 수 있다. 조선전기 문과 급제자에 대한 대우는 갑과 3인만 종6품에 제수되고, 그 외

11 이 같은 사실은 김세남(세조8, 1462~중종37, 1542???)이 졸(卒)했을 때 그의 아들이 홍문과 부교리 겸 경연시독관 춘추관기주관으로 재임 중인 심언광에게 명문(銘文)을 지어줄 것을 부탁하였을 때 한 말이다. 그는 어려서부터 총명했으며, 자라서는 문예를 일찍 성취하였으나 과거로 영달하려는 데 뜻을 두지 않고 칩거하면서 학문에 독실하였고, 관후함으로 사람들을 맞아 모두 경모(敬慕)하였다. 판서 김종직이 누차 조정에 천거하였으나 끝내 관직에 나가지 않았다.(『국역 어촌집』 제9권, 구씨징사부군김공세남묘지명(舅氏徵士府君金公世南墓誌銘), 547~548쪽)

12 『국역 어촌집』, 권수, 연보, 39쪽.

급제자들에게는 당장 벼슬을 주지 않고 일정기간 승문원·성균관·교서관·홍문관에 분관(分館)시켜 권지(權知)로 근무하도록 하는 것이 관행이었다.

심언광이 『중종실록』에 처음 등장하는 것은 중종 11년(1516) 그의 나이 30세였을 때였다. 그의 직책은 경연에서는 기사관으로, 관직은 예문관 검열(檢閱, 정9품)이었다.[13] 그런데 그는 동년 정월 초7일 이미 기사관으로 정원에 입직하였고 중종의 선온을 받았으며, '상원황감(上元黃柑)'으로 시를 지으라는 명을 받은 적이 있었다.[14] 검열로 제수된 것이 중종 11년 이전이었을 가능성을 보여 준다.

한편 예문관의 봉교(정7품)·대교(정8품)·검열(정9품)은 역사를 기록하는 전임사관으로서 경연에도 참석하였다. 그러므로 처음 임명할 때의 방식이 다른 관원과는 달랐다. 예문관에서는 전임자가 자리를 떠나면서 후임자를 추천하는 자천제(自薦制)가 시행되고 있었다. 그래서 전임자가 후임자를 추천하면 의정부에서 이조·홍문관·춘추관·예문관과 함께 『통감(通鑑)』『좌전(左傳)』 등의 역사책을 시험하여 그 중 합격자를 등용하였던 것이다. 승진은 1년 두 차례 6월과 12월에 행하는 정기 인사에서 2명을 이동시켰다.[15] 따라서 더 이상 자세한 기록은 없지만 심언광은 급제한 후에 4관 중 어느 관서에 분속되어 권지로 근무하다가 시험을 거쳐 예문관에 배치되었던 것으로 판단된다. 비록 급제한지 3년이 지나도록 9품직에 머물러 있기는 하였지만 심언광이 실력과 성품을 인정받은 것으로 볼 수 있다.

심언광에 대한 기록은 이후 중종 17년 헌납(사간원 정5품)에서 동료들의 논박을 받아 체직되는 내용에서 나타난다.[16] 6년 동안 공식적인 기록이 없었던 셈이다. 32세인 중종 13년(1518)에 예문관 봉교였고 대제학 신용개의 추천으로 사가독서(賜暇讀書)에 선발되었다는 것과 14년 경성교수(鏡城教授, 종6

---

13 『중종실록』 권25, 11년 5월 경자 ; 권26, 11년 8월 병진.

14 『국역 어촌집』, 권1, 98쪽.

15 여강출판사, 1991, 『경국대전 연구』, 吏典, 201쪽.

16 『중종실록』 권44, 17년 5월 28일(계유)

품)에 임명되었다가 기묘사화에 연루되어 출척되어 오래 동안 등용되지 못하였다는 내용이 있다.[17] 이 부분은 심언광을 이해하는 데 매우 중요한 단서를 제공하지만, 면밀한 검토가 필요하다. 먼저 중종 13년에는 조광조(趙光祖)를 비롯한 사림파가 사헌부·사간원·홍문관의 상위직을 장악한 형세였고[18], 예문관 봉교인 유희령, 조언경 등도 언론 삼사에 합세하여 소격서(昭格署) 혁파를 진언하기도 하였다[19] 그러나 심언광은 나타나지 않는다. 기묘사화로 축출되었다는 것에 대해서는, 그가 기묘사림의 대표적 존재인 조광조에 대한 만시(輓詩)와 기묘명현이자 기묘사화 전에는 우참찬까지 이른 명사(名士) 이자(李耔)에 대한 만시를 지었다는 것,[20] 그리고 조광조 등 사림파에 의해 천거되어 사섬시 주부를 역임한 그의 동향 지기인 박수량과의 친분관계 등이 고려된 것으로 짐작된다.

몇 가지 사례를 들어 이 같은 사실을 확인해 보고자 한다. 먼저 기묘명현으로 분류되는 장옥(張玉)[21]은 중종 10년 8월 문과 전시(殿試)에서 조광조 등과 함께 선발된 이래, 동년 10월에 정언에 제수되는 것을 시작으로 기묘사화가 발생하기 전까지 사간원·사헌부·홍문관 등 청직을 두루 거친 인물이었다. 그런데 그는 기묘사화가 발생한 지 몇 달 후 다시 의정부 검상(檢詳)(정5품)에 복직되어 있었다.[22] 장옥의 사례를 보면, 심언광이 기묘사화에 연루되어 오래 동안 출척되었다고 한 부분을 논리적으로 뒷받침하기 쉽지 않게 한다.

또 다른 사례는 바로 기묘사화 발생 당시의 상황이다. 사화 발생 당일인 중종 14년 11월 15일 왕의 명을 전하는 승전색(承傳色)이 승정원에서 숙직하고 있던 승지 윤자임(尹自任) 대신 성운(成雲)으로 교체되었다는 사실을 알렸

17 『국역 어촌집』 卷首, 연보, 40쪽. 그러나 당시 대제학은 南袞이었고, 행장, 618쪽에서는 사화로 벼슬이 떨어져 경성교수에 제수되었다고 하여 사실 관계가 일치하지 않는다.

18 이병휴(李秉烋), 1984, 『조선전기(朝鮮前期) 기호사림파(畿湖士林派) 연구(硏究)』, 일조각, 90~93쪽.

19 『중종실록』 권34, 13년 8월 26일(계사), 9월 2일(기해).

20 『국역 어촌집』 권2, 121쪽 및 권1, 102쪽.

21 이병휴(李秉烋), 1984, 앞 책, 99~102쪽.

22 『중종실록』 권38, 15년 3월 갑오.

다. 성운은 명을 받고 들어갔고, 나오면서 투옥해야 할 사람들의 명단을 가지고 나왔다. 중대한 결정이 이루어지는 과정을 목격한 사람이 한 사람도 언급되지 않았고, 이후로는 사관이 입시하지 않았다.[23] 비록 15일 새벽 3시에서 5시 사이에 봉교 채세영(蔡世英)·대교 권예(權輗)·이공인(李公仁) 등을 부직시켰으나 몇 시간 동안 사관이 없었던 셈이다. 그렇다면 채세영은 누구인가? 그는 기묘명현으로 분류되는데[24] 처음 등장하는 중종 14년 정월에는 검열이었는데 갑자기 불과 몇 달 사이 봉교로 승진하였던 것이다. 기묘사화 발생 당일까지 심언광이 봉교로 재직하고 있었는지 여부는 확인할 수 없지만, 채세영의 사관으로서의 경력이 짧다는 점을 주목할 필요가 있을 것 같다. 한편 『국역 어촌집』에는 심언광이 교유했었던 최수성과 관련된 시문을 찾아볼 수 없고, 박수량과 수창한 시문 역시 드물었다.[25] 이는 최수성이 일찍 세상을 떠난 이유도 있겠지만, 대과에 합격하고 관료지향적인 심언광이, 이후 문과에 응시하지 않고 자신보다 조광조 및 기묘사림과 상대적으로 밀접한 관계를 맺고 다른 길을 걸었던 두 사람과 교유하지 않았음을 보여주는 것이라 판단된다.

심언광이 사관으로 봉직했던 기간이 조광조 등이 개혁정치를 시행하던 시기와 거의 일치한다는 사실은 중요한 점을 시사하고 있다. 그가 조광조·이자 등의 만시를 지은 것은 사관으로서 그들의 정치 개혁과 활동에 대한 깊은 심정적 지지를 나타내는 것으로 보이기 때문이다. 조광조 등이 등장한 10년부터 기묘사화 발생 전까지 언론 삼사를 장악하고 활동하던 시기에 심언광의 활동이 거의 나타나지 않았다는 것도 그들과 직접적인 관련이 없었다는 것을 보여준다고 판단된다. 요컨대 심언광은 출사한 이후 사회가 발생하기 까지 대부분 예문관에서 사관의 직임을 담당했고 그 민감성 때문에 기

---

23 정두희(鄭杜熙), 1995, 「기묘사화(己卯士禍)와 조광조(趙光祖)」『역사학보(歷史學報)』 146, 91~92쪽.

24 이병휴, 앞 책, 99~101쪽.

25 김은정, 2010, 「어촌 심언광의 교유시 연구」『어촌 심언광 연구 총서』, 146쪽.

묘사화 발생 이후에 외직으로 파출된 것이었다. 그리고 그 직임이 바로 경성교수였다.

심언광의 생애에 결정적인 영향을 미친 기묘사화에 대해 살펴보겠다. 연산군을 축출하여 중종반정(中宗反正)을 성공시킨 주역들은 117명의 정국공신(靖國功臣)을 책록(策錄)하였다. 박원종(朴元宗)·성희안(成希顔)·유순정(柳順汀)을 핵심으로 하는 정국공신들은 중종 초반 의정부·육조를 장악하여 권력을 독점하였다. 그러나 핵심인물의 자연사 등으로 점차 정국공신 세력이 약화되었고, 중종 10년부터 진출한 조광조 등 사림세력이 중종을 배경으로 활발한 개혁정치를 펼치게 되었다. 그들의 개혁정치는 인습과 구제의 혁거, 새로운 향촌질서 수립 등 광범위한 것이었고, 어느 정도 성과를 거두고 있었다. 개혁 정치를 추진하는 과정에서 인재 등용방식인 유일(遺逸)천거나 현량과(賢良科) 실시로 훈구대신들과의 갈등은 더욱 첨예해졌다. 결정적으로 조광조 등의 정국공신 76명에 대해 단행한 위훈삭제(僞勳削除)는 기묘사림에 대한 훈구대신들의 분노를 극대화시켰다. 그 이전에 삭훈(削勳)된 인물도 이미 12인 정도가 있었다. 그러나 공신에 대한 대대적인 삭훈은 조광조 및 사림의 세력을 강화하는 조치였기 때문에 절박한 상황에 몰린 훈구세력은 중종을 움직여 극단적으로 대응하였다.[26]

훈구대신들은 기묘사화가 일어나기 전 무사들이 조광조 일파를 제거하려 한다는 소문을 희빈(熙嬪) 홍씨의 아버지인 홍경주(洪景舟)를 통해 중종에게 알리면서, 불온한 분위기를 달래려면 조광조를 제거하지 않을 수 없다고 충동질하였다. 사실상 중종을 겁박한 것인데, 이에 중종이 흔들렸다.[27] 그래서 15일 밤 2고에 새로 임명된 승지 성운에게 승정원에 직숙(直宿)하던 승지 윤자임(尹自任)·공서린(孔瑞麟), 주서 안정(安珽)·한림 이구(李構) 및 홍문관에 직숙하던 응교 기준(奇遵)·부수찬 심달원(沈達源)을 옥에 가두고 또 금부

26 이병휴, 앞 책, 117~156쪽.

27 『중종실록』 권37, 14년 11월 무신.

에 명하여 우참찬 이자·형조 판서 김정(金淨)·대사헌 조광조·부제학 김구(金絿)·대사성 김식(金湜)·도승지 유인숙(柳仁淑)·좌부승지 박세희(朴世熹)·우부승지 홍언필(洪彦弼)·동부승지 박훈(朴薰)을 잡아 가두게 하였다. 그들 8인의 죄목은 조광조 등이 붕당(朋黨)을 결성하여 자신들을 추종하는 자는 끌어 주고 정치적 입장이 다른 인물들을 배척했다는 것과 후진들이 지나치게 과격한 언사를 자행하여 조정의 신하들까지 이들에게 두려움마저 느끼게 했다는 것이었다.[28] 그들의 죄목을 구별하여 붕당행위에 대해서는 대명률(大明律)을 적용하여 조광조·김정 등에게는 사사(賜死), 그 외 인물들에게는 중형을 가하자는 주장이 제기되었다. 정광필(鄭光弼)·안당(安瑭) 등 온건파 대신들의 만류에도 중종은 심정(沈貞)·남곤(南袞) 등의 가죄(加罪) 요청을 받아들여 조광조 사사, 김구·김정·김식은 절도안치, 윤자임·기준·박세희 등은 극변안치(極邊安置)하였다.[29] 이후 조정은 다시 훈구세력이 장악하게 되었다.

2) 기묘사화 이후~김안로 등장 이전의 관직 생활(중종 15, 1520~중종 23, 1528)

중종 17년(1522) 심언광은 헌납(정5품)으로서 동료의 논박을 받아 체직하는 것으로 나타난다.[30] 이는 그가 기묘사화 전에 종6품직인 경성교수로 제수되었던 사실을 뒷받침한다. 몇 달 후 그는 사헌부 관료인 지평(정5품)으로서 동료들과 함께 소격서 재설치에 반대하고 있었다.[31] 그 전에는 예조 좌랑(정6품)에 임명되었고 병조 좌랑으로 자리를 옮겼다가, 지평에 임명된 것이었다. 중종 18년에는 홍문관 수찬(정6품), 사간원 정언(정6품) 등 6품직으로 낮춰서 임명되고 있었다.[32] 『실록』에는 이때의 활동이 전혀 나타나지 않는다.

---

28 『중종실록』 권37, 14년 11월 을사 ; 병오

29 『중종실록』 권37, 14년 12월 병자.

30 『중종실록』 권44, 17년 5월 계유.

31 『중종실록』 권46, 17년 10월 기축.

32 『국역 어촌집』 卷首, 연보, 40쪽.

중종 19년에는 다시 사헌부 지평으로 활동하였다. 그는 조강에서 직접 목도한, 악포(惡布)를 금지하는 법 때문에 얼마의 베를 저자에서 팔아 겨우 연명하려다 관리에게 잡혀 물건을 모두 빼앗기고 죄를 심문당하는 백성들의 고통을 말하여, 시전(市廛)이 빈궁한 올해에는 악포를 금하지 않을 것이라는 중종의 답변을 이끌어 내었다.[33] 그 이후에는 충청도 도사(종5품), 공조 정랑(정5품), 이조정랑, 사복시 첨정(종4)에 제수되었던 것 같다.[34]

중앙에서 활동하던 심언광은 잔폐한 고을인 경성을 소복시키기 위해 경성 판관(鏡城判官 ; 종5 외관직)으로 특별히 차출되었다. 아마도 그가 전 경성교수였던 점을 고려한 조치였던 것 같다. 이에 대해 삼공(영의정 남곤·좌의정 이유청·우의정 권균)이 이의를 제기하여 체직될 때 올려 제수하는 것으로 결론을 냈다.[35] 심언광을 정언으로 제수하여 병환 중에 있는 그의 모친을 문안하기 위해 올라올 때 체직하도록 하였으나, 모친의 병이 속히 쾌차할 가능성이 없자 그대로 경성판관으로 있게 되었다.[36] 그런데 이 때 심언광의 공무 실행에 대한 조정의 평가는 후일 매우 부정적인 것으로 나타난다. 그가 3년 안에 근친(覲親)하기 위해 말미를 받아 왕래한 것이 몇 차례여서 고을에서 공무를 처리한 날이 적었기 때문에 경성을 소생시킬 수가 없었다는 것이었다.[37] 자식으로서 모친에 대한 당연한 도리였겠지만 특별히 기대하며 제수된 공직에서의 업무는 중종과 대신들의 기대를 만족시키지 못하였던 것 같다.

심언광은 다음 해에 중앙에 복귀하였다. 그는 장령(종4품)으로서 현안을 놓고 동료들과 언행을 일치시키지 않았고 절차도 지키지 않았다. 또 서로 논박을 하다가 대간 모두와 함께 체직되었다.[38] 심언광이 체직된 자리에 그

---

33 『중종실록』 권51, 19년 8월 신유.

34 『국역 어촌집』 卷首, 연보, 40쪽. 그러나 사복시 정(정3품 당상)이 아니라 사복시 첨정이라야 맞다.

35 『중종실록』 권52, 20년 1월 계유.

36 『중종실록』 권54, 20년 6월 정미 ; 권54, 20년 7월 신유.

37 『중종실록』 권60, 23년 1월 신사.

38 『중종실록』 권57, 21년 6월 을해 ; 권57, 21년 6월 병자.

의 형 심언경(沈彦慶)이 제수되었지만, 심언경의 요청으로 체직되었다.[39] 이해 8월 심언광은 모친상을 당하였는데, 상례를 가례에 따라 잘 받들어 준행하였다.

3년 상을 치르고 조정에 복귀한 것은 중종 23년(1528)이었다. 그는 석강에 나아가 홍문관에 소속된 교리(정5품)로서, 경연에서는 시독관으로 참여하였다. 경연에서 그는 수령의 폐단을 극론하였다. 각 고을의 수령이 탐오(貪汚)하여 백성이 모두 원망하고 있는데, 이는 성종 조와는 달리 염치가 없어 수령이 좌우를 섬기는 것을 좋아하기 때문이라는 것이었다. 그러므로 이와 같은 상황을 개선시키기 위해서는 관찰사가 수령을 평가하는 전최(殿最)제도를 엄격하게 실행하여 장리(贓吏)의 법을 엄중해야 한다고 주장하였다. 또한 그는 유생도 없고 훈도(訓導)도 가르치지 않으며, 수유(受由)를 칭탁하여 많이 집에 돌아가 지방 교육이 형해화되는 현상을 지적하면서, 관찰사와 훈도가 각각의 직분을 다해야 하는 중요성을 강조하기도 하였다.[40]

『실록』에는 드물게 나타나지만 중앙 정계에 등장한 심언광은 청현직을 두루 거치면서 활발하게 활동하였고 모든 의논을 주도하고 있었으며, 그래서 사람들이 다 두려워하고 있을 정도였다.[41]

4. 제3기: 심언광의 정치 활동과 김안로(중종 24, 1529~중종 33, 1538)

1) 심언광의 대간 활동과 김안로(중종 24, 1529~중종 26, 1531)

심언광은 중종 24년(1529) 그의 나이 43세 때, 정치 인생의 절정을 향해

39 『중종실록』 권57, 21년 6월 무인.

40 『중종실록』 권64, 23년 11월 임인.

41 『중종실록』 권65, 24년 4월 병술.

달려가고 있었다. 그는 세자시강원 보덕(종3품)에 제수되었고, 동년 4월에는 사헌부 집의(종3품), 며칠 뒤에는 그의 형 심언경이 동부승지에 제수된다.[42] 심언경의 동부승지 임명은 김안로가 힘을 쓴 결과였다. 이는 심언광 형제와 김안로와의 정치적 관계가 최초로 드러나는 것이자 김안로가 정계에 복귀하게 되는 단서를 보여 주고 있다는 점에서 대단히 중요하다. 심언광은 민수천(閔壽千)과 정치적 동지였다. 민수천은 젊어서부터 인망이 있었다. 그런데 그는 늘 김안로가 뚜렷한 잘못이 없이 파출(罷黜)까지 당했다고 힘써 파출의 부당함을 말하고, 또 심언광 형제와 함께 날마다 서로 찾아다니며 김안로의 서용(敍用)을 주장하였다. 여기에 젊은 무리들이 합세하여 공론으로 삼아 김안로의 서용이 당시를 구제하는 좋은 계책이라고 지지하였던 것이다.[43] 이미 중종 24년 이전에 김안로와 심언광 등의 정치적 결탁이 이루어지고 있었던 셈이다.

심언광은 중종 24년 집의로서 십정소(十政疏)를 지었다. 그 내용은 여색을 멀리할 것, 왕자 공주의 집을 검소하게 지을 것, 재정을 낭비하지 말 것, 적재적소에 인재를 등용하되 사적인 인재 등용을 막을 것, 감사를 잘 선택할 것, 재변을 두려워하고 자신의 허물을 살필 것, 중단 없이 경연을 열 것, 이단을 배척할 것, 대신을 잘 임명할 것, 언로를 개방할 것 등 이었다. 중종은 현재의 병폐(病弊)를 잘 지적했다고 치하하였다. 이 소의 10가지 내용 가운데 좌상 심정(沈貞)을 가리킨 부분이 여럿 있었다. 그러나 심정이 자신에게 노여워할 것을 두려워하여 얼마 후에 그의 집에 가서 다른 말로 위안하였기 때문에 심언광은 사람들로부터 비웃음을 당하였다.[44] 심정은 당시 좌의정으로서 권력을 장악하고 독주하고 있었기 때문이다.

중종대에 활발하게 언론 삼사(三司)가 활동하고 있었던 만큼 심언광 역시

---

42 『중종실록』 권64, 24년 1월 갑인 ; 권65, 24년 4월 무인 ; 4월 병술.

43 『중종실록』 권65, 24년 4월 병술.

44 『중종실록』 권65, 24년 4월 경인.

중앙 지방 행정의 폐단, 민생의 안정 등에 대해 지적하고, 그 대안들을 제시하였다. 그는 양계(兩界)의 군령이 해이해져 군장(軍裝)과 제구(諸具)를 전혀 갖추지 못하고 있어서 불의의 사태에 대응할 수 없는 실정을 아뢰었다. 중종 역시 실제 방비하는 일을 모두 폐기하고 전혀 예방책을 마련하지 못해 남방에서 김근손(金根孫)과 안락(安樂), 독을석이(禿乙石伊) 등이 모두 왜구를 만나 패배 당했음을 상기시키면서 그 지적의 현실성을 깊이 인정하였다. 그는 또한 양계 군사의 이산을 우려하여 수령들로 하여금 차차로 준비하도록 하는 것이 방법이 될 수 있다는 것과 정치를 잘하여 백성을 안정시키는 것이 급선무임을 덧붙였다.[45] 그는 중종 24년 8월 홍문관 전한(종3품)으로 활동하였고, 10월에 홍문관 부응교(종4품)로 자리를 옮겼다. 며칠 후 다시 홍문관 전한으로 제수되었다가 이틀 후 경기 암행어사로 파견되었다. 암행어사를 마친 한 달 후에는 사간원 사간(종3품)에, 12월에는 홍문관 직제학(정3품)으로 직책이 이동되었다.[46]

조강에서 시강관인 심언광은 명유(名儒)인 환영(桓榮)을 발탁해서 동궁을 보양하게 하고 유술(儒術)을 숭상하여 절의 있는 선비들을 많이 배양한 후한(後漢) 광무제(光武帝)를 칭송하면서, 인재 배양이 종묘사직과 중요한 관련이 있음을 강조하였다. 영사 장순손(張順孫)은 나이 많고 덕이 높은 사람을 동궁을 보양할 사람의 자격 조건으로 내세웠다. 심언광은 자신이 세자시강원 보덕으로 있을 때 예모(禮貌)를 스스로 엄하게 하여 사부(師傅)를 붕우(朋友)로 대우하지 않는 세자로 인해 마치 군신 사이 같은 분위기였다고 문제점을 지적하는가 하면, 사부를 접견하는 매달 15일의 회강(會講)을 일이 있더라도 폐강하지 않도록 윤허 받았다.[47] 이때의 동궁 보양에 대한 논의가 집중적으로 이루어지고 있던 사실은 김안로의 복용 명분인 '보익동궁(輔翼東宮)'을 염

---

45 『중종실록』 권65, 24년 4월 갑오.

46 『중종실록』 권66, 24년 11월 임술 ; 12월 무자.

47 『중종실록』 권67, 25년 1월 신해.

두에 둔 정치적 포석으로 판단된다.

심언광은 중종 25년 1월 다시 실농(失農)이 심한 경기지역의 어사로 파견되었다. 그는 당시 곡식은 물론 도토리도 없는 양성(陽城)과 진위(振威)의 백성들의 사정을 들어 진휼의 필요성을 주장하였다. 또한 식량과 여물이 모두 떨어져 말을 사육할 수 없는 남도의 대로인 양재역과 악생역(樂生驛), 그리고 서방의 대로인 영서역(迎曙驛)과 벽제역에 특별한 조치의 필요성을 역설하였다. 그 원인은 바로 수령들의 사적인 행차나 승차(承差)를 수행하는 하인들까지 모두 역말을 타는 것과 오랫동안 서울에 머물러 있게 되는 양재·영서·중림(重林)·도원(桃源) 네 곳의 찰방들이 역말을 서울에 머물러두고 타는 것, 그리고 서울에서 아문으로 출사할 때에 경기 감사와 도사까지도 역말을 이용하는 것 때문이었다. 당시 역말은 매우 귀해서 그 값이 면포 15~16동을 밑돌지 않고 비쌀 때에는 20동에까지 이르렀다. 그런데 타고 다닐 적에 그 무게를 헤아리지 않기 때문에 한 번 달리고 나면 모두 지쳐서 다시 탈 수 없게 되어 역졸들의 고통이 끝이 없었다는 것이었다.[48] 경기 암행어사로서 백성들의 고통과 역마의 폐단을 적간하여 대책 마련의 시급성을 알렸던 것이다.

중종 25년 3월 심언광은 사간원 대사간(정3 당상관), 그의 형 심언경은 우부승지에 제수되었다. 삼척 심씨 집안의 광영이었다. 그 외에도 채소권(蔡紹權)이 좌부승지 제수되기도 했다. 따라서 이 인사는 심언광 형제의 인사 뿐 아니라 채소권 때문에도 중요한 의미를 갖는다. 심언경이 중종 24년 4월 동부승지에 제수되었을 때 이미 김안로의 힘이 작용하고 있었고, 채소권은 바로 김안로의 처남이었기 때문이다. 채소권은 청주 목사였는데, 중종이 빈 승지 자리에 채소권을 염두에 둔 조건을 달아 주의(注擬)하도록 명하였고, 이조가 그를 주의하여 낙점을 받은 것이었다.[49] 이 같은 사실은 바로 김안

48 『중종실록』 권67, 25년 2월 정묘.

49 『중종실록』 권67, 25년 3월 갑진.

로가 중종과 이미 통하면서 정치권력을 행사하고 있다는 것을 의미하였다.

그렇다면 심언광의 정치 인생에 결과적으로 부정적 영향을 미친 김안로, 그는 누구인가? 기묘사화 직후 기묘 삼간(三奸)으로 불리는 남곤(南袞)·심정(沈貞)·홍경주(洪景舟) 등 훈척대신은 기묘 사림이 추진하던 여러 정책과 그들이 구축해 놓은 정치적 기반을 해체한다는 기본 원칙 하에서 정국을 운영하였다. 그들은 기묘사화 발생 5일 뒤에 삭훈(削勳) 조치를 원상 복구하였고, 향약의 시행을 폐지하였으며, 현량과도 혁파하였다. 소격서·여악(女樂)도 복설하였다.[50] 동시에 그들은 안정적인 집권을 위해 잔존 사림파의 제거를 단행하였다. 중종 15년에 김식(金湜)의 망명 사건을 이유로 하정(河挺)·오희안(吳希顔) 등을 제거하였고, 다음 해 7월 안당(安瑭)·유인숙(柳仁淑)·정순붕(鄭順朋)·신광한(申光漢) 등을 고신추탈(告身追奪)하였다. 이들의 탄핵 직후에는 관상감 판관 송사련(宋祀連) 학생 정상(鄭瑺) 등이 안처겸(安處謙) 형제의 음모를 고변한 신사옥(辛巳獄)을 일으켜 안당과 그 두 아들 및 다수의 사림파를 제거하였다.[51] 중종 15년부터 18년 사이에 걸쳐 사림파를 제거한 결과 정국은 훈구대신이 주도하게 되었으며, 인심도 차차 안정되어 갔다. 이런 과정에서 김안로는 등장하였다.

김안로의 본관은 연안(延安)이며 참의 김흔(金訢)의 아들이자 기묘사화 직후 영의정을 지낸 김전(金詮)의 조카였다. 연산군 12년 문과에 장원 급제하였으며, 기묘사화 이전에는 사림파와도 일정한 관계를 지니고 있었다. 부친 김흔은 김종직의 문인이었다. 김안로는 기묘 사림의 대표적 존재였던 이자와는 동서 간이었고, 관직 초기에는 기묘사림인 김안국(金安國)과 같이 어울리기도 하였다. 그러나 기묘사화 이후 훈구로 전향한 듯하다.[52]

김안로가 기묘사화 이후의 정국에서 중요한 위치를 차지할 수 있었던 것

---

50 김돈(金墩), 1984, 「중종대 언관의 성격변화」『한국사론』10, 167~169쪽.

51 『중종실록』 권39, 15년 6월 임술 ; 권42, 16년 7월~9월 ; 권49, 18년 10월 기축~기해.

52 김우기(金宇基), 1990, 「조선(朝鮮) 중종후반기(中宗後半期)의 척신(戚臣)과 정국동향(政局動向)」『대구사학』40, 42~43쪽.

은 자신의 능력도 있겠지만 가장 큰 요인은 그가 척신(戚臣)이었다는 점이다. 즉 그의 아들 김희(金禧)가 장경왕후(章敬王后) 소생 효혜공주(孝惠公主)의 부마가 됨으로써 왕실과 연결되어 있었고, 효혜공주와 연성위(延城尉)에 대한 중종의 애정이 각별하였기 때문이다.[53] 이 같은 왕실의 배경을 바탕으로 김안로는 중종 19년 7월에 이조판서로서 인사권을 장악하게 되었다.

척신 김안로의 성장은 남곤·심정 등의 입장에서는 간과할 수 없는 것이었다. 그래서 김안로 제거에 나서게 된다. 당시 상원군수로 임명된 후 물론(物論)을 입어 개차(改差)된 이종수(李從壽)가 시관으로서 시장(試場)에 나가지 않은 것을 알고도 이를 상계하지 않았던 승지 임추(任樞) 등의 추고를 둘러싸고, 대간 사이의 상호 공격으로 시비가 정해지지 않아 정국이 소란스럽게 되자, 남곤 등 3정승은 대죄하면서 이런 사태를 가져온 것은 김안로 때문이라고 하면서 치죄를 요구하였다. 훈구대신들이 김안로 제거하기 위한 명분으로 내세운 것은 김안로가 붕당(朋黨)을 만들어 국가를 어지럽혔다는 것이었다. 또 한 가지는 언관을 조정하여 자기 뜻을 이루려 했다는 것이다. 즉 사이가 좋지 않은 이조판서의 인사 부정을 논핵하도록 대사간에게 부탁했으나 거절하자, 부제학 민수천을 시켜 대사간을 탄핵 파직시키고 얼마 뒤 이조판서도 탄핵하여 자신이 이조판서가 되었다는 것이었다. 민수천은 김안로를 종처럼 섬겼다는 평을 받고 있었다.[54]

훈구대신들이 구체적 증거없이 김안로의 제거를 요구하는 것에 대하여 중종은 김안로의 형적이 드러나지 않았고, 6경 반열의 재상을 귀양 보낼 수 없다는 입장을 견지하였다. 그러나 계속된 대신·삼사의 치죄 요구에 중종이 결국 김안로를 파직시켰다. 그런데 그 전에 먼저 김안로가 남곤과 사이가 좋지 않은 장순손(張順孫)과 모의하여 남곤을 배척하였고, 대사헌이 되었을 때에는 남곤을 탄핵하려 하였으나 헌부의 중의(衆議)가 나뉘어 발의하지

53 『중종실록』 권41, 15년 12월 무술 ; 권71, 26년 10월 경인.

54 『중종실록』 권52, 19년 11월 임술 ; 권48, 18년 6월 신축.

못한 적이 있었다. 이조판서인 김안로는 척신으로서 세력이 더욱 치성하여 조정에 분란을 일으키는 진원지였다. 분개한 영의정 남곤이 좌의정 이유청(李惟淸)·우의정 권균(權鈞) 등을 이끌고 대궐에 나아가 면대하여 그의 간사한 정상을 극진하게 논하였지만, 실제 김안로 제거하는 모의를 주도한 것은 심정이었다. 계속된 남곤 등의 치죄 요청으로 중종은 김안로의 고신을 추탈하여 풍덕현으로 부처했었다.[55]

김안로를 제거한 이후 남곤·심정은 계속 정국을 주도하였다. 홍경주가 이미 중종 16년 6월 병사한 상태에서 동22년 남곤마저 병사하였다.[56] 비록 훈구 주도체제는 약화되었으나 심정은 여전히 막강한 권한을 행사하고 있었다. 그는 기묘사화 직후 이조판서로 임명된 이후 승진을 계속하여 중종 22년에는 우의정에 임명되었다.[57] 심언광이 십정소를 올려 심정을 비판했을 당시는 좌의정이었다.

그런데 중종 22년(1527)에 궁중에서 한 사건이 발생하였다. 세자 탄신일 무렵 동궁 북쪽 동산에 사지가 잘린 쥐가 방서(榜書)가 쓰인 목패와 함께 걸려 있었고, 며칠 후에는 작서(灼鼠)가 대전의 침실 난간 아래 버려져 있었던 소위 '작서(灼鼠)의 변'(變)이 발생한 것이다.[58] 이는 동궁을 저주하기 위한 것이었다. 사건 자체가 엄청난 것이었지만, 이 사건은 발생한지 한 달 뒤에야 공개되었다. 사안의 중대성에 비추어 본다면 상당히 이례적인 일이었다. 공개된 후 대신을 비롯하여 전 신료들이 사건의 중대성을 인식하고 추문을 요구하였으나, 중종은 형적이나 근거가 없으므로 단서가 드러나면 추문하겠다는 입장을 보였다. 답보 상태에 머물고 있었던 사건은 자전[문정왕후(文定王后)]의 전교로 급진전을 보이게 되었다. 4월에 자전은 '작서의 변' 혐의자로 경빈(敬嬪) 박씨를 지목하였다. 자전의 전교로 하인을 형신하였으나 자복

---

55 『중종실록』 권52, 19년 11월 병인~무인.

56 『중종실록』 권42, 16년 6월 경자 ; 권58, 22년 3월 정해.

57 『중종실록』 권58, 22년 정월 무술.

58 『중종실록』 권58, 22년 3월 기해.

을 받지 못하자, 드러난 죄로 박씨의 죄를 정하였다. 중종은 결국 박빈과 복성군(福城君)을 폐서인하여 상주로 찬출하였고, 박빈의 인척들도 파직·체직하여 사건을 종결하였다.[59] 이 사건 내용을 볼 때, 경빈 박씨가 동궁을 저주하고 음해하여 동궁보다 연장인 복성군을 세자로 책봉함으로써 권력을 장악하려는 마음에서 저지른 것으로 추측할 수 있다. 그러나 이 사건은 후일 이종익(李宗翼)의 상소에 의해 김안로의 아들인 연성위(延城尉) 김희(金禧)의 소행으로 밝혀졌다.[60]

비록 윤허를 받지 못했으나 실제 '작서의 변'이 종결된 지 얼마 지나지 않은 중종 22년 6월 김희가 김안로의 방환을 요청하는 상언을 올렸다. 이는 '작서의 변' 이후 김안로의 방환 문제가 아들 연성위 김희의 주도 하에 본격적으로 추진되고 있었다는 점에서 의미심장하다. 김안로가 방환 모의를 실행에 옮기기 시작한 것은 중종 22년 3월에 처음 발생하여 5월에 종결된 '작서의 변'과 남곤이 병사하였음을 때였으므로 곧 22년 3월 이후였다. 김희의 중종 23년 1월의 상언으로 김안로의 이배(移配)가 윤허되었다. 계속된 24년 5월의 요청에는 한재(旱災)를 들어 먼저 방환 의사를 밝힌 중종이 대신들의 동의를 얻어 김안로를 방송하였다.[61] 이때 조정에서는 김안로를 섬기고 그 아들 김희와도 정치적 관계를 맺은 장순손이 김안로에 관련된 비밀한 계책과 음모를 모두 꾸며내고 있었다. 그가 경연에서 이미 김안로의 방면이 당연하다고 아뢰어 중종이 대간의 방면 철회 요청을 불허하였던 것이 그 단적인 예였다.[62]

다른 한편으로 인척들이 대단한 권세를 가진 박빈과 다른 왕자보다 더욱 중종에게 각별한 은총을 받는 복성군이 동궁을 침해할 것을 근심하면서 김안로의 방면이 동궁에게 도움이 될 것이라는 이행(李荇)의 말은, 김안로의

59 『중종실록』 권58, 22년 4월 병자 ; 임신 ; 5월 신사.

60 『중종실록』 권72, 27년 3월 기사.

61 『중종실록』 권65, 24년 2월 임오 ; 5월 무오.

62 『중종실록』 권65, 24년 5월 기미 ; 5월 경신.

방환의 명분과 정당성을 담보해 주는 것이었다. 김희와 결탁한 또 다른 인물인 이행은 김안로의 간사하지 않음을 밖으로 주장하였다. 이로 인해 안팎에서 별 반대 없이 방환될 수 있었던 것이다.[63]

김안로의 '보익동궁론(補益東宮論)'을 힘써 주장하여 김안로의 방환을 극력 주장했던 또 다른 사람은 민수천이다. 민수천은 김안로가 방환되기 이전에는 그의 무죄를 힘써 말하였고, 심언광 형제와 함께 김안로의 복용(復用)의 정당성을 퍼뜨려 젊은 사림들의 마음을 움직였다. 그리고 그가 방환된 뒤에는 그 의논을 힘껏 주장하여 간당(奸黨)들로 하여금 뜻을 얻게 하여 화를 끼치게 하였다. 온화하고 글을 잘하여 인망을 받았으나 김안로를 잘못 판단하여 자신은 물론 조정에 큰 피해를 끼쳤던 것이다.[64] 민수천과 정치적 동지인 심언광은 이로 인해 정치적으로 패망을 면치 못하게 되었다.

김안로 방환 논란이 종식된 지 이틀 후 심언광 등이 심정일파를 공격하고 나섰다. 이는 김안로의 복용및 정국 장악과 맞물려 있는 것이었다. 중종 25년 5월의 공격 대상은 왕실의 인척인 김헌윤(金憲胤, 박빈의 딸 혜순옹주(惠順翁主)의 부마인 광천위(光川尉) 김인경(金仁慶)의 부)과 그 아비 김극개(金克愷), 숙부 김극핍(金克愊)이었다. 김헌윤은 왕실과 혼인한 세력을 빙자하여 은혜를 팔았고, 김극개는 사돈인 경빈 박씨에게 뇌물을 바치는 등 음흉하였으며, 김극핍은 선량한 사람을 물리쳤다는 것이었다. 중종은 김헌윤은 자백한 대로 조율하였고, 그 아비와 숙부의 일을 논하는 것은 지나치다고 처벌하지 않았다.[65] 이들의 계속되는 공격은 방환된 김안로의 정계 복귀를 위한 사전 정지 작업이었고, 심언광과 김근사(金謹思)의 합작품이었다. 그 다음 대상은 심정과 결탁하여 우상으로 빠른 승진을 하고 경빈 박씨와도 연결되었던 이항이었는데, 그들은 이항을 분경죄로 파직시켰다. 이 때 언제 내려졌는지

---

63 『중종실록』 권65, 24년 5월 무오.

64 『중종실록』 권65, 24년 4월 병술 ; 『중종실록』 권67, 25년 2월 임오

65 『중종실록』 권68, 25년 5월 정사.

알 수 없지만 김안로에게 내렸던 직첩도 다시 거두어들이고 있었다.[66]

방환된 김안로의 복귀를 위해 심정 일파를 공격하던 심언광은 뜻밖에 복병을 만났다. 그것은 생원 이종익의 상소였다. 심언광은 지난해(중종 24년) 3월 성균관 및 사학(四學)의 유생에게 정시(庭試)를 보일 때 김극핍·손주(孫澍)·윤개(尹漑)·허관(許寬)들과 함께 시관이 되어 과차(課次)를 매겼다. 이때 수석을 차지한 생원 홍섬(洪暹)이 바로 전시(殿試)에 나가게 되었고, 이종익은 억지로 졸작(拙作)이라 하여 등급을 낮춘 심언광 때문에 입격하지 못했다고 불만을 터뜨렸다.[67]

다소 장황하지만 심언광의 명성에 큰 타격을 입힌 이종익에 대해 살펴보겠다. 이종익은 중종 25년 9월에 다른 고관들이 자신의 대책을 제일로 삼았는데 참시관인 심언광이 고집하였고, 자신의 시험지를 가지고 돌아간 것을 알고 그를 힐책하자 그 잘못을 윤개(尹漑)에게 돌렸다는 내용 등을 상소하였다. 그리고 지난해에 상소를 시작한 이유가 심언광의 불공정한 행태를 보고 그 같은 소행으로 인해 사람들을 곤궁하게 만들었기 때문이라는 사실도 밝혔다.[68] 실제 그는 중종 24년 10월에 유자광(柳子光)과 김종직(金宗直)을 논하고 기묘사화로 피화된 인물들의 방환을 청하는 소를 올렸으나, 중종이 더 이상 문제 삼지 않도록 하여 별 다른 파장이 없었다. 그런데 같은 날 이종익은 또 다시 상소하여 김종직 등의 문제를 재론한 바 있었다.[69]

진위 여부를 막론하고 대사간 심언광은 심대한 타격을 피할 수 없게 되었다. 이종익은 또한 '요망한 귀신들이 대궐에 가득하니 신기전을 쏘아대고 싶다.'고 하여 추문을 당하였다. 이것은 심언광을 가리키는 말이었다.[70] 그런데 추문하는 과정에서 이종익이, '폐위된 박씨가 서울에 있을 적에 비단

---

66 『중종실록』 권68, 25년 6월 기미 ; 『중종실록』 권69, 25년 8월 기사.

67 『중종실록』 권69권, 25년 9월 계사.

68 『중종실록』 권69, 25년 9월 갑오.

69 『중종실록』 권66, 24년 10월 무인.

70 『중종실록』 권69, 25년 9월 병오.

다섯 필씩을 각각 남곤·이항·심정·김극핍의 집에 보냈는데, 남곤만은 받지 않았고 그 나머지는 모두들 받았다.'고 한 말 때문에 사건이 확대되고 있었다. 이미 김극핍과 이항은 죄를 얻은 상태였지만, 심정은 좌의정으로서 혐의를 받게 되었기 때문이다.[71] 이 과정에서 심언광이 무인에게 청탁 받았다는 사실도 드러났다.[72] 이종익은 이미 승복한 사연과 대간을 모함하고 대신에 대해서도 근거 없는 말을 하여 조정을 동요시킨 죄로 처벌받아 먼 변방의 고을로 정배(定配)되었다.[73]

그런데 같은 날 심정은 자신의 뇌물 수수 사실을 부인하며 사직을 청하였다. 사직은 받아들여지지 않았지만, 심정은 홍문과 부제학 성세창을 동원하여 김안로를 공격하고 나섰다. 성세창은 김안로의 복용이 기정사실화 된 것을 알고 또 자질이 부족한 장순손과 이조 참판 자리를 만들어 김안로의 형인 김안정(金安鼎) 을 제수한 것을 대간이 말하지 않자, 이 인사 내용을 공격한 것이었다. 이 논박 자체는 옳았지만, 심정과 의논한 것이 문제였다.[74] 나흘 후 대사헌과 대사간을 동원한 김안로의 반격이 이어졌다. 신구 교체된 대간이 아직 논박을 하지 않은 것일 뿐인데 죄를 청하였다는 것과, 그 의논을 대신에게 묻기를 청한 것이 바로 성세창이 심정과 교결하여 남몰래 모의해서 대간을 일망타진하고 조정을 어지럽히려는 것이라는 것이다. 결국 성세창은 율문에 따라 처벌받고 심정은 파직되었다. 그런데 이 논박은, 18일 저녁에 부제학 성세창을 형조 참판으로 이동시키고 김안로의 사촌인 황사우로 대신하게 하여 대직(代直)시킨 채, 심언광과 대사헌 김근사가 몰래 꾀하고 약속하여 계(啓)를 올린 것이었다. 이날 양사(兩司)가 폐문(閉門)한 뒤에야 계를 올렸고 이경(二更)에 결정을 내리게 되었다. 비록 죄가 있다 하더라도 대간의 단 한번의 아룀으로 당시 좌의정인 심정과 홍문관의 장관인 성세

---

71 『중종실록』 권69, 25년 9월 갑인.

72 『중종실록』 권69, 25년 9월 을묘.

73 『중종실록』 권69, 25년 10월 정사 ; 10월 무오.

74 『중종실록』 권69, 25년 11월 계묘.

창을 단죄할 수는 없는 것이었으나, 이미 김안로가 중종을 현혹하였기 때문에 단번에 윤허하였던 것이다. 그들의 공격으로 가죄되어 성세창은 외방에 부처(付處)되었고, 심정은 먼 지방에 부처되었다.[75] 이 때 심언광은 대사간으로 활동하면서 대부분 김안로와 연계하여 심정 일파를 제거하는 일에 집중하고 있었던 것이다.

사건은 연이어 발생하고 있었다. 심정과 성세창이 부처된 후 흉모(凶謀)를 달성하기 위하여 종루에 김안로를 우두머리로 하여 사림을 열거한 방문(榜文)이 내걸렸고, '대간이 좌의정 이행을 논박하려고 한다.'는 유언비어가 돌았다.[76] 이를 기화로 종루에 걸린 방문의 필적이 명백하다고 심사순(沈思順)을 국문하였다. 김안로 일파인 허항은 심정과 이항을 이행이 방면시키려 한다는 것과 심정과 이항이 되돌아와서 난을 꾸미지 않을까 염려된다고 중종의 불안을 부추겼고, 중종은 그 말을 인정하고 동요하는 모습을 보였다.[77] 결국 방문을 지은 것에 대해 심사순이 복종하지 않았지만, 그의 종이 명백하게 복초(服招)하였다는 것과 심정이 당여들과 연결하여 흉모를 이루려고 하였다고 하여 둘 다 사사하도록 하였다.[78] 이는 대간과 시종이 김안로와 결탁하여 심정을 죽이려 하였으나 죄명을 정하기가 어려워 심사순의 자복을 받아 심정에게 미치려 한 것인데, 심사순이 불복하고 죽자 급히 그의 종을 형신하였고, 종이 즉시 거짓 승복한 것을 심정이 모를 까닭이 없다고 하여 사사한 것이다. 기묘사화의 원흉이면서 간사한 심정이지만, 이번 일로 죽음에 처해진 것에 대해 여론은 지나치다고 반응하였다. 심사손(沈思遜)에 이어 심정이 사사당하고 심사순이 형장으로 죽어 심정 집안은 몰락하였던 것이다.[79] 중종 26년 8월 강원도 관찰사로 제수되어 중앙에 있지 않았

75 『중종실록』 권69, 25년 11월 정미 ; 11월 계축.

76 『중종실록』 권71, 26년 10월 갑진.

77 『중종실록』 권72, 26년 11월 갑술.

78 『중종실록』 권72, 26년 11월 기묘

79 『중종실록』 권72, 26년 12월 경진.

기 때문에 심언광은 심정이 결정적으로 패망하는 이 사건에서는 비껴나 있었다.[80]

2) 심언광의 요직에서의 활동과 김안로의 패사(敗死)(중종 27, 1932~중종 33, 1538)

그렇다면 심언광이 선봉장을 맡았던 김안로의 정계 복귀는 어떻게 진행되었는가? 중종은 중종 26년 대간의 반대에도 김안로에게 직첩을 돌려주었을 뿐 아니라, 그를 서용할 의지를 숨기지 않았다.[81] 그리고 마침내 김안로는 중종 26년 6월에 의흥위(義興衛) 대호군(大護軍)이 되었고, 윤6월에는 한성부 판윤, 8월에 예조 판서가 됨으로써 본격적인 정치 활동을 하게 되었다.[82] 중종의 의지가 크게 작용한 결과였다. 그런데 흥미로운 점은 김안로의 예조 판서 제수와 맞물려 심언광은 강원도 관찰사로 제배되었다는 사실이다.

중종 27년 1월 심언광은 홍문관 부제학으로 복귀하였다. 이 무렵 형 심언경은 대사헌이었다.[83] 심씨 집안의 영광은 중종 대 간간이 현시되고 있었다. 그런데 이종익과 심언광의 악연은 끝나지 않았다. 유배지에서 이종익이 이항·김극핍 등은 죄가 없고 이행·이항·조계상의 일을 강력히 상소하여 조정에 파란을 일으켰기 때문이었다.[84] 이종익은 그 일로 옥에 갇히게 되었지만, 옥중에서 자신의 억울함을 밝혔다. 그 내용은 대략 다음과 같다. 즉 '보익동궁론(補益東宮論)'은 김안로 혼자 획책한 것이 아니고, 심언광같은 무리가 협력하여 음모를 꾸민 것으로 조정에 자기의 무리를 다시 배치하려는 술책이었다는 것이다. 또한 김극핍·이항·심정이 연달아 출척당한 이유는 바

---

80 『중종실록』 권71, 26년 8월 갑오.

81 『중종실록』 권71, 26년 6월 정사.

82 『중종실록』 권71, 26년 6월 신미 ; 윤6월 기유 ; 8월 경술.

83 『중종실록』 권72, 27년 1월 갑술 ; 2월 정유.

84 『중종실록』 권72, 27년 3월 신해.

로 박씨와 결탁하였다는 것인데 심정은 박씨 뇌물을 받지 않았고, 자신이 그것을 밝히려 했지만 유배되어 결국 그들의 죽음을 막지 못했다는 것이다. '작서의 변'은 김희가 사심을 일으켜 요사(妖邪)를 부린 소치에 불과하며, 그래서 오늘에 이르러서야 그 죄를 받은 것이라고도 하였다.[85] 김희는 중종 26년 10월에 죽었지만,[86] 상소 내용이 가히 충격적인 것이었다. 이종익은 이미 죽기를 작정하였고, 그는 참수형에 처해졌다. 경망하지만 심언광의 감추어져 있던 은밀한 내용을 폭로하여 상당한 타격을 주었기 때문에 이종익의 죽음에는 심언광이 크게 영향을 미쳤다.[87]

바야흐로 김안로와 심언광의 시대가 도래한 것 같았다. 심언광은 사간원 대사간에 제배되었으나, 승문원 부정자에게 비방 당하였다. 중종 25년 대사간일 때에는 이종익에게 사이(四夷)로 내쫓아 나라에 있지 못하게 해야 한다는 비방을 당하하기도 하였다.[88] 그 외에도 친구에게 조롱당했고, 종친 재산수(才山守)가 심언경과 심언광 등의 집을 가리키며 '머지않아 반드시 망할 것이니 절대 왕래하여서는 안 된다.'고 하였다.[89] 또한 유생들의 조정 비방 사건에서도 심언광은 처음에는 매우 강직하더니 지금은 처음만 같지 못하고, 심언경은 그 첩이 뇌물을 많이 받았다는 것으로 연루되었다.[90] 이 같은 기록은 심언광 형제의 현달(顯達)에 대한 시기나 미움이 혼재된 것으로 생각할 수 있고, 실록의 기록이 후대를 교훈하기 위해 인물 사건을 비판적으로 기록하는 것이기는 하지만, 심언광 형제가 김안로와 결탁하였기 때문에 더 많은 비판적 시각이 있었던 것 같다.

심언광을 사헌부 대사헌(종2품)에 제수되었으나 곧바로 동지충추부사로

---

85 『중종실록』 권72, 27년 3월 기사.

86 『중종실록』 권71, 26년 10월 경인.

87 『중종실록』 권72, 27년 3월 을해 ; 권87, 33년 2월 갑자.

88 『중종실록』 권73, 28년 2월 임오 ; 28년 2월 병신

89 『중종실록』 권72, 27년 2월 병신 ; 권79, 30년 1월 임신.

90 『중종실록』 권79, 30년 3월 경진.

이동하였다가, 얼마 후 다시 대사헌에 제배되고 있었다.[91] 그는 언론의 수장으로서 승문원에서의 인사 부정을 아뢰어 바로 잡았고, 잔치와 주택의 사치 및 물감을 짙게 들이는 옷을 숭상하는 사치의 폐단, 그리고 선상(選上) 부정을 극론하기도 하였다.[92]

그 후로도 심언광은 계속 중요 직책을 맡아 활동하게 된다. 중종 28년 9월 한성부 우윤(종2품)을 거쳐 12월에는 공조 참판에 제배되었으며, 동 29년에는 이조 참판에 제배되었다. 9월의 인사에서 심언광은 강릉 인으로서 친한 전공간(全公侃)을 추천하여 사간원에 들어가게 하였고 김안로의 측근도 챙겼으나, 대간이 알고도 논박하지 못할 정도의 위세를 누리고 있었다.[93] 중종 29년 11월의 인사는 김안로와 심언광의 치성함을 압축적으로 보여 주고 있었다. 김안로는 의정부 우의정, 심언경은 이조 판서, 심언광은 병조 참판에 제배되었기 때문이다.[94] 김안로는 물론이고 심언광 형제가 인사권을 장악한 형세였다.

한편 잘 알려져 있다시피 심언경의 문재는 뛰어난 것이었다. 그래서 그는 정시(庭試)에서 수석을 하여 한 자급을 가자(加資)받은 것을 시작으로, 서교(西郊)에서 관가(觀稼)하고 이어 망원정(望遠亭)에 머물러 수전(水戰)을 관람한 후 짓게 한 시문에서 우등하여 활을 하사받았고, 강무하고 환가(還駕)할 적에 견항에서 주정(晝停)하면서 지은 시문에서 우등하여 특별히 만든 활 1장을 하사받기도 하였다.[95] 공식·비공식 시문 경쟁에서 항상 으뜸을 차지하였던 것이다.

심언광은 중종 30년 11월 공조 판서에 보임되었다 이 때 인사를 실질적

91 『중종실록』 권74, 28년 4월 정축 ; 5월 정묘.

92 『중종실록』 권75, 28년 6월 무자 ; 7월 을묘.

93 『중종실록』 권77, 29년 5월 기사.

94 『중종실록』 권78, 29년 11월 계미.

95 『중종실록』 권74, 28년 3월 경오 ; 권79, 30년 5월 을해 ; 권82, 31년 10월 정유.

으로 주도한 것은 김안로였다.[96] 효혜공주와 김희는 사망하였지만, 중종을 배경으로 김안로가 국정은 물론 인사권까지 장악하고 있었던 것이다. 중종 31년 1월 심언광은 경변사의 임무를 맡아 야인 토벌에 관해 아뢰었다. 그를 경변사에 천거한 것은 김안로였다. 심언광의 사람됨이 질박하고 솔직하였지만, 뜻을 얻자 자주 대각(臺閣)의 의논을 주장하여 한때의 소장(疏章)이 그의 손에서 많이 나왔기 때문에, 김안로도 그와 좋게 지내고자 하여 마침내 경변사로 천거하였던 것이다. 심언광은 이 때 무거운 직분을 제대로 수행하지 못할까 두려워서 깊이 우려하였다. 그러나 관서에 있을 때에 아랫사람들의 폐해는 돌보지 않았고, 차근차근 변방의 정세를 잘 알아보지도 않고 위엄만 더 부려 백성들로 하여금 무서워 벌벌 떨게만 하였다는 비판을 받고 있었다.[97]

어쨌든 변경 지방에 대한 중임을 맡길 만큼 조정에서 심언광에 대한 신뢰는 높았다고 할 수 있다. 그는 중종 31년 3월에 공조 판서에 제수되었다가, 4월에 이조 판서에 올랐다.[98] 인사를 주도하는 관서의 수장에 오른 것이었다. 그런데 중종은 특정한 인물을 자주 의망하여 빨리 승진하게 된 인사의 부당성을 지적하였고, 심언광 등이 대죄하는 사건이 있었다.[99] 또한 중종 32년 7월에 중종은 상피할 관원을 주의하였다는 이유로 이조의 당상 낭청을 전원 체직하면서, 심언경이 우찬성으로 있다는 이유로 심언광을 참찬이 아닌 공조 판서에 제수하였다.[100] 그리고 8월의 인사에서 심언경을 예조 판서에 심언광을 함경도 관찰사에 제수하였다.

이조 판서에 제배된 이후 일련의 과정은 심언광의 몰락의 과정이었다. 실제 심언광이 김안로와 결탁하여 그의 방환과 그의 복용을 도왔지만, 나중에

---

96 『중종실록』 권80, 30년 11월 병자.

97 『중종실록』 권81, 31년 1월 임술.

98 『중종실록』 권81, 31년 3월 병인 ; 4월 신묘.

99 『중종실록』 권81, 31년 5월 계유.

100 『중종실록』 권85, 32년 7월 기축.

김안로의 심술을 알았다. 그래서 친지에게 '간신'이라 말한 것이 누설되었는데, 이에 김안로가 그를 함경관찰사로 내보내려 꾀하는 과정이 드러나고 있었기 때문이다.[101] 김안로는 그를 내치고자 은밀히 대내와 통하였고, 그래서 함경 감사가 결원이 되자 중종이 특별히 변방 일을 아는 중신을 의망하라고 하교하여 심언광을 감사로 삼았던 것이다.[102]

김안로는 기묘사림을 방면하여 일부에게 관직을 허여할 것을 주장하기는 하였다. 그러나 기묘 사림에 대한 소통론(疏通論)은 김안로가 스스로 공론에 용납되지 못할 것을 알고 사림들로부터 추앙을 받기 위한 술책으로 겉으로 공론을 따르는 척 한 것이었다. 그 본심은 기회를 노려 보복하려는 것뿐이었다.[103] 심언광에 대한 배척은 그러한 김안로의 간술(奸術)의 일단을 적실하게 보여준다.

한편 조정을 장악한 김안로의 세력은 김안로 허항 채무택 권예 허흡 오결 이임 김전 장순손, 황사우 성륜 유세린 소봉 박홍린 심언광 심언경 김근사 채락 정희렴 이팽수 오준 윤풍형 김안정 황효공 채소권 이승효 김희 등 28명이었다. 이 중 김안로와 친인척 관계에 있는 인물이 11명으로 전체 40%를 차지한다. 단결력을 공고히 하려는 것이었다.[104] 그러나 김안로의 권력도 영원할 수는 없었다. 중종이 김안로를 제거하려한 움직임은 김안로 패사(敗死) 이전부터 나타나고 있었다. 중종은 중종 32년 10월 경연에서 크고 작은 일이 대간에게 돌아가는데도 아무 일도 못하고 있는 삼공의 무책임성을 논하였다. 그 때 김안로는 좌의정이었다. 그리고 김안로 전권(專權)에 대한 불만과 김안로가 왕실세력까지 공격하려는 움직임을 보이자 제거하는데 나서게 되었다.[105]

---

101 『중종실록』 권81, 31년 1월 임술.

102 『중종실록』 권85, 32년 8월 신해.

103 『중종실록』 권74, 28년 4월 을유.

104 김우기, 앞 논문, 55~56쪽.

105 『중종실록』 권85, 32년 10월 경오

당시 조정에 김안로가 문정왕후까지 폐위하려 한다는 소문이 나돌자 중종은 그 저의를 의심하였다. 이에 왕실 세력이 연합하여 김안로에 대한 대책을 강구하였다.[106] 그러나 김안로가 먼저 윤원형 형제를 근신하지 않고 비어(飛語)를 구성하여 사림을 해치려 한다는 이유로 탄핵하였고, 중종은 그들을 원찬(遠竄)하였다.[107] 다급해진 중종은 왕실 세력인 윤원로 형제·윤임을 연계하고, 윤안인(尹安仁, 문정왕후 당숙)을 통해 대사헌과 결탁하게 하여 밀지를 받은 양연 등으로 하여금 김안로의 전권횡자(專權橫恣)와 독해(毒害)의 죄상, 영의정 김근사의 당악(黨惡)의 죄를 논계하게 하였다. 곧 이어 대신 언관의 면대를 통해 김안로·허항·채무택 등의 죄가 집중 탄핵되었고, 그들은 사사되었다.[108] 이렇게 김안로 세력은 몰락하였다.

김안로가 패사한 후 중종 32년 11월에 심언광은 의정부 우참찬에 제수되었다.[109] 그러나 대간은 심언광이 종말에는 용서할 만한 일이 있었으나 삼흉(三凶)의 발단이 실로 그에게 연유하였다고 논박하기를 굽히지 않았다. 결국 중종은 심언광과 심언경 등을 파직하였고, 고신을 추탈하였다.[110] 심언광은 김안로의 간계를 일찍 분변하지 못하고 그와 김안로와 결탁하였다가 공론에 용납되지 못하여 고향으로 폐치되었다가 졸(卒)하였다.[111]

5. 맺음말

심언광은 중종 대 중신이자 한시에 뛰어난 문인이었다. 유년기에 부친을

106 『중종실록』 권93, 35년 4월 무인.

107 『중종실록』 권85, 32년 10월 정묘 ; 무진 ; 기사.

108 『중종실록』 권85, 32년 10월 경오 ; 10월 계유 ; 을해.

109 『중종실록』 권86, 32년 11월 기축.

110 『중종실록』 권87, 33년 2월 갑자 ; 2월 을축.

111 『중종실록』 권81, 31년 1월 임술.

여의고 편모 슬하에서도 학문에 뜻을 두고 일심으로 연마하여 문장을 이루었다. 향시를 치른 후부터 그의 이름은 중앙 정계에까지 알려졌다. 27세인 중종 8년(1513) 식년 문과 을과 5위로 입격한 그는 권지를 거쳐 한림으로 발탁되었고, 기묘 사회 이전까지 대부분의 기간을 전임사관으로서 봉직하였다. 그가 초입사하기 전에 조광조 등과의 교분이 있었고, 그가 교제한 지기들도 조광조와 친분을 유지하였다. 그러나 그는 사관으로서 조광조 등이 활동한 모든 것을 알고 있었다는 점이 작용한 탓에 기묘사화 후에 경성교수인 외직으로 보내졌다.

기묘사화 이후~김안로 등장 이전의 관직 생활에서 그는 주로 대간·홍문관에서 활동하였다. 중종 대에는 언론 삼사의 활동이 활발하였는데, 심언광도 시폐 등을 논하는데 적극적이었다. 김안로와 본격적으로 결탁되지 않은 상태에서 중앙 정계에서 청현직을 두루 거치면서 모든 의논을 주도하고 있었을 당시 그는 사람들이 다 두려워할 정도로 명성을 얻고 있었다.

심정을 비판한 상소 때문에, 민수천이 김안로를 등장시켜 고단한 존재인 동궁을 보필하게 하는 논의에 동의한 심언광은 김안로를 통해 심정을 견제하려고 하였다. 그래서 심언광은 유배되어 있는 김안로의 방환과 복용의 선봉장을 맡았고, 중종의 부마인 김안로의 아들 김희가 조정에서 세력을 모으고 꾸준히 중종에게 상언하여 김안로의 방환이 이루어졌다. 그가 중종 26년부터 관직에 진출하면서 심언광과 그의 형 심언경의 승진과 관직 생활은 순조로웠다.

김안로와 심언광은 조정의 요직에 인사와 국정을 장악하면서 심정 일파를 공격하여 차례로 제거하였다. 그 사이에 생원 이종익이 과차의 부당한 평가를 상소로 공개하고 간간이 상소하여 심언광의 치부를 드러내었고, 그의 명성은 크게 훼손되었다. 이종익으로 인해 심언광의 드러나지 않았던 행위가 소상하게 밝혀졌고, 경빈 박씨를 제거하려 한 중종 22년 '작서의 변'이 김안로 아들 김희의 소행이었다는 것이 밝혀지기도 하였다.

심언광이 김안로의 간술을 뒤늦게 깨달아 그에게 불복하면서 이들 사이는 틀어졌다. 김안로가 심언광을 제거하기 위해 중종과 은밀히 통하였고, 이조 판서인 그의 인사 잘못을 매섭게 질타하면서 그를 함경도 관찰사로 내보냈다. 중앙에서 권력을 독점하던 김안로는 급기야 왕실까지 공격하는 행태를 보였다. 이에 중종이 윤안인에게 밀지를 내려 대간으로 하여금 죄상을 논박하게 함으로써 김안로와 허항·채무택이 사사되었다. 부마 김희는 중종 26년에 이미 사망하였고, 김안로는 중종 32년 패사하게 되었던 것이다.

심언광이 김안로를 배척한 것이 너무 늦었고, 특히 그들의 전횡이 심언광으로부터 연유한 바 컸기 때문에 중종의 재등용 의지는 빛을 잃었다. 그는 중종 33년 2월 고신이 추탈된 채 고향으로 돌아와 쓸쓸하게 생을 마치었다.

_참고문헌은 각주로 대신함

08

어촌 심언광의 삶과 교우관계

이혜정 _경희대학교 강사

이 글은 2013년 11월 22(금) 강릉문화원에서 개최한 "제4회 어촌 심언광 전국학술세미나"에서 발표한 논문을 수정·보완하였다.

1. 문제제기

어촌(漁村) 심언광(沈彦光, 1487~1540)은 16세기 관료이자 시인으로, 뛰어난 문재(文才)로 당대에 명성을 얻었고, 청요직(淸要職)을 두루 거친 중종대의 대표적 정치가이다. 그러나 그에 관한 연구는 주로 문학 분야에서 이루어졌을 뿐, 역사학계의 관심은 그리 많지 않은 실정이다. 이는 심언광의 문집인 『어촌집(漁村集)』에 수록된 저술의 대부분이 시(詩)라는 점에서, 정치가로서의 그의 학문과 사상을 살펴보기에 어려움이 있다는 점에서 기인한다. 또한 중종대 중후반 권력을 독점하여 국정 혼란을 야기한 김안로(金安老, 1481~1537)를 인진(引進)한 인물이라는 부정적 평가에서 인해, 그에 관한 연구는 일부 편향적 측면을 보여 왔다.

개인 연구에서는 그 인물의 생애와 성장과정, 당시의 시대적 배경 등을 정확하게 이해하는 것이 매우 중요하다. 이러한 기초 작업이 선행될 때 그 인물의 학문과 사상, 정치 활동이 갖는 역사적 의미를 파악할 수 있다. 이러한 점에서 볼 때 심언광의 생애에 관한 연구는 아직 미흡한 상태이다.[1]

이에 이 글에서는 어촌 심언광의 교유관계를 중심으로 그의 삶에 보다 가까이 다가가고자 한다. 이를 위해 우선 연보(年譜)를 중심으로 그의 행적을 추적하고, 이를 『조선왕조실록(朝鮮王朝實錄)』의 기록들과 교차·비교함으로써, 그의 삶을 보다 입체적으로 그려나갈 것이다. 다음으로 심언광의 교유인물들을 살펴보고, 이들에 대한 분석을 통해 심언광의 내면에 감추어진 정치적·사상적 지향(志向)을 찾아보고자 한다.

1 강릉문화원 편, 『어촌 심언광 연구 총서 第1輯』, 강릉문화원, 2010.

2. 출사 이전의 교유관계[2]

심언광의 본관은 삼척(三陟)이고, 호(號)는 어촌(漁村), 자(字)는 사형(士炯)이다. 그는 1487년(성종 18) 3월 3일 강릉부(江陵府) 대창(大昌) 용지리(龍池里)에서 예조좌랑(禮曹佐郞) 심준(沈濬)과 사직(司直) 김보연(金普淵)의 딸 강릉김씨 사이에서 3남(男)으로 출생했다. 그의 백형(伯兄)은 찬성(贊成)을 지닌 심언경(沈彦慶)이며, 중형(仲兄) 심언량(沈彦良)은 봉사(奉事)로 강릉에 거주하였다.

어려서부터 시재(詩才)가 뛰어났던 심언광은 9세가 되던 1495년(연산군 1) 부친을 여위었다. 어린 나이에 부친을 잃은 심언광은 스승 없이 학문을 연마한 것으로 보이는데, 당시 집에 남은 책이 『고문선(古文選)』1책(冊) 뿐이었기에 이를 천독(千讀)하였다는 기록은 학문에 관한 그의 열정을 잘 보여준다. 이후 심언광은 그의 외삼촌 김세남(金世南)에게서 가학(家學)을 전수받았다.[3] 김세남은 김종직(金宗直)으로부터 현량과(賢良科)에 천거되었지만 끝내 나가지 않고 학문에 독실하고 관후한 태도를 지녔다고 평가되는 인물로, 그의 삶의 태도는 어린 시절 심언광에서 많은 영향을 주었을 것으로 보인다.

부친의 3년상을 마친 후 심언광은 오대산(五臺山)의 산사(山寺)에서 독서하였고, 15세가 되던 1501년(연산군 7) 강원감사(江原監司) 남궁찬(南宮燦)이 주관한 향시(鄕試)에서 삼장장원(三場壯元)을 차지하는 등 뛰어난 기량을 보였다. 심언광은 16세에 진사(進士) 박승서(朴承緖)의 딸 강릉 박씨와 혼인하였고, 이후 친우 김윤덕(金允德) 등과 오대산사에서 독서하며 강원 지역의 젊은 학자들과 함께 교유하였다. 그는 당시 함께 학문을 연마한 이들을 삼수재(三秀才)라고 지칭하였는데, 이후에도 김윤덕, 이절(李梲), 김종제(金宗悌)의 시에 차운(次韻)하며 이들과 함께 오대산에서 독서하던 젊은 시절을 그리워하기도 했다.

---

2 『어촌집(漁村集)』권수(卷首), 연보(年譜).

3 "나의 형제는 일찍이 아버지를 여의고 조금 문자를 알고 있어서 과거에 합격하여 입신양명하기에 이르렀는데, 모두 나의 외삼촌의 덕이다."[『漁村集』 卷9, 舅氏徵士府君金公世南墓誌銘, 546~549쪽]

1507년(중종 2) 진사시(進士試)에 합격한 심언광의 학문적 역량은 강릉지역을 넘어서 중앙관계에 알려질 정도로 뛰어났던 것으로 보인다. 당시 시관(試官)이던 홍문관(弘文館) 부응교(副應敎) 이행(李荇)은 강릉지역의 인재를 묻는 대제학(大提學) 신용개(申用漑)의 질문에 진사 심언광과 생원 김광철(金光轍) 등을 추천하기도 했다. 이행과 신용개와 인연은 이후 그가 중앙정계에 진출한 이후에도 지속되었다. 1518년(중종 13) 심언광은 대제학 신용개의 진언(進言)으로 호당(湖當)에 선발될 수 있었고, 이후 신용개의 문집인 『이요정선생집(二樂亭先生集)』의 서문(序文)을 쓰기도 했다.[4] 한편 1526년(중종 21) 당시 좌의정(左議政)이던 이행은 심언광의 모친 강릉김씨의 만사(輓詞)를 지어 보냈다.[5]

이후 심언광은 더욱 학문 연마에 노력하였는데, 궁벽한 지역에서 마땅한 스승을 얻지 못함을 한탄하는 등 학문적 갈증을 느꼈던 것으로 보인다.[6] 그는 이시기 박수량(朴遂良), 최수성(崔壽峸) 등 강릉 지역의 학자들과 함께 경호재(鏡湖齋)에서 강회(講會)를 열기도 했는데, 이들 강릉지역 문사와의 교유를 통해 정암(靜菴) 조광조(趙光祖)를 알게 된 것으로 보인다.[7] 이는 성종대 사림파의 중앙정계 진출한 이후, 학문 전수의 방식이 가학에서 사우(師友) 중심으로 변화되고 있었다는 시대적 분위기와도 관련을 지닌다.

조선 전기 선비가 학문을 익히는 데는 가학과 사우관계가 중요하였다. 사림이 진출하기 이전 단계에서는 사우관계보다 가학에 의한 학문전수가

4 『어촌집』권9, 신문경공시집서(申文景公詩集序), 557~559쪽.

5 『어촌집』권3, 부용재이공행(附容齋李公荇) 만심응교심교리모부인김씨(挽沈應敎沈校理母夫人金氏), 192~193쪽.

6 심언광은 17세가 되던 해인 1503년(연산군 9) "선비로 태어나 아직 스승으로부터 배움을 받지 못했으니 어떻게 성현의 길로 나아갈 수 있겠는가?"라는 자경문(自警文)을 쓰기도 했다.[『어촌집』 권수, 연보.]

7 원정(猿亭) 최수성(崔壽峸)(1487~1521)은 조광조와 함께 한훤당(寒暄堂) 김굉필(金宏弼)의 문하에서 수학하였다고 전해진다. 한편 삼가(三可) 박수량(朴遂良)(1475~1546) 역시 조광조의 추천을 받아 현량과(賢良科)로 용궁현감(龍宮縣監) 등을 지낸 인물로, 기묘사화가 일어나자 벼슬을 버리고 고향으로 돌아왔다.[박도식, 「어촌 심언광의 생애와 경세론」, 『제1회 어촌 심언광 학술 세미나-어촌 심언광의 생애와 문학-』, 2010, 19~20쪽.]

일반적이었으나, 성종대에 이르러 사림이 중앙정계에 본적격으로 진출하면서부터 사우에 의한 학문 전수가 일반화되었다. 당시 사림파의 학문적인 전수관계를 살펴보면, 우선 가학 등을 통해 학문이 성취된 다음에 경향(京鄕) 간을 왕래하는 과정에서, 또는 좌주(座主)와 문생(門生) 관계에서, 혹은 사환상의 교유, 학문의 토론과 질의와 같은 접촉을 통해 사우관계가 형성되는 경우가 많았다.[8] 1511년(중종 6) 25세의 심언광은 서울 도봉에 거주하던 조광조를 찾아가 배움을 얻었고, 이듬해 신재(愼齋) 주세붕(周世鵬)과 함께 희동여관(義洞旅館)에서 『심경(心經)』을 강하는 등 점차 학문세계를 넓혀갔다. 그는 조광조의 사사(賜死) 이후 그의 죽음을 애도하는 만시(挽詩)[9]를 짓기도 했는데, 이후 심언광의 삶에서 조광조를 비롯한 기묘사류(己卯士類)는 매우 중요한 의미를 지니게 된 것으로 보인다. 한편, 주세붕과의 인연도 지속되었다. 1537년(중종 32) 심언광은 곤양수령으로 가는 주세붕을 위해 전별시를 써주었고, 외직(外職)에 나가있는 주세붕을 위해 시를 지어 보내기도 했다.[10]

한편, 1513년(중종 8) 식년문과(式年文科) 명경과(明經科)에 을과(乙科) 제5등으로 급제한 심언광은 이후 중앙정계에 진출할 준비를 본격적으로 시작했던 것으로 보인다. 이시기 심언광은 강릉의 향교(鄕校) 등을 중심으로 학문을 수련한 것으로 추정된다. 당시 강릉부사 황필(黃珌)은 지방관으로 근무하면서 교육을 진작시켰다는 평가를 받은 인물로, 1514년(중종 9) 심언광은 임기를 마치고 서울로 돌아가는 황필에게 전별시 40운(韻)를 써주기도 했다.

이상에서 살펴본 바와 같이, 출사 이전의 심언광은 강릉의 젊은 학자들과 함께 학문을 수련하고, 이후 조광조, 주세붕 등과의 강론을 통해 사우관계를 확장해 나갔다. 한편 심언광은 중앙관료인 시관을 비롯하여, 강릉부사, 강원감사 등과 교류하며 이후 중앙관계 진출의 디딤돌을 점차 마련해 나갔다.

---

8 이수건, 『영남학파의 형성과 전개』, 1995, 일조각, 280쪽.

9 『어촌집』권2, 곡조정암(哭趙靜庵), 121~122쪽.

10 『어촌집』권1, 송주신재세붕출재곤양(送周愼齋世鵬出宰昆陽), 105~107쪽 ; 『어촌집』권2, 기주신재세붕(寄周愼齋世鵬), 143~144쪽.

3. 관직생활과 정치적 행보

심언광의 관직생활은 그의 정치적 행보에 따라 다시 3시기로 나누어 살펴볼 수 있다. 우선, 처음 관직에 나서서 관료생활을 하며 교유관계를 맺기 시작하는 시기, 기묘사화로 피화되어 잠시 물러났다가 다시 중앙관직으로 등장한 시기, 마지막으로 김안로 인진 이후 함경도 관찰사로 파출될 때까지이다. 본 장에서는 이시기 심언광의 정치적 행보를 통해 외면적으로 나타난 그의 정치적 성향을 파악함과 동시에, 교유관계 분석을 통해 그의 내면적 지향을 함께 고찰하고자 한다.

1) 초기 관직생활

심언광의 관직생활은 그가 30세가 되던 1516년(중종 11) 정월 예문관(禮文館) 한림(翰林)으로 추천되면서부터 본격적으로 시작되었다.[11] 당시 심언광은 경연(經筵)의 기사관(記事官)을 담당하다가 같은해 8월 예문관(禮文館) 검열(檢閱)을 제수 받았고,[12] 1518년(중종 13) 예문관 봉교(奉敎)에 임명되었다. 이때 대제학 신용개의 진언으로 호당(湖當)에 선발되었으나 사가독서(賜暇讀書)하지 않고, 이듬해 1519년(중종 14) 종성교수(城敎授)가 되었다. 하지만 이후 기묘사화(己卯士禍)에 연루되어 폄출(貶黜)되었다.[13]

당시 심언광이 교유하던 인물들을 살펴보면, 동향 출신의 문인과 동료 관

---

11 『어촌집』권수 연보에 기록된 심언광의 행력은 『조선왕조실록』의 기록과 일부 차이를 보인다. 이에 이 글에서는 『어촌집』과 『조선왕조실록』의 기사를 교차·검토하여 그의 행력을 일부 수정·보완하였다. 그 밖의 심언광의 행력은 박도식, 「어촌 심언광의 생애와 경세론」, 『제1회 어촌 심언광 학술 세미나-어촌 심언광의 생애와 문학-』, 2010을 참조하였다.

12 『중종실록』권25, 중종 11년 5월 20일(경자) ; 『중종실록』권26, 중종 11년 8월 7일(병진)

13 그러나 로 승진된 심언광은 왕명으로 홍문관(弘文館)에서 강론하기도 했다. 이때 심언광은 『성리대전(性理大全)』을 하사받았다고 전한다. 중종은 이때 학문을 일으키는 일에 마음쓰고, 사서오경을 인쇄하여 반포하도록 하고, 소학, 향약, 가례, 근사록 등의 책은 백성들의 교화와 풍속을 순화하는 데 근본이 된다는 조광조의 뜻을 모든 신하들에게 강조하였다고 한다. 이 시기 심언광은 예문관과 홍문관의 청요직을 주로 담당하였고, 한편 이시기 심언광은 홍문관에서 강론하는 등 경연관으로 활동하였다.

료들, 이밖에 조광조 문인들과의 교유가 잦았던 것으로 보인다. 심언광은 이시기 김광철(金光轍)을 비롯하여, 이약빙(李若氷), 박세희(朴世熹), 유용근(柳庸謹) 등과 교유하였다. 1517년(중종 12) 심언광은 밀양현감으로 떠나는 김광철을 위해 전별연을 갖고 전별시를 써 주었다.[14] 강릉출신의 김광철은 심언광 동년 사마시 출신으로, 앞서 살펴본 바와 같이 시관 이행에 의해, 심언광과 함께 강릉지역의 인재로 추천되었던 인물이다. 김광철은 심언광과 같은 해인 1513년(중종 8) 문과별시(文科別試)에 합격하고 관직생활을 시작하였고, 이후 심원광과 친밀한 교유관계를 지닌 것으로 보인다.

한편, 심언광은 칠석날 이약빙을 청하여 함께 술을 마시며 시를 읊기도 했는데, 이 시에는 마음속에 품은 자신의 포부를 논하며 뜻을 함께 나누고자 하는 젊은 심언경의 모습이 잘 드러나 있다.[15] 1516년(중종 11) 심언광은 납의경차관으로 함경도로 가는 박세희를 전별하여 시를 지어 주었고,[16] 1519년(중종 14) 함경북도 병마절도사를 제수받고 떠나는 유용근에게 송별시를 짓기도 했다.[17] 이들 이약빙, 박세희, 유용근 등은 이후 기묘사림으로 분류되는 대표적 인물들이다. 이약빙의 형 이약수(李若水)는 기묘사화 당시 유생(儒生) 150여 명을 이끌고 조광조의 신원을 호소하다 옥에 갇히었고, 당시 이조정랑이던 이약빙은 조광조와 형 이약수의 사면을 주청하다가 파직되었다. 박세희는 젊어서부터 조광조와 종유(從遊)하고 김식(金湜)·김정(金淨)·김구(金絿) 등과 교유한 인물로, 기묘사화로 유배되었다가 결국 사망하였다. 유용근 역시 기묘사화 때 진원(珍原)에 유배된 인물이다. 이처럼 중앙관직에 진출한 심언광은 조광조의 문인들을 중심으로 교유관계를 맺었던 것으로

14 『어촌집』 권1, 송자유부밀양임소(送子由赴密陽任所), 60쪽 ; 『중종실록』 권31, 중종 12년 윤월12월 17일(무자)

15 『어촌집』 권1, 칠석요희초(七夕邀喜初), 57쪽.

16 『어촌집』 권2, 송박세희이회부함경(送朴世熹而晦赴咸鏡), 138쪽 ; 『중종실록』 권25, 중종 11년 7월 30일(기유)

17 『어촌집』 권3, 送圭復節度關北(送圭復節度關北) 류용근(柳庸謹), 180쪽 ; 『중종실록』 권36, 중종 14년 5월 2일(갑오)

보인다. 뛰어난 시재를 지녔던 젊고 총명한 심언광은 예문관에서 관직생활을 시작하였고, 조광조와의 사우관계를 기반으로 중앙관계에서 자리잡은 이들과 교유할 수 있었던 것으로 보인다.

2) 중앙 정치 활동과 기묘사류

1522년(중종 17) 예조좌랑(禮曹佐郎)으로 정계에 복귀한 심언광은 이후 홍문관(弘文館) 수찬(修撰)을 거쳐 이조좌랑(吏曹佐郎)과 사간원(司諫院) 정언(正言)에 제수되었다가 강원도사(江原都事)로 나갔다. 동년 5월 사간원 헌납(獻納)[18]이던 심언광은 10월에 사헌부(司憲府) 지평(持平)에 제수되었다.[19] 이후 1524년(중종 19) 8월 다시 사헌부 지평을 제수[20]받은 심언광은 이어 외직(外職)인 충청도사(忠淸都事)를 거쳐 공조·병조·이조의 정랑(正郎), 사복시(司僕寺) 첨정(僉正) 등을 지냈다.

심언광은 1525년(중종 20) 2월 경성판관(鏡城判官)을 제수 받았는데,[21] 당시 심언광은 모친 강릉김씨의 신병으로 인하여 자주 근친(覲親)을 청하였던 것으로 보인다.[22] 이해 6월 심언광은 사간원 정언(正言)을 제수 받았지만, 외직을 피한다는 혐의로 인해 결국 체직되었다.[23] 이듬해인 1526년(중종 21) 5월 심언광은 사헌부 장령(掌令)을 제수[24] 받았지만, 사간원의 반대에 의해 다음달인 6월에 체직(遞職)되었다.[25] 이어 심언광은 7월에 홍문관 교리(校理)를 제

18 『중종실록』 권44, 중종 17년 5월 28일(계유)

19 『중종실록』 권46, 중종 17년 10월 17일(기축)

20 『중종실록』 권51, 중종 19년 8월 29일(신유)

21 『중종실록』 권52, 중종 20년 정월 14일(계유) ; 『중종실록』 권53, 중종 20년 2월 10일(기해)

22 당시 심언광은 경성판관으로 재직하는 3년 여 동안 2~4차례 근친(覲親)을 이유로 말미를 청하고 왕래했다는 의론(議論)이 있었다.[『중종실록』 권60, 중종 23년 정월 8일(신사)]

23 『중종실록』 권54, 중종 20년 6월 19일(정미)

24 『중종실록』 권57, 중종 21년 5월 6일(무자)

25 『중종실록』 권57, 중종 21년 6월 25일(병자)

수 받았지만,[26] 이해 8월 모친상을 당하여 사직하였다.

1528년(중종 23) 모친의 3년상을 마친 심언광은 홍문관 교리(校理)로 정계에 복귀하였고, 시독관(試讀官)으로 경연에 참석하였다.[27] 이듬해인 1529년(중종 24) 정월 심언광은 세자시강원(世子侍講院) 보덕(輔德)[28]이 되었고, 같은 해 4월 사헌부 집의(執義)를 제수받았다.[29] 한편 며칠 뒤 그의 형 심언경(沈彦慶)이 동부승지에 제수되었다.[30] 당시 사론은 이를 가리켜 다음과 같이 말했다.

> 사신은 논한다. 심언경은 집의 침언광(沈彦光)의 형이다. 궁벽한 시골의 한미한 사람으로서 형제가 한때에 청현(淸顯)한 벼슬에 두루 올랐으며, 모든 의논이 다 심언광에게서 나왔으므로 사람들이 다 두려워하였다. 민수천(閔壽千)은 젊어서부터 당시의 인망이 있었는데, 늘 사림 가운데에서 '금안로(金安老)는 뚜렷한 잘못이 없이 파출(罷黜)까지 당했다.'고 힘써 말하고, 또 심언광 형제와 함께 시주(詩酒)를 핑계 삼아 날마다 서로 찾아다니며 '김안로를 다시 서용해야 한다.'고 말하였다. 나이 젊고 무식한 무리가 여기에 따라서 부회(附會)하니, 이것을 끌어내어 공론으로 삼아 '다들 김안로를 다시 서용하는 것은 당시를 구제하는 좋은 계책이라 한다.' 하였다. 심언경이 특별히 승서(陞敍)된 것도 김안로의 힘인 듯하다.

이 기록은 심언광 형제와 민수천, 김안로의 정치적 관계를 주목한 최초의 기사로, 이를 통해 이미 1529년(중종 24) 이전에 김안로와 심언광 등의 정치

---

26 『중종실록』 권57, 중종 21년 7월 21일(임인)
27 『중종실록』 권64, 중종 23년 11월 4일(임인)
28 『중종실록』 권64, 중종 24년 정월 17일(갑인)
29 『중종실록』 권65, 중종 24년 4월 13일(무인)
30 『중종실록』 권65, 중종 24년 4월 1일(병술)

적 결탁이 이루어지고 있었다고 보았다.[31]

사헌부 집의(執義)를 제수받은 심언광은 「십점소(十漸疏)」를 지어 올렸는데,[32] 그가 십점소를 올린 시기는 척신(戚臣) 김안로(金安老)[33]가 유배에서 풀려나와 방송(放送) 되기 약 한달 전으로, 이는 정치적으로 매우 중요한 의미를 지녔다. 심언광이 십점소를 올린 시점은 김안로가 방송되기 약 한달 전으로, 심언광의 상소는 김안로의 방환 여론을 조성하는 계기가 되었다.

이와 관련하여 주목되는 인물이 민수천(閔壽千)이다. 민수천은 젊은 시절 사림의 신망을 받으며 언관활동에 충실하였는데, 이후 김안로의 편에 서서 그를 두둔한 인물이었다. 심언광은 기묘사류(己卯士類)의 신원(伸冤)을 위해 여러 방편으로 노력하였는데, 당시 민수천의 정치적 판단은 심언광에서 많은 영향을 주었던 것으로 보인다. 심언광은 민수천을 통해 김안로를 만나게 되고, 이 일은 이후 김안로를 인견하게 한 장본인으로 지목되는 계기가 되었다.

민수천과 심언광이 언제부터 교유하였는지는 정확히 확인되지 않지만, 이들의 만남은 민수천의 동생 민수원과 심언광의 관계에서 비롯된 것으로 보인다.[34] 1523년(중종 18) 황해도경차관으로 부임하는 민수천을 위해 쓴 전별시[35]가 있어, 심언광이 이 시기를 전후하여 민수천과 관계를 형성한 것으

31 한춘순, 「어촌 심언광의 정치 역정과 생애」, 『제2회 어촌 심언광 전국 학술세미나-어촌 심언광의 문학과 사상-』, 2011, 14~17쪽

32 『중종실록』 권65, 중종 24년 4월 25일(경인)

33 김안로는 중종의 비 文定王后와 후궁 경빈박씨에 둘러싸여 고단한 처지에 있던 세자(후의 인종)의 보호자를 자처하고[보익동궁(輔翼東宮)], 조광조가 몰락한 기묘사화 이후 이조판서로 발탁되어 권력의 기반을 다져나갔다. 이에 남곤(南袞), 심정(沈貞) 등 훈구대신들은 이러한 김안로의 성장을 경계하여 그를 제거하고자 하였고, 결국 김안로는 1524년(중종 19) 경기도 풍덕으로 유배되었다. 이후 김안로는 아들 김희(金禧)를 통해 지속적으로 방환(放還)을 도모하였고, 결국 1529년(중종 24) 5월 방송되었다. [송수환, 「어촌 심언광의 '십점소(十漸疏)' 고찰」, 『제3회 어촌 심언광 학술 세미나-어촌 심언광의 문학과 사상-』, 2012, 74~76쪽.]

34 민수천과 심언광의 교유시에 관한 분석은 다음 논문에 자세하다. [김은정, 「어촌(漁村) 심언광(沈彦光)의 교유시 연구」, 『제1회 어촌 심언광 학술 세미나-어촌 심언광의 생애와 문학-』, 2010, 93~98쪽.]

35 『어촌집』권6, 송민기수봉사황해(送閔耆叟奉使黃海) 추국강도(推鞫强盜), 355쪽.

로 보인다.[36] 민수천이 황해도경차관으로 나가게 되자, 심언광은 민수천의 전별 모임에 참석하였다.[37] 황해도 경차관을 마치고 돌아온 민수천은 이듬해인 1523년(중종 18) 6월 사간원 사간을 제수 받았다.[38] 민수천은 동년 7월에 홍문관 직제학을 거쳐 이듬해 4월 부제학을 제수받고,[39] 이어 6월에는 승정원 우승지가 되었다가 동년 10월 파직되었다.[40] 이처럼 당시 청요직과 언관직을 두루 담당한 민수천의 정치적 경험은 심언광이 그를 믿고 의지할 수 있는 바탕이 되었을 것으로 보인다.

1525년(중종 20) 경성판관(鏡城判官)으로 있었던 심언광은 모친의 병으로 인해 고향 강릉으로 근친한 일이 잦았는데,[41] 당시 강원감사(江原監司)였던 민수천과 심언광이 나눈 시문(詩文)들은 이들의 교유관계를 잘 보여준다.[42] 심언광은 고성(高城)에서 민수천을 만나 함께 금강산에 오를 약속을 하였는데, 큰 비가 내려 결국 약속을 지키지 못하였다. 그의 시에는 금강산을 함께 유람하지 못하는 아쉬움과 함께 오랜만에 만난 민수천에 대한 반가움을 생생하게 전한다.[43] 이때 작성된 것으로 보이는 또 다른 시에는 비록 지금 외직(外職)에 밀려나 있지만 언젠가 자신의 충심을 임금이 알아주리라는 마음을 절절히 표현하기도 했다.[44] 이밖에 심언광이 경성(鏡城)에서 민기수에게 보낸 시문에는, 자신의 마음을 알아주는 민기수에 대한 고마움과 그에 대한

---

36 민수천은 1522년 10월 사헌부 집의였는데, 당시 심언광은 사헌부 지평으로 같은 관서에 있었음이 확인된다.[『중종실록』권46, 중종 17년 10월 17일(기축) ; 『중종실록』권46, 중종 17년 10월 17일(기축)]

37 『중종실록』권47, 중종 18년 2월 15일(병술)

38 『중종실록』권48, 중종 18년 6월 9일(무신)

39 『중종실록』권48, 중종 18년 7월 14일(임오) ; 『중종실록』권50, 중종 19년 4월 12일(병오)

40 『중종실록』 권51, 중종 19년 6월 17일(경술) ; 『중종실록』권52, 중종 19년 10월 29일(경신)

41 『중종실록』 권60, 중종 23년 정월 8일(신사)

42 「동관록(東關錄)」은 심언광이 강원도 관찰사 시절에 지은 詩文을 엮은 것으로 알려져 있으나, 그 외의 시문이 섞여있다.

43 『어촌집』권4, 「동관록」, 고성관(高城館) 우감사민기수(遇監司閔耆叟), 약유김강(約遊金剛), 인대우미과(因大雨未果), 232쪽.

44 『어촌집』권4, 「동관록」, 유회시기수-이수(遺懷示耆叟-二首). 232~233쪽.

믿음이 잘 드러나 있다.[45] 이처럼 심언광은 민기수에게 깊은 신뢰를 지니고 있었고, 이에 민기수의 정치적 견해와 판단은 이후 심언광의 정치적 행보를 결정하는 데 중요한 역할을 한 것으로 보인다.

그러나 민수천은 앞서 김안로의 인진에 앞장선 이후 곧바로 고향으로 돌아가 은거한 것으로 보인다.[46] 심언광이 향촌으로 은거한 민기수의 시에 차운하면서, 그는 "십년 동안 나라에 몸 마친 것이 참으로 미친 생각"이었다는 표현으로 지난날의 행동에 대한 자신의 후회를 표현하기도 했다.[47] 그러나 이듬해인 1530년(중종 25) 2월 민수천은 사망하였다.[48] 이에 심언광은 민수천의 만사(輓詞)와 제문(祭文)을 지었다.

3) 김안로의 정계 복귀와 심언광

김안로의 인진 이후 심언광의 정치적 행보는 매우 화려하게 펼쳐졌다. 심언광은 1529년(중종 24) 8월 홍문관 전한(典翰)·부응교(副應敎)를 지냈고, 사간원 사간을 거쳐 동년 12월 홍문관 부제학(副提學)을 제수받았다.[49] 이어 1530년(중종 25) 3월에는 사간원 대사간이 되었고, 이듬해 8월 강원도 관찰

---

45 『어촌집』권5, 「북정고(北征稿)」, 기민기수(寄閔耆叟), 333쪽.

46 이러한 민수천의 행로를 짐작하게 하는 기사가 다음의 사론이다.[…… 사신은 논한다. 심언경은 집의 심언광의 형이다. 궁벽한 시골의 한미한 사람으로서 형제가 한때에 청현(淸顯)한 벼슬에 두루 올랐으며, 모든 의논이 다 심언광에게서 나왔으므로 사람들이 다 두려워하였다. 민수천(閔壽千)은 젊어서부터 당시의 인망이 있었는데, 늘 사림 가운데에서 '김안로(金安老)는 뚜렷한 잘못이 없이 파출(罷黜)까지 당했다.'고 힘써 말하고, 또 심언광 형제와 함께 시주(詩酒)를 핑계 삼아 날마다 서로 찾아다니며 '김안로를 다시 서용해야 한다.'고 말하였다. 나이 젊고 무식한 무리가 여기에 따라서 附會하니, 이것을 끌어내어 공론으로 삼아 '다들 김안로를 다시 서용하는 것은 당시를 구제하는 좋은 계책이라 한다.' 하였다.……. 『중종실록』 권65, 중종 24년 4월 21일(병진) ; …… 사신은 논한다. 민수천은 사람됨이 온화하고 후했으며 글을 잘 지었으나, 그 조감(藻鑑)은 밝지 못하여 김안로가 조정으로 돌아오자 사실상 그 의논을 힘껏 주장해서 그들 간당(奸黨)으로 하여금 뜻을 얻게 하여 사림에게 화를 끼치게 하였으니, 그의 관작(官爵)을 뒤따라 빼앗아야 마땅하다. 『중종실록』 권67, 중종 25년 2월 22일(임오)]

47 『어촌집』권2, 차민기수신당운(次閔耆叟新堂韻), 157쪽.

48 『중종실록』권67, 중종 25년 2월 22일(임오)

49 『중종실록』권66, 중종 24년 8월 11일(갑술) ; 『중종실록』권66, 중종 24년 10월 13일(을해) ; 『중종실록』권66, 중종 24년 11월 30일(임술) ; 『중종실록』권66, 중종 24년 12월 26일(무자)

사가 되었는데, 당시 그가 지은 시를 「동관록(東關錄)」에 수록하였다.[50]

「동관록」에 수록된 시문에서 주목되는 점은 이시기 심언광이 차운한 시들이 주로 기묘사림(己卯士林)의 작품이라는 점이다.[51] 심언광은 강릉 경포대에서 성세창의 시를 차운하였고,[52] 삼척에서는 신광한(申光漢)[53]과 성세창[54]의 시를 차운하였다. 이어 점필재 김종직(金宗直)[55]의 시에 차운하였고, 양월 관란정에서 김세필(金世弼)[56]의 시에 차운하고, 다시 최숙생(崔淑生)의 시에 차운하였다. 이는 당시 심언광의 내면을 반영하고 있다고 보인다. 정계에 재등장한 김안로의 정치적 동향에 대한 불만을 심언광은 조광조와 그의 문인들이었던 기묘사림들이 남긴 시문에 차운하면서 이들을 추모하는 행위로 표현된 것으로 보인다. 물론 심언광의 시에 이에 대한 적극적 묘사는 드러나지 않지만, 자신의 기대와 달리, 기묘사림의 신원에 미온적이었던 김안로에 대한 불만을 심언광은 다른 방식으로 해소하고자 한 것이다.

1532년(중종 27) 정월 심언광을 홍문관 부제학을 거쳐 이듬해 4월 사간원 대사간을 제수 받았고,[57] 다시 사헌부 대사헌으로 遞差되었다.[58] 이어 심언광은 한성부(漢城府) 우윤(右尹)·공조(工曹)·이조(吏曹)·병조(兵曹) 참판(參判) 등을 두루 거치면서 명실상부한 정권의 핵심에 자리한다.[59] 이어 1535년(중종

---

50 『중종실록』권67, 중종 25년 3월 14일(갑진) ; 『중종실록』권68, 중종 25년 5월 25일(갑인) ; 『중종실록』 권71, 중종 26년 8월 13일(갑오)

51 본래 「동관록(東關錄)」은 1530년(중종 25) 심언광이 강원도 관찰사로 재임하던 시기의 작품을 모은 것으로 알려져 있지만, 이보다 앞서 1523년 성세창(成世昌)이 강원도 관찰사로 부임할 때 심언광이 강원도사로 수행하면서 지은 시로 추정된다.
다른 시기의 작품들 역시 혼재되어 있어, 보다 심도 있는 고찰이 필요하다.

52 『어촌집』권4, 「동관록」, 차사상성번중 세창경포대운(次使相成蕃仲 世昌鏡浦臺韻), 216쪽.

53 『어촌집』권4, 「동관록」, 삼척 차신기재광한 사시운(三陟 次申企齋光漢 四時韻), 217~219쪽.

54 『어촌집』권4, 「동관록」, 부원운 성세창(附原韻 成世昌), 219쪽.

55 『어촌집』권4, 「동관록」, 차금점필재종직운 증원상인(次金佔畢齋宗直韻 贈願上人), 216쪽.

56 『어촌집』권4, 「동관록」, 관란정 차김공점운 세필운(觀瀾亭 次金公佔韻 世弼韻), 227쪽.

57 『중종실록』권72, 중종 27년 정월 25일(갑술) ; 『중종실록』 권73, 중종 28년 2월 9일(임오)

58 『중종실록』권74, 중종 28년 4월 1일(계유) ; 『중종실록』 권74, 중종 28년 4월 5일(정축)

59 『중종실록』권76, 중종 28년 9월 21일(경신) ; 『중종실록』권76, 중종 28년 11월 5일(계묘) ; 『중종실

30) 11월 평안도 경변사로 차출되어 평안도를 순시하고, 나가 야인(野人) 구축(驅逐)을 담당하였고, 이때 작품을 모아 「서정고(西征稿)」로 묶었다.[60] 이듬해 돌아온 심언광은 3월에 공조·이조 판서(判書)를 제수받았고,[61] 천사(天使)를 맞아 관반(館伴)이 되었는데, 이때의 시문을 모아 「관반시잡고(館伴時雜稿)」에 수록하였다.[62] 1537년(중종 32) 7월 심언광은 공조판서에 제수되고, 이어 8월에는 함경도 관찰사를 제수받았다.[63]

4. 귀향 이후의 삶

1537년(중종 32) 8월 함경도 관찰사를 제수받아 외방으로 나갔고, 이때 「북정고(北征稿)」를 작성하였다.[64] 같은해 10월 심언광은 공조판서에 제수되었다.[65] 이때 김안로가 원찬되면서 심언광이 중앙정계에 복귀할 수 있었다.[66] 이어 심언광이 의정부 우참찬을 제수받았으나, 대간의 반박을 받아 체직되었다.[67] 이듬해 1538년(중종 33) 심언광은 파직 당하고,[68] 이후 고신을 삭탈당하였다.[69] 물론 이밖에 김안로와 삼흉 등과 관련된 인물들은 이후 유배되었고, 이들에게 피해받은 인물들은 신원되었다.

록』권76, 중종 28년 12월 22일(경인) ; 『중종실록』권77, 중종 29년 5월 3일(기사) ; 『중종실록』권78, 중종 29년 9월 3일(병인) ; 『중종실록』권78, 중종 29년 11월 21일(계미)

60 『중종실록』권80, 중종 30년 11월 18일(을해) ; 『중종실록』권81, 중종 31년 정월 6일(임술)

61 『중종실록』권81, 중종 31년 3월 11일(병인) ; 『중종실록』권81, 중종 31년 4월 7일(신묘)

62 『중종실록』권83, 중종 31년 12월 1일(임오) ; 『중종실록』권83, 중종 31년 12월 3일(갑신)

63 『중종실록』권85, 중종 32년 7월 12일(기축) ; 『중종실록』권85, 중종 32년 8월 5일(신해)

64 『중종실록』권85, 중종 32년 8월 9일(을묘)

65 『중종실록』권85, 중종 32년 10월 26일(임신)

66 『중종실록』권86, 중종 32년 11월 9일(갑신)

67 『중종실록』권86, 중종 32년 11월 14일(기축) ; 『중종실록』권86, 중종 32년 12월 8일(계축)

68 『중종실록』권87, 중종 33년 2월 20일(갑자)

69 『중종실록』권87, 중종 33년 2월 21일(을축)

이후 심언광은 고향으로 돌아와 향촌에 은거하였는데, 이때 그의 시문은 「귀전록(歸田錄)」에 모았다. 「귀전록」의 시들은 자신의 삶을 반추하며 지난 세월을 후회하는 시들이 많이 나타나며, 이밖에 강릉지역의 자연을 노래한 시들이 주로 나타난다. 심언광은 이즈음 고향 강릉에서 느낀 평온한 전원생활와 자신의 일상을 담담히 노래하였다.[70] 심언광은 이시기 그의 오랜 친구들과 교유한 것으로 보인다. 이시기 그가 교유한 인물들은 김광철과 박수량, 박공달 등과 시문을 주고받았고, 이밖에 송순 등과 교유하였다. 때로 그는 젊은 시절 오대산에서 함께 수학한 삼수재 즉, 김윤덕, 이절, 김공제의 시에 차운하며, 그 시절을 그리워하기도 했다.

한편 심언광은 이시기 영사시(詠史詩)를 많이 지었는데, 44수의 영사시 중에서 2수만 「북정고(北征稿)」에 실리고 나머지는 모두 「귀전록」에 수록되었다. 이를 통해 심언광은 자신의 처지를 돌아보며 회한을 달래었다.[71]

5. 나오며

이 글은 어촌 심언광의 삶을 그의 교유관계를 중심으로 재구성하고자 하는 목표로 준비되었다. 심언광은 16세기 정치가이자 시인으로, 그의 삶의 중종대의 복잡한 정치적 상황 속에서 이루어졌고, 온 몸으로 이를 겪으며 살아온 인물이다. 그는 어린 시절 부친을 여의고 가난 속에서 학문을 연마한 후 성공적으로 중앙정계에 진입하여 20여 년 동안 관직생활을 이어나갔다. 이러한 인간 심언광의 삶은 척신 김안로의 인진이라는 그의 정치적 행보에 대한 비판적 시각으로 인해 일부 편향적으로 분석되어 왔다. 한편 뛰

70 신익철, 「심언광의 『동관록』과 『귀전록』에 나타난 공간 인식과 그 의미」, 『제1회 어촌 심언광 학술 세미나-어촌 심언광의 생애와 문학-』, 2010, 118~122쪽.

71 강지희, 「어촌 심언광의 영사시에 대한 일고찰」, 『제1회 어촌 심언광 학술 세미나-어촌 심언광의 생애와 문학-』, 2010, 7~25쪽.

어난 시인이기도 한 그는 수많은 작품들을 남겼음에도 불구하고, 앞서의 비판적 시각으로 인해 제대로 연구되지 못하고 있는 실정이다.

이에 본 글에서는 심언광의 교유관계를 중심으로 그의 삶에 보다 가까이 다가가고자 시도하였다. 이를 위해 우선 연보(年譜)를 중심으로 그의 행적을 추적하고, 이를 『조선왕조실록(朝鮮王朝實錄)』의 기록들과 교차·비교함으로써, 그의 삶을 보다 입체적으로 그려보았다. 다음으로 심언광의 문집에 나타난 교유 인물들을 살펴보고, 이들에 대한 분석을 통해 심언광의 내면에 감추어진 정치적·사상적 지향(志向)을 찾아보고자 하였다. 이를 위해 본 글에서는 생활사적 연구방식을 도입하여, '그럴 법하다'라는 가능성의 역사서술을 시도하였다.

『어촌집』에서 찾아지는 그의 교유관계는 일차적으로 심언광의 정치적 행보의 범주를 반영하고 있지만, 더 나아가 그 속에 숨어있는 심언광의 내면적 지향 역시 일정정도 반영하였을 것으로 보인다. 이에 심언광이 교유한 인물들을 통해 심언광이 자신의 삶에서 얻고자 하는 바를 추적하고, 그의 내면에 감추어진 정치적·사상적 지향(志向)을 찾아보고자 했다. 또한 비록 드러내어 표현하지는 않았지만, 심언광이 그의 시어 속에 숨겨놓은 그의 삶에 대한 욕망과 후회, 회한과 애정 등을 찾아내어, 인간 심언광의 삶을 재조명하고자 했다. 하지만 이러한 방법론은 금새 그 한계를 드러냈다. 우선, 심언광의 시를 작성한 연대가 명확하지 않은 경우가 많아, 교유시기를 파악하는 데 어려움이 있었다. 다음으로, 편지 등을 통해 자신의 뜻을 전하였던 간찰 분석과 달리, 시의 차운을 통한 소통을 교유의 차원에서 접근할 수 있는가의 문제 역시 필자가 스스로 답할 수 없는 문제였다. 이밖에도 수많은 문제점들이 발견되면서, 원고 작성에 박차를 가할 수 없었지만, 필자에게는 16세기 관료 심언광의 의식세계에 접근하기 위한 다양한 시도를 해 보았다는 경험치 만으로도 만족할만한 성과였다고 생각된다.

_참고문헌은 각주로 대신함

3부

어촌 심연광의 사상

09

조선전기 수령제의 실태와 심언광의 수령관

박도식 _강릉문화원 평생교육원 주임교수

이 글은 2011년 12월 2일(금) 강릉문화원에서 개최한 "제2회 어촌 심언광 전국학술세미나"에서 발표한 「어촌 심언광의 수령관」을 수정·보완하여 『인문과학연구』 40집(강원대학교 인문과학연구소, 2014. 3.)에 수록한 것이다.

1. 머리말

심언광의 호는 어촌(漁村), 자는 사형(士炯), 본관은 삼척(三陟)이다. 어촌은 성종 18년(1487)에 강릉에서 태어나 중종 35년(1540)에 54세로 생을 마감하였다. 어촌은 21세 때인 중종 2년(1507) 진사시에 입격하였고, 중종 8년(1513) 식년문과에 을과 5등으로 급제하여 중요관직을 두루 거쳤다. 어촌의 관력을 살펴보면 30세 후반부터 40세 전반에는 예조·병조·이조정랑을 비롯해 육조의 낭관직과 홍문관·사헌부·사간원 등 언론 삼사를 역임하였고, 40세 후반부터 50세 전반에는 이조·병조·예조·공조참판을 비롯하여 공조·이조판서, 함경도관찰사, 우참찬 등을 역임하였다.[1]

어촌이 활동했던 16세기 전반기는 대내적으로 경제적 변화와 정치적 파란이 매우 심했던 시기였고, 대외적으로 북쪽과 남쪽에서 여진(女眞)과 왜(倭)의 크고 작은 외변(外變)이 잦은 시기였다. 그 가운데 경제적인 측면에서는 여말선초에 이르러 휴한농법 단계를 벗어나 매년 토지를 경작할 수 있는 상경연작 단계로 바뀌면서 단위 면적당 생산량이 늘어났다.[2] 이를 기반으로 점차 잉여생산물이 생겨나면서 15세기 말부터 향촌사회에서는 유통을 위한 장시(場市)가 출현하여 16세기 중반에 이르러 거의 전국적인 유통망이 형성되었다.[3] 이러한 사회경제적 변화들은 국가의 부세제도에도 변화를 가져와 방납(防納)이라든가 대립(代立), 방군수포(放軍收布)라는 현상이 나타났다.[4]

---

1 朴道植, 2010 「어촌 심언광의 생애와 경세론」 『어촌 심언광 연구총서』 I, 강릉문화원 참조.

2 李泰鎭, 1979 「14·15세기 農業技術의 발달과 新興士族」 『東洋學』 9; 1984 「高麗末 朝鮮初의 社會變化」 『震檀學報』 55; 이상 『韓國社會史研究』(지식산업사, 1985)에 재수록. 廉定燮, 1995 「농업생산력의 발달」 『한국역사입문』 2, 풀빛.

3 李景植, 1998 「16世紀 場市의 成立과 그 基盤」 『朝鮮前期土地制度研究』 II, 지식산업사. 朴平植, 2009 『朝鮮前期 交換經濟와 商人 研究』, 지식산업사.

4 李泰鎭, 1968 「軍役의 變質과 納布化 實施」 『韓國軍制史(近世朝鮮前期編)』, 육군본부. 高錫珪, 1985 「16·17세기 貢納改革의 방향」 『韓國史論』 12. 이지원, 1990 「16·17세기 前半 貢物防納의 構造와 流通經濟的 性格」 『李載龒博士還曆紀念 韓國史學論叢』. 朴道植, 1995 「朝鮮前期 貢物防

당시 정치적 실권을 장악하고 있던 훈척계열은 세조의 왕위찬탈 과정에서부터 예종, 성종, 중종조에 걸쳐 공신에 책봉된 사람들이 주축을 이루고 있었는데,[5] 이들은 새로운 경제변동에 처하여 온갖 비리적 수단을 동원해서 사리(私利)를 취하였다. 이들 가운데는 각 지방의 연고관계를 쫓아 수령과 결탁하여 방납을 일삼거나 경재소를 맡아 유향소를 지휘함으로써 무단을 자행하여 개인의 재부(財富)를 축적하는 자가 많았고, 개중에는 막강한 권세를 이용하여 제언(堤堰) 따위의 수리(水利)를 독점하거나 민력(民力)을 강제 동원하여 연해지(沿海地)를 개간하고 자신의 농장을 새로 설치하여 그 소출로써 장리(長利)를 놓거나 혹은 당시 새로이 보편적 재화로 유통되기에 이른 면포(綿布)를 축적해두었다가 부등가(不等價) 교환수단으로 이용하여 사리(私利)를 취하는 자도 있었다.[6]

훈척세력의 사리추구는 사치풍조로 이어졌다. 제택(第宅)을 법도(法度) 이상으로 크게 짓는가 하면, 의복을 지나치게 화려하게 입었고, 혼수를 과도하게 많이 들였다. 훈척계를 중심으로 하는 기성 관료층의 사치에 소요되는 비용은 합법적인 수단에 의해 획득한 것이 아니라 각 군현의 수령에게서 구청(求請)한 것이 상당 부분을 차지하였다.[7] 수령은 이를 충당하기 위해 각 분야에서 부정을 자행하였는데, 그 피해는 고스란히 민인들에게 돌아갔다.

어촌은 재임 중 경성교수를 비롯하여 강원도사, 충청도사, 경성판관, 경기도어사, 강원도관찰사, 평안도경변사, 함경도관찰사를 역임한 바 있다. 어촌의 수령관은 외관으로 파견되었을 때의 경험을 바탕으로 형성된 것이

納의 변천」『慶熙史學』 19; 『朝鮮前期 貢納制 硏究』(혜안, 2011)에 재수록.

5 鄭杜熙, 1981 「朝鮮 世祖~成宗朝의 功臣硏究」『震檀學報』 51 및 李秉烋, 1978 「조선 중종조 靖國功臣의 성분과 동향」『大丘史學』 15·16합집 참조.

6 金泰永, 1994 「조선전기 사회의 성격」『한국사』 7, 92~93쪽.

7 朴道植, 2006 「조선전기 수령의 私贈慣行」『慶熙史學』24; 『朝鮮前期 貢物制 硏究』(2011)에 재수록.

라 본다. 어촌은 홍문관원으로 있을 때 경연관을 겸대하면서 국왕을 늘 측근에서 시종할 기회를 얻게 되었고, 그 대부분은 상소와 경연강의를 통해 제시하였다. 이에 대한 내용은 『중종실록』과 어촌의 문집인 『어촌집』에 수록되어 있다. 이 글에서는 기존의 연구성과[8]를 참조하면서 『중종실록』과 『어촌집』을 통해 조선전기 수령제의 실태와 심언광의 수령관에 대해 살펴보고자 한다.

2. 수령의 선임 문제

조선왕조 건국 초에는 고려의 일반 군현제 하부에서 개별적인 편성을 보이고 있던 속현이라든지 향·소·부곡·장·처 등의 임내(任內)지역들을 혁파하여 주현으로 통합시키면서 지방통치체제의 근간인 군현제를 정비하였다.[9] 군현은 그 읍세의 규모에 따라 주·부·군·현으로 구획되었고, 읍관(邑官)인 수령은 거기에 대응하여 관계상(官階上) 최고 종2품부터 최하 종6품에 걸쳐 부윤(종2품)·대도호부사(정3품)·목사(정3품)·부사(종3품)·군수(종4품)·현령(종5품)·현감(종6품)이 파견되었다.[10]

흔히 "옛날의 제후" 혹은 "일읍(一邑)의 주인"이라고 칭해졌던 수령은 중

---

8 지금까지 조선전기 수령제에 대해서는 많은 연구가 행해졌다. 이에 대해서는 임선빈(『조선은 지방을 어떻게 지배했는가』, 아카넷, 2000), 61쪽 및 임용한, 2002 『朝鮮前期 守令制와 地方統治』, 혜안, 12쪽 참조.

9 李樹健, 1984 『韓國中世社會史硏究』, 일조각; 이수건, 1989 『朝鮮時代 地方行政史』, 민음사 참조.

10 조선시대 수령이 파견된 군현의 수는 약 330여 곳에 달하였다. 세종 16년(1434)에 도승지 안숭선은 "우리나라 주군(州郡)의 수는 327군이나 된다"(『세종실록』권66, 16년 11월 신묘조; 3-602다)고 하였고, 『세종실록』지리지에는 336곳, 『경국대전』에는 329곳, 『신증동국여지승람』에는 331곳으로 나타난다. 330여 군현 가운데 주(州)·부(府)·군(郡)을 제하면 하급수령이 파견된 곳은 약 180여 현(縣)에 달하였다. 수령의 직과(職窠)를 살펴보면, 『세종실록』지리지에는 부윤 4, 대도호부사 4, 목사 17, 도호부사 38, 군수 91, 현령 35, 현감 147이고, 『경국대전』에는 부윤 4, 대도호부사 4, 목사 20, 도호부사 44, 군수 82, 현령 34, 현감 141이며, 『신증동국여지승람』에는 부윤 4, 대도호부사 4, 목사 20, 도호부사 45, 군수 84, 현령 34, 현감 140이다(李樹健, 1984, 위의 책, 410쪽). 실록 앞의 숫자 '3'은 국사편찬위원회刊 영인본의 책수, 뒤의 숫자 '602'는 페이지, '다'는 하단 오른쪽을 말함. 이하 同.

앙의 관인과 달리 일읍의 사무를 전제(專制)하였다. 따라서 "민인의 휴척(休戚)은 전적으로 수령의 현부(賢否)에 달려있다"고 누누이 지적되고 있었다.[11] 이처럼 민인의 생활이 수령의 자질·능력과 직결되어 있었기 때문에 조선왕조 국초부터 국왕들은 수령의 선임에 특별한 관심을 가졌던 것이다.

수령의 선임과 출사로는 시기 및 읍격과 지역에 따라 현저한 차이가 있었다. 국초 이래 부윤·대도호부사·목사·부사와 같은 종3품 이상의 수령직은 청환(淸宦)으로 간주되어 시종지신(侍從之臣)이나 문·무관 가운데 비교적 정선(精選)된 중견관료가 파견되었으나, 중소군현에 파견되는 하급수령은 비(非)문과 출신이 주류를 이루고 있었다.[12] 특히 조선 건국초에는 현감의 질품(秩品)인 6품 이상의 관품소지자가 절대적으로 부족하였다. 이러한 문제를 해결하기 위해 국가에서는 천거를 통해 수령으로 충원하기도 하였고,[13] 성중관 거관인(成衆官 去官人)[14] 및 서반(西班) 각처의 거관인(去官人) 중에서 수령취재에 합격할 경우 현감으로 제수하였던 것이다.[15]

선초에는 성중관 거관인들이 수령으로 진출할 수 있는 길이 크게 열려 있

---

11 『세종실록』권38, 9년 12월 을축조; 3-104나. 『문종실록』권6, 원년 3월 정미조; 6-364라. 『성종실록』권181, 16년 7월 병진조; 11-39가. 『중종실록』권9, 4년 윤9월 을해조; 14-371라. 『명종실록』권11, 6년 7월 기해조; 20-32나. 『대동야승』권22: 『해동잡록』4, 서거정조(徐居正條). 『목민심서』, 부임(赴任) 제배조(除拜條).

12 具玩會, 1982「先生案을 통해 본 朝鮮後期의 守令」『慶北史學』4; 최이돈, 1996「16세기 전반 향촌사회와 지방정치-수령인선과 지방제도 개혁을 중심으로-」『震檀學報』82 참조.

13 『태조실록』권1, 원년 7월 정미조; 1-22나다. 『태종실록』권2, 원년 11월 신묘조; 1-216나다. 『태종실록』권2, 원년 11월 기유조; 1-218가.

14 조선초기의 성중관은 그 신분적 지위가 일반유품관리(一般流品官吏)·유음자손(有蔭子孫)·생원(生員)·진사(進士) 등의 일반 사류와 동등하였으며, 하급서리인 각사의 이전(吏典)과는 완전히 구분되는 상급신분이었다. 錄事도 원래 성중관 속에 포함되어 있었으나 세조 12년(1466)을 전후하여 녹사로 일원화되었다(韓永愚, 1983「朝鮮初期의 上級胥吏와 그 地位」『朝鮮前期社會經濟硏究』, 을유문화사). 성중관은 그 종류에 따라 복무기간에서 차이가 있었다. 가령 육조녹사(六曹錄事)·중추원육방녹사(中樞院六房錄事, 25명)는 13년, 의정부 육방(六房)의 승발안독녹사(承發案牘錄事, 8명)는 8년이 지나서 거관(去官)하였는데 비해, 의정부녹사(74명)와 중추원녹사(93명)는 31년이 지나서야 거관하였다(『세종실록』권108, 27년 6월 신유조; 4-622가나). 그러나 성중관이 녹사로 일원화된 『경국대전』의 단계에 와서는 대체로 10여 년 복무한 후에 거관하였다(『경국대전』권1, 吏典 京衙前 錄事條).

15 『세종실록』권81, 20년 4월 정묘조; 4-141라. 『문종실록』권6, 원년 3월 갑자조; 6-370나.

었다.[16] 가령 세조 4년(1458) 4월 성균관주부 김이용(金利用)이 "성중관은 장차 수령이 될 자이다"[17]라고 한 것은 이를 말해준다고 하겠다. 그러나 성중관 출신 수령 가운데 80~90%가 수령의 업무를 제대로 수행하지 못해 부임한 지 얼마 안 되어 폄출되었다.[18] 이들은 "6월에 수령에 제수되면 연말의 전최(殿最)에서 하등이 되고, 연말에 제수되면 6월의 전최에서 하등이 된다"[19]고 하는 실정이었다. 이처럼 성중관 출신의 수령이 포폄에서 최하 성적을 받아 자주 폄출되는 탓에 1~2년 사이에 수령이 4~5차례나 교체되기도 하였던 것이다.[20] 수령의 잦은 교체는 결국 수령의 지방실정 파악을 어렵게 하였고, 나아가 영송(迎送)의 폐단으로 군현민에게 큰 부담을 주었다.[21]

그 후 과거제도가 본궤도에 오르고 등과 출신자가 증가하면서 건국초와는 달리 인재부족현상은 점차 완화되어 갔다.[22] 그리하여 문과급제자조차도 국초에 급제자 전원을 곧바로 서용[卽敍]하던 것에서 을과 3인을 제외한 나머지는 곧바로 서용할 수 없게 되었다.[23] 게다가 세조 집권기를 전후해서는 유례없을 정도로 가자(加資)와 대가(代加)가 남발되었다.[24] 이러한 잦

---

16 세종 6년(1424)부터 16년(1434)에 이르는 10년 동안 성중관 출신으로서 수령으로 임명된 자가 132명에 달하고 있는 점으로 보아(『세종실록』권66, 16년 11월 계사조; 3-602라), 매년 13여 명이 수령으로 진출하고 있다.

17 "(成均館注簿金)利用曰 成衆官 將爲守令者也"(『세조실록』권12, 4년 4월 을해조; 7- 266가).

18 "傳旨吏曹…郡縣尙多 人材難得 或以成衆官去官者 選揀差遣 曾未處事 難堪其任 未久見貶者 尙多有之 使考其數 甲辰年(세종6년, 1424)以後 成衆去官 除拜守令者 百有三十二人 罷軟貶黜者 十常八九"(『세종실록』권66, 16년 11월 계사조; 3-602라).

19 『세종실록』권66, 16년 11월 신묘조; 3-602다.

20 『세종실록』권50, 12년 10월 갑신조; 3-266다.

21 『성종실록』권6, 원년 7월 무인조; 8-513나다.

22 조선전기 문과는 3년에 한 번씩 실시되는 식년시(式年試) 이외에도 별시(別試)가 자주 실시되어 문과 급제자의 수가 점차 증가하여 갔다. 태조에서 명종대에 이르는 176년간의 문과 설행은 모두 166회였는데, 이 가운데 식년시가 58회였고, 부정기시가 108회였다. 급제자는 식년시가 1,905인이고, 부정기시가 1,508인이었다고 한다(李秉烋, 1976「朝鮮中期 文科 及第者의 進出」『東洋文化研究』 3, 5쪽).

23 을과(후에 갑과) 3인 즉서법(卽敍法)은『경국대전』에 그대로 법문화되었다(李成茂, 1980『朝鮮初期兩班研究』, 일조각, 155쪽).

24 韓忠熙, 1985「朝鮮 世祖~成宗代의 加資濫發에 대하여」『韓國學論集』12 참조.

은 가자와 대가 남발로 인해 당상관이 과다하게 배출되었다.[25] 이에 국가에서는 당상관의 인사 적체를 해소하기 위해 100여 명을 서반 8·9품직에 행직제수(行職除授)하기도 하였고,[26] 체아직(遞兒職)을 신설하거나 실제 근무를 시키면서도 녹봉을 지급하지 않는 무록관(無祿官)을 설치 운영하기도 하였던 것이다.[27]

이처럼 관리후보군은 과다하게 배출되었지만 관직이 한정되어 있어 성중관 출신자들의 출사로는 점점 좁아졌다. 이들은 세조~성종대에 이르면 수령취재에 합격만 해놓고 제때 수령에 서용되지 못해 종신토록 진출하지 못하는 경우도 있었다.[28] 반면에 문음출신자는 어린 나이에도 불구하고 6품에 이르면 곧 별좌(別坐)로 나갔고, 여기서 12삭이 차면 바로 수령으로 진출하기도 하였다.[29]

16세기에 들어서는 문음출신자의 관직 진출이 양적으로 크게 확대되었다. 예컨대 "조정에서 인재를 등용하는 데에는 정과가 있고 문음이 있어 오직 이 두 가지 길뿐이다"[30]고 한 것은 이러한 사정을 말해준다고 하겠다. 물론 정치적으로 중요한 관직인 의정부 사인·검상, 이조·병조의 정랑·좌랑,

---

25 당상관의 수는 세종 21년(1439)에 100여 명이었으나(『세종실록』권85, 21년 6월 임인조; 4-221가), 세조대에 이르러서는 수백명에 달하였고(『예종실록』권4, 원년 3월 을미조; 8-352가), 예종·성종조에 이르러서는 300명 이상에 달하였다(『예종실록』권8, 원년 10월 갑인조; 8-421다, 『성종실록』권82, 8년 7월 임오조; 9-474가).

26 "大司憲徐居正等上疏…今堂上授行職八九品者 幾至百人 國家非不欲優待 但員多闕少 不得已降授行職"(『성종실록』권33, 4년 8월 계해조; 9-48가나).

27 李載龒, 1967 「朝鮮前期 遞兒職에 대한 고찰-西班遞兒를 중심으로-」『歷史學報』 35·36합집; 朴洪甲, 1986 「朝鮮前期의 無祿官」『嶠南史學』 2 참조.

28 성중관 거관인으로 경(京)·외직(外職)의 문부(文簿)에 올라 있는 자 가운데 서용(敍用)되지 못한 자는 세조 7년(1461)에 80명이었으나(『세조실록』권24, 7년 6월 임오조; 7-469가), 세조 9년(1463)에는 127명에 달하고 있다(『세조실록』권31, 9년 11월 임오조; 7-595다). 이들이 적체된 원인은 수령취재에 합격한 자는 많았지만 과궐(窠闕)이 적어 1년에 1~2명 정도 밖에 진출하지 못하였기 때문이다(『성종실록』권33, 4년 8월 계해조; 9-48가).

29 『성종실록』권3, 원년 2월 신미조; 8-470가.

30 "(正言)鄭應啓…朝廷用人 有正科有門蔭 唯此二路而已"(『중종실록』권29, 12년 8월 신미조; 15-326가).

삼사는 거의 모두 문과 출신자로 충원되었으나, 수령은 문음출신자들로 주로 채워졌다.

당시 문음 출신자가 수령으로 진출하는 데는 문과 급제자보다 오히려 유리한 면이 있었다. 문과급제자는 4관(館)의 권지(權知)[31]를 거쳐 거관하였는데, 4관의 권지는 1년의 두 차례 도목(都目) 때 3명이 거관하였다.[32] 이들은 순서에 따라 천전(遷轉)되었기 때문에 으레 3~4년간을 권지로 있었으며,[33] 때로는 7~8년 혹은 10년이 넘도록 권지로 있는 경우도 있었다.[34] 무과출신자는 문과출신자에 비해 거관하는 길이 더 좁아 심지어 20년이 되었는데도 말단의 관료로 늙어버리는 경우도 있었다.[35] 그러나 음직은 출신(出身)하는 길이 또한 많아 겨우 30개월만 되면 去官하였다.[36] 4관의 권지가 음직만도 못하다고 한 것도 이 때문이었다.[37]

문음출신자의 부형들은 대체로 국가의 인사권과 경외의 관료를 천거할 수 있는 천거권을 가지고 있었던 3품 이상의 당상관들이었다.[38] 이들 자제가 취재에 합격하면 부조(父祖)의 관품에 따라 종9품에서 정7품까지의 관품을 받았는데,[39] 이들은 수령으로 진출하기 위해 찰방 등의 음직을 교량으로

---

31 4관은 교서관·예문관·성균관·승문원을 말하며, 권지는 벼슬 이름 앞에 붙이는 말로 임시직이란 뜻이다. 예를 들면 문과에 급제한 사람이라 하더라도 정식 벼슬을 주지 않고 분관(分館)이라 하여 4관에 나누어 소속시켜 '권지'라는 이름으로 실무를 익히게 하였다.

32 『經國大典』卷1, 吏典 校書館·藝文館·成均館·承文院. 법전에는 천전(遷轉)하는 숫자가 1년에 3인만으로 기록되었는데 후에 각각 1인과 2인을 추가하였다(『중종실록』권84, 32년 4월 경오조; 18-67가).

33 『중종실록』권67, 25년 정월 임자조; 17-186가나.

34 『중종실록』권66, 24년 12월 정해조; 17-177다. 『중종실록』권66, 24년 9월 정미조; 17-153다. 『중종실록』권86, 32년 12월 계축조; 18-146라.

35 『중종실록』권66, 24년 9월 정사조; 17-155가. 『중종실록』권26, 11년 10월 임자조; 15-219라~20가.

36 『중종실록』권79, 30년 2월 갑진조; 17-572가.

37 『중종실록』권66, 24년 12월 정해조; 17-177다. 『중종실록』권101, 38년 7월 갑자조; 19-6나다.

38 李成茂, 앞의 책, 88쪽. 『경국대전』에 의하면 문음의 대상자는 공신과 2품 이상 관리의 자(子)·손(孫)·서(壻)·제(弟)·질(姪)(단 原從功臣은 子·孫), 실직(實職) 3품관(品官)의 자·손, 3품 이하 관리라 하더라도 이조·병조·도총부·사헌부·사간원·홍문관·부장(部將)·선전관(宣傳官)을 역임한 사람의 자(子)로 규정되어 있었다(『經國大典』卷1, 吏典 取才 蔭子弟條).

39 "吏曹啓 六典凡門蔭出身 自洪武二十五年(태조원년, 1392)七月以後 其祖父受實職者 無問已故致

삼았다.[40] 이들이 음직에 4~5년 정도 부지런히 근무하면 참상직으로 천전(遷轉)이 가능하였을 뿐만 아니라 외직으로 천전될 경우에는 하급수령인 현령으로 진출할 수 있었다.[41] 따라서 이들은 처음부터 통과하기 어려운 과거에 매달리기보다는 부모의 음덕으로 벼슬하기를 더 선호하였던 것이다.

관인후보자가 관직에 진출하기 위해서는 먼저 이들 권세가들에게 연줄을 대어야 하였다. 명종 원년(1546) 시독관 김개(金鎧)가 아뢴 다음의 내용은 이러한 사정을 말해준다.

> 요즘의 일을 보건대 어느 관원이 결원되면 대신(大臣)이 서찰을 보내어 청탁하므로 이조판서가 비록 적합한 사람임을 알고 의망(擬望)하려 하여도 자유롭게 하지 못하는 사례가 많습니다.…신이 또 들으니 근래 벼슬을 제수함에 있어 반드시 三公의 청탁서찰이 있어야 비로소 주의(注擬)한다 합니다(『명종실록』권4, 원년 12월 신묘조; 19-469다라).

즉 어느 관원이 결원되면 대신이 서한을 보내어 청탁하였고, 벼슬을 제수받으려면 반드시 삼공이 보낸 청탁서한이 있어야 주의(注擬)한다는 것이다. 이처럼 관직의 신제(新除)·주의(注擬)가 뇌물의 경중과 청탁의 고하에 따라 결정되었기에 관인후보자는 삼공의 청탁 서찰을 얻으려고 동분서주하였던 것이다.[42] 당시 전조의 주의는 모두 재상의 서찰로 상·중·하를 나누었는데, 이를 '공논(公論)'이라 하였다.[43]

仕 正·從一品長子 許正·從七品 正·從二品長子 正·從八品 正·從三品長子 正·從九品 如長子有故 長孫減一等 次子亦同 然無分京外職 請自今京官實職三品以上及外官三品以上守令等子孫 取才承蔭"(『세종실록』권29, 7년 7월 임오조; 2-681다라).

40 『중종실록』권55, 20년 11월 계유조; 16-470나.

41 李樹健, 1984 앞의 책, 254쪽. 朴洪甲, 1994『朝鮮時代 門蔭制度 硏究』, 探求堂, 221~222쪽.

42 『중종실록』권96, 36년 11월 경술조; 18-527가나. 『중종실록』권99, 37년 11월 계축조; 18-631다라.

43 『중종실록』권8, 4년 6월 임신조; 14-340나.

이에 대해 실록의 사평(史評)에는 "지금 관직을 구하는 모든 사람들이 분경(奔競)하는 짓이 풍습이 되어 재상(宰相)들에게 청탁하되 뇌물 주는 일이 공공연하게 행해지고, 노비[臧獲]와 전토(田土)를 서로 다투어 권문(權門)에 바치고도 오히려 부족하게 여기되 조금도 이상하게 생각하지 않는다. 정청(政廳)에 있어서는 청탁하는 쪽지가 운집(雲集)하여, 혹시 관원 하나라도 빌 경우 삼공(三公)과 육경(六卿)이 모두 앞 다투어 청탁한다. 천망(薦望)에 끼는 그들은 재상들에게만 뇌물을 바치며 입참(入參)하게 해주기 바라는 것이 아니라, 또한 궁녀들의 집에도 뇌물을 바쳐 남몰래 도모하기 때문에 한 번 천망에만 끼이면 즉시 그 직을 제배(除拜)하게 되었다"고 하였다.[44]

이같은 사실은 『미암일기』에서도 찾아진다. 가령 유희춘의 처조카인 교리 이방주(李邦柱)의 처가 밤 이경(二更)에 '명일(明日) 무장현감이 체직되니 급히 전조에 서찰을 넣어달라'고 하였을 때 이조참판 강상지(姜尙之)에게 바로 서찰을 넣은 것이라든지,[45] 유희춘의 얼서(孽壻)인 김종려(金宗麗)가 흥덕현감이 체직될 예정이란 사실을 미리 알아 유희춘에게 전하였을 때 유희춘이 이 사실을 즉시 이조판서 이후백(李後白)에게 알려 며칠 후 흥덕현감에 제수될 수 있게 한 것에서 알 수 있다.[46] 이처럼 관인후보자들이 수령의 가운데 임기가 만료된 자리가 있다거나, 혹은 빈자리가 있을 때에는 청탁한 사람에게 신속하게 전함으로써 청탁에 보다 원활을 기할 수 있었던 것이다.

조선초기에는 관리가 지방의 수령으로 나가게 되면 벼슬이 깎이어 귀양 간다고 하여 이를 회피하고자 하는 것이 상례였다.[47] 그러나 16세기에 들어와서는 청망(淸望)이 있는 명류(名流)들도 수령이 되는 것을 다행으로 여기는

---

44 『중종실록』권103, 39년 5월 무술조; 19-81나.

45 "夜二更 李佐郎妻氏簡通云 茂長宰被臺諫劾罷 而明日政事 乞速通銓曹 余卽簡請于姜參判尙之… 夜 因思茂長事 耿耿不寢"(『眉巖日記草』 辛未 11月 20日).

46 『眉巖日記草』 甲戌 2月 21日. 『眉巖日記草』 甲戌 2月 23日.

47 『태종실록』권31, 16년 4월 계해조; 2—111가. 『세종실록』권97, 24년 9월 병자조; 4—437가나. 『세종실록』권101, 25년 7월 정묘조; 4—493가. 『문종실록』권6, 원년 2월 정유조; 6—363가. 『성종실록』권88, 9년 정월 경인조; 9—550가.

실정이었고,[48] 문음출신의 수령이 양적으로 많이 채워졌다. 특히 하급수령의 신제(新除)·주의(注擬)는 뇌물의 경중과 청탁의 고하에 따라 결정되었기에 관인후보자는 삼공의 청탁 서찰을 얻으려고 동분서주하였다. 어촌은 이같은 행위에 대해 다음과 같이 언급하고 있다.

> 대사간 심언광 등이 상소하기를 "…정사(政事)를 하는 동안에 관원 제수 같은 것도 현명 여부를 분간하지 않고 한결같이 청탁 서찰에 따라서 하여, 청탁한 사람의 벼슬 직위를 가지고 주의(注擬)할 때 선후의 순서를 삼으므로 괴극(槐棘)[49]들의 청탁 서찰이 정사하는 자리에 운집하게 되는데, 전형(銓衡)을 맡은 사람이 혹시 미처 따르지 못하여 청탁을 수용하지 못하거나 혹은 들어주지 않으면 그만 속으로 유감을 가지게 됩니다. 그들이 청탁해 온 것이 어찌 모두 친척들이고, 젊은 나이에 외람되게 나선 자들이 어찌 모두 현명하고 유능하겠습니까? 뇌물을 가지고 어두운 밤에 집으로 찾아와 애걸하는 자들을 친속(親屬)이라 하기도 하고 시골의 무뢰배로 재물이 많은 자들을 또한 현명하고 유능하다고도 하니, 이것이 어찌 옛적에 관직을 위해 인재를 가리던 뜻이겠습니까? 첨사(僉使)·만호(萬戶)·권관(權管)·교수(敎授)·훈도(訓導)에서 아래로 이서(吏胥)의 소임 같은 것에 이르기까지 세쇄한 일에 있어서도 재상들의 청탁 서찰이 없는 것이 없으니, 이것이 어찌 유독 재상들만 자중하지 않는 것이겠습니까?" 하였다(『중종실록』권69, 25년 8월 신유조; 17-242라).

---

48 『중종실록』권22, 10년 윤4월 신사조 ; 15-75다.

49 회화나무와 가시나무로, 흔히 삼공(三公)과 구경(九卿)을 뜻하는 말로 쓰인다. 옛날 주(周)나라 때에 외조(外朝)에다 회화나무와 가시나무를 심어 조신(朝臣)들이 서는 자리를 만들었다. 『주례(周禮)』 추관사구(秋官司寇)에 이르기를 "왼편 구극이 있는 곳에는 고(孤)·경(卿)·대부(大夫)가 자리하고, 오른편 구극이 있는 곳에는 공(公)·후(侯)·백(伯)·자(子)·남(男)이 자리하며, 앞 삼괴가 있는 곳에는 삼공이 자리한다." 하였다.

관원 제수는 현명 여부를 분간하지 않고 한결같이 청탁 서찰과 청탁한 사람의 벼슬 직위를 가지고 주의(注擬)한다는 것이다. 그리하여 뇌물을 가지고 어두운 밤에 집으로 찾아와 애걸하는 자들을 친속이라 하기도 하고, 시골의 무뢰배로 재물이 많은 자들을 또한 현명하고 유능하다고 하였다. 첨사·만호·권관·교수·훈도에서 아래로 이서의 소임 같은 것에 이르기까지 재상들의 청탁 서찰이 없는 것이 없다고 하였다. 어촌은 "인물을 전형하기란 참으로 어려운데 그 중에 현우(賢愚)를 분간하는 것이 가장 어렵다. 그런데 주의(注擬)할 때에 취사(取捨)와 선후(先後)에 공변된 논의를 따르지 않고, 풍속이 분경(奔競)에 치중하므로 관리에 비루한 인물이 많다. 악정(惡政)이 제거되지 않아 모든 일이 편하지 않으니, 교화를 경장하여 잘 다스리는 것이 현재 가장 급한 일이다"고 하였다.[50]

3. 수령의 포폄 문제

조선 초기 이래 추진된 지방사회에 대한 국가 지배력 강화의 노력은 부민고소금지법(部民告訴禁止法)과 원악향리처벌법(元惡鄕吏處罰法) 등을 통해 중앙권력과 그 대행자인 수령권에 도전하는 재지의 두 세력인 품관층(品官層)과 향리층(鄕吏層)을 억압하는 방향으로 추진되었다. 세종 초의 부민금지고소법은 일부 수정을 거쳐 15세기 말 『경국대전』에 실린 것으로, 이는 지방사회에서 어떠한 세력도 수령권을 부인할 수 없도록 규정한 것이었다. 원악향리처벌법은 조선 초기 향리층을 억제하는 정책의 하나로 지방토착 세력 가운데 하나인 향리층의 지위 격하를 가져왔다. 그리하여 국가의 강력한 중앙집권이라는 지방지배의 방향과 제도적인 틀을 일단 마련되었다. 특히 부민고소금지법의 제정으로 지역사회에서 수령권을 부인할 수 있는 어떠한 힘

50 『어촌집』 제8권, 홍문관차자 계사년(중종 28, 1533).

도 존재할 수 없었다.[51]

이와 같이 수령은 국왕이 직접 임명하는 전임(專任)의 지방 행정관으로서 일읍(一邑)의 사무를 전제(專制)하였다. 이에 국가는 수령에 대한 적절한 감독과 통제 및 규찰수단이 필요하였던 것이다. 그 기능행사의 일반적인 형태가 수령의 포폄등제를 정하는 것이었다.[52]

수령의 업무 가운데 군현의 직접적인 통치와 관련 있는 것은 수령칠사(守令七事)였다. 그 내용은 농상성(農桑盛)·학교흥(學校興)·사송간(詞訟簡)·간활식(奸猾息)·군정수(軍政修)·호구증(戶口增)·부역균(賦役均) 등이었다.[53] 수령의 포폄은 관찰사가 매년 2차례(매년 6월 15일, 12월 15일) 수령칠사의 실적을 상·중·하로 매겨서 왕에게 보고하였다. 10고(考)에 모두 상을 받으면 1계(階)를 올려주고, 두 번 중을 받으면 무록관(無祿官)으로 서용(敍用)하고, 세번 중을 받으면 파직하였다. 5·3·2고에 한번이라도 중을 받으면 현직보다 높은 직을 받을 수 없었으며, 두 번 중을 받으면 파직하였다. 당상수령은 한번 중을 받으면 파직하였다.[54] 포폄에서 하등급의 성적을 받아 파직된 자는 2년이 경과한 후에야 서용하였다.[55] 즉 수령은 고과 성적이 우수하면 가계(加階)·승직(陞職)되었고, 성적이 불량하면 파직되었던 것이다.

수령이 당시의 포폄제도 아래서 우수한 성적을 거두기 위해서는 물론 개인의 능력도 중요했지만, 부임지의 상황 또한 매우 중요했다. 그런데 포폄은 대체로 결과물 위주로 운영되었기 때문에 인적구조와 물적 자원이 빈약한 군현에 파견된 수령의 경우 국가의 명령을 원활히 수행하기 어려웠으므로 늘 포폄에서 하등을 받기가 쉬웠다.[56] 수령 대부분이 물산이 풍부한 지

51 李樹健, 1989, 앞의 책, 243~245쪽.

52 李羲權, 1999『朝鮮後期 地方統治行政 硏究』, 集文堂, 46쪽.

53『경국대전』권1, 吏典 考課條.

54『경국대전』권1, 吏典 褒貶條.

55『경국대전』권1, 吏典 考課條.

56 임용한, 앞의 책, 197~198쪽.

역을 선호한 것도 이 때문이었다.

수령직을 거쳐 다음 벼슬을 보장받기 위해서는 포폄에서 좋은 성적을 받아야 하였다. 물론 자신의 능력에 의해서 관직에 진출하였거나 승진이 가능한 문반관료들에게는 별문제가 없었겠지만, 고위관직자의 추천이나 연줄에 의해 관직에 진출한 음직(蔭職)과 무반(武班)출신의 수령이 포폄에서 좋은 성적을 받기 위해서는 포폄을 담당한 관찰사에게 직접 청탁을 하든지, 아니면 관찰사에게 절대적인 영향력을 행사할 수 있는 권세가에게 청탁을 해야만 하였다. 따라서 이들 수령은 자신을 후원해 주는 관리에게 사적(私的)으로 물품을 바쳤던 것이다.

가령 성종대에 칠원현감 김주(金澍)는 한명회·김질·김국광을 비롯하여 위로는 공경재상에서 아래로는 사대부에 이르기까지 무려 수백 인에게 사적으로 물품을 보낸 적이 있었다.[57] 김주의 父는 한명회와는 6촌간이었고, 김국광·김질과는 가까운 친척이었다.[58] 김주는 이러한 인연으로 한명회에게 청탁하여 선전관에 제수되고 차서를 뛰어넘어 감찰로 옮겼다가 얼마 안 되어 칠원현감이 되었다. 김주는 이에 대한 보답으로 한명회에게 깨 2곡(斛)을, 김질에게 깨 2석(碩)을, 김국광에게 들깨[水荏子] 1석을 각각 보냈던 것이다.[59] 물론 이 물품은 당해 군현의 백성에게서 거둔 것이었다. 이에 대해 실록의 사평(史評)에는 김주가 칠원현감이 되어 권력 있는 고관들과 교제하기 위해 날마다 민인들에게서 착취를 일삼자 고을 사람들이 '걸태수(桀太守)'라 하였다고 한다.[60]

또한 연산군 때 유자광은 모친상으로 인해 지방에 행차할 때 남원에 이르는 연로(沿路)의 각역(各驛)과 그의 전장(田莊)이 있는 양성·공주·연산·은진·여산·임실 등 유숙하는 곳으로부터 노복들로 하여금 양곡을 마련하게 하였

---

57 『성종실록』권73, 7년 11월 기사조; 9-396가나.

58 『성종실록』권74, 7년 12월 병자조; 9-398라.

59 『성종실록』권74, 7년 12월 을해조; 9-398나.

60 『성종실록』권73, 7년 11월 병진조; 9-394가나.

고, 그래도 중도에서 비용이 넉넉지 못할까 염려해서 두 수레의 잡물과 쌀·콩·소금·장을 싣고 갔는데, 남원으로 가는 도중에 지방관이 유자광에게 약간의 미두(米豆)·마초(馬草)를 사사로이 보낸 것이 후일에 드러나 탄핵을 받았다.[61] 그리고 수령은 고위관리의 자제가 지방에 당도했을 때에도 사적으로 물품을 증여하였다.[62] 이외에도 부경사신(赴京使臣)이 지나는 곳의 관찰사·수령이 인정(人情)이라 하여 사신에게 물품을 증여하였다.[63]

이상의 경우는 중앙의 고위관리가 지방수령에게 물품을 요구했다기보다는 수령이 타일에 좋은 직책을 얻기 위해 그들과 교분을 두터이 할 필요에서 사적으로 물품을 보낸 것이라 생각된다.[64] 이는 16세기에도 마찬가지였다.

한편 고위관료들이 지방을 왕래할 때 수령에게 접대받는 행위는 거의 일반화되어 있었다. 국초에 수령이 사적으로 빈객을 접대하는 행위는 사죄(死罪)로 다스리다가 '제서유위률(制書有違律)'로 처벌하였으나, 대소관료들은 그 법을 문구처럼 여겨서 공공연하게 관아에 출입하였고 수령들은 이들에게 접대뿐만 아니라 증여까지 하였다.[65] 만약 빈객에 대한 접대를 소홀히 하게 되면 비방이 뒤따랐고, 이는 결국 전최(殿最)에까지 영향을 미쳤기 때문에 수령들 가운데 '현자(賢者)'까지도 빈객의 접대를 호사스럽게 하지 않

---

61 『연산군일기』권4, 원년 5월 을유조; 12-665나.

62 이는 연산군 원년(1495) 4월에 덕천군수 소세안(蘇世安)이 이조판서 이극돈(李克墩)의 아들 이세정(李世貞)에게 어물(魚物)·주포(紬布)·연주(蠕珠) 등을 바친 것에서도 알 수 있다(『연산군일기』권2, 원년 4월 경오조; 12-660라).

63 국초부터 국가에서는 부경사신이 지나는 도(道)의 관찰사·수령이 사사로이 증여하지 못하게 하였고, 그들이 휴대하는 양곡의 수량을 제한하기까지 하였다(『文宗實錄』卷9, 元年 9月 甲寅條; 6-436다). 평안도 관찰사가 쌀과 어육(魚肉)을 적당하게 장만하여 정사(正使)·부사(副使)에게는 쌀 40斗, 건어(乾魚) 100마리, 포(脯) 20속(束), 도자(刀子) 10부(部)와 재지마(載持馬) 각 3필을 주었으며, 정사·부사·서장관에게는 기마(騎馬)·복마(卜馬) 각 1필, 종사관(從事官)·종인(從人)에게는 기마 각 1필과 2인을 아울러서 복마 1필을 주되, 만약 어기는 자가 있으면 찰방(察訪)·검찰관(檢察官)으로 하여금 계문(啓文)하여 과죄(科罪)하게 하였다(『문종실록』권7, 원년 4월 갑오조; 6-380나).

64 "爲守令而不爲表情救窮等事 則宰相名士不與之交厚 不但不得美職於他日 故舊親戚 莫不齎怒無以自立於世"(『潛冶集』卷2, 萬言疏; 『한국문집총간』80-113).

65 『성종실록』권67, 7년 5월 정사조; 9-340라.

을 수 없는 것이 당시의 실정이었다.[66]

또한 조관(朝官)이 새로 임명된 관찰사와 수령을 위해 공공연히 주연을 베풀어준다거나 재상이 수령이 친히 전송하는 것은 흔히 있는 일이었다.

> 사헌부에서 아뢰기를, "새로 임명된 관찰사와 수령들이 길을 떠나는 데에 조관(朝官)이 공공연히 술과 안주를 준비하기도 하고, 혹은 온 관사(官司)가 나가서 전송하여 직무를 폐기하기도 하고, 지위가 높은 재상까지 관직이 낮은 수령을 친히 전송하여 혹은 그 집에 가기도 하고, 혹은 교외에 나가기도 합니다. 저들이 어찌 이익되는 바가 없는데도 이와 같이 하겠습니까? 수령은 권세에 의지하고 아첨하여 뇌물을 많이 써서 자신을 의탁하는 곳으로 삼게 되고, 관찰사도 또한 권세를 두려워하여 전최(殿最)하는 즈음에는 그 적당함을 얻지 못하는 사람이 혹 있기도 합니다." 하였다(『성종실록』권256, 22년 8월 경신조; 12-83가).

새로 임명된 수령들이 부임지로 떠날 때 지위가 높은 재상까지 관직이 낮은 수령을 친히 전송한 것은 그들에게 이익이 되는 바가 있었기 때문이었고, 수령은 권세에 의지하고 자신이 의탁하는 곳으로 삼아 장차 포폄에서 좋은 성적을 받을 수 있었기 때문이었다. 즉 지방관들은 중앙의 고위관직자들과 상호보험적 관계를 맺고 있었던 것이다.

포폄의 목적은 수령의 현부(賢否)를 판정하여 출척(黜陟)함으로써 수령들의 선치(善治)를 유도하려는데 있었다. 『경국대전』에 중(中)·하고(下考)의 등제(等第)를 받은 자에 대한 엄한 벌칙이 규정되어 있었지만, 권세가의 자제에게는 별 소용이 없었다. 가령 "그 최(最)가 되는 자는 모모(某某)라고 칭하는 세력 있는 자의 부형이나 자제이다"[67]라고 한 것은 이를 말해준다고 하

66 『성종실록』권270, 23년 10월 계해조; 12-234다.

67 『중종실록』권64, 23년 윤10월 병술조; 17-71가나.

겠다. 수령이 하고(下考)를 받게 되면 그 죄가 거주(擧主)에게 미치는 법에 따라 사헌부는 관찰사가 올린 포폄등제를 고열하여 거주를 탄핵하였는데,[68] 수령이 천거한 거주는 다름 아닌 동반 3품, 서반 2품 이상의 고위 관직자들이었다.[69] 따라서 관찰사의 하등 등제로 수령이 파직되면 그 문책이 이들 고위 관직자들에게 뒤따를 것이기 때문에 관찰사들은 거주를 의식하지 않을 수 없었다.[70] 관찰사가 수령의 부정한 일을 알고도 포폄을 엄격히 하지 않은 것은 청탁 때문이었다.[71] 그리하여 포폄은 거개가 상등이고 중등과 하등은 없는 실정이었다.[72]

수령은 부임에 앞서 막중한 외임(外任)을 원만하게 수행하기 위해 의정부·육조·전조(銓曹)·대간 및 해도(該道)·해읍(該邑)의 전관(前官) 집을 방문하여 그들로부터 교시와 조언을 청취하고 하직인사를 하는 것이 관례가 되어 있었다. 그러나 참알 받는 경관(京官)은 미리 특정 물품을 구청(求請)하기도 하였고, 부임한 후에도 서찰을 보내 물품을 구청하기도 하였다.[73] 그러나 만에 하나 그들의 요구를 들어주지 않을 경우에는 불이익이 따랐다.

> 정언(正言) 공서린(孔瑞麟)이 아뢰기를, "…관찰사의 출척(黜陟)은 마땅히 공정해야 하는데, 순리(循吏)로서 청간(淸簡)하고 욕심이 적어 뇌물을 행하지 않는 사람은 졸렬하다 하고, 활리(猾吏)로서 백성에게서 부정으로 거두어 재상을 잘 섬기는 사람은 유능하다 하여 이를 좇아 전최(殿最)하니, 강숙돌(姜叔突)은 정직한 선비로서 권균(權鈞)에게 내

68 『태종실록』권4, 2년 7월 임진조; 1-241라. 『태종실록』권4, 2년 7월 신축조; 1-242다. 『태종실록』권30, 15년 12월 병인조; 2-92다.

69 『경국대전』권1, 吏典 薦擧條. 『중종실록』권94, 36년 2월 임신조; 18-442라.

70 "(侍講官任)樞曰 國家之法 凡可爲守令及僉使·萬戶者 東班三品以上·西班二品以上 得以擧之 而所擧之人 若有被罪及犯贓者 則有罪其謬擧之法"(『중종실록』권50, 19년 5월 계사조; 16-311가).

71 『중종실록』권87, 33년 7월 무인조; 18-191라.

72 『중종실록』권17, 7년 11월 계사조; 14-624.

73 『성종실록』권186, 16년 12월 정미조; 11-85다.

침을 당한 일 같은 것이 바로 그러한 예 중의 한 가지입니다."라 하였다(『중종실록』권8, 4년 6月 임신조 ; 14-340나).

관찰사가 포폄할 때 백성에게서 부정으로 물품을 거두어 재상을 잘 섬기는 교활한 관리[猾吏]는 유능하다 하여 포폄을 잘 받았으나, 강숙돌과 같이 청렴하고 뇌물을 바치지 않는 수령은 졸렬하다 하여 내침을 당하였던 것이다. 그래서 당시의 세속은 백성의 것을 거둬들여 남을 잘 섬기는 것을 유능하게 여겼고, 비록 백성을 사랑하고 잘 보살피나 남을 잘 섬기지 못하면 무능하게 여겼던 것이다.[74]

수령이 그 직을 거쳐 다음 벼슬을 받기 위해서는 포폄에서 좋은 성적을 받아야 하였다. 수령은 고과 성적이 우수하면 가계(加階)·승직(陞職)되었지만, 성적이 불량하면 파직되었다. 특히 고위관직자의 추천이나 연줄로 관직에 진출한 음직(蔭職)과 무반(武班) 출신의 수령은 포폄에서 좋은 성적을 받으려면 포폄을 담당한 관찰사에게 직접 청탁을 하든지, 아니면 관찰사에게 절대적인 영향력을 행사할 수 있는 권세가에게 청탁을 해야만 하였다. 어촌은 수령이 백성에게서 물품을 부정으로 거둬들여 권세가를 잘 섬긴 자가 포폄 또한 잘 받았다고 하였다.[75]

이와 달리 권세가 자제에게는 전최(殿最)의 법이 있다 하더라도 별 소용이 없었다. 이에 대해 어촌은 "관찰사가 전최할 때 백성을 사랑하고 정사를 잘 다스린 것으로 고하(高下)를 매기지 않고 권세의 유무(有無)에 의거하여 포폄하므로 아무리 잔혹한 관리라 하더라도 세력이 있는 사람이면 폄할래야 폄할 수가 없으니, 그 잔혹한 관리는 더욱 방자하여 제멋대로 행동한다"[76]고 하였다. 또한 어촌은 출척의 권한을 맡은 관찰사가 전최를 엄하게 해야 하

74 『중종실록』권19, 9년 정월 임진조 ; 14-708나다.

75 『중종실록』권19, 9년 정월 임진조 ; 14-708나다.

76 『중종실록』권75, 28년 8월 임오조 ; 17-459라.

는데, 어두운 자는 耳目이 미치지 못하고 나약한 자는 위세가 그 마음을 두렵게 하므로 흑백의 명목이 어지러워 맑기를 바랄 수 없다고 하였다.[77] 포폄의 목적은 수령의 현부(賢否)를 판정하여 출척함으로써 수령들의 선치(善治)를 유도하려는데 있었지만, 어촌은 포폄이 제대로 시행되지 않는 것에 대해 관찰사들이 법을 폐하고 행하지 않기 때문이라 하였다.[78]

한편 15세기 후반에서 16세기로 들어서면서 사치풍조의 만연으로 재경관인(在京官人)은 지방수령에게 서찰을 보내어 물건을 요구하는 이른바 '절간구색(折簡求索)' 행위가 빈번하게 자행되었다. 당시 중앙의 고위관직자들은 혼인·상례·제례 등의 대소사에 필요한 물품을 각 군현의 수령에게 구청(求請)하는 것이 거의 관례화되어 있었다. 중앙의 고위관직자들이 관찰사에게 각종 물력(物力)을 구청하면, 수령은 이를 예사로 여겨 숫자대로 갖추어 보내 주는 것이 법례(法例)인 것처럼 되었다고 할 정도였다.[79] 수령은 이를 충당하기 위해 각 분야에서 부정을 자행하였다. 어촌은 중종 24년(1529)에 수령의 침탈에 대해 '십점소(十漸疏)'에서 다음과 같이 언급하고 있다.

> 전하께서 중흥의 초기에는 폐조에서 수령이 탐욕하고 잔학하며 백성이 괴롭고 고달팠던 일을 뉘우치시어, 민폐를 물어서 가엾이 여겨 기르고 어루만져 편안하게 하며, 수령을 권장하고 징계하여 백성이 따르게 하여 보호하도록 힘쓰게 하셨습니다. 때문에 전하께서 다스려지기를 바라시던 초기에는 오히려 전하의 충심을 몸받는 자가 있어서 탐욕하고 침탈하는 것이 오늘날처럼 심하기에 이르지 않았습니다. 그러나 쓸리는 풍속이 날마다 더하고 해마다 불어나, (수령이) 세를 거두는 것은 먼저 힘쓰고, 어루만져 기르는 것은 여사로 여기며, 여러 가지로 침

---

77 『어촌집』 제8권, 홍문관상소 무자년(중종 23, 1528).

78 『어촌집』 제8권, 사헌부상소 기축년(중종 24, 1529).

79 『중종실록』권99, 37년 8월 임오조 ; 18-606라.

> 탈하고 아첨하여 권요(權要)를 섬깁니다. 그리고 공공연히 뇌물을 받되 조금도 꺼리지 않으니, 슬프게도 중병 든 자가 종기를 고치느라 제 살을 깎는 격입니다. 성(城)마다 고을마다 도도(滔滔)히 다 이러하여, 체직되어 돌아올 때에는 짐바리가 1백을 넘고 온갖 반우(盤盂)·궤안(几案)·인석(茵席) 따위의 일용하는 기구를 알게 모르게 훔쳐서 사사 물건으로 채웁니다. 때문에 먼 지방 만백성이 괴로워하며 말없이 호소하지 못하지만 그 관원을 '도둑 관원'이라 하고 그 나라를 '도둑 나라'라 하니, 성명한 조정의 수치가 이보다 큰 것이 없습니다(『어촌집』 제8권, 십점소 기축년).

전하께서 중흥 초기에는 연산조에서 수령이 탐학하여 백성이 고달팠던 일을 뉘우치어 민폐를 물어 백성을 편안하게 하며, 수령을 권징(勸懲)하여 백성을 보호하였다. 때문에 초기에는 지방관이 전하의 충심(衷心)을 체득하여 탐욕과 침탈이 오늘처럼 심하지는 않았다. 그런데 지금은 탐욕한 풍속이 늘어나 징세(徵稅)에 힘쓰고, 무육(撫育)을 여사로 여기며, 갖가지로 아첨하여 권요(權要)를 섬기고 거리낌 없이 뇌물을 받으니, 종기 고치느라 제 살을 깎는 격이다. 거의 모든 군현이 다 이러하기 때문에 수령이 체직되어 돌아올 때에는 짐바리가 1백을 넘고 온갖 반우(盤盂)·궤안(几案)·인석(茵席) 따위의 일용하는 기구를 알게 모르게 훔쳐서 사사 물건으로 채운다. 먼 지방 만백성이 괴로워하며 말없이 호소하지 못하지만 그 관원을 '도둑 관원'이라 하고 그 나라를 '도둑 나라'라 하니, 조정의 수치가 이보다 큰 것이 없다고 하였다.

어촌은 "백성의 재물에는 한정이 있는데 (수령의) 침탈이 끝이 없고 요로(要路)에 아첨하여 뇌물이 끊이지 않으니, 뭇사람이 원망하나 원통함을 호소할 데가 없다. 바다나 산 너머 먼 지방에서는 늙은 유민(遺民)이 울면서 성종 때의 일을 말하기를 '그때의 수령은 그래도 염치가 있고 그리 탐욕스럽지 않아서 자못 세종 때의 유풍이 있었는데, 한번 변하여 폐조(廢朝)가 되고 지금에 이르기까지 극도로 탐오하여 염치가 없다.'고 한다"[80]거나, 혹은 "세종조에는 비록 녹사선생(錄事先生)이 수령이 된다 하더라도 관물(官物)을 가질 마음을 갖지 않았는데, 지금은 사대부로서 수령이 된 자라도 관물을 꺼림 없이 실어가며 보물 그릇을 공공연히 자랑하면서 부끄러워하지 않는다"고 하였다.[81] 이같은 상황에 대해 어촌은 "탐욕이 습속(習俗)을 이루어 상하가 뇌동하여 수령은 자신의 사욕만 힘쓰고 변방 장수는 흔단(釁端) 열기를 좋아하며, 조정에는 법도가 문란하여 백료(百僚) 중에는 법을 지키는 자가 없다."[82]고 하였다.

4. 수령의 사증(私贈)관행 문제

수령이 중앙의 고위관리에게 사적으로 증여한 물품의 양도 상당하였다. 가령 16세기 중엽 미암 유희춘은 20여 년간의 오랜 유배기간 중에 노비를 검속하지 못하는 등 그 가계가 결코 넉넉지 않아 일반 양인상층과 별다를 바 없는 처지였으나, 유배에서 해배(解配)되고 재사환 후 10여 년 동안 대·소 관직생활에서 그의 노비와 토지의 규모가 확대되고 있었다.[83] 여기서 주목되는 것은 미암의 관직생활에서 관찰사와 수령으로부터 사적(私的)으로 받은 물품의 수입이 그의 노비나 토지로부터의 수입을 훨씬 초과하여 실은 그의 경제생활의 중심부를 이루고 있었다는 사실이다. 유희춘이 10여 년간의 관직생활에서 사적으로 받은 물품은 무려 2,855회에 달하고 있었다.[84]

---

80 『어촌집』 제8권, 홍문관상소 무자년(중종 23, 1528).

81 『중종실록』권75, 28년 7월 을묘조 ; 17-447나.

82 『어촌집』 제8권, 홍문관상소 기축년(중종 24, 1529).

83 李成妊, 1995a 「조선중기 어느 兩班家門의 農地經營과 奴婢使喚-柳希春의 『眉巖日記』를 중심으로-」 『震檀學報』80.

84 李成妊, 1995b 「16세기 朝鮮 兩班官僚의 仕宦과 그에 따른 收入」 『歷史學報』145, 104·105쪽.

이는 이문건과 오희문의 경우에도 마찬가지였던 것으로 나타난다.[85] 미암 등이 관직을 통해 영위한 경제생활은 개인이 남긴 일기만을 자료로 하였다는 점에서 특수한 사례이고, 또 사적으로 물품을 증여하는 사증(私贈)이 성행했던 16세기의 경우에 불과할지 모르지만, 그 시사하는 바는 결코 작지 않다고 하겠다.

수령의 사증이 증가하는 원인은 먼저 수조권의 폐지와 밀접한 관계가 있다고 생각된다.[86] 조선전기 양반사대부에 대한 대우와 배려는 신분·과거·관직·군역·부세 등 여러 방면에 걸쳤는데, 그 중에서도 가장 전형적인 것은 토지분급제와 녹봉제였다. 이러한 과전과 녹봉은 양반이 관직을 매개로 해서 수득할 수 있는 것이었다.[87]

조선전기까지 우리나라 토지소유의 권리는 이른바 사적 토지소유권과 이에 대한 지배권인 수조권으로 분할되어 조화·대립하고 있었다. 과전법은 토지분급제 하에서 한국역사상 수조권에 입각한 토지지배의 최후의 형태로서, 수조권을 부여받은 점유자와 소경전의 소유자가 같은 토지 위에서 전주전객 관계를 구성하면서 지배예속관계로 얽혀 있었다. 이에 지배계층인 전주는 농민경영에 기생하여 그들의 지위를 계속해서 유지해 갈 수 있었던 것이다.[88]

---

85 이문건의 경우 여묘기부터 유배기까지 226개월 동안 6,294(6,346)회 수증한 것으로 나타나는데, 이는 월평균 27.8(28.1)회로 유희춘(42.4회)과 오희문(21.3회)의 중간쯤에 이른다.
李成姙, 1999 「조선 중기 吳希文家의 商行爲와 그 성격」 『朝鮮時代史學報』 8. 李成姙, 2001 「16세기 李文楗家의 收入과 經濟生活」 『國史館論叢』 97. 金素銀, 2002 「16세기 兩班士族의 수입과 경제생활-『默齋日記』를 중심으로-」 『崇實史學』 15.

86 이에 대해서는 朴道植, 앞의 책 참조.

87 물론 직전제의 폐지가 관인의 경제적인 몰락을 초래한 것은 아니었다. 가령 "조사(朝士)의 농장(農莊)이 기내(畿內)에 거다(居多)"하고, "하삼도는 토옥물부(土沃物阜)하여 조사의 농장(農莊)·창적(蒼赤)이 과반(過半)"이라는 내용 그대로 중앙·지방을 막론하고 이 시기 관인층의 경제적 지반의 기본은 그들의 농장, 즉 소유권에 입각한 토지지배관계 위에 존립하고 있었다. 그들은 '미수전지시(未受田之時)'에도 역시 능히 종사(從仕)할 수 있는 처지였다(金泰永, 1983 「科田法체제에서의 收租權的 土地支配關係의 변천」 『朝鮮前期土地制度史研究』, 지식산업사, 141쪽).

88 金泰永, 「科田法의 성립과 그 성격」, 위의 책.

전주가 전객에게서 징수하는 물종 가운데 가장 기본이 되는 것은 전조(田租)였다. 전조의 수취율은 공·사전을 막론하고 1결당 전체 수확량의 1/10에 해당하는 30두(斗)였다. 전주는 전객에게서 규정된 전조 이외에 볏짚[穀草]도 징수하였다. 볏짚의 징수는 전지의 실수를 기준으로 10부(負)에 1속(束)을 받기로 되어 있었으나, 이른바 초가(草價)라고 하여 미·두(米豆)로 환산하여 징수하는 것이 일반적이었다. 가령 예종 원년(1469)의 기록에 의하면 볏짚 1속은 미(米) 1두로 환산되고 있었는데,[89] 이는 전 1결에 10두에 달하는 양이었다. 전주가 과전 1결에서 전객에게서 징수하는 전(全) 수취량은 결당 기준 생산량을 300두라 할 때 거의 1/6에 달하였다.[90] 전주는 이외에도 일상생활에 필요한 신탄(薪炭)·재목(材木)·마초(馬草) 등의 잡물을 사적으로 징수하기도 하였다.[91] 조선의 양반지배층들이 과전만 점유하고서도 넉넉히 가세를 지킬 수 있었던 것은 이에 기인하는 바이다.[92]

과전은 전·현직자를 막론하고 본인 당대에 한하여 지급하는 것을 원칙으로 하였으나, 수신전(守信田)·휼양전(恤養田) 명목으로 세습되어 감에 따라 날이 갈수록 축소되어 갔다. 이에 국가에서는 과전을 한꺼번에 없애기보다는 점차 축소해가는 방안을 강구하였던 것이다.[93] 세조 12년(1466) 8월에 이르러 과전법을 폐지하고 직전법을 실시한 것[94]도 이와 맥락을 같이한다고 하겠다.

---

89 "工曹判書梁誠之上書曰…夏納青草 冬納穀草於官…旣納之於官 又納於受職田者 一束之草 徵米一斗 草價之米 與元稅之米同"(『예종실록』권6, 원년 6월 신사조; 8-394라).

90 전주가 과전 1결에서 전조(田租) 30두, 초가(草價) 10두, 부가세 약 8두 등 통산하여 48두 정도를 수취하였다고 한다(이경식, 1986 「조선전기 전주전객제의 변동 추이」『애산학보』4, 11쪽).

91 "李伯持曰 田主踏驗 則不止重歛 又有橫歛 如薦炭薪草所需非一…戶曹判書尹向曰 稅外材木與雜物橫歛者 亦有之"(『태종실록』권30, 15년 8월 갑술조; 2-81나).
"(大司憲金)汝知啓曰…且畿民所耕之田 皆爲私處折受 收租之弊 又倍公例 曰草曰炭 行纏馬糧無所不取輸轉之弊 亦不細矣"(『태종실록』권31, 16년 5월 을사조; 2-115가).

92 "朴訔上書曰…臣竊惑言 自置圻內科田以來 在京侍朝之家 皆食田租 各保其家 至於小民 亦得相資以生 而圻民之納租者 習以爲常久矣"(『태종실록』권31, 16년 5월 신해조; 2-116다).

93 李成茂, 앞의 책, 301~310쪽.

94 "革科田 置職田"(『세조실록』권39, 12년 8월 갑자조; 8-37라).

직전법의 시행으로 과전은 이제 현직자들만이 받을 수 있게 되었다. 게다가 각 품계마다 전지의 분급량도 크게 줄어들었다. 이처럼 관료의 퇴직 후와 사망 후의 보장이 없어지고 현직관료에 대한 급전량이 감소됨에 따라 양반관료들의 전조(田租)의 횡렴은 더욱 심해지게 되었다. 농민들이 될 수 있는 한 자기의 토지가 수탈이 심한 거실양반의 수조지로 되기보다는 대간이나 권력이 적은 하급관료들의 수조지로 이관해 달라고 요청하게 된 것도 이 때문이었다.[95]

직전법을 실시한 지 5년만인 성종 원년(1470)에 와서는 초가(草價)는 물론이고 직전주들의 전조까지도 국가에서 직접 징수하여 전주에게 지급하는 이른바 관수관급제(官收官給制)가 시행되었다.[96] 이는 직전이나 공신전·별사전의 조(租)를 전호가 그 수조자인 관리나 공신에게 바쳐오던 수취제도 대신에 경작자가 조를 직납하면 국가에서 수조자인 관료나 공신에게 해당액을 직접 지급해주는 제도였다. 직전세의 관수관급제 시행으로 전객 및 그들 소유지에 대한 전주의 직접적인 지배 권한은 여기서 일단 모두 배제되었다. 이로써 직전에 대한 전주의 직접적인 지배권은 사실상 없어진 셈이었다. 이에 따라 전객은 직전세(職田稅)와 초가(草價)를 직접 경창(京倉)에 납부하게 되었고, 전주에게 녹봉 분급 때 함께 지급되었다.[97] 명종 11년(1556)에는 관료들에 대한 사전(私田) 분급의 마지막 형태로 잔존하고 있던 직전 지급의 중지를 공식적으로 선언하기에 이르렀다. 직전세 폐지 이후 관료들에 대한 대우는 이제 녹봉만이 유일한 대우수단으로 남게 되었다. 수령의 사증이 증가

---

95 "戶曹啓…自革科田守信恤養田爲職田 人皆憚巨室收租之濫競 以己願屬 臺諫及少官 闕請輻輳 戶曹不堪紛擾"(『예종실록』권8, 원년 10월 정사조; 8-422라).

96 관수관급제는 당초에는 그 대상이 직전의 전조(田租) 하나에만 국한되어 시행되었으나, 성종 9년(1478)에는 공신전·별사전으로 확대되는 동시에 초가(草價) 징수에도 적용되었고(『성종실록』권94, 9년 7월 기묘조; 9-631다), 성종 22년(1491)에는 사사전(寺社田)까지도 포함함으로써 모든 사전의 수조물과 수취물에 적용되었다(『성종실록』권251, 22년 3월 경인조; 12-3가). 李景植, 1986 『朝鮮前期 土地制度研究』, 지식산업사), 295쪽 및 앞의 논문, 26쪽.

97 『성종실록』권4, 원년 4월 무진조; 8-490가나. 『성종실록』권7, 원년 9월 무인조; 8-530나.

하는 것은 이와 밀접한 관계가 있다고 본다.

수령의 사증이 증가하는 또 다른 원인은 사치풍조의 만연과 밀접한 관계가 있다고 생각된다.[98] 15세기 후반에서 16세기로 들어서면서 부마·왕자를 비롯하여 부상대고·이서층에 이르기까지 의복·혼수품 등에 사치가 확대되어 사회적으로 큰 문제가 되었다. 연산군대의 정치를 비판하면서 등극한 중종은 즉위초에 당대의 국가재정의 탕갈을 지적하면서 여마(輿馬)·복식(服飾)의 사치와 찬품(饌品)의 극진함을 숭상하는 폐단을 금단하는 규정을 여러 차례 반포하였다. 중종대의 이같은 '억사숭검(抑奢崇儉)' 정책에도 불구하고 저택·찬품(饌品)·복식(服飾)·복식(服飾)·혼수자장(婚需資裝)·상장(喪葬)·기명(器皿) 등에서의 사치풍조는 더욱 심화되어 갔다.[99]

사치풍조의 만연으로 재경관인은 지방수령에게 서찰을 보내어 물건을 요구하는 이른바 '절간구색(折簡求索)' 행위가 빈번하게 자행되었다. 다음의 기사는 이러한 사실을 말해준다.

> 상[中宗]이 이르기를, "…또 수령이 백성을 침탈하는 것은 반드시 수령의 죄만이 아니다. 청탁 서찰이 모여들기 때문에 수령들이 이것을 빙자하여 백성들에게 사납게 굴어 청탁 서찰에 답한다고 한다. 대체로 서찰을 보내어 물건을 요구하는 것[折簡求索]은 지금의 큰 폐단이다." 하였다(『중종실록』권91, 34년 9월 계묘조 ; 18-334다).

당시 중앙의 고위관직자들은 혼인·상례·제례 등의 대소사에 필요한 물품을 각도의 관찰사 혹은 각 군현의 수령에게 요구하는 것이 거의 관례화되어 있었다. 그들이 관찰사에게 각종 물력을 요구하면, 관찰사는 이를 다시 열

---

98 韓相權, 1985「16世紀 對中國 私貿易의 展開」『金哲埈博士華甲紀念史學論叢』, 455~460쪽.

99 朴道植,「조선전기 국가재정과 공납제의 운영」, 앞의 책, 179~180쪽.

읍(列邑)의 수령에게 요구하였는데,[100] 수령은 이를 예사로 여겨 숫자대로 갖추어 보내 주는 것이 법례인 것처럼 되었다고 하였다.[101]

특히 16세기 당시 탐오풍습이 만연하게 되자 징색의 서찰이 열읍에 널려 있는가 하면, 뇌물의 행렬이 사문(私門)에 줄지어 있다고 할 정도였다.[102] 고위관직자가 한 통의 서찰을 써서 8도의 군현에 띄워 보내면, 수령이 이에 응하여 사적으로 물품을 보냈던 것이다.[103] 고위관직자들은 대소사에 소요되는 물품이 필요하면 으레 지방관을 통해 제공받았던 것이다.

그러나 그들의 요구를 들어주지 않을 경우에는 불이익이 따랐다. 이러한 사실은 실록의 사평(史評)에 "이에 앞서 김안로가 절간(折簡)을 (경상좌도)병사 김탁(金鐸)에게 보내어 재화(財貨)를 요구했는데, 병사 김탁은 성질이 꼿꼿한 사람으로 평소 김안로가 몰래 불궤(不軌)한 술책 품은 것에 분개하였다. 그래서 사자(使者)를 휘어잡아 기를 꺾어 욕보이고는 한 가지의 물건도 주지 않았다. 이에 이르러 강도 장무작(張無作)을 잡지 못한 죄 때문에 조옥(詔獄)으로 잡혀왔는데 결국 체직되었다"[104]고 한 것에서 확인된다.

그러면 수령은 사증에 소요되는 물품을 어떻게 마련하였을까? 조선전기에 각 군현에는 수령의 녹봉과 사객접대를 비롯한 제반 경비를 충당하기 위해 아록전(衙祿田)·공수전(公須田)이 각각 설정되어 있었다.[105] 이들 토지의 규모에 대해서는 세종 27년(1445) 국용전제를 시행할 때와 『경국대전』에서 규정되어 있는 내용을 통해 알 수 있는데, 점차 축소되는 경향을 보이기는 하나 전체적으로 큰 변화는 없었다.[106] 그러나 지방관아 경비는 아록전·

---

100 "正言李任曰…聞姻婭之家【此指判書曺繼商 尙侈煩索】徵求于諸道監司 監司分定于列邑 公然督促 運輸盈路 有同國貢之物"(『중종실록』권68, 25년 5월 신묘조; 17-218가).

101 『중종실록』권99, 37년 8월 임오조; 18-606라.

102 『중종실록』권69, 25년 8월 신유조; 17—242라.

103 『중종실록』권86, 32년 12월 정사조; 18-150라.

104 『중종실록』권77, 29년 4월 정유조; 17-508가.

105 『경국대전』권2, 戶典 諸田條.

106 金泰永, 「科田法체제에서의 收租權的 土地支配關係의 변천」, 앞의 책, 106~109쪽.

공수전의 소출만으로 사객접대를 비롯한 제반 경비를 충당하기에는 부족하였다. 수령들은 이를 보충하기 위해 관둔전(官屯田)을 설치하기도 했다.[107] 관둔전의 수확은 공수나 아록의 부족을 보충하는 데에만 사용한 것이 아니라 관아의 수리, 사객의 접대, 군관(軍官)의 공급, 병기수선, 그리고 민간에서 미처 마련하지 못한 공물 조달에도 사용되었다.[108]

관둔전의 설치와 운영권은 전적으로 당해 군현의 수령에게 있었다.[109] 수령 중에는 수외둔전(數外屯田)을 개간하여 그 일부분을 중앙의 권력자·대신들에게 증여하기도 하였고, 비옥한 둔전과 척박한 개인 토지를 교환해 주기도 하였다.[110] 그리하여 이미 성종대에 이르면 "제읍(諸邑)에 오래된 둔전들로서 비옥한 토지가 공가(公家)에 남은 것은 하나도 없게 되었다"고 하였고,[111] "각 군현의 둔전은 『경국대전』의 규정 액수대로 있는 곳이 많지 않으며, 혹 전혀 없는 곳도 있다"고 할 지경이었다.[112] 관둔전의 사점현상은 날이 갈수록 더욱 심해져 명종대에 이르러 둔전의 소출로는 수령의 용도나 사객 하나를 접대하는 비용도 못된다고 할 실정이었다.[113] 이처럼 군현에 소속되었던 수조지가 미미한 상황에서 수령은 군현의 제반 경비뿐만 아니라 사적으로 증여하는 물품을 준비하는데 필요한 별도의 재원을 강구하지 않을 수 없었을 것이다. 이러한 물품들은 공물, 진상, 환자[還上]를 수납하는 과정에서 충당하였다.

수령은 각사에 바치는 공물의 원수(元數)와 내용을 백성들이 알지 못하는

107 이에 대해서는 李載龒, 1965 「朝鮮初期 屯田考」 『歷史學報』29. 李景植, 1978 「朝鮮初期 屯田의 設置와 經營」 『韓國史硏究』 21·22합집; 『朝鮮前期土地制度硏究』Ⅱ(지식산업사, 1998) 참조.

108 "戶曹啓…非唯公須衙祿 至於官廨修葺 使客支待 軍官供給 兵器什物等項 一應調度 及民間未備貢物 皆用屯田所出補之 詳定之意至矣"(『세조실록』권30, 9년 6월 계해조; 7-576다).

109 李景植, 1998, 앞의 책, 347쪽.

110 『문종실록』권9, 원년 9월 계축조; 6-436나. 『세조실록』권30, 9년 6월 계해조; 7-576다. 『세조실록』권37, 11년 11월 신해조; 7-711나다.

111 『성종실록』권44, 5년 윤6월 신축조; 9-121다라.

112 『성종실록』권104, 10년 5월 계유조; 10-16가.

113 『명종실록』권16, 9년 5월 무오조; 20-199가.

점을 이용하여 원래의 상공(常貢)보다 훨씬 많이 징수하였다. 가령 중종 24년(1529) 9월 장령 상진(尙震)에 의하면 군현에서 소용(所用)되는 물품이 1푼인데 받아들이는 것이 3푼이면 민들은 이것을 공평하게 여겨 어진 수령이라 하였고, 그 중 심한 자는 6·7푼 혹은 8·9푼까지 징수하였다.[114] 심지어 상공보다 10배까지 징수하는 경우도 있었다.[115]

다음은 진상을 빙자하여 횡탈한 것을 들 수 있다.[116] 진상은 공물과는 달리 각도 관찰사, 병마·수군절도사를 위시한 지방관이 국왕에게 봉상(奉上)하는 예물을 바치는 것이었다. 진상물은 이들 지방관이 관하(管下) 각 군현에 부과하여 이를 마련한 다음 군수·현감 중에서 차사원(差使員)을 선정하여 물목과 수량을 사옹원에 납부하였다.[117]

임금에 대해 공궤하는 진상은 필연적으로 할거적 농단을 동반하기 마련이었다. 가령 민간의 과일나무에 과일이 열리면 현지의 관리가 나와 개수를 헤아려 감봉(監封)해두고 익은 뒤에 그 개수대로 채워 징수해가며, 혹 중간에 낙과가 있어 감봉한 숫자에 모자라면 억지로 그 값을 우려내는 주구적 수탈행태가 고려 말기에 성행하였다. 똑같은 수탈행위가 조선개국 뒤에도 계속 자행되었고, 거듭되는 금령에도 불구하고 16세기에도 되풀이되었으며, 훨씬 더 내려와 19세기 초에도 마찬가지였다.[118]

수령은 진상물을 부과 염출할 때 1면(面)에서도 충분히 바칠 수 있는 것을 읍(邑) 전체에서 징수하기도 하였고,[119] 혹은 홍화(紅花)를 진상할 것이 1두인

---

114 『중종실록』권66, 24년 9월 정미조; 17-152나.

115 "(獻納)朴守紋曰 朴世健 平時馬裝笠飾 僭擬宰相 且海獺之貢用二張 徵及二十 民不敢苦 呈訴於監司"(『중종실록』권15, 7년 2월 무자조; 14-558다).

116 "諭八道觀察使曰 各官守令 凡進上物膳 依憑加數 侵漁百姓 其弊不貲"(『중종실록』권29, 12년 9월 갑술조; 15-328가).

117 金玉根, 1984 『朝鮮王朝財政史研究』I, 일조각, 16쪽.

118 金泰永, 1994 「조선 전기 사회의 성격」『한국사』7, 한길사, 97~99쪽.

119 "正言崔自霑對曰 富平官吏 如進上物件科歛事 雖一面 可以充納者 必擧邑徵之 以爲私用"(『성종실록』권270, 23년 10월 신축조; 12-230라).

데도 민간에서 30두를 징수하기도 하였다.[120] 또 수령들은 진상을 빙자하여 민호·군사·연호를 징발하여 사냥에 동원하기도 하였는데,[121] 사냥에 빠질 경우에는 이들에게서 면포를 징수하였다.[122]

조선전기 국가에서 필요한 물품은 가능한 한 교환을 통하지 않고 공물·진상을 통하여 본색인 현물로 직접 수취하였다. 당초 각 군현에 분정한 공물은 임토작공(任土作貢)에 따라 징수하는 것을 원칙으로 했지만, 불산공물(不産貢物)·난비지물(難備之物)의 분정 등으로 방납의 소지가 원래부터 없지 않았다. 이러한 이유로 일찍부터 민인이 자비하기 어려운 정탄(正炭)·소목(燒木)·곡초(穀草) 등의 공물에 한하여 방납을 허용하였던 것이다. 그후 세조대에 와서는 공물부담자와 방납인과의 동의가 있을 경우에 한해 방납을 전면 허용하였다. 그러나 방납은 점점 확대되어갔다.[123]

방납은 16세기 이후 척신정치가 전개되면서 궁중·재상뿐만 아니라 권세가들의 대표적인 경제활동의 하나가 되었다. 당대의 실권자인 권세가들은 모리수단으로 수령들에게 직·간접으로 방납을 강요하여 방납활동의 주체자 혹은 배후자로서 활약하였다.[124] 당시 방납의 중심적 존재는 권세가였으며, 그 권력에 부상대고 등의 사상(私商)들과 수령이 결탁하고 있었다. 이들은 방납을 통해 '배사(倍蓰)' 혹은 '십배지리(十倍之利)'를 운위할 정도로 상당한 이익을 얻었는데, 수령은 부상대고(富商大賈)·거실대족(巨室大族)과 결탁하여 공물을 방납하고 그 이익을 나누기도 하였다.[125]

---

120 "領事成希顔曰 臣聞金孟柔 謂一宰相曰 紅花進上之弊不貲 進上雖或一斗 徵於民間 至於三十斗 近來守令 率皆如是 故民多流亡"(『중종실록』권15, 7년 2월 을유조; 14-558나).

121 『중종실록』권1, 원년 10월 기사조; 14-90다.

122 『중종실록』권26, 11년 9월 갑진조; 15-217다라.

123 朴道植, 「朝鮮前期 貢物防納制의 변천」, 앞의 책 참조.

124 당대 실권자로서 방납에 직·간접적으로 종사한 자로는 성종조의 윤은로(尹殷老, 이조판서), 연산조의 정숭조(鄭崇祖, 호조판서), 중종조의 김안로(金安老, 예조판서), 명종조의 이기(李芑, 우의정)·정세호(鄭世虎, 호조판서)·정복창(鄭復昌, 대사헌)·허엽(許曄, 장령)·윤원형(尹元衡, 영의정) 등이었다(高錫珪, 「16·17세기 貢納改革의 방향」(『韓國史論』12, 1985), 181~182쪽).

125 朴道植, 「朝鮮前期 貢物防納制의 변천」, 앞의 책, 227쪽.

수령은 환자를 수납할 때도 여러 가지 명목으로 본수(本數) 이상의 잉여곡을 남수(濫收)하였다.[126] 환자는 원래 본수를 수납하는 것이 원칙이었으나,[127] 수납할 때 혹은 운수(運輸)할 때에는 휴흠(虧欠)이 있었기 때문에 본수 이상의 잉여곡을 징수해야 하는 불가피한 면도 있었다.[128] 그리하여 환자를 분급할 때에는 10~13두를 1석으로 계량(計量)하고, 수납할 때에는 15두를 걷기도 하였다. 15두를 1석으로 계량하여 분급했더라도 수납할 때에는 1석당 3두씩의 잉여곡을 걷는 것이 일반적인 현상이었다.[129]

환자남수에서 볼 수 있는 또 다른 양상으로는 견감환자(蠲減還上)를 수납하는 것과 이납환자(已納還上)를 다시 수납하는 것을 들 수 있다. 전자는 환자를 여러 번 견감했는데도 수령이 그 분급을 기록한 장부를 없애지 않고 해마다 환납할 것을 독촉하는 것이었고,[130] 후자는 이미 수납한 환자를 다시 수납하는 것이었다.[131] 이것은 환자를 납부한 사람의 이름을 환자분급기(還上分給記)에서 지우지 않고 또 환자를 납부했음을 증명하는 척문(尺文)도 내주지 않은 상태에서 이미 납부한 환자를 재징(再徵)하는 것이었다. 수령 중에는 지난해의 환자를 이미 거두어들이고서도 그 문적(文籍)을 두었다가 후년에 다시 거두었는데,[132] 심할 경우에는 일족(一族)과 절린(切隣)에게서 징수하는 경우도 있었다.[133] 이는 수령이 환자를 납부한 사람에게 자문[尺

---

126 金勳埴, 1993 『朝鮮初期 義倉制度 硏究』, 서울대 박사학위논문. 趙世烈, 1998 『16세기 還上制 硏究』, 경희대 박사학위논문.

127 『문종실록』권8, 원년 6월 기사조; 6-394라~5가.

128 "知中樞府事鄭文炯啓曰…還上收納時 不加數升 則倉穀必有耗欠之弊"(『成宗實錄』卷100, 10年 正月 庚午條; 9-688나). "大抵諸邑 於還上貢物收納時 只收元數 不有餘剩 則運輸之際 豈無虧欠"(『성종실록』권236, 21년 정월 무오조; 11-559가).

129 『성종실록』권203, 18년 5월 기유조; 11-211가.

130 『중종실록』권4, 2년 10월 갑오조; 14-199나. 『중종실록』권25, 11년 5월 무자조; 15-167라. 『중종실록』권60, 23년 정월 갑오조; 16-617나.

131 "(韓)致亨等 又書時弊以啓…各道守令 義倉穀收納之際 不艾文記 再徵於民 民甚苦之 今後收納時 帖字成給 若不奉行 則勿拘赦前 罷黜何如 從之"(『연산군일기』권42, 8년 정월 신축조; 13-469나).

132 『중종실록』권23, 11년 정월 을유조; 15-130가나.

133 "(右議政申)用漑曰 守令 不能奉行 如還上文記 已納者 亦不爻周後復徵之 甚者 徵之一族切隣

文]을 주지 않아 후일에 고험(考驗)할 증빙할 자료가 없었기 때문이었다.[134] 물론 자문의 교부는 법률로써 규정되어 있었고, 대자(貸者)는 환자를 납부할 때 수기(受記)에서 자신의 이름을 삭제하는 것을 확인할 수 있도록 하고 있었다.[135] 그러나 수령이나 색리(色吏) 등은 권력을 등에 업고 그러한 불법을 자행하였던 것이다.

수령은 민인에게서 본수(本數) 이상을 징수한 공물과 진상봉여(進上封餘, 封餘進上)·봉여잡물(封餘雜物)·봉여식물(封餘食物)·봉여물선(封餘物膳),[136] 환자 등으로 인정(人情)·빈객접대(賓客接待)에 사용하거나,[137] 권세가에게 사헌지물(私獻之物)·사헌(私獻)의 명목으로 증여하는데 사용하였다.[138] 수령이 중앙의 고위관리에게 사적으로 바친 물품은 쌀[米]·콩[太] 등의 곡물류를 비롯하여 면포(綿布)·의류(衣類), 용구류(用具類), 문방구류(文房具類), 치계(雉鷄)·포육류(脯肉類), 어패류(魚貝類), 찬물류(饌物類), 과채(果菜), 견과(堅果)·약재류(藥材類), 시(柴)·초류(草類) 등 일상용품에서 사치품에 이르기까지 망라하고 있었다.[139]

어촌이 중종 31년(1536) 평안도 경변사로 나갔다가 돌아와서 왕에게 아뢴 다음의 내용은 수령이 공물을 빙자하여 횡탈하는 모습을 보여준다.

> 신이 평안도에 있을 때에 13가지의 폐단을 열거하여 계문하였습니다. 그중 산세(山稅)에 관한 일을 예로 들겠습니다. 꿀·인삼·오미자 등 산

其弊不細"(『중종실록』권25, 11년 5월 무자조; 15-167라).

134 『중종실록』권53, 20년 2월 기미조; 16-384라.

135 『성종실록』권283, 24년 10월 을해조; 12-415나다.

136 『중종실록』권29, 12년 8월 정묘조; 15-323가나.

137 『중종실록』권81, 31년 5월 경진조; 17-661가. 『중종실록』권96, 36년 11월 신해조; 18-530가.

138 "憲府啓曰…頃日濟州牧使成允文 常貢之外 又有私獻之物 公然上送 其汎濫無禮之狀 極爲可駭"(『선조실록』권137, 34년 5월 계해조; 24-258가). "(漢城府右尹李弘老)曾爲守令 多進私獻 累被寵擢 爲湖南方伯 私獻尤多云"(『선조실록』권169, 36년 12월 경자조; 24-553라).

139 李成妊, 1995b, 앞의 논문, 128~131쪽 및 2001, 앞의 논문, 72쪽.

에서 생산되는 모든 것들에 징세(徵稅)하지 않는 것이 없어 집집마다 일일이 받아들이며 이를 모두 나라에 바칠 공물이라 거짓 칭탁하며 징수합니다. 때를 맞추어 바치지 못하면 매질까지 합니다. 또 물건이라도 바치지 않은 자는 소를 끌고 갑니다. 이러니 백성들이 어찌 편안히 살 수 있겠습니까. 나라의 공물은 없앨 수가 없으나, 이를 기화로 폐단을 빚는 일이 매우 많으니 이런 것은 제거해야 합니다(『중종실록』권81, 31년 4월 무신조 ; 17-651나).

산세(山稅)는 세주(細註)에 의하면 백성들이 산에 가서 취리(取利)한 것을 관청이 또 그 이익에 대해 세금을 받는 것을 말한다. 평안도에서는 산에서 생산되는 꿀·인삼·오미자 등을 나라에 바칠 공물이라 거짓 칭탁하며 각 가호에서 징수하였다. 만약 제때에 바치지 않을 시에는 매질까지 하였고, 바치지 않은 경우에는 소를 끌고 갔다고 한다. 어촌은 "(수령은) 밥 한 그릇까지 모두 백성들에게 책임지우고 한 가지 공물(貢物)이라도 바치지 못하면 뼈골까지 우려낸다"고 하였다.[140]

한편 왕자와 부마가 등 왕실로부터 극도로 사치풍조가 만연하면서 君의 저택은 웅장하고 화려해 돌 1개를 운반하는 데에 인부 1백명의 힘이 필요하였고, 목재 1개의 값이 백성들 총재산 몇 몫에 달할 정도였다.[141] 어촌은 이 같은 요역징발에 대해 "지금 집을 지음에 있어 아주 크게 만드는 데만 힘을 써 돌을 뜨고 재목을 모으느라 어영차[呼耶]하는 소리가 땅을 울린다. 이렇게 많은 인력과 자금을 들여 농사철이 다 지나야 끝이 나니, 백성들의 원망이 깊다."[142]고 하였다.

어촌은 백성을 괴롭히는 수령으로 세 부류가 있다고 하였다. 즉 마음가짐

---

140 『어촌집』 제8권, 사헌부상소 기축년(중종 24, 1529).

141 『중종실록』卷90, 34년 5월 을해조; 18-289다.

142 『어촌집』 제8권, 사헌부상소 기축년(중종 24, 1529).

은 깨끗한 듯하나 재기(才器)가 용렬하여 위엄이 서리(胥吏)에게 미치지 않아서 폐단이 더욱 큰 자, 재능은 조금 있으나 기세를 믿고 위엄을 지어 가혹하게 징색(徵索)하여 한없는 욕심을 채우고 창고의 저장이 텅 비게 하는 자, 여러 가지로 침탈하되 자기가 쓰지 않고 권귀(權貴)에게 후히 뇌물을 주어서 명예를 낚으면서 스스로 깨끗하다고 하는 자가 있는데, 백성을 괴롭히는 것은 마찬가지라 하였다.[143] 어촌은 탐풍(貪風)이 성한 오늘날에 한두 사람에게 벌을 준다고 하더라도 풍속을 바로잡을 수 없기 때문에 오직 염치를 배양하는 것만이 이러한 폐단을 개혁할 수 있다고 하였다.[144]

5. 맺음말

이상에서 필자는 조선전기 수령제의 실태와 심언광의 수령관에 대해 살펴보았다. 이를 정리 요약하면 다음과 같다.

흔히 "옛날의 제후" 혹은 "일읍(一邑)의 주인"이라고 칭해졌던 수령은 중앙의 관인과 달리 일읍의 사무를 전제(專制)하였다. 따라서 "민인의 휴척(休戚)은 전적으로 수령의 현부(賢否)에 달려있다"고 누누이 지적되고 있었다. 이처럼 민인의 생활이 수령의 자질·능력과 직결되어 있었기 때문에 조선왕조 국초부터 국왕들은 수령의 선임에 특별한 관심을 가졌던 것이다.

국초 이래 부윤·대도호부사·목사·부사와 같은 종3품 이상의 수령직은 청환(淸宦)으로 간주되어 시종지신(侍從之臣)이나 문·무관 가운데 비교적 정선(精選)된 중견관료가 파견되었으나, 중소군현에 파견되는 하급수령은 비(非)문과 출신이 주류를 이루고 있었다. 건국초에는 현감의 질품(秩品)인 6품 이상의 관품소지자가 절대적으로 부족하였기 때문에 성중관 거관인(去官人)

143 『어촌집』 제8권, 홍문관상소 무자년(중종 23, 1528).

144 『중종실록』권75, 28년 8월 임오조 ; 17-460가.

중에서 수령취재에 합격할 경우 현감으로 제수하였던 것이다.

그러나 과거제도가 본궤도에 오르고 등과 출신자가 증가하면서 건국초와는 달리 인재부족현상은 점차 완화되어 갔다. 그리하여 문과급제자조차도 국초에 급제자 전원을 곧바로 서용[卽敍]하던 것에서 을과 3인을 제외한 나머지는 곧바로 서용할 수 없게 되었고, 성중관 출신자들은 수령취재에 합격만 해놓고 제때 수령에 서용되지 못해 종신토록 진출하지 못하는 경우도 많았다.

조선초기에는 문과출신이 지방의 수령으로 나가게 되면 벼슬이 깎이어 귀양 간다고 하여 이를 회피하는 것이 상례였으나, 16세기에 들어와서는 청망(淸望)이 있는 명류(名流)들도 수령이 되는 것을 다행으로 여기는 실정이었다. 여기에다 문음출신의 수령도 양적으로 많이 채워졌다. 당시 하급수령의 신제(新除)·주의(注擬)는 뇌물의 경중과 청탁의 고하에 따라 결정되었기 때문에 관인후보자는 삼공의 청탁 서찰을 얻으려고 동분서주하였다. 어촌은 이러한 악정(惡政)을 제거하기 위해서는 교화를 경장하여 잘 다스리는 것이 현재 가장 급한 일이라 하였다.

수령 가운데 자신의 능력에 의해서 관직에 진출하였거나 승진이 가능한 문반관료들에게는 별문제가 없었겠지만, 고위관직자의 추천이나 연줄에 의해 관직에 진출한 문음 혹은 무반 출신의 수령이 포폄에서 좋은 성적을 받기 위해서는 포폄을 담당한 관찰사에게 직접 청탁을 하든지, 아니면 관찰사에게 절대적인 영향력을 행사할 수 있는 권세가에게 청탁을 해야만 하였다. 따라서 이들 수령은 자신을 후원해 주는 관리에게 정기적으로 물품을 바쳤던 것이다.

포폄의 목적은 수령의 현부(賢否)를 판정하여 출척(黜陟)함으로써 수령들의 선치(善治)를 유도하려는데 있었지만, 실제로는 그렇게 운영되지 않았다. 이에 대해 어촌은 "관찰사가 전최(殿最)할 때 백성을 사랑하고 정사를 잘 다스린 것으로 고하(高下)를 매기지 않고 권세의 유무(有無)에 의거하여 포폄(褒貶)하므로 아무리 잔혹한 관리라 하더라도 세력이 있는 사람이면 폄할래야 폄할 수가 없으니, 그 잔혹한 관리는 더욱 방자하여 제멋대로 행동한다"고 하였다. 어촌은 포폄이 제대로 시행되지 않는 것은 관찰사들이 법을 폐하고 행하지 않기 때문이라 하였다.

수령의 사증이 증가하는 원인은 수조권적 지배를 통한 수입의 중요한 몫을 차지하였던 과전·직전법의 폐지와 사치풍조의 만연과 밀접한 관계가 있었다. 특히 15세기 후반에서 16세기로 들어서면서 부마·왕자를 비롯하여 부상대고·이서층에 이르기까지 혼인·상장(喪葬)·저택·복식·음식 등에서의 사치풍조의 만연으로 재경관인이 지방수령에게 서찰을 보내어 물건을 요구하는 이른바 '절간구색(折簡求索)' 행위가 빈번하게 자행되었다. 당시 중앙의 고위관직자들은 혼인·상례·제례 등의 대소사에 필요한 물품을 각도의 관찰사 혹은 각 군현의 수령에게 요구하는 것이 거의 관례화되어 있었다. 그들이 관찰사에게 각종 물력을 구청하면, 관찰사는 이를 다시 수령에게 구청하였다. 수령은 이를 예사로 여겨 숫자대로 갖추어 보내 주는 것이 법례인 것처럼 되었다고 하였다.

수령이 중앙의 고위관리에게 사적으로 바친 물품은 쌀[米]·콩[太] 등의 곡물류를 비롯하여 면포(綿布)·의류(衣類), 용구류(用具類), 문방구류(文房具類), 치계(雉鷄)·포육류(脯肉類), 어패류(魚貝類), 찬물류(饌物類), 과채(果菜), 견과(堅果)·약재류(藥材類), 시(柴)·초류(草類) 등 일상용품에서 사치품에 이르기까지 망라하고 있었다. 수령은 이러한 물품들을 충당하기 위해 공물, 진상, 환자[還上]를 수납하는 과정에서 충당하였다. 어촌이 중종 31년(1536) 김안로의 무함(誣陷)을 받아 평안도 경변사로 나갔다가 돌아와서 왕에게 아뢴 내용에 의하면 평안도에서는 산에서 생산되는 꿀·인삼·오미자 등을 나라에 바칠 공물이라 거짓 칭탁하며 각 가호에서 징수하였는데, 백성이 한 가지 공물이라도 바치지 못하면 뼈골까지 우려낸다고 하였다.

어촌은 백성을 괴롭히는 수령으로 세 부류가 있다고 하였다. 즉 마음가짐은 깨끗한 듯하나 재기(才器)가 용렬하여 위엄이 서리(胥吏)에게 미치지 않아서 폐단이 더욱 큰 자, 재능은 조금 있으나 기세를 믿고 위엄을 지어 가혹하게 징색(徵索)하여 한없는 욕심을 채우고 창고의 저장이 텅 비게 하는 자, 여러 가지로 침탈하되 자기가 쓰지 않고 권귀(權貴)에게 후히 뇌물을 주어서 명예를 낚으면서 스스로 깨끗하다고 하는 자가 있는데, 백성을 괴롭히는 것은 마찬가지라 하였다. 어촌은 탐풍(貪風)이 성한 오늘날에 한두 사람에게 벌을 준다고 하더라도 풍속을 바로잡을 수 없기 때문에 오직 염치를 배양하는 것만이 이러한 폐단을 개혁할 수 있다고 하였다.

| 참고문헌

1. 자료

『朝鮮王朝實錄』(太祖實錄~宣祖實錄; 국사편찬위원회, 1958).

『經國大典』(『朝鮮王朝法典集』 所收, 경인문화사, 1972).

『新增東國輿地勝覽』(아세아문화사, 1983).

『大東野乘』(민족문화추진위원회, 1971).

『眉巖日記草』(柳希春, 국학자료원, 1982).

『潛冶集』(朴知誠, 민족문화추진위원회, 『韓國文集叢刊』80 所收, 1987).

『譯註 牧民心書』(다산연구회 역, 창작과비평사, 2005).

『國譯 漁村集』(朴道植 외, 강릉문화원, 2006).

2. 저서 및 논문

高錫珪, 1985 「16·17세기 貢納改革의 방향」『韓國史論』 12, 서울대학교 국사학과.

具玩會, 1982 「先生案을 통해 본 朝鮮後期의 守令」『慶北史學』 4, 경북대학교 사학과.

金素銀, 2002 「16세기 兩班士族의 수입과 경제생활-『默齋日記』를 중심으로-」『崇實史學』 15, 숭실대 사학회.

金玉根, 1984 『朝鮮王朝財政史研究』(Ⅰ), 일조각.

金泰永, 1983 「科田法의 成立과 그 性格」『朝鮮前期土地制度史研究』, 지식산업사.

______, 1983 「科田法체제에서의 收租權的 土地支配關係의 변천」, 위의 책.

______, 1994 「조선전기 사회의 성격」『한국사』 7(중세사회의 발전1), 한길사.

金勳埴, 1993 『朝鮮初期 義倉制度 研究』, 서울대학교 박사학위논문.

朴道植, 1995 「朝鮮前期 貢物防納制의 변천」『慶熙史學』 19, 경희사학회.

______, 1996 「朝鮮初期 國家財政과 貢納制 운영」『關東史學』 7, 관동사학회.

______, 2006 「조선전기 수령의 私贈慣行」『慶熙史學』 24, 경희사학회.

______, 2011 『朝鮮前期 貢物制 研究』, 혜안.

______, 2011 「어촌 심언광의 생애와 경세론」『어촌 심언광 연구총서』 1, 강릉문화원.

朴平植, 2009 『朝鮮前期 交換經濟와 商人 研究』, 지식산업사.

朴洪甲, 1986 「朝鮮前期의 無祿官」『嶠南史學』 2, 영남대학교 국사학회.

______, 1994 『朝鮮時代 門蔭制度 硏究』, 探求堂.
廉定燮, 1995 「농업생산력의 발달」 『한국역사입문』 2, 풀빛.
李景植, 1978 「朝鮮初期 屯田의 設置와 經營」 『韓國史硏究』 21·22합집, 한국사연구회.
______, 1986 「조선전기 전주전객제의 변동 추이」 『애산학보』 4, 애산학회.
______, 1987 「16世紀 場市의 成立과 그 基盤」 『韓國史硏究』 57, 한국사연구회.
______, 1998 『朝鮮前期土地制度硏究』 II, 지식산업사.
李秉烋, 1976 「朝鮮中期 文科 及第者의 進出」 『東洋文化硏究』 3, 경북대 동양문화연구소.
______, 1978 「조선 중종조 靖國功臣의 성분과 동향」 『大丘史學』 15·16합집, 대구사학회.
李成茂, 1980 『朝鮮初期 兩班硏究』, 일조각.
李成妊, 1995a 「조선중기 어느 兩班家門의 農地經營과 奴婢使喚-柳希春의 『眉巖日記』를 중심으로-」 『震檀學報』 80, 진단학회.
______, 1995b 「16세기 朝鮮 兩班官僚의 仕宦과 그에 따른 收入」 『歷史學報』 145, 역사학회.
______, 1999 「조선 중기 吳希文家의 商行爲와 그 성격」 『朝鮮時代史學報』 8, 조선시대사학회.
______, 2001 「16세기 李文楗家의 收入과 經濟生活」 『國史館論叢』 97, 국사편찬위원회.
李樹健, 1984 『韓國中世社會史硏究』, 일조각.
______, 1989 『朝鮮時代 地方行政史』, 민음사.
李載龒, 1965 「朝鮮初期 屯田考」 『歷史學報』 29, 역사학회.
______, 1967 「朝鮮前期 遞兒職에 대한 고찰-西班遞兒를 중심으로-」 『歷史學報』 35·36합집, 역사학회.
李存熙, 1990 『朝鮮時代地方行政制度硏究』, 一志社.
이지원, 1990 「16·17세기 前半 貢物防納의 構造와 流通經濟的 性格」 『李載龒博士還曆紀念 韓國史學論叢』, 한울.
李泰鎭, 1968 「軍役의 變質과 納布化 實施」 『韓國軍制史』(近世朝鮮前期編), 육군본부.
______. 1979 「14·15세기 農業技術의 발달과 新興士族」 『東洋學』 9, 단국대 동양학연구소.
______, 1984 「高麗末 朝鮮初의 社會變化」 『震檀學報』 55, 진단학회.
______, 1985 『韓國社會史硏究』, 지식산업사.
李羲權, 1999 『朝鮮後期 地方統治行政 硏究』, 集文堂.
임용한, 2002 『朝鮮前期 守令制와 地方統治』, 혜안.

鄭杜熙, 1981「朝鮮 世祖~成宗朝의 功臣研究」『震檀學報』51, 진단학회.

趙世烈, 1998『16세기 還上制 研究』, 경희대학교 박사학위논문.

최이돈, 1996「16세기 전반 향촌사회와 지방정치-수령인선과 지방제도 개혁을 중심으로-」『震檀學報』82, 진단학회.

韓相權, 1985「16世紀 對中國 私貿易의 展開」『金哲埈博士華甲紀念史學論叢』, 지식산업사.

韓永愚, 1983「朝鮮初期의 上級胥吏와 그 地位」『朝鮮前期社會經濟研究』, 을유문화사.

韓忠熙, 1985「朝鮮 世祖~成宗代의 加資濫發에 대하여」『韓國學論集』12, 계명대 한국학연구소.

10

어촌 심언광의 '십점소(十漸疏)' 고찰

송수환 _울산대학교 연구교수

이 글은 2012년 12월 7일(금) 강릉문화원에서 개최한 "제3회 어촌 심언광 전국학술세미나"에서 발표한 논문을 수정·보완하였다.

1. 머리말

심언광의 십점소(十漸疏)는 중종 24년(1529) 4월에 올린 상소문이다. 십점소는 본래 당(唐) 태종 이세민(李世民)의 간신 위징(魏徵)이 자신의 군주에게 올린 열 개 항목의 상소이다. 태종의 군주로서의 해이해진 마음가짐과 이에 따른 실정(失政)의 조짐을 나열하여 시정을 촉구한 상소였다. 태종이 이를 가납함으로써 신하의 간언(諫言)과 군주의 가납(嘉納)이라는 군신의리의 한 전범(典範)이 되었다. 이리하여 후세에 이 고사를 본떠 언론을 담당한 아문, 혹은 그 관원 언관이 십점소를 올리는 일이 흔하게 되었다. 심언광의 십점소도 이 고사를 따른 것이었다.

이 글은 심언광의 십점소를 고찰하였다. 이를 위해 먼저 당태종과 위징의 고사를 통해 십점소의 유래를 살피고, 여기서 나타난 군신의리가 조선전기 언론정치에 어떤 영향을 끼치고 있었는지를 살펴보았다. 이어 십점소 상소 전후의 정국, 기묘사화 직후의 훈구대신의 정치, 이를 이은 척신정치를 간략히 살피고, 이어 십점소 내용을 조목조목 살피기로 한다.

2. 십점소의 전범-위징의 십점소

1) 위징과 당태종

위징(魏徵)의 십점소(十漸疏)는 당 태종(唐太宗) 정관(貞觀) 13년(639)에 간신(諫臣) 위징이 태종의 실정을 경계한 상소를 말한다. 그 내용은 10가지이다. 모두가 '지금 마무리를 잘하지 않으면 안될 조짐'이라는 뜻이다. 이를 '십점불극종소(十漸不克終疏)'라 하고, '십점소(十漸疏)'라 한다.

위징(580~643)은 수(隋)가 건국된 해에 태어나 당태종 치세를 살았다. 당고조의 태자인 이건성(李建成)의 세마(洗馬)로 있으면서 고조의 둘째 아들 이세민(李世民)과 대립했다. 이세민은 이른바 '현무문의 변'으로 형 이건성과 동생 이원길(李元吉)을 죽이고, 부황 이연(李淵)을 위협하여 태자 지위를 쟁취했다(626). 태종은 적군이었던 위징의 기개와 재략을 높이 사서 간의대부(諫議大夫)로 발탁하였다. 이후 위징은 비서감, 문하시중을 역임하면서 태종을 보좌하였다.

그는 태종의 측근에서 시종일관 간신(諫臣)으로 관직을 마쳤다. 그의 간언은 너무 직설적이어서 태종이 때로는 격분하기도 했지만, 한 번도 배척하지 않고 수용하여 총애하였다. 태종은 그의 간언을 정권의 안정과 존속, 명실상부한 황제권 확립에 절실히 필요하다고 판단했던 것이다.

위징은 태종에게 사정(私情)을 배제한 공법(公法)의 준수를 요구하였고, 군주의 초법적인 행사도 감정에 치우친 처사라 하여 자제할 것을 요구했다. 그는 군주의 역할범위를 정하여 관료들의 영역을 침범하지 않게 하고, 관료들에게는 직임과 대우를 보장하고 문책에도 위임(委任)의 경중에 따를 것을 요구했다. 태종은 이러한 요구에 순응함으로서 '납간(納諫)의 군주'라는 명성을 얻게 되었던 것이다.[1]

2) 위징 십점소의 내용

위징 십점소의 내용은 이러하다. 먼저 서론으로 소를 올린 배경을 서술하고, 이어 본론으로 10개 항목을 개진하였다. 그리고는 이의 실행을 간곡히 요구하는 말을 결론으로 삼았다.[2]

① 서론

태종 13년(639) 당시 북방의 돌궐 아사나(阿史那)가 난리를 일으킨 데다 작년 동짓달부터 금년 5월까지 가뭄이 계속되어 십점소를 올린다. 자신이 폐하를 측근에서 10여 년이나 모셨는데, 언제나 인의(仁義)의 도가 있다고 허

---

1 김선민, 1998, 「수당초(隋唐初) 군신(君臣)의 공도(公道)의식 변화」, 『위진수당사연구(魏晋隋唐史研究)』4, 127~128쪽.

2 『신당서(新唐書)』권110, 열전(列傳) 22, 위징(魏徵). 이하 십점소 원문은 이에 의한다.

여하셨다. 폐하께서 항상 검소하고 소박하여 덕이 있다는 명성이 있었다. 그러나 근자에 여러 정사에 불길한 조짐이 있으니 즉위 초 개혁정치의 이상을 견지하여 끝맺음을 잘할 것을 조목조목 아뢰니 만분의 일이라도 도움이 되기를 바란다.[3]

② 10개 항목

이어 10개 항목을 아뢰었다. 그는 매 항목마다 '폐하재정관초(陛下在貞觀初)'·'재정관초(在貞觀初)'·'정관지초(貞觀之初)'·'정관초(貞觀初)'를 내세워 태종이 즉위 초에는 의욕적으로 정사를 개혁하여 많은 성과가 있었는데, 10여 년이 지나면서 기강이 무너지고 실정의 조짐이 보이니 폐하께서 분발하여 끝맺음을 잘해야 한다고 하였다. 이를 조목별로 살피면 다음과 같다.

첫째, 폐하께서 즉위 초에는 청정과욕(淸淨寡慾)하더니 지금은 만리 밖 외국에 사신을 보내 준마(駿馬)와 진귀한 물건을 구하는 등 사치를 일삼으니, 이것이 마무리를 잘하지 않을 수 없는 조짐이다.[4]

둘째, 폐하께서 즉위 초에는 백성들을 자식처럼 여겨 가벼이 역사(役使)를 일으키지 않았는데, 지금은 "백성은 무사하면 교만해지고, 노역을 부과하면 부리기가 쉽다" 하면서 역사하고 있으니 이것이 마무리를 잘하지 않을 수 없는 할 조짐이다.[5]

셋째, 폐하께서 근자에 즉위 초와 달리 일신의 즐거움을 위해 백성들을 부려 궁궐 등을 지으면서 "이를 짓지 않으면 내 몸이 불편하다" 하시니 이

3 "十三年 阿史那結社率作亂 雲陽石然 自冬至五月不雨 徵上疏極言曰 臣奉侍帷幄十餘年 陛下許臣以仁義之道 守而不失 儉約樸素 終始弗渝 德音在耳 不敢忘也 頃年以來 浸不克終 謹用條陳裨萬分一"

4 "陛下在貞觀初 淸淨寡欲 化被荒外 今萬里遣使 市索駿馬 並訪怪珍 昔漢文帝卻千里馬 晉武帝焚雉頭裘 陛下居常論議 遠希堯舜 今所爲 更欲處漢文晉武下乎 此不克終一漸也"

5 "子貢問治人 孔子曰 懍乎若朽索之馭六馬 子貢曰 何畏哉 對曰 不以道導之 則吾仇也 若何不畏 陛下在貞觀初 護民之勞 煦之如子 不輕營爲 頃旣奢肆 思用人力 乃曰 百姓無事則易驕 勞役則易使 自古未有百姓逸樂而致傾敗者 何有逆畏其驕而爲勞役哉 此不克終二漸也"

것이 마무리를 잘하지 않을 수 없는 조짐이다.[6]

넷째, 폐하께서 즉위 초에는 군자를 가까이 하고 소인을 배척하더니, 지금은 소인을 가까이 하고 군자를 멀리한다. 소인을 가까이 하면 잘못을 알 수 없고, 군자를 멀리하면 옳음을 알 수 없다. 이것이 마무리를 잘 하지 않을 수 없는 조짐이다.[7]

다섯째, 폐하께서 즉위 초에는 기이한 물산을 귀히 여기지 않고 무익한 일은 하지 않더니 지금은 귀한 물산을 들이고 놀이를 즐기면서 사치하고, 역역(力役)을 중시하고 농업을 소홀히 하시니 이것이 마무리를 잘하지 않을 수 없는 조짐이다.[8]

여섯째, 즉위 초에는 현사(賢士)를 구해 정사를 맡겼는데, 지금은 한 사람이 배척하면 현사를 버리고 만다. 이리하여 업적이 있는 사람도 인정받지 못하게 된다. 이로써 참소가 성행하여 수도(守道)가 소원해진다. 이것이 극복해야 할 조짐이다.[9]

일곱째, 즉위 초에는 사냥하는 일이 없더니 몇 년 후에 변방에서 사냥개와 매를 지공(支供)하고, 새벽에 나가 저녁에 돌아오기를 즐거움으로 삼으니 언제 변괴가 일어날지 예측할 수 없다. 이것이 마무리를 잘하지 않을 수 없는 조짐이다.[10]

여덟째, 즉위 초에는 아랫사람을 예(禮)로 대하여 여론이 위에 알려졌는

---

6 "陛下在貞觀初 役己以利物 比來縱欲以勞人 雖憂人之言不絶於口 而樂身之事實切諸心 無慮營構 輒曰 弗爲此 不便我身 推之人情 誰敢復爭 此不克終三漸也"

7 "在貞觀初 親君子 斥小人 比來輕褻小人 禮重君子 重君子也 恭而遠之 輕小人也 狎而近之 近之莫見其非 遠之莫見其是 莫見其是 則不待間而疏 莫見其非 則有時而昵 昵小人 疏君子 而欲致治非所聞也 此不克終四漸也"

8 "在貞觀初 不貴異物 不作無益 而今難得之貨雜然並進 玩好之作無時而息 上奢靡而望下樸素 力役廣而冀農業興 不可得已 此不克終五漸也"

9 "貞觀之初 求士如渴 賢者所擧 卽信而任之 取其所長 常恐不及 比來由心好惡, 以衆賢擧而用 以一人毁而棄 雖積年任而信 或一朝疑而斥 夫行有素履 事有成跡 一人之毁未必可信 積年之行不應頓虧 陛下不察其原 以爲臧否 使讒佞得行 守道疏間 此不克終六漸也"

10 "在貞觀初 高居深拱 無田獵畢弋之好 數年之後 志不克固 鷹犬之貢 遠及四夷 晨出夕返 馳騁爲樂 變起不測 其及救乎 此不克終七漸也"

데, 지금은 외관(外官)이 상주해도 작은 과오도 문책하니 충성심이 있어도 진언할 수 없다. 이것이 마무리를 잘하지 않을 수 없는 조짐이다.[11]

아홉째, 즉위 초에는 치도에 힘쓰더니 큰 공업(功業)을 믿어 무사한데도 군사를 일으키고 변방의 장수를 문죄한다. 이로 인해 소인들이 아부해도 위세가 두려워 간언하지 않아 정사(政事)에 손상이 많다. 이것이 마무리를 잘하지 않을 수 없는 조짐이다.[12]

열 번째. 즉위 초에는 도망하는 호(戶)가 없었는데, 근자에 요역이 많아 관중(關中) 백성들이 피폐하다. 정병(正兵) 번상이 중첩되고, 시중 물산도 시전(市廛)에 들어가니 백성들이 평안하지 못하다. 이것이 마무리를 잘하지 않을 수 없는 조짐이다.[13]

이상 십점소를 간추리면 다음과 같다. 1. 사치하지 말 것(①, ③, ⑦). 2. 요역과 군역을 줄일 것(②, ⑩). 3. 현인을 친하고 소인을 멀리할 것(④, ⑥). 간언을 받아들일 것(⑧). 4. 농업을 일으킬 것(⑤). 긴급하지 않은 일에 군사를 일으키지 말 것(⑨) 등이다.

③ 결론

이렇게 열 가지를 개진한 위징은 다음과 같이 간언을 마무리하였다. "화복은 문이 없어 사람이 부르면 들어오고 결점이 없으면 요망한 일이 들어오지 않는다. 지금 밖에서 한재(旱災)가 일어나고, 안에서 흉측한 일이 일어나고 있으니, 하늘이 경계하는 것이다. 폐하는 두려워하고 근심해야 할 때이다. 그런데도 현명한 군주가 할 수 있는데도 하지 않으니 신은 갑갑하여 탄

---

11 "在貞觀初 遇下有禮 群情上達 今外官奏事 顔色不接 間因所短 詰其細過 雖有忠款 而不得申 此不克終八漸也"

12 "在貞觀初 孜孜治道 常若不足 比恃功業之大 負聖智之明 長傲縱欲 無事興兵 問罪遠裔 親狎者阿旨不肯諫 疏遠者畏威不敢言 積而不已 所損非細 此不克終九漸也"

13 "貞觀初 頻年霜旱 畿內戶口並就關外 攜老扶幼 來往數年 卒無一戶亡去 此由陛下矜育撫寧 故死不攜貳也 比者疲於傜役 關中之人 勞弊尤甚 雜匠當下 顧而不遣 正兵番上 復別驅任 市物繈屬於廛 遞子背望於道 脫有一穀不收 百姓之心 恐不能如前日之帖泰 此不克終十漸也"

식한다."[14]

이를 읽은 태종은 이렇게 말했다. "지금 짐의 과오를 들었으니 이를 고치겠다. 이 말을 거스른다면 어찌 공(公)과 얼굴을 마주하겠는가? 이 상소를 병풍에 써서 조석으로 보겠노라." 그리고는 사관에게 명하여 "이를 기록하여 만세에 군신의 의리를 알게 하라" 하고는 황금 10근과 말 2필을 하사하였다.[15]

이 위징의 십점소와 태종의 수용은 중국과 한국에서 '신하의 간쟁'과 '군주의 납간'이라는 군신의리의 한 전범이 되었다.

3. 조선전기 십점소의 사례

조선왕조에서도 간관의 간언과 국왕의 수용을 강조할 때는 늘 위징의 십점소와 당태종의 수용을 강조하였다. 그 중요한 사례 몇 가지를 보자. 먼저 태종 7년(1407) 경기도관찰사 윤사수(尹思修)는 원단일에 위징의 십점소를 병풍으로 만들어 국왕에게 바쳤다.[16] 위징과 당태종의 고사에 따라 신하의 간언을 수용하라는 뜻이 담겨있었을 터이다.

성종 7년(1476) 경상도관찰사 유지(柳輊)가 탄일을 하례하여 위징의 십점소를 써서 병풍을 만들고, 비단에다 도금[銷金]으로 꾸며서 진상하였다. 이에 성종은 "정무의 여가에 잠규(箴規)를 병풍에 써서 내 마음을 경계하게 하니, 경의 마음을 감히 잊겠는가? 좌우에 비치해두고 나에게 향한 정성을 생

14 "夫禍福無門 惟人之召 人無釁焉 妖不妄作 今旱곳之災 遠被郡國 凶丑之孽 起於轂下 此上天示戒 乃陛下恐懼憂勤之日也 千載休期 時難再得 明主可爲而不爲 臣所以鬱結長歎者也"

15 "疏奏 帝曰 朕今聞過矣 願改之 以終善道 有違此言 當何施顔面與公相見哉 方以所上疏 列爲屏障 庶朝夕見之 兼錄付史官 使萬世知君臣之義 因賜黃金十斤 馬二匹"

16 『태종실록』권7, 4년 정월 계묘.

각하겠다" 하고 어의(御衣)를 하사하였다.[17] 진상한 병풍을 좌우에 비치하겠다 하고 어의를 하사한 것은 당태종이 위징의 십점소를 병풍으로 제작하고, 황금과 말을 하사한 고사를 그대로 본 뜬 것이다.

동왕 8년(1477) 사헌부 집의 이칙(李則)이 동지가 지났는데도 비가 내리니 음양이 어긋났다 하면서 아뢰었다. "당태종은 어진 군주인데도 위징이 십점소를 올렸다. 전하께서도 즉위하신지 여러 해가 되었으니 경계하고 삼가야 한다." 그리고는 "지금 종실(宗室)과 재추(宰樞)가 가사(家舍)를 사치할 뿐만 아니라 강가에 정자를 지어 유연(遊宴)의 장소로 삼는다.… 여기다 은천군(銀川君)[18]이 한강변에 큰 가사를 짓고 있으니, 이를 금해야 한다" 하였다.[19] 십점소의 고사를 빌려 자신의 간언을 수용하라는 뜻이다.

동왕 9년(1478) 홍문관부제학 성현(成俔) 등이 십점소를 올렸다. 이 상소는, 창업(創業)은 쉬우나 수성(守成)은 어려운데, 그 수성의 방법을 개진하는 것이라 하였다. 당태종의 창업 초기의 개혁의지를 일깨워 수성의 방법을 말한 위징의 십점소를 명칭부터 그대로 본뜬 것이었다.

이 십점소는 중국의 많은 고사와 당대 현실을 적절히 섞어 의견을 개진했는데, 서론으로 당태종과 위징, 한 문제(漢文帝)와 가의(賈誼)의 간언과 수용 고사를 들었다. 한 문제는 현명한 군주였는데, 가의가 태식(太息)을 말했고,[20] 당태종은 어진 군주인데 위징의 십점소가 있었으니, 두 군주가 이들의 간언을 수용하지 않았으면 한과 당이 제대로 나라가 될 수 없었을 것이라 하였다.

홍문관의 십점소를 간략히 소개하면 다음과 같다. ① 임금이 학문에 힘쓸

---

17 『성종실록』권69, 7년 7월 갑자.

18 은천군은 태종의 후궁출 1남 경녕군(敬寧君)의 2남이다.

19 『성종실록』권86, 8년 11월 임오.

20 가의(賈誼)가 탄식(太息)을 말했다는 것은 당시 정사가 해이해져 기강이 서지 않으므로, 그 병폐 열거하면서, 길이 탄식[太息]할 일이 여섯 가지라 한 고사를 말한다.(『한서(漢書)』권48, 열전(列傳) 18, 가의전(賈誼傳))

것, ② 신하의 간언을 수용할 것, ③ 소인을 멀리하여 간사함을 제거할 것, ④ 현인을 등용할 것, ⑤ 불교를 배척할 것, ⑥ 사원전을 혁파할 것, ⑦ 음사를 배척할 것, ⑧ 신민(臣民)의 예의염치를 기를 것, ⑨ 잡예(雜藝)를 경시하지 말 것, ⑩ 성경(誠敬), 정심(正心)으로 나라를 다스릴 것 등이다.

여기서는 당시 민생에 관한 사항, 예컨대 전세, 군역, 요역, 공물의 부담에 대해서는 특별히 언급하지 않고, 국왕의 수신(①,⑧,⑩), 국왕과 신하의 의리(②,③,④) 등 유교정치의 보편적인 성군론에다 당시의 현안인 척불, 척사론(⑤,⑥,⑦)을 강조한 것이 특징이다.

동왕 13년(1482)에는 홍문관부제학 권건(權健) 등이 상소했는데, 국왕이 교외에서 해청(海靑)을 날려 사냥하며 진기한 새나 짐승을 좋아하고 있으니, 잘못을 고치는 데 인색하지 않은 뜻을 보이라 하면서 당태종이 위징 십점소의 "초기에는 궁궐에 깊숙하게 있으면서 사냥을 좋아하는 일이 없었는데, 그 후에 뜻이 견고하지 못하여 사방 오랑캐로 하여금 사냥하는 매와 개를 조공하게 하니 이것이 극복해야 할 조짐"이라 하여 이를 고쳤다는 고사를 인용하였다.[21]

동왕 17년(1486)에는 홍문관직제학 김흔(金訢)이 위징 십점소의 족자를 바치고 차자를 올려 당태종과 위징의 고사를 따라 직언(直言)을 구하고 간언을 따르라 하였다. 그는 여기서 "전하께서는 위징의 이 십점소 좌우에 걸어두고 살피되, 늘 위징의 낯을 보고 위징의 말을 듣는 듯하시라" 하였다. 성종은 "위징의 이 말은 참으로 만세의 귀감이다.…그대의 정성을 가상하게 여겨 상을 주어 표창한다. 늘 좌우에 두고 스스로 경계하겠다"고 화답하여 위징과 당태종의 고사를 그대로 재연하였다.[22]

연산군 10년(1497)에는 예문관대교 정희량(鄭希良)이 십점소를 올렸는데, 당시 정전에 벼락이 떨어지는 변괴에 따른 구언(求言)에 응한 것이었다. 당태

---

21 『성종실록』권138, 13년 2월 무오.

22 『성종실록』권193, 17년 7월 을묘.

종이 위징의 십점소를 병풍으로 만들어 조석으로 보면서 반성했다는 고사를 인용하면서 다음과 같이 임금의 덕에 대한 열 가지 항목을 개진하였다.

① 임금의 마음을 바르게 할 것, ② 경연을 부지런히 할 것, ③ 간쟁을 받아들일 것, ④ 현(賢)과 사(邪)를 분변할 것, ⑤ 대신을 공경할 것, ⑥ 내시를 억제할 것, ⑦ 학교를 숭상할 것, ⑧ 이단(異端)을 물리칠 것, ⑨ 상벌을 신중하게 할 것, ⑩ 재용을 절약할 것 등이다. 이를 두고 연산군은 "쓸 만한 말이 있고, 쓸 수 없는 말이 있다" 하였다.[23]

당시는 무오사화가 일어나기 한 해 전으로 연산군이 삼사(三司)를 비롯한 언관의 간쟁을 극히 혐오하던 시기였다. 성종처럼 당태종의 말을 인용하면서 가납하거나, 상을 내리는 등 너그러이 포용하지 않은 이유가 여기에 있었다.

이처럼 신하들이 십점소를 거론하는 것은 모두가 ① 당태종과 위징의 십점소 고사를 전범으로 하여 간언을 받아들이라고 요구하거나(윤사수, 유지, 이칙, 권건, 김흔), ② 위징의 고사를 본떠 실제로 10항목을 상소하는 일이다(성현, 정희량). 이럴 경우 국왕은 표면적으로는 수용하는 이른바 납간(納諫)의 미덕을 보이기 마련이지만, 실제로는 사안에 따라 곧장 수용할 수 없는 사안도 많다.

가령 성현이 올린 홍문관 십점소의 경우, ⑤ 불교를 배척할 것, ⑥ 사원전을 혁파할 것 등은 왕조초기부터 누대에 걸친 숙제이니 이 십점소로 당장에 개선이 성취될 수 없는 일이다. 이를 경우 이 항목은 오히려 '아직도 누대의 과제가 해결되지 않고 있으니 유념하시라'는 정도로 이해해야 할 것이다.

또 ① 임금이 학문에 힘쓸 것, ② 신하의 간언을 수용할 것, ③ 소인을 멀리하여 간사함을 제거할 것, ④ 현인을 등용할 것, ⑧ 신민(臣民)의 예의염치를 기를 것, ⑩ 성경(誠敬), 정심(正心)으로 나라를 다스릴 것 등은 왕도정치론에 입각한 국왕의 미덕을 말하는 것이어서 현실적으로 절실한 것은 아니다.

---

23 『연산군일기』권25, 3년 7월 경술.

그러므로 십점소는 대체로 왕도정치론에 입각한 국왕의 미덕 함양과 성리학의 수신론에 따른 수성(修省) 요구가 주류를 이루고 있다. 목전의 현안을 두고 치열하게 간언하는 것은 오히려 언론3사의 나날의 계언(啓言)에 있었다. 따라서 십점소는 대개의 경우 국왕의 수신, 군신의 의리, 척불과 척사 등 유교의 왕도정치론과 이에 입각한 숭유배불론이 주류를 이루고 있었다.

4. 심광언 '십점소' 당시의 정국

심언광이 십점소를 올린 중종 24년(1529) 4월은 척신(戚臣) 김안로가 유배에서 방송되기 직전이었다. 김안로는 본관이 연안이며, 참의 김흔(金訢)의 아들, 기묘사화 직후 영의정을 지낸 김전(金詮)의 조카이다. 연산군 12년(1499) 문과에 장원급제하고 직제학(直提學)·부제학·대사간 등을 거쳐 일시 경주부윤으로 나갔다. 아들 김희(金禧)가 중종 15년(1520)에 장경왕후 소생 효혜공주와 결혼함으로서 왕실과 연계되어 척신이 되었다.

그는 당시 중종의 왕비 문정왕후와 후궁 경빈박씨에 둘러싸여 고단한 처지에 있던 세자(후의 인종)의 보호자를 자처하여[보익동궁(輔翼東宮)] 권력의 기반을 다져갔다. 이를 기화로 하여 조광조(趙光祖)가 몰락한 기묘사화 후 이조판서로 발탁되었다. 남곤, 심정 등 훈구대신은 김안로의 이러한 성장을 경계하여 그를 제거하려 하였다. 이리하여 그는 동왕 19년(1524)에 풍덕군으로 유배되었다.

훈구대신들이 김안로를 제거한 명분의 하나는 그가 언관을 조종하여 자기 뜻을 이루려 했다는 것이다. 왕실 척신이면서 인사권을 장악한 이조판서였으니 언관들이 그의 뜻을 거슬리기 어려웠을 것이기 때문이었다. 이처럼 김안로는 당시 정국에서 언관의 중요성을 인지하고 세력 강화에 이들을 이용하고 있었던 것이다.

남곤, 심정 등은 김안로 제거 이후 정국을 주도했으나 남곤이 동왕 22년

(1527)에 사망함으로서 훈구대신이 주도하는 정치체제는 약화되었다. 그런 가운데 심정은 같은 해에 우의정이 됨으로써 정국의 중심인물이 되었다. 그는 당시에 세력이 강성하여 그의 아들들이 청요한 현직(顯職)에 취임해도 언관들이 탄핵하지 못하는 상황이었다.

같은 해(1527)에 동궁을 저주한 이른바 '작서(炸鼠)의 변'이 일어났는데, 혐의자로 경빈박씨가 지목되었다. 동궁보다 연장인 소생 복성군(福城君)을 세자로 삼으려는 개연성이 있다는 것이었다. 마침내 중종은 혐의자로 지목된 경빈박씨와 복성군을 치죄하여 폐서인하였다. 그러나 이 작서의 변은 유배에서 벗어나려는 김안로와 경빈박씨를 견제하려는 문정왕후의 정치적 합작이었을 가능성이 크다고 한다.[24] 경빈은 동왕 23년(1528)에 복성군과 함께 처형되었다.

한편 김안로는 아들 김희를 통해 유배에서의 방환을 도모했다. 중종 22년(1527) 김희는 아비의 방환을 요청했으나 거부되었고, 동왕 23년(1528)에 다시 요청했으나 방환은 되지 않고 풍덕과 비슷한 거리에 이배(移配)되었다. 동왕 24년(1529) 2월에 다시 방환을 요청했으나 중종이 하락하지 않았고, 같은 해 5월에 또 요청함에 따라 마침내 중종은 김안로를 방송하였다.

이후 김안로는 2년간의 공백기를 거쳐 동왕 26년(1531) 6월에 의흥위대호군으로 관직에 복귀하였고, 같은 해 윤6월에 한성부 판윤이 되었다. 동왕 8월에 예조판서가 되었으나 의정부와 6조의 논계로 체직되었다가 이후 동지경연사, 홍문관대제학, 예문관대제학, 춘추관사, 성균관사, 세자시강원좌빈객 등 청요직을 역임하였다.

한편 심정은 김안로가 방송된 후인 중종 25년(1530) 11월에 '작서의 변' 당시 경빈박씨의 뇌물을 받았다는 대간의 탄핵으로 고신을 추탈당했다가, 1년 후인 동왕 26년(1531) 12월에 김안로 일파를 비난한 익명서 사건의 범인

---

24 김우기(金宇基), 1990, 「조선 중종후반기의 척신과 정국동향(朝鮮 中宗後半期의 戚臣과 政局動向)」, 『대구사학』40집, 45쪽. 이하 척신정치의 추이에 대해서는 이 논문을 따른다.

으로 지목된 아들 심사순(沈思順)에 연루되어 사사되었다. 이 사건의 배후는 김안로인데, 당시 사신이 말하기를, "대간과 시종이 김안로와 동심(同心)"이라 했으니,[25] 그가 언관을 조종하여 정적을 제거했던 것이다.

심언광은 십점소를 올린 때는 중종 24년(1529) 4월이었으니, 김안로 방송 한달 전이었다. 김안로의 정계 복귀에는 심언광의 인진(引進)이 있었는데, 그것은 "심언광이 김안로가 동궁을 보호하고 기묘사림을 등용한다는 말을 믿고 그를 인진해야 한다는 여론을 적극 조성하여 동료들에게 전파했다"는 것이 그것이다.[26] 이로 인해 심언광은 형 심언경(沈彦慶)과 더불어 김안로를 정점으로 하는 척신세력의 범주에 들어가게 되었다.

다음은 중종 26년(1531) 12월 계묘일의 사신의 사평이다.

> 민수천(閔壽千)은 심언광과 교제하면서 '심정이 사류들에게 분노를 품고 있으니 그 화가 예측할 수 없다. 김안로는 드러나지도 않은 죄 때문에 귀양가서 오래되었으니 그를 조정에 끌어들여 심정을 물리치면 사류들이 안심할 수 있을 것이다.' 하였다. 심언광이 이런 의논을 동료들에게 전파했는데, 허항(許沆)·허흡(許洽)·이임(李任)이 이에 합세하였다. 채무역(蔡無斁)은 김안로의 처족인데, 이들의 지시에 따라 움직이면서 동궁이 고립되었다는 설을 내세웠다. 이리하여 당여를 조정으로 끌어들여 마침내 끝없는 화를 일으켰으니 한스럽다.[27]

이 기사에 따르면, 심언광은 김안로가 유배 중일 때 이미 그의 방환 여론을 조성하고 있었다. 그 이유는 김안로가 조정에 복귀해야 심정을 물리칠 수 있고, 또 하나는 동궁을 보익할 수 있다는 것이었다. 그러므로 십점소 상

---

25 『중종실록』권72, 26년 12월 경진.

26 박도식, 2010, 「어촌 심언광의 생애와 경세론」, 『어촌심언광연구총서』제1집, 185쪽.

27 『중종실록』권72, 26년 12월 계묘.

소 때인 중종 24년1529)에도 심언광은 김안로 방환 여론을 조성하고 있었음을 알 수 있다.

실제로 심언광은 김안로가 유배 중에 조정에의 복귀를 도모하던 중종 22년(1527)부터 홍문관교리, 사헌부집의, 예문관응교, 홍문관전한을 역임했고, 십점소를 올린 동왕 24년(1529) 당시에는 사헌부집의였다. 김안로가 방송된 뒤 동왕 25년(1530)에는 이조참의, 강원도관찰사, 성균관대사성을 역임하고, 동왕 26년(1531)에는 홍문관부제학, 사간원대사간, 승정원승지를, 동왕 28년(1533)에는 이조참판, 동왕 29년(1534)에 병조참판, 예조참판, 공조참판으로 승승장구하였다.[28]

심언광은 동왕 31년(1536) 공조판서 재임 중 김안로의 무함으로 평안도경변사로 폄척되었다. 동왕 32년(1537) 김안로는 패퇴하여 사사되었다. 심언광은 김안로가 사사된 날 공조판서로 복귀하였고, 곧이어 우참찬이 되었다. 그러나 김안로를 인진한 것이 빌미가 되어 동왕 33년(1538)에 대간의 탄핵을 받아 파직되고 고신을 추탈당하였다. 이후 향리 강릉에 물러났다가 2년 만인 동왕 35(1540)년 54세에 생을 마감하였다.[29]

심언광은 비록 김안로의 무함으로 폄척되었다가 복귀했지만, 김안로의 득세기에 청요직을 역임하고 의정부의 요직을 지낸 것으로 보아 김안로의 척신계열에 속하는 것은 숨길 수 없는 사실이다.[30]

5. 심언광 십점소의 내용

심언광의 십점소는 10조목의 내용이 다를 뿐 상소문의 형식은 위징의 십

28 강릉문화원, 2006, 『국역 어촌집』, 연보.

29 위와 같음.

30 김우기도 심언경과 심언광을 척신계열로 분류하였다.(김우기, 앞의 논문, 55~56쪽)

점소를 그대로 모방하고 있다. 성종 9년(1478) 홍문관부제학 성현(成俔) 등의 십점소와 마찬가지로 처음 서문이 있고, 다음 10개 항목을 나열한 후, 말미에 개선을 촉구하는 결론을 덧붙인 것이 그것이다.

위징은 십점소 각 항목에서 서두를 "폐하의 정관 초기에는…" "정관 초기에는…" 등으로 시작했는데, 심언광의 십점소도 이를 본따 "전하께서 중흥한 초기에는…"이라 하였다. "전하께서 중흥했다"는 것은 "반정으로 연산군의 폐정을 극복하고 나라를 중흥시켰다"는 뜻으로 중종의 즉위를 말한다. 다시 말하면 "임금께서 반정으로 즉위한 초기에는 이러이러했는데, 지금은 초기의 의지가 쇠퇴해서 저러저러한 조짐이 보이니, 심기일전하여 즉위 초기의 마음으로 돌아가 중흥을 이루자"는 것이다. 이를 항목별로 보면 다음과 같다.

1) 서론

임금은 누구나 치안(治安)을 좋아하고 위망(危亡)을 싫어한다. 그런데 천하에서 위망이 잇달아 일어나는 까닭은 임금이 잘 다스리다가[善治] 마무리를 잘 하지[善終] 못하기 때문이다. 전하께서 연산군의 폐정(廢政)을 이어받아 중흥의 융성을 꾀할 때 지난 일을 거울삼아 장래를 경계하여, 해독을 씻어 화락(和樂)이 흐르게 하며, 공경하고 두려워하는 마음으로 날마다 신중히 정사를 행했다. 그러나 근년에는 마무리를 잘못하여 중흥초기에 비해 어그러지는 데가 있어 삼가 조목으로 아뢰어 만분의 일이라도 돕겠다.[31]

서문의 말미에는 "근년에는 마무리를 잘 못해 … 삼가 조목으로 아뢰어 만분의 일이라도 돕겠다[경년이래 침불극종…근용조진 비만분일(頃年以來 寢不克終…謹用條陳 裨萬分一)]"는 말이 있는데, 이것은 위징 십점소의 그것을 그대로 따온 것이다.

---

31 "竊惟 人主孰不喜治安 惡危亡 而古今天下 常患於危亡之相繼者 由人主能善始 而不能善終也 殿下承廢政之餘 致中興之盛 深鑑既往 用戒方來 滌彼毒螫 流此愷悌 寅畏小心 日愼一日 頃年以來 寢不克終 發政行事 視中興初 有大相戾 謹用條陳 裨萬分一"

2) 10개 항목

10개 항목을 간추리면 다음과 같다.

① 후궁의 정사 간여를 배제할 것

전하께서 중흥한 초기에는, 폐조에서 내폐(內嬖)가 권력에 간여하고, 간사한 무리가 이들에게 아첨하는 것을 보고 궁궐을 숙청(肅淸)하여 총애가 치우치는 과실이 없었다. 그러나 지금 대궐 깊은 곳에는 후궁이 둘러 있으니, 가까이하기는 쉽고 멀리하기는 어렵다.

여색을 덕보다 더 좋아하면 점점 빠져들어 본심을 보존하기 어려우니, 상(商)의 주왕(紂王)이 부인의 말을 잘 듣는 것과 같은 지경에 이를 것이며, 여희(驪姬)의 한밤 울음과[32] 비연(飛燕)의 성낸 말도[33] 반드시 유래가 있는 것이다.

이제 내폐의 문지방 안팎으로 말이 드나들고, 용렬하고 염치없는 무리가 폐행(嬖倖)에 매달려 특별한 은혜를 바라며, 자질구레한 인척들이 몰래 아첨하고 있으니, 이것이 마무리를 잘하지 않을 수 없는 첫째 조짐이다.[34]

---

32 춘추시대 진헌공(晉獻公)이 여융(驪戎)을 치고 그곳 군주의 딸을 얻었으니 여희이다. 여희가 부인이 되어 전 부인이 낳은 태자 신생(申生)을 참살(譖殺)하고 자기가 낳은 해제(奚齊)를 세우려고 하였다. 여희가 한밤중에 눈물을 흘리면서 헌공(獻公)에게 "신생은 인(仁)을 좋아하면서도 강하고 매우 너그러워 백성을 사랑한다고 하니, 이는 술수를 부리는 것입니다…" 하면서 참소하였다. 이리하여 신생은 목매어 죽고 말았다.(『(國語』권7, 晋語 1)

33 비연은 조씨(趙氏)로 장안(長安)의 궁인(宮人)이었다. 한성제(漢成帝)가 궁으로 불러들여 사랑하였다. 허황후(許皇后)가 후궁을 저주하고 임금까지 욕하였다고 참고(譖告)하여 폐출당하게 하고 그 뒤를 이어 황후가 되었다. 그런 뒤에도 성제가 폐출된 허씨를 가까이하여 아기를 낳으니 비연이 분노하여 제 손을 찧고 머리로 기둥을 치며 울며 음식을 먹지 않았다. 마침내 그 아기는 궁중으로 들어왔으나 상자 안에서 죽어 나왔다. 후에 서인(庶人)으로 폐출되자 그날로 자살하였다.(『漢書』권97, 外戚傳 67, 孝成趙皇后)

34 "殿下在中興初 懲廢朝內嬖預權 群邪諂附之禍 以爲尋常房闥之戒 肅淸宮闈 限截內外 曾無寵昵頗僻之失 然閑居屋漏之中 蠕蜎蠖濩之地 嬪御常環 易狎難疎 好德之心 少不如好色 則浸浸然溺於其中 難保其此心之存 其不至於商紂之婦言是用 間不容髮 驪姬夜半之泣 飛燕憤恚之辭 其胚胎醞釀 必有所由來者 今也由梱內外 言有出入 竊恐庸庸無恥之徒 攀緣嬖倖 覬求異數 瑣瑣姻婭陰售其佞 此不克終一漸也"

② 왕자녀 가사는 제도를 준수할 것

전하께서 중흥 초기에는, 폐조의 사치했던 토목공사를 뉘우쳐서 청정과욕, 검약소박하여 폐조에서 지은 가무하는 건물을 헐어버렸다. 당 태종도 궁전을 지으려다 진(秦)나라 일을 거울삼아 중지했는데, 이것은 전하께서 폐조의 일을 거울삼으신 것과 같다.

그러나 왕자·왕녀의 집 간가(間架)에는 정해진 제도가 있는데도,[35] 집을 높이 짓고 담에 조각하여 구역을 잇대면서 일시에 공사를 한다. 나무 하나, 돌 하나를 나르는 것도 백성의 피땀이 아닌 것이 없는데, 나무 베고 재목 모으는 일을 모두 산군(山郡) 백성에게 요구하고 가혹하게 매질한다. 이로 인해 농사철에 부역이 끊이지 않으니 농사를 제대로 지을 수 없다.[36]

전하께서 제도를 넘는 영건을 좋아하시는 것은 아니지만, 이것이 백성의 힘을 해치고 사치한 마음을 열게되니 이것이 마무리를 잘하지 않을 수 없는 둘째 조짐이다.[37]

③ 재용을 절약할 것

전하께서 중흥 초기에는, 폐조에서 재용(財用)을 낭비한 일을 뉘우쳐서 국가의 경비 외에는 한 가지도 횡렴하지 않아 용도는 간편하고 저축은 늘었다. 그런데 근래에는 사치하고 용도에 절도가 없어 탕장(帑藏)이 고갈된다. 이름없는 수요를 지응하지 못해 내년 공물을 앞당겨 거두니[引徵]일년 양세(兩稅)가 되어 백성이 원망한다.

---

35 왕자녀의 가사는 대군 60간, 왕자군·공주 50간, 옹주 및 종친은 40간으로 규정되어 있다.(『경국대전』공전, 잡령)

36 중종 17년(1522)에 효혜공주의 가사를 수리하는데, 사치하다는 사간원의 상언이 있었으나, (『중종실록』권44, 17년 3월 무오) 심언광의 십점소 당시에는 현안으로 대두해 있지 않았다.

37 "殿下在中興初 懲廢朝土木之侈靡 淸淨寡慾 儉約朴素 歌臺 舞榭 在廢朝所營構者 一切壞撤 知宮室之不可大侈也 唐太宗欲營一殿 鑑秦而止 太宗之鑑秦 乃殿下之鑑廢朝也 王子女第宅 間架自有定制 而峻宇 彫墻 務極宏大 聯區 疊構 同時竝擧 夫一木一石之輸 莫非生民之血 而伐木鳩材 皆責山郡之民 程督甚苛 鞭扑隨之 農務方殷 呼耶不絶 春種吐禾 蹂傷必多 其營建踰制 雖非殿下自娛 而傷民力 啓侈心 一也 此不克終二漸也"

송태조(宋太祖)는 향을 넣는 옷농을 만들려다 그만두었고, 인종(仁宗)은 밤중에 구운 양고기가 먹고 싶었으나 주림을 참고 찾지 않았다. 천하가 이를 관례로 삼을 것을 염려한 것이다. 한 가지를 구하면 열 가지 비용이 들어 그 폐단이 이루 말할 수 없기 때문이었다.

지금의 재용은 한 해의 상공(常貢)으로도 부족하지 않다. 출납을 헤아려 제도를 정했기 때문이다. 그런데도 조종조에는 넉넉하게 썼는데, 오늘날에는 왜 모자라는지 신들의 의혹이 크다. 이것이 마무리를 잘하지 않을 수 없는 셋째 조짐이다.[38]

④ 간신을 물리칠 것

전하께서 중흥 초기에는 폐조에서 간사한 자가 나라를 그르친 것을 뉘우쳐서 충량한 사람을 얻어 나라를 다스리고 전대의 간사한 자를 물리쳤다. 진퇴를 공론에 맞게 하고, 지위를 장단에 따라 맞게 하며, 작록을 인척에게 주지않고, 대신이 현자(賢者)를 천거하게 했다.

지금은 현자와 우인(愚人)이 뒤집히고, 노둔한 자가 다투어 나오며, 아첨하는 노인이 재상에게 칭찬받고, 과감히 말하는 자를 부박한 신진이라 한다. 학덕이 있다는 자에게도 좋은 계책이 없으며, 달관(達官)의 친척이 아니면 벼슬길에 오르지 못한다. 재물이 은총을 사고, 폐행이 벼슬을 매개한다는 말이 퍼지고 있다.

또한 권세에 붙좇아 스스로 측근의 신하라 여겨 자기에게 이로우면 종사(宗社)를 돌보지 않으니, 이것은 집이 있는 것은 알되 나라가 있는 것은 모르는 자이니, 이런 자를 쓸 수는 없다. 이것이 마무리를 잘하지 않을 수 없는

---

38 "殿下在中興初 懲廢朝財用之糜費 捨軍國百司經費外 一無橫斂 調度不煩 供張恒足 頃旣奢肆 用不以節 帑藏虛竭 不能應其無名之需 引徵來歲之貢 一年兩稅 民用怨咨 此厥不改 民其堪支乎 宋太祖欲造熏籠 以條貫不合而止 仁宗夜思燒羊 忍飢不索 恐天下遂以爲例 有天下者 豈少一薰籠燒羊哉 蓋索一物 必有十物之費 而其弊有不可勝言者矣 今之財用 一年常貢 其數非少贍也 量其出入 以定其制 其初非不熟計也 是何足用於祖宗朝 而不足於今時乎 臣等之惑 滋甚焉 此不克終三漸也"

넷째 조짐이다.[39]

⑤ 탐오한 지방관을 징치할 것

전하께서 중흥 초기에는 폐조에서 수령이 탐학하여 백성이 고달팠던 일을 뉘우치고, 민폐를 물어 백성을 편안하게 하며, 수령을 권징(勸懲)하여 백성을 보호하였다. 때문에 초기에는 지방관이 전하의 충심(衷心)을 체득하여 탐욕과 침탈이 오늘처럼 심하지는 않았다.

지금은 탐욕한 풍속이 늘어나 징세(徵稅)에 힘쓰고, 무육(撫育)을 여사로 여기며, 갖가지로 아첨하여 권요(權要)를 섬기고 거리낌없이 뇌물을 받으니, 종기 고치느라 제 살을 깍는 격이다. 지방관이 체직되어 돌아올 때에는 짐바리가 1백을 넘고 온갖 일용하는 기구를 훔쳐온다.

때문에 지방 백성이 괴로워도 호소하지 못하면서, 관원을 도둑 관원이라 하고 나라를 도둑 나라라 하니, 조정의 수치가 이보다 큰 것이 없다. 권징이 엄하지 않고 감사(監司)를 마땅한 사람으로 얻지 못하고서 백성이 편안하고 나라가 다스려지기를 바라기는 어렵다. 이것이 마무리를 잘하지 않을 수 없는 다섯째 조짐이다.[40]

⑥ 천견에 응하여 수성할 것

전하께서 중흥 초기에는 위로 재변을 두려워하고 아래로 허물을 살피며,

---

39 "殿下在中興初 懲廢朝奸邪之誤國 思得忠良賢愚倒置 闒茸競進 諂邪老漢 大爲時宰所稱譽 抗直敢言者 目謂之新進浮薄 其自謂耆宿者 亦未有嘉謨嘉猷 用舍不由淑慝 東西惟其好惡 苟非達官之瓜葛 無由策名於宦牒 貨貝爲市寵之階 嬖倖司媒爵之路 衆口騰播 或信或疑 在聖朝豈有此事 然往來行言 必有所以 亦或依倚怙肆 自擬城社 苟可以利己 不恤宗社 此知有家 而不知有國者也 殿下將焉用之 此不克終四漸也"

40 "殿下在中興初 懲廢朝守宰之貪殘 蒼生之困瘁 咨詢民瘼 矜育撫寧 勸懲守令 務令懷保 此殿下願治之初 猶有體上衷者 其貪饕割剝 不至如今日之甚 靡靡之俗 日益歲滋 徵科先務 撫字餘事 多方漁奪 諂事權要 公然受賕 不復畏忌 哀哀瘝疾 醫瘡剜肉 連城比邑 滔滔皆是 遞還之際 馱載踰百 凡槃盂几案茵席 日用器具 陰偸顯竊 以充其私 窮荒萬口 悶默無訴 謂其員曰盜賊員 謂其國曰盜賊國 聖朝之恥 莫大於此 齊威王烹 阿封卽墨 而齊國治 范滂攬輿 有澄淸之志 而貪汚者 解印綬去 勸懲不嚴 監司不得其人 而欲其民安而國理難矣 此不克終五漸也"

재변을 그치게 할 방도를 강구하고 천견(天譴)에 보답하기를 바라, 수성(修省)에 소홀하지 않았다. 그러나 지난번 재변이 나타나, 밤에는 백기(白氣)가 깔리고 낮에는 안개가 가득했다. 북방 들에 돌이 떨어지고 여름철에 우박이 내리며, 가뭄이 심해 파종도 하지 못했다.

하늘의 경고가 이에 이르렀는데, 전하께서 어떻게 하늘에 응답하고 재변을 그치게 하실지 모르겠다. 실속 없는 글과 말단의 일로 옛일만을 따르고 반성하지 않아서는 안되며, 허물을 지고 꾸짖는 것이 성탕(成湯)의 지극한 정성과 같아야 한다.

부모가 자식에게 경계함에, 처음 들으면 그 마음을 고치나 다음에 들으면 조금 덜하고 여러 번 들으면 마음이 편안해진다. 마음이 편안해지면 허물을 고치지 않는다. 하늘이 재변으로 경계해도 여러 해 재변이 익숙해져서 심상하게 여기고 두려워하지 않으면 폐조에서 하늘을 업신여긴 것과 다를 바 없다. 이것이 마무리를 잘하지 않을 수 없는 여섯째 조짐이다.[41]

⑦ 경연에 충실할 것

전하께서 중흥 초기에는 치도(治道)에 힘써 늘 미치지 못하는 듯 하셨다. 아침부터 저녁까지 어진 선비를 만나 강마(講磨)에 얻는 것이 많았는데, 지금은 지려(志慮)가 변하여 안일한 빛이 일마다 나타난다. 즉위하신지 24년이 되었는데, 작은 성취에 안일하여 원대한 계략을 꾀하지 않고 있다.

반년 동안 경서의 뜻을 묻지 않으니 최언(崔郾)[42]이 공이 없다고 사직하고,

---

41 "殿下在中興初 上畏天變 下省己愆 講究弭災之方 冀答天心之譴 修省之誠 罔有小忽 頃者天災物怪,疊見層出 夜則白氣橫天 晝則昏霧四塞 朔野隕石 暑月雨雹 驕陽作愆 種不入土 天之警告一至於此 未知殿下應天以何道 弭災以何方乎 若以虛文末節 應故事 而無反躬之實 則其誰欺 欺天乎 桑林六責 無一而非今日之病 引咎自責 果皆如成湯之至誠乎 父母之警其子也 初聞之 其心變焉 次聞之 其變少衰 屢聞之 其心安焉 心苟安矣 終無改過之理矣 天以災變警殿下 而頻年遇災狃以爲常 處之肆然 若無危懼之意 其異於廢朝之慢天者 無幾 此不克終六漸也"

42 최언은 당 경종(唐敬宗) 때 사람이다.

한 달이 넘도록 치도를 묻지 않으니 이강(李絳)이[43] 스스로 포식을 부끄러워 한 고사가 있다. 최언과 이강도 공없이 포식하는 것을 부끄러워했는데, 하물며 최언과 이강만 못한 자일까.

안일을 위에서 경계하지 않고 아래서도 간언하지 않으니, 폐조에서 게을렀던 것과 다를 것이 없다. 이것이 마무리를 잘하지 않을 수 없는 일곱째 조짐이다.[44]

⑧ 척불숭유할 것

전하께서 중흥 초기에는 유학을 숭상하고 이단을 배척하였다. 몸소 성균관에 나아가 경서를 논하니 중들이 성시(城市)에서 자취를 끊었고, 어두운 풍속에 밝은 마음이 일어났다. 사도를 물리치고 정도로 나아가는 길이 되었으니 천 년에 한 번 있을 아름다운 일이었다.

요즈음은 백성이 머리를 깎고 부역을 기피하여 도하(都下)를 횡행한다. 부상(富商)과 귀척(貴戚)이 재물을 보시하여 복을 바라므로 여러 산에 사찰이 다시 생겨난다.[45] 그러나 학궁(學宮)은 퇴폐해도 수리할 뜻이 없어, 학도가 흩어지고 육례(六禮)가 강습되지 않는다.

성균관이 이러하니 향교는 더 말할 것 없다. 범패(梵唄) 소리는 많은데 현송(絃誦) 소리는 들리지 않고 있다. 이단이 흥하면 오도(吾道)가 망하고, 오도가 망하면 천륜이 없어지고 국가가 없어지니, 폐조에서 학교를 헐고 인륜을

---

43 이강은 당 헌종(唐憲宗) 때 사람이다.

44 "殿下在中興初 孜孜治道 常若不及 夙寤晨興 頻接賢士 講劘之際 所得弘多 志慮旣移 怠心乃生 爰自頃年 少勤多逸 逸豫之色 隨事輒見 以常情言之 革否開泰 二十四年于玆 苟安小康 不圖遠略 如非高宗之遜志時敏 成王之緝熙光明 則厭勤 成怠 今其幾矣 晋武帝焚裘之心 怠而爲羊車 竹葉之荒淫 唐明皇 開元之治 怠而爲天寶之亂 此豈徒二君之過也 輔之者非其人也 半歲不問經義 則崔郾謝以無功 踰月不訪治道 則李絳自慙飽食 崔郾李絳 猶以無功飽食爲恥 而況不爲崔郾李絳者乎 上不以逸預自戒 而下不以逸豫進規 其異於廢朝之荒怠者 無幾 此不克終七漸也"

45 중종 19년(1524) 당시에 "회암사의 승인들이 내지(內旨)를 칭하면서 크게 도량을 열어 반승(飯僧)이 무려 수천이며…, 또 명산의 여러 사찰에는 내수사 경비로써 불사를 열어 거의 허월(虛月)이 없다" 하여 왕실과 관련한 사찰들이 크게 흥성하고 있었다.(송수환, 2002, 『조선전기 왕실재정 연구』, 137~138쪽)

폐한 것과 다를 것이 없다. 이것이 마무리를 잘하지 않을 수 없는 여덟째 조짐이다.[46]

⑨ 무능한 대신을 멀리할 것

전하께서 중흥 초기에는 대신을 공경하고 믿어 예우하시며 그들이 아뢰는 것은 반드시 믿고 행했다. 도(道)를 논하여 나라를 다스리는 지위에는 마땅한 사람을 가리지 않을 수 없고, 가려서 맡겼으면 믿지 않을 수 없기 때문이었다. 위에서 정성으로 맡겨도 아래에서 정성으로 응하지 않는다면 죄가 돌아갈 것이다.

위에서 아래를 믿지 않고 아래에서 말을 다하지 않아, 대신이 겨우 형적만 남긴다면, 공적을 넓히고 벼슬아치를 다스릴 수 없다. 위망(偉望)은 없고, 세월만 보내며, 강호에 배 띄우고 술잔을 기울이며, 보필에 공이 어 무능한 정승이라는 한다면 그의 말은 신임할 수 없을 것이다.

대신이 말해야 하는데도 대간에게 미루고 자기 책임이 아니라 하면서 덕화(德化)로 다스려지기를 바란다면, 폐조에서 위 아래가 서로 의심하고 멀리하여 화환(禍患)을 빚어낸 것과 다를 바 없다. 이것이 마무리를 잘하지 않을 수 없는 아홉째 조짐이다.[47]

---

46 "殿下在中興初 尊崇儒術 斥去異端 親臨學宮 執經論難 緇袍髡首 絶跡城市 使昏昏之俗 生昭昭之心 咸知吾道之可尙 異敎之可黜 背邪歸正 趨向一新 誠千載美事也 近者閭閻氓隸 祝髮逃賦 橫行都下 略不畏忌 富商貴戚 施財徼福 諸山寺刹 稍稍重營 而學宮頹廢 無意修葺 朋徒解散 六藝不講 國學尙爾 鄕序可知 是何梵唄之多 而絃誦之未聞歟 異端之興 吾道之亡也 吾道亡 則天常泯滅 國家淪喪 其異於廢朝之毁學校斁彝倫者 無幾 此不克終八漸也"

47 "殿下在中興初 敬信大臣 恩禮優渥 其所敷奏 必信必行 良以論道經邦之地 不可不擇其人 旣擇而任之 亦不可不信也 如或上不信下 下不盡言 情志不孚 稍存形迹 則安能熙庶績 而釐百工乎 上以誠任之 而下不以誠應之 則罪有在矣 使大臣無謝安之雅量 裵度之偉望 東山絲竹 綠野笙歌 玩歲愒日 娛意肆志 舟江湖而觴之 醉花月而屢舞 弼亮無效 伴食有譏 則其言之不能見信於上 亦無惑也 今者事有可言 大臣欲言而難之 難之而不得言 言之而未必行 往往以其所不得言者 推諸臺諫 以爲非己之責 左矛右盾 九鬊一冠 至使議朝政者 爲道傍作舍之空談 拯民災者爲紙上栽桑之故事 如是而啓其毗成化理 不幾於不稼而求穫者乎 其異於廢朝之上下疑阻 但釀成禍患者 無幾 此不克終九漸也"

⑩ 간언을 우용할 것

전하께서 중흥 초기에는 직언을 즐겨듣고 광직(狂直)을 포용하였다. 신하들은 조정에서 아뢰고, 초야에 있는 자는 소장(疏章)을 올렸다. 선비가 간언하는 일을 귀중히 여기는 것은 언로(言路)의 소통을 귀히 여기는 것이요, 간언이 쓰이고 쓰이지 않는 것은 논할 바가 아니다.

국왕이 직언에 몰려 굴종하는 것은 간언을 따르는 것이 아니고, 의심하면서 우용하는 것은 간언을 즐겨 듣는 것이 아니다. 대간이 말하지 않기를 바라 대간이 말하지 못하니, 이것은 성세(盛世)의 아름다운 일이 아니다. 우왕(禹王)은 착한 말에 대하여 절하고, 탕왕(湯王)은 간언을 거역하지 않았다.

신하가 말하기를 꺼리는 것은 제 몸을 보호하려는 것이 아니다. 임금이 그렇게 만들고, 그런 길로 이끌기 때문이다. 전하께서 우왕, 탕왕을 자처하시지만 지금은 폐조에서 직신(直臣)을 멀리하고 간신을 가까이한 것과 다를 바 없다. 이것이 마무리를 잘하지 않을 수 없는 열번째 조짐이다.[48]

이렇게 열 개 항목을 개진한 심언광은 다음과 같이 마무리하여 결론으로 하였다.

> 아! 이 열 가지는 특히 큰 것을 거론한 것이며, 나머지 치평(治平)과 덕화(德化)를 손상하는 것은 모두 거론하기 어렵다. 예전에 위징이 당태종을 섬길 때 십점소를 아뢰었는데, 태종이 아름답게 여겨 말하기를, "짐이 이제 잘못을 들었으니, 고쳐서 착한 도리를 다 하겠다. 이 말을

48 "殿下在中興初 樂聞讜言包容狂直 奉侍帷幄者 有懷必達 窮居畎畝者 爭進章疏 庶幾下情達于上 嘉言罔攸伏矣 所貴乎士之盡言者 貴其言路之通也 言之用不用 有不足論也 訑訑顔色 拒人千里 言路堙塞 忠良悯鬱 日者之弊 令人扼腕 夫迫於直辭 隱忍屈從 不可謂從諫 內實疑貳 外示優容 不可謂樂聞 事有不可不言 而欲臺諫之不言 臺諫可言 而不敢言 此豈盛世之美事乎 大禹拜昌言 成湯從諫弗咈 其盛德不可尙已 漢魏昏庸之君 猶能容折檻 牽裾之直 自餘雖號稱英明之主 自謂能容直言 而觸忤者 終被嚴譴 依阿者 驟致顯庸 汲黯老死於淮陽 公孫受封於平津 人臣低回畏避 以言爲諱 豈徒自謀其身 人主使之然也 率其道也 諂諛喋喋 忠讜默默 雖有危亡之虞 迫于目前 殿下何從而知之 殿下居常自處 遠期禹湯 而今所爲 反不如漢魏昏庸之君 其異於廢朝之遠直臣近佞人 自底滅亡者 無幾 此不克終十漸也"

어긴다면 무슨 얼굴로 공과 만나겠는가?" 하고, 십점소를 병풍에 적어 아침저녁으로 살펴보았으니, 정관의 치는 위징에게 공로가 있다.
잘 시작한 자가 반드시 잘 성취하지는 못하며, 처음을 잘한 자가 반드시 마지막을 잘하지는 못한다. 그래서 위징이 태종에게 끝까지 변하지 않기를 바랐으니, 신들의 구구한 마음도 이 일을 사모해서 하는 말이다. 살피건대 전하께서 잘 다스리기를 바라는 마음이 처음만 못하고, 이름만을 좋아하고 사사로운 마음을 극복하지 못하시어 근자에 이런 일이 자주 생겨나고 있다. 그러나 20년이나 근심하고 노고하신 공을 버리고 중흥의 융성이 중간에 쇠퇴하게 할 수는 없는 일이다.
전하께서 폐조의 난망(亂亡)을 계승하셨으니, 정사를 베풀 때 이를 돌이켜 보아야 하는데, 도리어 그 전철을 밟아 중흥의 치평을 이루지 못하시니, 바라건대 전하께서 먼저 그 마음을 바로잡고 마지막을 신중히 해서 아홉 길을 쌓는 큰 공이 한 삼태기의 흙이 모자라서 실패하지 않게 하시면 종사(宗社)의 다행이겠다.[49]

심언광은 이렇게 당태종과 위징의 고사를 들어 10개 항목을 수용하여 중종이 반정 직후의 초심을 잃지 않기를 당부하였다. 이에 대해 중종은 다음과 같이 말하면서 십점소를 가납하였다.

지금 십점소를 보니 오늘의 병폐를 바로 맞추었다. 위 아래가 마땅히 경계하고 반성해야 할 것이다. 더구나 근래 온갖 재변이 생겼는데, 가

49 "嗚呼 此十者 特擧其大者 其餘妨政 害治傷治損德 有難悉擧 昔魏徵事唐太宗 奏十漸疏 太宗嘉納之 謂徵曰 朕今聞過矣 願改之 以終善道 有違此言 當何施顔面 與公相見哉 乃以所上疏 列爲屛障 朝夕省覽 貞觀之治 徵有勞焉 夫善作者 未必善成 善始者 未必善終 魏徵以終始不渝 望太宗 臣等區區之心 竊慕此耳 伏見殿下願治之心 漸不如初 只喜美名 不克己私 施措之間 如此者數矣 奈何二十年憂勞之功 棄之於逸豫之地 忍使中興之盛 遽至於中衰乎 殿下承廢朝亂亡之後 發政行事 當反其所爲 而旋蹈其覆轍 終不能致中興之至治 其於一國臣民想望太平之心 爲何如 而後之君子 歷數中興之君 論治道之美惡 亦以爲何如也 伏願殿下 先正其心 克愼厥終 毋使九仞之功 虧於一簣 宗社幸甚"

> 몸이 백성에게 더욱 절박하다. 옛말에 이르기를 '일부일부(一夫一婦)의 원통함이 화기(和氣)를 상한다.' 했는데, 재변은 한 가지를 지적해서 말할 수 없지만, 백성에게 원통한 일이 있다면, 어찌 화기가 상하지 않겠는가? 마땅히 이 소(疏)를 좌우에 두고 보겠다.[50]

중종의 이 말은 십점소를 병풍으로 만들라 하지 않았을 뿐 당태종이 위징의 십점소를 받아들인 고사를 그대로 재연한 것이다. 시대와 장소가 다른 위징의 또 하나의 십점소를 볼 수 있는 것이다.

3) 심언광 십점소의 특징

위 심언광의 십점소를 정리하면 다음과 같다. 우선 이 열 가지 항목은 국왕의 수신, 정치, 행정으로 대별할 수 있다. 국왕의 수신에 관한 것은 ⑥ 천견에 응하는 수성, ⑦ 경연 충실이다. 정치에 관한 것은 ① 후궁의 정사 간여 배제, ④ 간신 배척, ⑧ 척불, ⑨ 무능대신 배척. ⑩ 간언 수용 등이다. 행정에 관한 것으로는 ② 왕자녀 가사의 제도 준용. ③ 재용 절약. ⑤ 탐오한 지방관 징치 등이다.

여기서 심언광의 십점소도 상소의 일반적 경향 왕도정치론에 따른 국왕의 수성과 척불, 간언 수용--을 주축으로 하고, 일부 당 시기 현실을 거론했음을 알 수 있다. 당 시기 현실에 관한 것은 ① 후궁의 정사 간여 배제, ④ 간신 배척 ⑨ 무능대신 배척이다. 일반적 경향과 행정에 관한 사항은 중종 24년 당시 특별히 절실한 사항은 보이지 않는다.

따라서 당시의 현실론은 살피면 다음과 같다. ① 후궁의 정사 간여 배제는, 국왕이 호색하여 아첨하는 자들이 후궁 등 내폐에게 청탁하여 정사를 어지럽히는 일이 없어야 한다는 것이다. 중종이 특히 호색하여 낭패를 본

---

50 "答曰 今觀十漸疏 正中時病 上下所當警省焉 況近來百災俱備 旱災尤切於民事 古云 一夫一婦之寃 感傷和氣 災變雖不可指一而言 大抵民惟邦本 民若有寃 則豈不致傷和氣乎 當以此疏 置諸左右而觀覽也"

것은 홍경주의 딸 희빈 홍씨를 총애하여 기묘사화 당시 남곤 심정의 거사를 성공하게 한 사실이 있다.[51]

또 경빈박씨가 작서의 변에 연루되어 서인으로 폐출되었다가 중종 23년(1528)에 처형되었음은 앞에서 본대로이다. 심언광이 십정소를 올린 중종 24년은 '작서의 변'과 경빈 죄사(罪死) 직후이므로 십점소의 '후궁의 정사간여 배제'의 후궁은 경빈박씨를 지칭한 것이다. 앞에서 본대로 '작서의 변'은 김안로의 정계복귀를 위한 모사(謀事)이므로, 심언광의 후궁 정사간여 배제 논의는 그가 김안로 계열의 언관이었음을 말해주고 있다. 따라서 이 대목은 김안로의 경빈 모살(謀殺)을 정당화하는 언론이라 할 것이다.

④ 간신 배척과 ⑨ 무능대신 배척은 구체적인 사실을 지적하지 않았으므로 국왕 정사의 일반론에 해당한다. 그런데 십점소 기사의 말미에 사신의 사평(史評)이 있는데, "이 십점소는 사헌부집의 심언광이 지은 것이다. 소 중에 좌의정 심정을 가리킨 말이 많았는데, 심정이 자신에게 노여워할까 봐 집에 찾아가 위로하여 (원망을) 풀었다. 당시 사람들은 그의 체모 잃은 일을 비웃었다" 하였다.[52]

십점소에는 간신과 무능대신의 일반론을 말했을 뿐 누구라고 거명하지는 않았다. 하지만 위 사평을 보면 그것이 심정을 지칭했음을 알 수 있다. 김안로가 득세시에 전력을 기울여 제거하려 했던 것은 경빈 박씨와 그를 둘러싼 훈구대신이었다.[53] 훈구대신인 남곤, 홍경주, 심정 등 이른바 기묘3간(己卯三奸) 중 홍경주는 중종 16년(1521)에, 남곤은 동왕 22년(1527)에 사망하고 심정만 남아있었다.

김안로가 대간을 조종하여 심정을 모살한 것은 앞에서 보았는데 심정이 사사당한 날 사신은 이렇게 기록하였다. "대간과 시종이 심정이 김안로와

---

51 김우기, 앞의 논문, 41쪽.

52 "史臣曰 疏乃執義沈彦光所製也 疏語多指左相沈貞 彦光恐貞之怒於己 疏上未久 躬詣貞家 以他語慰解 時人笑其失體"(『중종실록』 권65, 24년 4월 경인).

53 김우기, 앞의 논문, 61쪽.

동심으로 심정을 죽이려 하였다.…심정이 죽음에 임하여 거듭 '원수 김안로'라고 하였다.… 이때 사람들이 심정의 간사함은 죽어도 아까울 것이 없으나, 이번 일을 죽음으로 논한 것만은 억울하다 하였다."[54] 대간과 시종이 김안로의 조종에 따라 심정을 모함하여 죽음으로 몰아갔다는 뜻이다. 이로써 십점소의 '간신', '무능대신'이 심정이라는 추리가 가능하다.

6. 결론

심언광의 십점소는 당 태종의 간신 위징의 십점소를 본뜬 것이다. 서론, 본론으로서의 10개 항목, 결론으로 이어지는 서술구조가 동일하고, 서론의 십점소 상소의 동기, 결론이 국왕에 대한 당부의 말씀이 너무 유사하다. 나라와 시기의 차이가 있지만 제2의 십점소라 해도 좋을 것이다.

이 열 가지 항목은 국왕의 수신, 정치, 행정으로 대별할 수 있다. 국왕의 수신에 관한 것은 ⑥ 천견에 응하는 수성, ⑦ 경연 충실이다. 정치에 관한 것은 ① 후궁의 정사 간여 배제, ④ 간신 배척, ⑧ 척불, ⑨ 무능대신 배척. ⑩ 간언 수용 등이다. 행정에 관한 것으로는 ② 왕자녀 가사의 제도 준용. ③ 재용 절약. ⑤ 탐오한 지방관 징치 등이다.

여기서 국왕의 수신과 경연 충실, 척불과 재용절약, 탐오한 지방관 징치 등은 상소 때마다 거의 예외없이 거론되는 것이어서 심언광의 십점소 당시의 현실을 읽어내기에는 범위가 너무 광범하다. 그러므로 심언광 십점소의 의미는 오히려 ① 후궁의 정사 간여 배제, ④ 간신 배척, ⑨ 무능대신 배척이라는 항목에 있다.

① 후궁의 정사 간여 배제는 경빈박씨의 폐서인과 처형을 정당화하는 것

---

54 "臺諫侍從 與金安老同心 欲殺貞… 命賜死 貞聞命 南向再拜 臨決 再言冤讎金安老… 至是人言貞之奸邪, 死無足惜, 而今之論死則冤矣"(『중종실록』권72, 26년 12월 경진).

이었다. 이것은 정계 복귀를 도모하는 김안로의 입지를 강화하는 것이었다. ④와 ⑨의 간신 혹은 무능대신은 심정을 지칭한 것이었다. 심정의 사사를 두고 '대간과 시종이 김안로와 동심으로 죽이려 하였다'는 史評이 이를 말해주고 있다.

_참고문헌은 각주로 대신함

11

어촌 심언광의 북방 경험과 국방 개선안

박도식 _강릉문화원 평생교육원 주임교수

이 글은 2013년 11월 22일(금) 강릉문화원에서 개최한 "제4회 어촌 심언광 전국학술세미나"에서 발표한 「어촌 심언광의 국방론」을 수정·보완하여 『韓日關係史硏究』 48집(한일관계사학회, 2014. 8.)에 수록한 것이다.

1. 머리말

심언광의 호는 어촌(漁村), 자는 사형(士炯), 본관은 삼척(三陟)이다. 어촌은 성종 18년(1487)에 강릉에서 태어나 중종 35년(1540)에 54세의 나이로 생을 마감하였다. 어촌이 활동했던 16세기 전반기는 대내적으로 경제적 변화와 정치적 파란이 매우 심했던 시기였고, 대외적으로 북쪽과 남쪽에서 여진(女眞)[1]과 왜(倭)의 크고 작은 외변(外變)이 잦은 시기였다.

먼저 대내적으로 정치적인 측면에서는 중종초에 정국공신(靖國功臣)의 책봉을 둘러싸고 즉위 초부터 고조된 국왕(國王)-대신(大臣)-삼사(三司)의 갈등부터 시작해 유례없이 빈발했던 모반사건, 조광조 등 기묘사림의 전격적인 등장과 숙청, 권신 김안로의 전횡과 밀지(密旨)에 의한 제거 등을 들 수 있다.[2] 경제적인 측면에서는 여말선초에 이르러 휴한농법 단계를 벗어나 매년 토지를 경작할 수 있는 상경연작 단계로 바뀌면서 단위 면적당 생산량이 늘어났다.[3] 이를 기반으로 점차 잉여생산물이 생겨나면서 15세기 말부터

---

1 명(明)에서는 여진을 거주지에 따라 압록강과 요동 동쪽의 건주(建州)여진, 송화강 상류와 요동 북쪽의 해서(海西)여진, 송화강 하류와 흑룡강 일대의 야인(野人)여진으로 구분하였다(김한규, 2005 『천하국가-전통시대 동아시아 세계질서』, 소나무, pp.537~538). 조선에서는 여진을 종족에 따라 토착여진과 오랑캐[兀良合]·우디캐[兀狄合]·오도리[吾都里 또는 斡朶里]족으로 크게 구분하였다. 이들 중 조선과 관계를 맺은 여진은 토착여진과 오랑캐·우디캐였다. 토착여진은 고려시대부터 두만강 이남으로 남하해 6진(鎭) 개척을 전후한 시기에 조선으로 귀화한 여진이다. 오랑캐는 압록강과 두만강 유역에서 촌락을 이루면서 농경생활을 했는데, 건주위(建州衛, 또는 파저야인[婆猪野人])와 오도리의 세력이 컸다. 우디캐는 흑룡강·아무르강·송화강·모란강·수분하 일대에서 수렵과 어로, 유목생활을 했다(李相佰, 1962 『韓國史』(近世朝鮮前期編), 을유문화사, pp.116~133). 실록에는 여진을 통칭하여 야인이라고 혼용하는 경우가 많이 나타난다. 이 글에서는 사료를 직접 인용하는 경우 야인이라는 표현을 썼고, 그 나머지는 여진이라 썼다.

2 李秉烋, 1999 「中宗朝의 改革政治와 두 勢力의 葛藤」 『朝鮮前期 士林派의 現實認識과 對應』, 일조각.
정두희, 2000 「중종 초 반역과 모반의 정치사; 조광조 등장의 역사적 배경」 『조광조』, 아카넷.
김용흠, 2004 「조선전기 훈구·사림의 갈등과 그 정치사상적 함의」 『東方學志』124, 연세대 국학연구원.
송웅섭, 2005 「기묘사화와 기묘사림의 실각」 『韓國學報』119, 일지사.
김 돈, 2009 「중종대 '密旨'에 의한 정치운영」 『조선중기 정치사 연구』, 국학자료원.

3 李泰鎭, 1979 「14·15세기 農業技術의 발달과 新興士族」 『東洋學』9, 단국대 동양학연구소.

향촌사회에서는 유통을 위한 장시(場市)가 출현하여 16세기 중반에 이르러 거의 전국적인 유통망이 형성되었다.[4] 이러한 사회경제적 변화들은 국가의 부세제도에도 변화를 가져와 방납(防納)이라든가 대립(代立), 방군수포(放軍收布)라는 현상이 나타났다.[5] 대외적으로는 중종 5년(1510) 4월에 제포(濟浦)·부산포(釜山浦)의 항거왜인(恒居倭人)이 대규모의 폭동을 일으킨 삼포왜란(三浦倭亂), 중종 7년(1512) 야인의 갑산·창성 등지 침입, 중종 23년(1528) 야인의 침입으로 만포첨사 심사손(沈思遜)이 살해되는 사건 등이 있었다.

이러한 일련의 사건들은 당시의 정치 전반에 대해 협의하는 장으로서 중요한 기능을 담당하였던 경연(經筵)에서 논의되었다. 경연관들은 경서(經書; 사서오경)와 사서(史書; 자치통감, 강목) 강의를 통해 왕에게 성현(聖賢)들의 말씀과 역대 군주들의 선례(先例)를 가르쳐 왕이 좋은 정치를 베풀도록 유도하였다.[6] 어촌은 홍문관원으로 있을 때 경연관을 겸대하면서 국왕을 늘 측근에서 시종할 기회를 얻게 되었고, 그것이 곧 그의 경세론을 펼칠 수 있는 좋은 기회였다.

어촌의 경세론은 그가 경연관으로 있을 때 그 대부분이 상소한 것과 경연 강의를 통해 제시된 것이었다. 이에 대한 내용은 『중종실록』과 어촌의 문집인 『어촌집』에 수록되어 있다. 이 기록을 검토해 보면, 몇 가지 주제에 집중되어 있음을 알 수 있는데, 그것들은 국방론·절검론·수령론 등으로 범주화할 수 있다. 어촌은 재임 중 모두 4차례에 걸쳐 북방 2도(평안도·함경도)에 파

______, 1984 「高麗末 朝鮮初의 社會變化」 『震檀學報』55; 이상 1985 『韓國社會史研究』에 재수록.
廉定燮, 1995 「농업생산력의 발달」 『한국역사입문』(2), 풀빛.

4 李景植, 1998 「16世紀 場市의 成立과 그 基盤」 『朝鮮前期土地制度研究』(II), 지식산업사.
朴平植, 2009 『朝鮮前期 交換經濟와 商人 研究』, 지식산업사.

5 李泰鎭, 1968 「軍役의 變質과 納布化 實施」 『韓國軍制史』(近世朝鮮前期編), 육군본부.
高錫珪, 1985 「16·17세기 貢納改革의 방향」 『韓國史論』12, 서울대 국사학과.
이지원, 1990 「16·17세기 前半 貢物防納의 構造와 流通經濟的 性格」 『李載龒博士還曆紀念 韓國史學論叢』.
朴道植, 1995 「朝鮮前期 貢物防納의 변천」 『慶熙史學』19; 2011 『朝鮮前期 貢納制 研究』에 재수록.

6 權延雄, 1996 「朝鮮 中宗代의 經筵」 『吉玄益教授停年紀念 史學論叢』 참조.

견된 바 있다.[7] 어촌의 국방개선안은 당시 외관으로 있을 때의 경험을 바탕으로 형성된 것이라 본다.

조선과 여진과의 관계는 태종 초년까지만 해도 우호적이었으나, 태종 5년(1405) 동북면 여진이 명의 초유(招諭)에 응한 것을 계기로 조선과 관계가 악화되면서 빈번하게 침입해 왔다.[8] 하지만 조선은 세종대 이후 여진에 대해 교린정책으로 일관했다. 명(明)과는 1대 1의 국가관계였으나 여진과는 1대 다수, 즉 국가와 대소 대소추장들과의 관계였다. 그것은 당시 여진사회가 통일되지 않고 대소 추장들에 의하여 지배되었기 때문이다. 따라서 조선은 여진의 대소 추장들을 지역별, 종족별로 나누어 그들의 상하 지배관계에 따라 개별적으로 상대하였던 것이다.[9]

조선은 이들에 대해 다양한 방책을 강구하였다. 조선은 여진의 대소 유력자에게 군직을 임명함과 동시에 귀화를 장려하고 관직을 주며 자제를 서울에 머무르게 하여 전지(田地)·가택(家宅)·의량(衣糧) 등을 후하게 주기도 했고, 종성과 경원에 무역소(貿易所)를 두고 포목(布木)·미두(米豆)·농구(農具) 등을 마필(馬匹)·모피(毛皮) 등과 바꾸어 가도록 했다. 이처럼 조선은 여진에 대해 회유책을 썼고, 때에 따라서 무력으로 정벌[10]하면서 북변의 소요를 억제하여 나라의 평안을 유지하고자 노력하였다.[11]

---

7 「서정고(西征稿)」는 어촌이 평안도경변사로 파견되어 여러 고을을 순찰할 때의 체험을 담고 있는 시(詩)이다(『國譯 漁村集』卷4 참조).

8 『조선왕조실록』을 토대로 하여 조선전기 여진의 침략 상황을 따져보면 대략 131회로 파악된다. 태종대 8회, 세종대 30회, 세조대 19회, 성종대 22회, 연산군대 17회, 중종대 11회, 명종대 6회, 선조대 18회이다(유봉영, 1973「왕조실록에 나타난 李朝前期의 野人」『白山學報』14, p.95).

9 金九鎭, 1984「朝鮮前期 對女眞關係와 女眞社會의 實態」『東洋學』9; 金九鎭, 1995「여진과의 관계」『한국사』22.

10 여진정벌은 태종~선조대까지 13회로 파악된다. 태종대 1회, 세종대 2회, 세조대 2회, 성종대 2회, 명종대 1회, 선조대 5회이다(유봉영, 앞의 논문, pp.101~111 및 姜性文, 1989「朝鮮시대 女眞征伐에 관한 연구」『軍史』18, pp.48~69).

11 金九鎭, 2010「조선 시대 女眞에 대한 정책」『白山學報』88.
김순남, 2009「조선 成宗代의 建州三衛」『大東文化硏究』68.
한성주, 2011『조선전기 수직여진인 연구』, 경인문화사.
______, 2012「조선 연산군대 童淸禮의 建州三衛 파견에 대하여」『만주연구』14.

여진은 자연조건과 선진문화의 영향 정도에 따라 사회경제적으로 발전의 차이가 있었으나, 그들의 사회경제 생활에서 중요한 생활수단은 수렵과 채집이었다. 여진은 15세기 중엽 이후 야철(冶鐵)기술을 습득하게 되면서부터 농업생산에서 뿐만 아니라 전투력에서도 상당한 증대를 이루게 되었다.[12] 특히 세조대 말부터 세력이 강성해진 건주여진은 줄곧 조선 침입의 중심에 있었다. 성종대에 들어 여진 정벌이 단행되었지만 조선과 여진과의 갈등은 일거에 해결될 수 있는 성질이 아니었다. 그 후에도 여진은 계속 침입해 왔다.[13]

이 글에서는 기존의 연구성과를 참조하면서 『조선왕조실록』과 『어촌집(漁村集)』을 통해 16세기 전반기 여진의 동향과 평안도 백성의 군역(軍役) 부담, 그리고 어촌 심언광의 국방 개선안에 대해 살펴보고자 한다. 어촌의 북방 경력은 4차례에 불과하고 당대 북방의 전문가라고 할 수 있는 허종(許琮), 이극균(李克均) 등에 비해 그 역할이 그리 크지 않았지만, 이를 통해 16세기 전반기 조선의 국방에 관한 여러 문제를 연구·검토하는데 보탬이 되었으면 한다.

2. 16세기 전반기 여진의 동향과 평안도 백성의 군역 실상

1) 16세기 전반기 여진의 동향

조선의 서쪽에 있는 평안도는 압록강 서쪽으로 명나라와 이어지고 서북쪽으로 여진과 접해 있는 외교의 관문이자 군사적 요충지였다. 압록강 하

박정민, 2008 「태종대 제1차 여진정벌과 동북면 여진관계」 『白山學報』80.
______, 2013 「조선 성종대의 여진인 "來朝" 연구」 『만주연구』15.

12 金九鎭, 1982 「明代女眞社會의 經濟生活樣式과 그 變化」 『東洋史學硏究』17.

13 河内良弘, 1976 「燕山君時代の朝鮮と女眞」 『朝鮮學報』81 ; 河内良弘, 1977 「中宗·明宗時代の朝鮮と女眞」 『朝鮮學報』82 ; 김순남, 2009 「조선 燕山君代 여진의 동향과 대책」 『한국사연구』144; 김순남, 2010 「조선 中宗代의 북방 野人 驅逐」 『朝鮮時代史學報』54.

류 일대는 고려 건국 이래 고구려 고토에 대해 큰 관심을 기울인 결과 고려 말에 이르러 거의 대부분 고려의 영역으로 편입되었고, 그후 조선 세종대에 이르러 여진의 근거지를 소탕하여 여연·자성·무창·우예의 4군(郡) 설치를 보게 되어 동북의 6진(鎭)과 더불어 우리나라 북방 경계는 두만강·압록강 상류까지 미치게 되었다.[14] 4군은 압록강의 지류인 파저강(婆猪江) 일대에 거주하던 이만주(李滿住)를 두 차례 공격하고, 이에 대한 방어와 압록강 중·상류 지역을 조선의 영토로 편입하기 위해 이루어진 것이었다.

그러나 오랜 시간에 걸쳐 설치된 4군은 그 유지가 용이하지 않았다. 이에 조정에서는 점차 4군을 철폐하자는 논의가 제기되더니 단종 3년(1455) 4월에 여연·무창·우예 3군을 먼저 철폐하고 주민을 강계부(江界府)와 구성부(龜城府)로 각각 이주시켰고,[15] 세조 5년(1459) 1월에 자성군마저 철폐하고 주민을 강계로 이주시켰다.[16] 그 뒤 이 지역은 오랫동안 '폐사군(廢四郡)'이라 불리며 주민의 거주가 금지되어 사람이 살지 않게 되었다.[17] 그러자 여진들은 강을 건너 폐사군 지역에 들어와 사냥을 했다. 그것은 이들 지역에서 노랑담비 가죽[貂鼠皮]이 많이 생산되었기 때문이다.[18]

이런 상태에서 일부의 여진들은 폐사군 지역의 경계 근처인 압록강 상류의 건너편 지역으로 들어와 거주하곤 했다. 성종 21년(1490) 3월에는 만포진의 변경인 사자정(獅子頂) 평야로 건주우위의 동약사(童約沙)가 넘어와 거주하고자 했고,[19] 연산군 2년(1496) 10월에는 동아망개(童阿亡介)가 만포 건너편 강가로 옮겨와 살면서 조선의 울타리[藩籬]가 되기를 청원하기도 했다.[20]

---

14 송병기, 1973 「東北 西北界의 收復」 『한국사』9, 국사편찬위원회.

15 『단종실록』권14, 3년 4월 13일(무자).

16 『세조실록』권15, 5년 정월 15일(무술).

17 李仁榮, 1954 「廢四郡問題管見」 『韓國滿洲關係史의 硏究』, 을유문화사; 方東仁, 1997 「朝鮮初期의 北方 領土開拓」 『韓國의 國境劃定硏究』, 일조각.

18 『성종실록』권141, 13년 5월 28일(병신).

19 『성종실록』권238, 21년 3월 18일(경오).

20 『연산군일기』권18, 2년 10월 24일(정유).

그러나 조선에서는 이들을 받아들이지 않았다.

중종 12년(1517) 6월에는 온하위(溫下衛)의 금주성개(金主成介)가 울창한 삼림이 되어버린 여연 건너편 미언천(未彦川)에 와서 거주했다. 당시 중종은 정부·병조·지변사재상에게 명하여 이 문제에 대해 논의하게 하였다. 정광필·김응기·신용개 등은 야인들이 조선의 국경에 가까이 사는 바람직한 일은 아니지만, 그들이 이미 6년 이상을 그곳에서 살았고 그들의 거주지역이 조선의 방어가 미치는 곳이 아니니 그냥 살게 하면서 타이르는 것이 나을 것이라고 했다. 그러나 이계맹과 유담년은 이에 대해 반대했다. 그들은 4군을 폐지한 지가 오래되었지만, 그곳은 엄연히 조선의 땅이므로 그들을 몰아내야 한다고 했다. 야인들을 미리 몰아내지 않는다면, 삼포(三浦)의 왜인(倭人)처럼 반드시 틈을 타 소요를 일으킬 것이라고 경고했다. 이러한 의견의 대립 속에 중종은 일단 정광필 등 三公의 의견을 채택했다.[21]

이 일이 있은 지 2년 후인 중종 14년(1519) 2월 또다시 야인 20여 가(家)가 여연 건너편에 와서 살고 있음이 보고되었다. 당시 이 사실을 보고한 이지방(李之芳)은 해당 지역에 야인들의 거주를 허용한다면, 부락이 점점 번성하게 되어 후에 반드시 제어하기 어려운 상황이 초래되리라는 의견을 덧붙였다.[22] 그해 6월에는 평안도 절도사가 본래 6진 중 하나인 부령(富寧)에서 살던 야인들이 여연 성저(城底) 등지로 옮겨와 거주한다는 사실을 보고했다.[23] 이후 여연·무창 등지에 들어온 야인을 구축(驅逐)하는 문제는 계속해서 조정의 논의 대상이 되었다.[24]

조선 조정에서는 야인을 구축해야 할 필요성에 대해 충분히 공감했으나, 실제로 구축하는 일을 결단하지 못한 상황에서 여연·무창으로 들어와 거주

---

21 『중종실록』권28, 12년 6월 8일(임자).

22 『중종실록』권35, 14년 2월 25일(기축).

23 『중종실록』권36, 14년 6월 12일(갑술).

24 "檢討官任柄曰…野人居閭延茂昌 國家驅逐之 此懲中國胡虜雜處之禍及庚午三浦之變 非不偶然計也."(『중종실록』권56, 21년 2월 23일(병자)).

하는 야인들의 수는 날로 증가했다. 당시 좌의정 남곤(南袞)의 지적에 따르면 중종 12년(1517)에 야인의 호수는 30여 호였는데, 2년 사이에 90여 호로 증가했다.[25] 이 가운데 20여 호는 조선 영내에, 70여 호는 압록강 건너편에 거주했다. 총 인원은 남자 300여 명, 여자 200여 명으로 500~600명에 달했다.[26]

주춤했던 야인의 구축 문제가 다시 논의되는 것은 만포첨사를 역임한 바 있는 참찬관 최세절(崔世節)의 언급을 통해서였다. 그는 중종 17년(1522) 3월에 여연·무창의 야인 부락이 점점 번성해지게 되면 주변의 상토(上土)와 만포(滿浦)까지 변이 미칠 것이라면서 그들을 미리 구축해야 한다는 의견을 피력했다. 그러나 이번에도 군사를 동원하기에 앞서 먼저 변장으로 하여금 그들을 타이르게 하고, 그 후에도 나가지 않고 경작을 계속한다면 그때에는 군사를 동원하여 구축을 감행하기로 했다.

그 후에도 야인들이 폐사군 지역에 들어와 계속 경작을 하자 조선 조정은 마침내 중종 19년(1524) 1월과 2월 두 차례에 걸쳐 여연·무창에 들어와 살던 야인의 주거지를 불태우고 그들을 구축하였다.[27] 그러나 조선 군인의 많은 희생자를 내면서 구축이 단행되었지만,[28] 야인 문제가 해결된 것은 아니었다. 야인들은 구축 이후에도 다시 여연 등지에 들어와 살며 예전처럼 농사

---

25 "南袞等議啓曰 野人三十餘戶 丁丑年(중종12년, 1517)來居閭延·茂昌 二周年間 已成九十餘戶."(『중종실록』권38, 15년 2월 13일(임신)).

26 "特進官尹熙平曰 臣觀閭延·茂昌之事 彼人之來居久矣 而我軍不深入體探 故不能知之 至主成介[野人之名]進告 然後知之 大抵此邊居者 二十餘家 越邊居者七十餘家 大槪男子三百餘名 女人二百餘口 可至五六百."(『중종실록』권38, 15년 3월 9일(정유)).

27 이에 대해서는 중종 19년(1524) 1월 27일 비변사낭관(備邊司郎官) 이공장(李公檣)의 보고, 1월 29일의 공조낭관(工曹郎官) 김세한(金世澣)의 보고, 2월 2일의 평안도병사(平安道兵使)의 장계(狀啓), 2월 20일의 선전관(宣傳官) 이영(李瑛)의 보고 및 평안도절도사 이지방(李之芳)의 계본에 상세하다.

28 당시 야인을 구축할 때 영변(寧邊) 등 29고을의 기병·보병을 합한 수는 모두 2,474인이었는데, 그 중에서 사망하거나 사로잡힌 자는 51인, 찾아 돌려왔거나 도망하여 돌아온 자는 16인, 동상(凍傷) 때문에 들어가지 못하고 집으로 돌아간 자는 40여 인, 점열(點閱) 때에 미처 도착하지 못한 자는 41인, 도망하여 돌아간 자는 15인, 미처 여연(閭延)에 들어가지 못하고 죽은 자는 17인이었다. 말은 모두 2,995필이었는데, 그 중에서 죽은 것은 357필이고, 잃거나 버리고 잡혀간 것은 모두 48필이었다(『중종실록』권50, 19년 4월 21일(을묘)).

를 짓고 살았다.[29] 그렇다고 해서 조선이 또 군사를 동원할 수도 없는 형편이었다.

이러한 상황에서 중종 19년(1524) 8월 19일에 5명의 조선 척후병과 야인 30여 기(騎)가 여연에서 2식(息) 떨어진 곳에서 무력 충돌하는 사건이 발생했다. 이 싸움을 진두지휘한 사람은 이장길(李長吉)이었다.[30] 야인 구축 이후 조선 군사와 야인들이 계속해서 충돌했던 것은 당시 조선의 변장들이 변방에서 공 세우기를 좋아한 데에 있었다.[31] 야인과 충돌이 일어나기에 앞서 이장길이 6월에 이미 정탐을 빙자해 시번령(時蕃嶺)에서 죄 없는 야인들을 30여 명이나 베었던 것도 그 때문이었다.[32]

이듬해 3월에는 기주위(岐州衛)의 추장 왕산적하(王山赤下)[33]가 300여 호를 거느리고 혜산진(惠山鎭) 건너편에 있는 운정평(雲井坪) 등지에 와서 마을을 이루었다는 보고가 올라왔다.[34] 그가 거주한 운정평은 조선의 대문이나 뜰과 같은 곳이었다. 그는 6진의 성저야인(城底野人)들과 허수라(虛水羅)·검천(儉天)·박가천(朴加遷) 세 곳의 야인들과 교통해서 그의 족류(族類)들을 거느리고 혜산진 건너편에 살려고 하였다. 당시 조정에서 왕산적하의 이주를 심각하게 여겼던 것은 단순히 거주지의 이전 문제가 아니었기 때문이다. 조선 조정은 왕산적하를 중심으로 중종 19년에 조선에 의해 구축 당했던 동상시(童尙時) 등의 여러 야인들이 호응해 조선에 원수를 갚고자 하는 움직임이 있을까 우려해서 그의 동향에 민감하게 반응했던 것이다.

---

29 『중종실록』권51, 19년 6월 25일(무오).

30 『중종실록』권51, 19년 8월 26일(무오).

31 "史臣曰 按要送古等以田獵事 來告於邊將 豈有作耗之計哉 善孫要功捕斬 彼亦有父母·妻子 其通天之讎 豈向我斯須忘哉 他日邊釁之構 未必不由於此人也 善孫軍卒也 不足責矣 當初閭延等地驅逐時 滿浦僉使李誠彦上書 請驅逐 其時士卒亡者 以千計 其後虞候李長吉以體探爲名 斬無罪彼人三十餘級 邊將之喜邊功如此 故此輩亦視效如此."(『중종실록』권56, 21년 2월 5일(무오)).

32 『중종실록』권51, 19년 6월 21일(갑인).

33 『중종실록』권47, 18년 윤4월 18일(무오). 『중종실록』권54, 20년 4월 13일(임인).

34 『중종실록』권53, 20년 3월 24일(계미).

그러나 이보다 더 큰 문제는 회령 등 6진의 성저야인들이 왕산적하를 따라 옮겨가는 것이었다. 이에 조정에서는 사인(舍人) 심사손(沈思遜)을 어사(御史)로 파견해 왕산적하를 처리하는 문제에 대한 계목을 병사에게 전하도록 했다.[35] 어사의 서장(書狀)을 본 함경남도 병사 최한홍(崔漢洪)은 왕산적하를 구금했고,[36] 끝내 그를 야인들이 항상 왕래하는 강변의 길 곁에 효수(梟首)하였다.[37]

중종 19년에 구축이 단행된 이후 조선과 야인과의 격화된 갈등은 결국 중종 23년(1528) 1월에 조선의 최북단 문호(門戶)인 만포(滿浦)의 첨사 심사손(沈思遜)[38]의 죽음으로까지 이어졌다. 당시 첨사를 살해한 자는 이아장합(李阿將哈)이었다.[39] 심사손은 1월 23일 사시(巳時, 오전 9~11시)에 조방장(助防將)·희천군수(熙川郡守)와 함께 군사를 거느리고 차가대연대(車加大烟臺)의 건너편 금둔동(金屯洞) 등처에서 시목(柴木) 벌채를 하다가 야인 100여 명의 공격을 받아 환도(環刀)를 맞고 즉사했다.[40] 이것이 이른바 만포지변(滿浦之變)이다.

이 사건 이후 조선 조정은 무신 변장을 양성하고 탁용(擢用)하는 일의 중요성을 절감했고, 또한 이를 계기로 변장들의 경계 태세를 강화했다. 그리고 야인 정벌을 단행해야 한다는 의견이 대두되기도 했으나 실행에 옮겨지

---

35 『중종실록』권54, 20년 4월 5일(갑오).

36 『중종실록』권54, 20년 4월 18일(정미).

37 『중종실록』권54, 20년 5월 10일(무진).

38 심사손은 심정(沈貞)의 아들이다. 중종 8년(1513) 사마시에 입격하고 중종 12년(1517) 별시 문과에 병과로 급제하였다. 심사손은 만포첨사에 임명되기 전에 이미 북방의 경험을 가지고 있었다. 중종 18년(1523) 9월 홍문관 교리로서 비변사 낭관이 되어 평안도에 파견된 적이 있었다. 이때에 그는 절도사 이지방과 면대하여 군사의 기밀을 야인들이 먼저 알지 못하도록 의논하는 임무를 맡았다. 그 후 예조좌랑·사간원 정언을 거쳐 병조정랑이 되어서는 군무에 숙달함을 인정받아 중대한 일은 도맡아 처리하였다. 홍문관에 들어가 수찬·응교를 지냈고, 중종 23년(1528) 다시 서북 변경의 야인들이 준동하자 중종은 이를 해결하기 위해 문무를 겸비한 직제학(直提學)이던 심사손을 당상으로 승진시켜서 만포첨사에 제수하였다(김순남, 2010, 앞의 논문, p.80).

39 『인종실록』권2, 원년 4월 13일(을사). 『명종실록』권1, 즉위년 8월 2일(임진).

40 『중종실록』권60, 23년 정월 28일(신축).

지는 않았다.[41]

2) 16세기 평안도 백성의 군역 실상

조선전기의 주된 군사는 중앙군인 갑사(甲士)와 지방군인 정병(正兵)이 있었다. 조선 건국 후 양계지역의 주민으로 구성된 군대로는 익군(翼軍)과 수군(水軍), 수성군(守城軍), 시위군(侍衛軍)이 있었다. 이 가운데 익군과 수군, 수성군은 국방을 위해 편성된 병종이었고, 시위군은 국왕을 시위하는 병종이었다. 그 후 15세기 중반에 이르러 중앙군인 갑사와 지방군인 정병이 양계지방의 국방병력의 주력으로 나타난다. 조선전기 평안도의 군액은 다음과 같다.

〈표-1〉 조선전기의 군액

年代	전국	평안도	비 고
태조 2년(1393)	200,800명		마병·보병·기선군, 평안·함경도 제외
태종 3년(1403)	296,310명		경기 제외
태종 7년(1407)		23,012명	호수+봉족
세종 3년(1421)		27,207명	마병 11,815명, 보병 11,312명, 수군 4,080명
단종 2년(1454) 『세종실록지리지』	95,198명	21,200명	평안도 시위군 2,878명, 익군 14,053명, 수성군 789명, 기선군 3,490명
성종 원년(1470)	150,940명	13,504명	평안도 제색군사(정병)
성종 6년(1475)	148,449명	12,947명	전국 정병 72,109명, 수군 48,800명
성종 8년(1477)	134,970명	19,336명	평안도 봉족 52,231명
성종 17년(1486)	153,303명	21,396명	평안도 보인 59,706명
성종 21년(1490)	158,127명		병오년(성종17, 1486) 군적보다 4,824명 증가

41 姜性文, 1989, 앞의 논문 참조.

年代	전국	평안도	비 고
연산군6년(1500)		18,960명	
중종 4년(1509)	177,322명		잡군 123,958명
중종 15년(1520)		1만6·7천명	
중종 18년(1523)	186,091명	24,600여 명	잡군 125,074명

북방 2도의 군액이 처음 파악된 것은 태종 3년(1403)이었다. 그러나 당시 북방 2도의 병력수가 얼마인지는 알 수 없다. 그 후 태종 7년(1407) 9월에 호구를 파악한 것을 토대로 서북면 군정(軍丁)을 파악했는데, 당시 익군 14익의 호수(戶首)와 봉족(奉足)은 모두 23,012명이었다.[42] 세종 3년(1421)에 파악된 평안도의 마병·보병·수군의 호수 즉 정군의 총수는 27,207명이었다.[43]

세조대 보법 실시 후 평안도의 정병은 성종 원년(1470)에 13,500명,[44] 성종 6년(1475)에 12,947명,[45] 성종 8년(1477)에 19,336명,[46] 성종 17년(1486)에 21,396명으로 나타난다.[47] 성종대 평안도의 군액은 갑사 3,700명, 별시위 100명, 기병 6,300명, 보병 7,000여 명으로, 총수가 2만 명을 밑돌지 않았다.[48] 그러나 연산군 6년(1500) 2월에 올린 의정부 서계(書啓)에 의하면 세종 15년(1433)에 평안도 총 군사수가 36,000여 명 이상이었는데 60여 년이 지난 현재의 군사수는 겨우 18,960명이라고 했고,[49] 연산군 6년(1500) 1월

42 『태종실록』권14, 7년 9월 2일(임자).

43 『세종실록』권12, 3년 7월 5일(을축).

44 오종록, 1992 『조선초기 양계의 군사제도와 국방체제』, 고려대학교 박사학위논문, p.269.

45 『성종실록』권59, 6년 9월 10일(병진).

46 『성종실록』권81, 8년 6월 20일(을묘).

47 『성종실록』권229, 20년 6월 29일(병진).

48 "任士洪在配所上書曰…臣聞平安道軍額 甲士三千七百·別侍衛一百·騎兵六千三百·步兵七千有幾 摠不下二萬."(『성종실록』권111, 10년 11월 29일(경술)).

49 『연산군일기』권36, 6년 2월 12일(병신).

에 좌의정 한치형(韓致亨)과 이듬해 8월 성준에 의하면 세종 15년에 최윤덕이 서정(西征)할 때 평안도 군사가 29,000명이었는데 지금은 19,000명이라고 했다.[50] 연산군 때 19,000여 명에 달하였던 정병은 중종 15년(1520)에 1만 6·7천명으로 나타난다.[51]

조선초기에 평안도는 서북쪽으로 압록강 건너 울창한 산림을 경계로 여진과 맞닿아 있었다. 평안도의 지리적 상황이 이러했으므로 여진은 태종 이후 주로 평안도의 강계·위원·이산·벽동·창성·삭주·의주 등 이른바 7읍으로 침입했다.[52] 그것은 압록강 상류에 설치되었던 4군이 세조대에 모두 폐지되어 울창한 숲을 이루고 있었던 데다가, 건주위에서 삼수·갑산까지는 백두산 기슭이 그 사이를 가로막고 있어 나무만이 무성할 뿐이었기 때문이다.[53] 따라서 여진이 침입할 수 있는 곳은 북쪽으로 강계·만포로부터 남쪽으로 의주까지였다.

조선에서는 여진 침입에 대비해 평안도 추파(楸坡)에서 인산(麟山)에 이르기까지 압록강을 따라 15개소의 진(鎭)을 벌여놓고 군사들로 하여금 방수하게 했다.[54] 그래서 평안도 군사들은 별다른 성식(聲息)이 없어도 얼음이 어는 시기가 되면 방수하러 가야 했지만, 여름에는 그나마 수월했다. 그것은 얼음이 풀리면 압록강 강물이 불어서 여진들이 강을 건너 침입하기 어려웠기 때문이다. 그러나 이러한 상황은 15세기 중반인 성종대 후반에 이르면 달

---

50 『연산군일기』권36, 6년 정월 21日(병자). 『연산군일기』권41, 7년 8월 7일(임자).

51 "特進官尹熙平曰…前日金安國啓曰 世宗朝軍額不多 至世祖朝 朝士皆抄爲軍 故軍額始多 壬子(세종14,1432)·癸丑(세종15,1433)年間 本道軍士三萬餘 今則才一萬六七千而已.…"(『중종실록』권38, 15년 3월 9일(정유)).

52 『성종실록』권52, 6년 2월 9일(무자).

53 『성종실록』권55, 6년 5월 21일(기사).

54 "司憲府大司憲李季仝等上書曰…平安一道沿江列鎭 上自楸坡 下至麟山 凡十五堡也."(『성종실록』권248, 21년 12월 8일(을묘)). 평안도의 15개 방어처소(防禦處所)는 추파(楸坡)의 상토(上土), 만포의 고사리(高沙里), 위원의 이산(理山)·아이(阿耳), 벽동의 벽단(碧團), 창주의 창성(昌城), 소삭주(小朔州)의 구령방산(仇寧方山), 의주의 인산(麟山)이고, 내지의 보(堡)를 설치한 곳은 만포의 외괴(外怪)·고사리(高沙里)·안찬이산(安贊理山)·고이산(古理山), 벽단 남쪽 창주의 우구리(牛仇里), 방산(方山)의 청수동(靑水洞), 의주의 소곶지(所串之)이다(『성종실록』권253, 22년 5월 29일(갑진)).

라졌다. 왜냐하면 이전에는 여진들이 간헐적으로 강을 건너왔지만, 이때에 이르러서는 짐승의 털가죽으로 만든 작은 배인 (자)피선((者)皮船)을 타고 본격적으로 강을 건너왔기 때문이다.[55] 그러자 이들은 계절에 구애받지 않고 무시로 침입할 수 있게 되었다.

이에 따라 평안도 군사들은 거의 대부분 변경에서 방수했기 때문에 방비의 고통이 그 전에 비해 크게 가중되었다.[56] 성종 22년(1491) 허혼(許混)의 일[57] 이후로 평안도 군사들은 9월부터 2월 보름까지는 남도 군사와 합번(合番)해 부방했다가 분번한 후 4월부터 8월까지는 단독으로 방수했다.[58] 여기에 방수하러 연변 각 진으로 가는 데에도 거의 열흘에서 한 달이 걸렸다.[59] 그러다 보니 쉴 수 있는 날이 거의 없었다.

이러한 상황에 놓여 있던 평안도 군사의 고통을 더욱 가중시킨 것은 부경사신(赴京使臣)들을 영송(迎送)하는데 따른 폐단이었다. 부경사신들은 명(明)과 연해 있는 평안도를 반드시 경유해야 했다.[60] 사신의 행렬은 매년 정기

---

55 『성종실록』권256, 22년 8월 3일(정미). 『성종실록』권257, 22년 9월 4일(정축). 『성종실록』권287, 25년 2월 11일(경오).

56 김순남, 2012 「15세기 중반~16세기 조선 북방 軍役의 폐단과 軍額」『朝鮮時代史學報』61 참조.

57 허혼은 성종 21년(1490) 5월에 만포첨사에 임명되었는데, 그해 9월 자피선(者皮船)을 타고 올라온 여진들을 변경에 침입한 도둑으로 간주해 7명의 목을 베었다. 허혼이 여진들을 목 벤 곳은 폐사군 중 하나인 자성지역이었다. 처음에 이 행위는 변장의 적절한 임기응변으로 평가되어 평안도 절도사와 더불어 1자급을 더하는 것으로 논상되었다. 그런데 허혼이 참수한 여진들의 도강(渡江) 목적이 노략질이 아니고 단순한 사냥이었을 것이라는 의견이 올라왔다. 후에 의금부의 조사가 이루어지자 허혼의 행동이 잘못된 것임이 판명되었다. 결국 허혼은 "종군노략(縱軍擄掠)하여 사람을 상해한 우두머리가 된 자는 참형(斬刑)에 처한다"는 율에 따라 참시형(斬屍刑)에 처해졌다. 허혼의 잘못된 판단은 이후 건주여진의 보복을 불러 그들의 침입을 격화시키는 단초가 되었다(김순남, 2010 「조선전기 滿浦鎭과 滿浦僉使」『史學研究』97, pp.68~69).

58 "(右議政鄭)佸曰 平安道軍士 在前分番赴防 自辛亥年許渾生事以後 一應軍士 九月合番赴防 二月而罷 四月分番往戍 八月而罷."(『연산군일기』권5, 원년 5월 21일(계묘)).

59 "平安道各官軍士 辛亥年(성종 22년, 1491)以後 常防戍沿邊各鎭 一年兩度往來 冬則二朔十五日 夏則二朔十日 相遞往來之際 動經旬月."(『중종실록』권6, 3년 9월 12일(기유)).

60 조선 사신단이 북경으로 향한 육로 노선은 서울에서 의주까지의 주요 경유지는 서울→황주→평양→안주→정주→의주→요양(遼陽)→광령(廣寧)→산해관(山海關)→북경(北京)이다. 서울에서 의주까지의 거리는 대략 1천리이고, 소요되는 시간은 한달 정도였다. 사행단이 한양을 출발하여 의주에 도착할 때까지는 곳곳에서 연향(宴享)이 열렸고, 사행단이 지나가는 지역의 찰방(察訪), 해당지역의 군수

적으로 성절사·천추사·정조사가 있었고, 부정기적으로 주청사·사은사·진하사 등이 있었다. 사행단은 크게 정사·부사·서장관의 삼사(三使)를 주축으로 종사관(從事官), 짐을 나르고 허드렛일을 도맡은 종인(從人), 사행단의 안전을 지켜줄 호송군(護送軍)을 합쳐 수백여 명이 되었다.[61] 평안도는 부경사신의 왕래가 끊이지 않아 백성들의 고생이 다른 도보다 배나 심하였다.[62] 특히 이 폐단이 심화된 것은 성종대 이후이다. 사실 세종대에는 영송의 폐단이 그리 심하지 않았다. 왜냐하면 그때는 1년의 사행 횟수가 일정했고, 짐을 실어 나르는 군마가 지치지 않도록 천호(千戶)가 알맞게 호양(護養)했기 때문이다. 그러나 성종대에 들어 일단 별례(別例)로 가는 사행이 잦아졌고, 부경하는 사람들을 검찰하지도 않았다.[63]

사신들이 부경할 때 날라줄 말[馬]은 평안도 각관의 향호마(鄕戶馬)에서 윤번(輪番)으로 정하여 보냈는데,[64] 부경사신들은 행차를 호송하는 군마에 사사로운 물건을 많이 실었다. 이들은 품수(品數) 밖의 포자를 많게는 100여

(郡守)나 판관(判官) 등이 이들을 찾아와 인사를 올렸다. 의주에서 북경까지의 거리는 2천여 리이고, 소요되는 시간은 약 45일 정도였다(구도영, 2013 「조선 전기 對明陸路使行의 형태와 실상」 『震檀學報』117 참조).

61 조선전기 부경사행은 669회, 요동사행은 316회로 총 985회였고, 명에서 조선에 파견한 명사(明使)의 횟수는 총 116회이고, 사신을 파견하지 않고 귀환하는 조선사절을 통해 보내는 순부(順付)는 총 102회였다. 사신들은 조선의 조공물인 방물(方物)을 가지고 북경에 입성하였는데, 『대명일통지(大明一統志)』에 의하면 조선의 방물은 주로 은(銀), 금(金), 황모필(黃毛筆), 나전소함(螺鈿梳函), 달피(獺皮), 표피(豹皮), 인삼(人蔘), 채화석(彩花席), 황화석(黃花席), 염석(簾席), 만화방석(滿花方席), 저마겸직포(苧麻兼織布), 마포(麻布), 백저포(白苧布), 홍저포(紅苧布), 황저포(黃苧布), 말[馬] 등이 포함되었다(김경록, 2000 「朝鮮初期 對明外交와 外交節次」 『韓國史論』44 참조). 호송군은 평안도의 정병(正兵)에서 차출하였는데, 사행의 호송군을 전송(餞送)시 4대(隊), 출영(出迎)시 2대로 차정(差定)하도록 규정되어 있었다. 1대가 25명이니 전송시의 호송군은 100명, 출영시의 호송군은 50명이었다(『經國大典』권4, 兵典 迎送條). 이렇게 호송군의 숫자가 지정되어 있지만 정승(政丞)이 사신으로 파견될 때에나 북쪽 변방에 성식(聲息)이 있을 때에는 일시적으로 그 숫자가 증액되었는데, 많을 때에는 천여 명에 이르기도 하였다. 중종대에는 평안도민이 호송군에 차정됨으로써 입게 되는 폐해가 지속적으로 거론되자, 변란의 소식이 없을 때에는 4부대(部隊)에서 1대를 감하여 보내기로 하였는데 이것이 법제화되었다(구도영, 위의 논문).

62 『중종실록』권94, 36년 2월 15일(임신).

63 『성종실록』권55, 6년 5월 15일(계해).

64 『성종실록』권166, 15년 5월 29일(을묘).

동(同)에서 적어도 8, 90동까지 가져져 그것으로 중국의 사라능단(紗羅綾緞)이나 백철(白鐵)·녹반(綠礬) 등과 바꾸었다.[65] 여기에 사신 외에 통사(通事)·압물자(押物者)들도 물건을 많이 가져갔다. 그런데 사신과 서장관들은 이를 금지하기는커녕 도리어 이들과 더불어 이익을 꾀하고자 했다.[66] 이런 상황이다 보니 "평안도의 곤폐(困敝)는 오로지 중국으로 가는 사신 행차의 짐을 나르고 영송(迎送)하는 일에서 말미암는다."[67]라는 말이 있을 정도였다.

평안도 군사들이 말을 마련하지 못할 경우 각관의 수령은 그의 먼 일가에 독촉했다. 군사들이 설령 말을 마련했다 하더라도 조금이라도 쇠약하면 튼튼한 말을 내놓으라고 단련사(團練使)가 퇴짜를 놓기 일쑤여서 군사들은 가재(家財)를 다 팔아서 말을 사야 했다. 이에 평안도 백성들은 "차라리 중국사신을 맞이할지언정 부경사신을 맞이하지 말았으면"[68] 하면서 "평안도 일대가 잔폐하게 된 것은 오로지 중국 물품을 무역하기 때문"[69]이라고 했다.

평안도 백성들은 군역을 피하기 위해 여러 방법을 강구했다. 평안도 백성들은 중국 땅엔 노역이 없고 먹을 것이 넉넉하다는 소문을 듣고 압록강 너머로 도망갔다. 국가에서는 유망한 인물에 대해 기필코 모두 쇄환하려 했지만, 그들은 오지 않으려고 할 뿐만 아니라 심지어 이름을 바꾸는 자까지 있었다.[70]

평안도 백성들이 군역에서 벗어날 수 있는 또 다른 방편은 승려가 되는 것이었다. 『경국대전』에 의하면 승려가 되고자 하는 자는 3개월 내에 선종 또는 교종에 고하여 송경(誦經)을 시험받은 후 예조에 보고 계문(啓聞)하여 허락되면 정전(丁錢, 정포 30필)을 바치고 도첩을 급여받도록 한 이른바 도첩

65 『성종실록』 권251, 22년 3월 29일(을사).
66 『성종실록』 권39, 5년 2월 7일(임술).
67 『성종실록』 권55, 6년 5월 15일(계해).
68 『중종실록』 권60, 23년 2월 8일(경술).
69 『중종실록』 권76, 28년 12월 10일(무인).
70 『중종실록』 권60, 23년 3월 21일(임진).

제(度牒制)를 규정하고 있다.[71] 이러한 절차를 거친 도첩승만이 법적으로 국가에 대한 국역이 면제되는 것이었다. 그러나 국역을 피하기 위해 도망 다니는 무도첩승은 날로 증가하였다.

국가에서는 무도첩승 문제의 처리에 고심할 수밖에 없었는데, 그 해결방안으로 제시된 것이 승인호패(僧人號牌)의 발급[役僧給牌]이었다. 이는 국가에서 무도첩승에게 일정기간 부역케 하고 도첩을 주어 그 자격을 인정하는 것이었다. 이 법의 첫 사례는 세종 18년(1436) 흥천사 중수공사에 자원해 온 600명의 승려에게 도첩을 발급한 것이다. 그러나 세조대에는 유점사·회암사 등 사원의 중수나 간경도감의 영선에 부역한 대가로 무려 6만 3천여 명의 무도첩승에게 도첩을 발급하였다. 그런데 승인호패법이 실시되고 있는 중인데도 승려들은 환속충군(還俗充軍)되기는커녕 도첩의 남급(濫給)으로 인해 오히려 양산되는 결과를 가져오자, 성종은 즉위년(1469) 12월에 도첩제를 폐지하였다. 그런데도 무도첩승은 날로 증가하였고 군액은 감소되었던 것이다.[72]

원래 북방 2도 백성들은 승려가 되지 못하도록 했다. 물론 이 조치는 북방 2도에 한정된 만은 아니었다. 성종 8년(1477)에 평안·영안·전라·경기 관찰사에게 하서하여 역을 피해 승려가 된 자를 조사하도록 했다.[73] 당시 평안도 백성으로 승려가 된 사람이 다른 도의 곱절이나 되었다.[74] 승려들은 부역을 도피하고 나라와 어버이를 버리면서 소와 말을 몰고 다니며 장사하면서 처자를 길렀다. 이런 상황은 평안도가 타도보다 더욱 심하다는 것이 당시의 판단이었다.[75]

---

71 "승려[僧]가 될 자는 석달 안에 선종·교종에 고하면 『심경(心經)』·『금강경(金剛經)』·『살달타(薩怛陀)』를 시험하여 외우게 하고, 예조에 고하면 예조에서 계문(啓聞)하여 정전(丁錢)으로 정포(正布) 30필을 거두고 도첩(度牒)을 준다."(『經國大典』卷3, 禮典 度僧條)고 하였다.

72 李鍾英, 2003 「僧人號牌考」『朝鮮前期社會經濟史研究』 참조.

73 『성종실록』권83, 8년 8월 20일(갑인).

74 『성종실록』권111, 10년 11월 29日(경술).

75 이에 대해서는 김순남, 2013 「16세기 조선의 피역승의 증가와 승도 조직의 재건」『朝鮮時代史學報』

또한 양인 중에는 군역을 모면하기 위해 노비로 투탁(投托)하기도 하였고, 권세가에게 의탁해 반당(伴倘)이 되거나[76] 중앙각사의 조례(皂隷)·나장(羅將)·서리(書吏) 등 신분의 우열을 가릴 것 없이 좀더 편한 처지를 택하여 옮겨갔다. 양인층의 노비투속방법은 양인 농민층의 취약한 경제적 기반을 이용하여 권세가나 유력층이 강제로 그들의 몰락을 유도하는 이른바 압량위천(壓良爲賤)방식이 그 하나였다.[77] 가령 북방의 첨사(僉使)·만호(萬戶)는 양민을 억압해 자기의 노(奴)로 만들어 다수를 데리고 오기도 하였는데, 양민들도 이를 꺼려하지 않았다. 그것은 본도의 역사(役使)에 시달리는 것보다 나았기 때문이다. 이들은 스스로 도노(逃奴)라고 칭하였다.[78]

반당은 『경국대전』에는 경아전으로 분류되어 있는데, 왕족과 고관에게 지급하는 일종의 호종원 겸 경호원이었다.[79] 권세가들은 정원보다 훨씬 많은 수십 명의 반당을 소유했다. 이 반당들은 재상을 호종하는 임무를 수행하지 않고, 지방에 거주하면서 권세가의 반당임을 구실로 삼아 군역만이 아니라 각종 부역에서 빠져나갔다.[80] 조예와 나장은 경아전의 일종으로 관청의 심부름, 관원의 갈도(喝道), 시종, 죄인 문초, 압송 등의 일을 맡았고, 서리는 서책의 보관, 도필(刀筆)의 임무 등의 일을 맡았다. 특히 16세기 이후 대립제가 성행하면서 각 관청에서는 규정 이상의 정원을 확보하여 대가(代價)를 받아 재정수입원으로 활용하기도 했다.[81] 가령 "각사의 조예와 나장은 정액이 있는데 전부터 폐단이 쌓여 각사에서는 이들을 수 외로 가점(加占)하

---

66 참조.

76 한희숙, 1986 「朝鮮初期의 伴倘」 『역사학보』112 참조.

77 김성우, 2000 「16세기 良少賤多현상의 발생과 국가의 대응」 『經濟史學』29.

78 "檢討官柳墩曰 北方連年凶歉 兵少糧乏 軍民皆困 近聞僉使·萬戶之類 壓良民爲己奴 多數率來 良民亦苦本道之役 樂於出來 自稱逃奴 故北方至爲虛疎."(『중종실록』권20, 9년 2월 6일(경자)).

79 반당의 배정인원은 대군에게 15명, 왕자군에게 12명, 1품관에게 9명, 2품관에게 6명, 3품 당상관에게 3명, 1등 공신에게 10명, 2등 공신에게 8명, 3등 공신에게 6명이었다(『經國大典』권4, 兵典 伴倘條).

80 『성종실록』권54, 6년 4월 23일(신축).

81 신해순, 1987 「朝鮮前期의 西班京衙前 「皂隷·羅將·諸員」」 『大東文化硏究』21.

고 그 대가를 여러 가지로 책출(責出) 침독(侵督)하기 때문에 민업(民業)이 날로 조잔(凋殘)해 간다."[82]고 한 것이라든지, 혹은 "본조에 정액으로 입속한 서리의 수가 예전보다 10배나 되며 기타 각사는 잉사(仍仕)라 호칭하여 중간에서 한유(閑遊)하는 자의 수를 알 수 없을 정도"[83]라고 한 것은 그러한 사정을 말해준다.

아전부류의 수적인 비대현상은 중앙각사에서만 나타난 것이 아니었다. 각 지방의 관아 역시 필요에 따라 원래의 아전 정수(定數) 이상으로 동원 사역되고 있었는데, 특히 양계지방에서 심하게 일어나고 있었다. 평안도 감영에는 정원 이외의 아전이 쓸데없이 많고 또 다소 부실(富實)한 자로서 군사가 될 만한 사람들이 모두 아전으로 투속하기 때문에 군사는 약화되고 아전은 충실하였다.[84] 정수 외의 아전 즉 예차아전(預差衙前)은 대부분 군적에 편입되어 있는 군사 또는 보인을 탈취하여 충당한 자였다.[85] 이로 인해 "호수는 보인을 가지지 못하고 보인은 호수를 도울 수 없어 군사는 혼자서 역을 맡아야 된다."[86]거나 혹은 "각관 수령이 군사보인을 빼앗아 관속으로 차지하니 빈한한 군사가 견뎌내지 못한다."[87]고 하는 실정이었다.

사실 성종대 이후 평안도 군액의 원액은 그다지 적지 않았으나, 중종대에 이르러 그 수는 유명무실해서 모두 헛 숫자만 나열해 놓고 있는 형편이

---

82 "傳于兵曹曰 凡各司皀隷·羅將 自有定額 而因循積弊 數外加占 責出代價 多般侵督 民業日凋."(『중종실록』권6, 3년 6월 23일(기축)).

83 "領事鄭光弼曰…且吏曹書吏數外入屬者 十倍於古 他餘各司號稱仍仕 中間閑遊者 不知其數."(『중종실록』권20, 9년 5월 26일(무자)).

84 『중종실록』권16, 7년 9월 11일(임오).

85 "咸鏡道元定觀察使衙前四百 節度使北道衙前六百 南道衙前四百 而數外預差衙前 厥數猥多 其弊不貲."(『연산군일기』권42, 8년 정월 28일(신축)).

86 "鄭光弼馳啓曰…臣觀六鎭各官 無官屬人 故如典守官庫該掌文書 一應官中各差備等事 皆以軍士及保人差定 因此戶首 不得率保人 保人不得助戶首 軍士單身立戶."(『중종실록』권18, 8년 4월 2일(경자)).

87 "(刑曹判書李)長坤曰…各官守令 奪軍士保人 占爲官屬 貧寒軍士 勢不能支."(『중종실록』권25, 11년 5월 17일(정유)).

었다.[88] 중종 18년(1513) 특진관 이장곤(李長坤)에 의하면 당시 평안도 군액이 24,600여 명인데, 이 가운데 육군은 태반이 헛된 액수라면서 군액이 모자라기 때문에 절도사는 수령(守令)·색리(色吏)를 독책하고, 수령·색리는 그 죄를 면하고자 방수하러 갔다가 7~10일 걸린 거리를 달려 돌아온 군사를 즉시 다시 돌려보낸다고 하였다.[89] 이 시기 군사는 번을 설 때가 되면 재산을 팔아서 도망을 갔고, 도망가 군액이 줄면 수령들은 문책을 당했기 때문에 갑(甲)을 덜어서 을(乙)을 채우는 방식으로 액수를 채우는 형편이었다.[90]

정군(正軍)은 보인(保人)이 지원해주어야만 실질적인 군사로 기능할 수 있었다.[91] 그런데 15세기 말부터 16세기에 북방 2도의 군사들은 보인을 지급받지 못했다. 왜냐하면 평안도는 인물이 부족한데다 양민이 줄어들면서 보인이 결원되어 있었기 때문이다. 그래서 평안도 군사들은 단독으로 종군(從軍)하거나[92] 보인이 없는 경우도 많았던 것이다.[93] 보인 중 죽은 경우에도 이름이 군적에 기재되어 있기도 하고, 갑사는 비록 5명의 보정(保丁)을 갖고 있다 하더라도 어떤 보정은 서원(書員)이 되거나 염간(鹽干)·석장(石匠)·지장(紙匠)·정어(丁魚)가 되는 등 각기 신역이 따로 있었다. 따라서 이들은 전력(專力)해서 호수(戶首)를 받들 수가 없었던 것이다. 그리하여 군졸은 날로 잔약(殘弱)하게 되고 장비와 무기는 점점 녹슬어 못쓰게 되었다.[94] 이것이 당시 평안도 군사들이 처해 있는 상황이었다.

군액의 감소와 관련해서 특히 문제가 되었던 것은 토병(土兵)의 부족이었다. 평안도의 경우 갑사·정병을 주축으로 한 방어병력의 배치는 타도의 진

---

88 『중종실록』권38, 15년 2월 10일(기사).

89 『중종실록』권18, 8년 4월 11일(기유).

90 『중종실록』권25, 11년 7월 15일(갑오).

91 임용한, 2012 「군역제도와 신분제」 『한국군사사』5(조선전기1), 육군본부, p.457.

92 "(掌令具)致琨又啓曰 平安道軍士 類皆無保 單獨從軍 甚者或身死 而名載軍籍 或一身而二人之保 民甚苦之 請速改軍籍."(『성종실록』권116, 11년 4월 13일(계해)).

93 『중종실록』권44, 17년 4월 13일(기축).

94 『중종실록』권21, 9년 10월 13일(임인).

관편제와 마찬가지였다. 그러나 불시에 침입하는 여진을 방어하기 위해 두만강과 압록강 연변의 요해처에 설치된 진보(鎭堡) 또는 구자(口子)에 상주하면서 '차경차수(且耕且戍)'하는 토병은 이 지방 특유의 것이었다.[95] 평안도의 상단 만포진으로부터 의주·인산(麟山)에 이르는 압록강에 연접(沿接)한 제진(諸鎭)의 주축 병력은 이들 토병이었다.[96]

조선의 군사가 강하다고 일컫는 까닭은 토병이 많았기 때문이었다.[97] 북방의 토병은 본토에서 태어나고 자라서 여진의 사정을 잘 알고 있었다.[98] 평안도의 토병은 1명이 경군(京軍) 10명을 대적할 수 있다고 할 정도로 이들은 정강(精强)하기로 이름이 나 있었다.[99] 그래서 아무리 남방의 기병이 용맹하고 건장하다 해도 북방의 걸어 다니는 토병만 못하다고 하였던 것이다.[100] 국가에서는 북방 2도의 방어가 토병에게 상당히 의지하는 만큼 이들에게 유리한 쪽으로 대우를 해주어야 했으나, 변장들이 토병을 침탈하여 그들에게 고통을 안겼다. 결국 이는 토병의 유망으로 이어졌다.

그런데 평안도의 토병은 유망도 유망이려니와 중종대에 야인을 구축하는 군사작전 때문에도 죽었고,[101] 수인성 급성 전염병인 여역(癘疫) 때문에 군졸 4,800여 명이 죽어 그 수가 대폭 감소되었다.[102] 설령 여역에 살아남았다 해도 이들은 거의 모두 여위고 지쳐 있었다.[103] 토병은 진의 경우 100

95 李章熙, 2000「朝鮮前期 土兵에 대하여」『近世朝鮮史論考』, 아세아문화사.

96 李泰鎭, 1968「軍役의 變質과 納布化 實施」『韓國軍制史』(近世朝鮮前期編), 육군본부, pp.308~309.

97 『중종실록』권101, 38년 7월 20일(계해).

98 『중종실록』권98, 37년 4월 1일(신해).

99 "弘文館副應教李蘋書啓曰…自古重土兵者 以其慣知賊路 備諳敵情 無㤼懦之心 有勇敢之氣 京軍十夫 不能當一土兵也."(『중종실록』권21, 9년 10월 13일(임인)).

100 "(平安道節度使李)思鈞曰 南方騎兵 雖號驍勇 壯健者 不能如土兵之步者."(『중종실록』권67, 25년 정월 21일(임자)).

101 『중종실록』권50, 19년 4월 21일(을묘).

102 『중종실록』권52, 20년 정월 14일(계유).

103 『중종실록』권53, 20년 2월 7일(병신).

여 명에서 700여 명이, 만호가 배치되는 구자의 경우 200명이 배치되었다.[104] 그러나 중종 18년(1523)에 평안도의 강계 이하, 의주 이상의 각 진보에는 토병이 2~4명 정도 밖에 없는 곳이 많았다.[105] 토병의 수가 적었기 때문에 당(當)·하번(下番)의 구분이 없이 오랫동안 방수(防戍)하여 더욱 소복(蘇復)되지 않았다."[106]

이처럼 평안도 백성들의 유망, 노비로의 투탁, 승려로의 전환, 권세가의 반당 의탁, 중앙각사의 조예·나장·서리와 평안 감영·절도사영 아전으로의 투속 등으로 인해 평안도의 군액이 감소함에 따라 국가에서는 이를 충당하기 위한 여러 조치들을 시행하였다. 가령 성종 2년(1471) 1월에는 북방 2도의 사람들이 적어 군액의 정원이 넉넉하지 못하다는 이유로 재상들로 하여금 이 2도의 사람을 점유해 반당(伴倘)으로 삼지 못하도록 했고,[107] 중종 원년(1506) 11월에는 "함경도 6진과 평안도 강변 7읍 노비는 공신의 노비와 구사(丘史)로 삼지 못하게 했다.[108] 그리고 중종 10년(1515)에는 종량법(從良法)을 세워 평안도의 승(僧) 간음 소생자를 종량하도록 했다.[109] 그러나 100여 년에 걸친 누적된 문제점은 쉽사리 해결될 수 있는 성질의 것이 아니었다. 이런 상황은 해결되기는커녕 갈수록 오히려 악화되었다.

---

104 오종록, 1992, 앞의 논문, p.238, p.244.

105 『중종실록』권49, 18년 12월 11일(정미).

106 『중종실록』권66, 24년 10월 9일(신미).

107 "持平金首孫啓曰…且永安·平安道居民鮮少 軍額不敷 今後宰相毋得占兩道人爲伴倘 上曰知道."(『성종실록』권9, 2년 정월 13일(병술)).

108 "傳于刑曹·掌隷院曰 咸境道六鎭·平安道江邊七邑奴婢 勿令爲功臣奴婢及丘史事 前已下敎矣 右兩道各官奴婢 竝勿賜給 且黃海道各官奴婢 亦勿令爲丘史 其餘節目 依前敎爲之."(『중종실록』권1, 원년 11월 17일(임진)).

109 『중종실록』권61, 23년 6월 14일(갑인).

3. 어촌 심언광의 국방 개선안

어촌은 21세 때인 중종 2년(1507) 진사시에 입격하였고, 중종 8년(1513) 식년문과에 을과 5등으로 급제하여 정치활동을 시작하였고 중요관직을 두루 거쳤다. 그의 관력은 『어촌집』에 수록되어 있는 행장과 『중종실록』에 나오는 기사를 정리하면 다음과 같다.

> 예문관 검열—예문관 봉교—경성교수—예조좌랑—병조좌랑—홍문관 수찬—이조정랑—사간원 정언—강원도사—사헌부 지평—충청도사—공조정랑—병조정랑—이조정랑—사복시 첨정—경성판관—사헌부 장령—홍문관 교리—사헌부 집의—예문관 응교—홍문관 전한—홍문관 직제학—이조참의—강원도 관찰사—성균관 대사성—홍문관 부제학—사간원 대사간—승정원 승지—사헌부 대사헌—이조참판—병조참판—예조참판—공조판서 겸 예문관제학—평안도 경변사—이조판서—함경도관찰사—공조판서—의정부 우참찬

어촌이 재임 중 북방 2도에 파견된 것은 모두 4차례였다. 즉 중종 14년(1519)에 경성교수, 중종 20년(1525)에 경성판관, 중종 31년(1536)에 평안도경변사, 중종 32년(1537)에 함경도관찰사에 파견된 바 있다. 어촌은 중종 14년 경성교수에 임명되었으나 그해 11월 기묘사화에 연루되어 출척되었고, 중종 32년 함경도관찰사를 역임한 후 잠깐 중앙관직으로 복귀하기는 했으나 얼마 후 파직되었다.[110] 따라서 어촌의 국방개선안은 경성판관과 평안도경변사로 있을 때의 경험을 바탕으로 형성된 것이라 하겠다.

어촌은 중종 20년에 경성판관을 역임한 바 있다. 사실 중종대에 북방 2도의 수령은 약간의 무재(武才)만 있으면 임명되었다. 그런데 이들 중에는

---

110 朴道植, 2010 「어촌 심언광의 생애와 경세론」 『어촌 심언광 연구총서』 I, 강릉문화원 참조.

재상과 결탁하여 권신에게 후한 뇌물을 바치고 그 댓가로 병사(兵使)나 수사(水使)로 승진하려고 마음을 먹는 자들도 많았다. 그래서 그들은 부임한 뒤에 침탈을 일삼기 일쑤였다. 이에 국가에서는 방어가 중요하다 하여 북방에 오로지 무관들만 보낼 것이 아니라 자상하게 백성을 돌볼 수 있는 무재 있는 문관을 가려 지방관으로 삼도록 했다.[111]

중종이 어촌을 경성에 파견한 것은 변방의 일을 익숙해지게 하여 뒷날에 자문하려는데 있었다.[112] 외직에서 돌아온 어촌은 중종 23년(1528) 홍문관 교리로 있을 때 야인에 대한 대책을 다음과 같이 주장하였다.

> 만포의 일을 듣건대 야인을 꾀어 오게 하여 함정에 넣는다 하니, 결코 왕자가 차마 할 일이 아닌데 변장(邊將)이 앞에서 잘못 생각하고 조정이 뒤에서 구차하게 따르는 것입니다. 신들은 아마도 조정이 신의를 잃는 것은 이보다 더 큰 것이 없고 변방의 화난(禍難)도 이루 말할 수 없을 것이라고 생각합니다. 어리석은 이적은 개돼지처럼 완악하여 때와 틈을 엿보면 반드시 곡직(曲直)이 어디에 있는지를 계교할 것이므로, 국가가 믿고서 먼 데 사람을 회유하는 방도는 신의로 대우하는 것일 뿐입니다. 조정의 모책이 좋지 않아 어루만져 누르는 것이 마땅한 방도에 어그러져서 갖가지 신의를 (야인추장) 망합(莽哈)에게 잃고 또 왕산적하(王山赤下)에게 잃은데다가, 더구나 구축할 때에 한부(悍夫)가 공(功)을 좋아하여 죄 없는 자까지 죽였으므로 복수하려는 생각을 품는 것은 금수라도 그러할 것이니, 저들이 분노를 품고 흉악을 부리는 것은 참으로 마땅합니다. 전번에 있었던 만포의 사변이 어찌 변장만의 잘못이겠습니까? 분노를 쌓고 말썽을 거듭한 데에는 그렇게 만든 까닭이 있는데, 지금 어찌 다시 우리의 신의를 잃고 위엄과 신망을 손

111 『중종실록』권21, 9년 10월 13일(임인).

112 『중종실록』권53, 20년 2월 10일(기해).

> 상하여 뒷날의 끝없는 화난을 열겠습니까? 대저 광망하고 경솔한 무리는 거의 공을 좋아하고 공을 좋아하는 자는 반드시 국가가 일을 일으키는 것을 이롭게 여기는데, 이는 자기에게 돌아가나 해는 나라에 미칩니다. 바라건대, 전하께서는 빨리 성명(成命)을 거두어 후회를 끼치지 마소서. 이렇게 하신다면 더 없이 다행이겠습니다(『어촌집』 제8권, 홍문관차자 무자년〈중종 23, 1528〉).

어촌은 야인을 꾀어 오게 하여 함정에 넣는 것은 왕자(王者)가 할 일이 아닐 뿐더러 조정이 신의를 잃는 것이라 하였다. 즉 조정의 모책이 좋지 않아 야인추장에게 갖가지 신의를 잃었고, 중종 19년(1524) 1월에 야인을 구축할 때에 변장이 공을 좋아하여 죄 없는 자까지 죽였으므로 그들이 흉악을 부린 것은 당연하다는 것이다. 따라서 왕자가 이적(夷狄)을 대우할 때에는 신의가 아니면 위엄도 세울 수 없다고 하였다. 어촌은 이적을 막는 대책으로써 왕자의 신의를 중시했다.

중종 23년 만포사변 직후 조정에서는 야인 토벌을 찬성하는 편이 많았으나, 출병까지는 이르지 못하였다. 성종 22년(1491)의 북정(北征) 이후 이때까지 야인에 대한 대규모의 정벌이 한 번도 행해지지 않은 것은 조선의 대(對)야인정책이 방어 위주의 형태라는 점과 당시의 국방실정 때문이었다.

양계지방의 군사는 다른 제도(諸道)의 군사와 달리 번상(番上) 없이 본도의 방어를 위해 *留防*하는 것이 특징이었다.[113] 평안도에는 제(諸)병종 중에서 다수정예인 갑사와 지방군의 기간인 정병이 유방하고 있었다. 갑사는 '분오번 육삭상체(分五番 六朔相遞)' 즉 6개월 복무하면 2년반 후에 다시 복무하고, 유방정병은 '분사번 일삭상체(分四番 一朔相遞)' 즉 1개월 복무하면 4개월 뒤

113 "兩界甲士·正兵 並留防本道."(『經國大典』卷4, 兵典 留防條). 갑사의 경우 양계 거주자는 '양계갑사'라 별칭되었는데, 평안도에는 전국의 갑사 14,800명 중에 3,400명의 정규갑사와 480명의 예차(預差)갑사가 배당되어 있었다(『성종실록』권59, 6년 9월 8일(갑인)).

에 다시 복무하는 것으로 규정되어 있었다.[114] 그러나 이 규정이 평안도에서는 지켜지지 않고 있었다. 그것은 야인 침구의 우려가 항상 있었기 때문이다. 동절기에는 압록강이 결빙되어 야인이 침입하기가 수월했음으로, 이 기간에는 '합방(合防)' 즉 분번(分番) 없이 도내군사의 전부를 투입하거나 혹은 '분합방(分合防)' 즉 도내군사를 두 그룹으로 나누어 번갈아 가면서 입방(入防)하게 하였던 것이다. '합방'의 경우 군사는 10월 또는 9월부터 이듬해 2월까지 연강제진(沿江諸鎭)에 부방하고 나면 다시 3월부터 9월까지는 원래의 자기 소속처에서 '분사번 일삭상체'의 복무를 해야 하였다. 즉 평안도의 정병은 약 반년간 군사로서 활동하게 되는 셈이다.[115]

이러한 상황에 놓여 있던 평안도 군사의 고통을 더욱 가중시킨 것은 부경사신들을 영송하는데 따른 폐단이었다. 어촌에 의하면 부경사신들이 오갈 적에 호송군을 많이 데리고 다니는데, 호송군이 부족하면 평안 병영의 수영패(隨營牌)[116]를 데리고 갔다고 한다. 당초 수영패를 데리고 간 것은 변란의 소식이 있었기 때문에 계청(啓請)하여 정해진 것인데, 지금은 그런 소식이 없는데도 으레 데리고 갔다. 부경사신들이 수영패를 데리고 갈 때 그냥 데리고 가는 것이 아니라 일행의 복물(卜物)이 매우 많기 때문에 이들에게 수송시키려는 것이었다. 어촌은 평안도의 군졸이 사신 행차 때문에 많은 폐를 받으니, 복물의 수를 각별히 작정(酌定)하면 이러한 폐단을 없앨 수 있을 것이라고 하였다.[117]

평안도 백성들은 군역 이외에도 공물·진상물 등의 조달과 노역이 심히 과중하였다. 어촌이 왕에게 아뢴 다음의 내용은 수령이 공물을 빙자하여 횡탈하는 모습을 보여준다.

---

114 『經國大典』卷4, 兵典 番次都目條.

115 李泰鎭, 1968 「中央 및 地方 軍制의 變化」 『韓國軍制史』(近世朝鮮前期編), 육군본부, p.313.

116 "平安道兵使帶率軍士之號."(『중종실록』 권102, 39년 3월 1일(기해)).

117 『중종실록』 권82, 31년 10월 30일(임자).

신이 평안도에 있을 때에 13가지의 폐단을 열거하여 계문하였습니다. 그중 산세(山稅)에 관한 일을 예로 들겠습니다. 꿀·인삼·오미자 등 산에서 생산되는 모든 것들에 징세(徵稅)하지 않는 것이 없어 집집마다 일일이 받아들이며 이를 모두 나라에 바칠 공물이라 거짓 칭탁하며 징수합니다. 때를 맞추어 바치지 못하면 매질까지 합니다. 또 물건이라도 바치지 않은 자는 소를 끌고 갑니다. 이러니 백성들이 어찌 편안히 살 수 있겠습니까. 나라의 공물은 없앨 수가 없으나, 이를 기화로 폐단을 빚는 일이 매우 많으니 이런 것은 제거해야 합니다(『중종실록』권 81, 31년 4월 무신조 ; 17-651나).

산세(山稅)는 세주(細註)에 의하면 백성들이 산에 가서 취리(取利)한 것을 관청이 또 그 이익에 대해 부세를 걷는 것을 말한다. 평안도에서는 산에서 생산되는 꿀·인삼·오미자 등을 나라에 바칠 공물이라 거짓 칭탁하며 각 가호에서 징수하였다. 만약 제때에 바치지 않을 시에는 매질까지 하였고, 바치지 않은 경우에는 소를 끌고 갔다고 한다. 어촌은 백성이 한 가지 공물이라도 바치지 못하면 뼈골까지 우려낸다고 하였다.[118]

어촌은 평안도의 요역징발에 대해 "(평안도) 강변에 사는 백성들이 생활은 매우 어렵고 노역이 가장 심한 까닭으로 거의 모두가 도망쳐 흩어졌다. 한 사람이 도망가면 그 피해가 한 가족에 미치고 한 가족이 도망가면 또 한 가족의 친족에까지 미치니, 이 때문에 백성들이 대부분 도망쳐 흩어졌다."[119]고 하였다.

당초 국가에서는 군사에게 제(諸)부담을 담당할 수 있도록 보인(保人)을 배당하고 있었다. 그러나 국가의 토목·수리 공사의 일이 빈번해지는 가운데 보법(保法) 실시 후 군액이 크게 늘어나 별도로 요역담당자를 찾기가 어렵게

---

118 『어촌집』 제8권, 司憲府上疏 기축년(중종 24, 1529).

119 『중종실록』권81, 31년 4월 24일(무신).

되자 군사를 바로 요역에 동원하는 경우가 많아졌다. 이에 군사는 복무기간 중에도 일정한 대가(代價)를 납부하고 귀가하여 부족한 노동력을 보충하고자 하였는데, 이것이 '대립(代立)'이었다.[120]

중종대에는 군역의 대립이 일반화되고 있었다. 대립은 수군뿐만 아니라 정병 등 모든 군인층에 걸쳐 진행되었고, 보인의 경우도 마찬가지였다. 군역은 실상 이 시기 국가체제 유지의 기반이 되는 양민층에게만 부과되고 담당자의 실수(實數)와는 관계없이 각 군현별로 군액이 고정된 채 운용되고 있어 사회분화가 심해질수록 피역자가 늘어나자 현지에 남아 있는 자에게 2·3중의 부담으로 중압되어 갔다. 그리고 실제 입역보다도 대립이 보편화되고, 다시 그 대립가 또한 폭등하여 군역은 이제 양민층을 상대로 자행되는 주구적 수탈로 변하고 말았다.[121]

평안도 백성들은 군역을 모면하기 위해 압록강 너머의 중국으로 도망가기도 하였고, 승려가 되기도 하였다. 승려에게는 국가의 조세나 국역의 부담이 없었는데, 실제로 이러한 의도에서 승려가 된 자가 적지 않았다. 당시 국가의 승려에 대한 현실인식은 중종 25년(1530) 1월 조강(朝講)에서 "왕정이 잘 시행되어 예의의 교화가 천하에 넘쳐흐르면 불법이 있어도 들어올 길이 없다[王政 修明禮義之敎 充於天下 則雖有佛法 無由而入]"라는 구절의 강독을 통해 엿볼 수 있다.[122]

지사 김극핍은 "조종조 때에는 승려들에게 반드시 도첩을 발급하였고, 도첩이 없는 자는 마음대로 다니지 못하게 했다. 그리고 각 역(驛)에서 철저

---

120 李泰鎭, 1968「軍役의 變質과 納布化 實施」『韓國軍制史』(近世朝鮮前期編), 육군본부; 지두환, 1988「朝鮮前期 軍役의 納布體制 확립과정; 軍戶體制 붕괴과정을 중심으로」『韓國文化硏究』1, 부산대 한국문화연구소.

121 수군의 경우 당초에 대립가는 통상 1삭(朔)에 면포 15필이었는데, 그 후 30필이 되었다가 다시 60필에 이르러 우마(牛馬)나 전답(田畓)을 다 팔아 상납하고, 그것도 없는 자는 도산하는데, 당사자가 도산하면 일족절린(一族切隣)에게서 징수하는 악순환의 확대가 되풀이되고 있었다(『중종실록』권 103, 39년 5월 19일(병진)).

122 『중종실록』권67, 25년 정월 5일(병신).

히 금지하게 했기 때문에 부득이 나다녀야 할 자는 반드시 동류(同流)의 도첩을 빌렸다. 혹 도첩이 없이 다니다가 적발된 자는 가차 없이 군역에 정속(定屬)시켰으므로 멋대로 돌아다니지도 못했었다. 그러나 지금 외방의 수령들은 도첩법을 시행하지 않고 있으며, 월말에는 으레 도첩을 발급할 승려가 없는 것으로 감사에게 보고하면 감사 역시 이에 의거해서 계문하기 때문에 부질없는 겉치레 행정이 되고 만다. 이래서 도첩을 가진 승려가 하나도 없는 반면 군역에 정속된 승려 역시 하나도 없다. 승려가 날로 늘어나는 것은 근래 금법(法禁)이 해이해진 소치이다. 다시 법을 밝혀 엄단하라"고 하였다.

영사 정광필은 "승려가 많아진 것은 수령들이 호적(戶籍)을 살피지 않기 때문이다. 어떤 고을엔 군사가 3~4천 명이나 되지만 보인이 없는 자가 태반이 넘는데도 수령은 이 숫자를 채우는 데 마음을 쓰지 않고 있다. 신역을 부담하지 않고 있는 자임이 분명해도 군사들에게 보인으로 주지 않고 일수(日守)·서원(書員)으로 충당시켜 버린다. 이래서 신역을 피하여 승려가 되는 사람은 날로 증가하는 반면 군액은 점점 줄어들고 있다. 지금의 계책으로는 각도감사로 하여금 수령들을 단단히 타일러서 호적을 조사하게 한 다음 아무개의 집에는 동생이 몇 사람이고 자식이 몇 사람인지와 신역의 여부를 철저히 살펴 군보(軍保)에 충정시키고, 만일 피하여 도망가면 그 거처를 탐문하여 엄하게 죄를 다스려 다른 사람들을 경계시키는 것이 상책이다. 이렇게 하면 승려도 늘지 않고 군보도 충실하여질 것"이라 하였다.

그러나 시강관(侍講官)이었던 어촌은 "왕정과 예교가 잘 시행되어 교화가 천하에 가득하면 불교는 절로 없어질 것이다. 도첩으로 금하는 것은 말단적인 일이다. 또한 관(官)에서 도첩을 발급하여 중을 만든다면 이는 백성들에게 중이 되도록 가르치는 것이다. 옛날에는 중이 시가(市街)에 들어올 수가 없었다. 요행히 들어왔다 해도 가사(袈裟)를 입을 수가 없었으므로, 반드시 범인(凡人)의 옷과 삿갓을 빌려 입은 다음 시가에 돌아다니면서 동냥한 경우는 간혹 있었다. 지금은 중들이 가사 입고 고깔 쓰고 전혀 기탄없이 거리를 돌아다니고 있다. 이는 바로 왕정과 예교가 시행되지 못한 탓이다." 하였다.

즉 김극핍과 정광필은 도첩제의 시행 취지가 승려들이 마음대로 돌아다니지 못하게 하는 것이었으며, 역(驛)에서 무도첩승을 단속하여 군역에 정속시켰다고 하였다. 그러나 어촌은 도첩으로 승려를 금하는 것은 말단적인 방법이므로 왕정과 예교를 잘 시행하여 교화가 천하에 가득하면 불교는 절로 없어질 것이라고 하였다. 이는 사림이 정계에 진출한 성종대 이래 신료들이 지향한 성리학 이념에 의한 이상적 불교정책과 궤를 같이 하는 것이었다.[123]

또한 군역을 모면하기 위해 도망과 유리를 감행한 양인들은 중앙각사의 조례·나장·서리 혹은 양계지방의 말단 관속인 아전 등 신분의 우열을 가릴 것 없이 좀더 편한 처지를 택하여 옮겨갔다. 어촌은 "신이 (평안도에) 가서 살펴보니 절도사 군영의 아전은 거의 600여 명에 달했고, 관찰사 영문의 아전도 400명 가까이 되었다. 이는 영문의 아전 노릇이 헐하므로 아전으로 기꺼이 소속되었기 때문에 그 수효가 많이 불어났다"며 이 아전들을 도망하여 없어진 호(戶)의 군역과 려외정병(旅外正兵)을 나누어 충당할 것을 주장하였다.[124] 그러나 그 후 김안로(金安老) 등이 이를 병조와 의정부가 함께 의논하여 행이(行移)하였지만 시행되지 않은 것으로 보인다.[125] 그리고 이배(吏輩)들은 이조서리(吏曹書吏)를 각자의 보인(保人)으로 사사로이 차지하고 있었는데, 어촌은 이들의 수를 줄여서 부족한 관사에 이정(移定)할 것을 주장하였다.[126]

군역대상자의 승려로의 유출(流出)은 국가적 시책의 테두리에서 벗어난 자발적인 현상이었지만, 아전 부류로의 유출은 관에 의한 강제적인 면이 짙었다. 특히 16세기 이후 대립제가 성행하면서 절도사 군영과 관찰사 영문에서는 규정 이상의 아전을 확보하여 대가를 받아 재정수입원으로 활용하

---

123 손성필, 2013「조선 중종대 불교정책의 전개와 성격」『韓國思想史學』44, p.58.

124 『중종실록』권81, 31년 4월 24일(무신).

125 『중종실록』권82, 31년 11월 2일(갑인).

126 『중종실록』권75, 28년 7월 14일(을묘).

기도 했다. 어촌이 아전들을 도망하여 없어진 호(戶)의 군역에 충당하자는 주장은 군역의 폐단을 개선하기 위한 것으로, 피역의 방지와 군액의 충당을 목적으로 했다고 할 수 있다.

어촌은 선상노비(選上奴婢)[127]의 경우 사역시킬 일이 있는 각사에서 부릴 만한 사람이 없다는 이유를 들어 계청하여 더 뽑지만, 이들을 역처(役處)에 사역시키지 않고 제조(提調)의 집에 올리거나 혹은 그 관원이 스스로 차지한다고 하였다. 그런데 정작 그 역(役)은 해사(該司)가 다른 방법으로 처리하고 구사의 값을 정송인(定送人)에게 징수하기 때문에 지금의 조관(朝官)들은 선상노비가 많은 관아에 임명되면 사람들이 모두 하례를 하고 자신도 또한 기쁘게 여기며, 심한 경우에는 청탁해서 임명되기도 하였다. 어촌은 선상노비의 일정한 수를 정한다면 朝士가 이런 수치스러운 일을 하지 않을 것이라 하였다.

어촌은 중종 31년(1536)에 평안도경변사로 파견된 바 있다. 경변사는 연산군대와 중종대에 걸쳐 여연·무창·삼수·종성 등 평안도와 함경도 국경 일대에 야인의 침입이 심각해지자 이를 방비하기 위해 파견되었다. 이 직은 임시직으로서 대신(大臣) 등 관계(官階)가 높은 관원 중 변방의 일을 주관할 만한 지략이 있는 사람을 선임하여 파견했다. 경변사는 전례에 따라 품계가 높은 관원으로 차출하는 것이 원칙이었으나, 김안로는 당시 대각(臺閣)의 소장(疏章)이 어촌 손에서 많이 나왔다 하여 어촌과 손을 잡고 좋게 지내고자 어촌을 경변사로 천거하였다.[128] 어촌은 평안도경변사로 나갔다가 돌아와 중종을 인견하며 그가 목도한 평안도의 군사문제에 대해 다음과 같은 점을

127 "(중앙)각사에 딸린 노자(奴子)는 외방에 흩어져 있다가 해마다 번갈아 서울에 올라와서 번을 서는데 이를 선상(選上)이라 한다[有各司奴子 散在外方 而年年相遞上京立役者 謂之選上]."(『중종실록』권81, 31년 정월 11일(정묘)). 선상노비는 3년마다 6개월간 서울에 입역시켜 중앙 각 관청의 잡역에 종사하도록 하였다. 이들에게는 봉족(奉足) 2명이 주어져 면포·정포 각각 1필씩을 거두었다. 이들은 관원의 수행, 각 궁(宮)과 전(殿)의 잡역, 각사(各司)의 장인(匠人)·성상(城上)·방직(房直)·고직(庫直) 등을 담당하였다. 이들 중 부모의 노환이나 가족의 생계를 위해 대립이 불가피한 경우에는 대립가로 1개월에 2필을 넘지 못하도록 규정되어 있다(『經國大典』卷5, 刑典 公賤條).

128 『중종실록』권81, 31년 정월 6일(임술).

개선할 것을 주장하였다.[129]

첫째, 변방에서 뜻밖의 변고가 있게 되면 믿을 수 있는 것은 토병(土兵)뿐인데, 워낙 소수였으므로 남방군사의 증원(增援)을 받아가면서 '합방'하는 것이 불가피하였다. 그런데 남방의 군사로서 부방(赴防)하는 자들은 활과 화살도 지니지 않고 모두 맨손으로 왔고, 그들의 해당 진장(鎭將)도 댓가를 징수하는 것을 이롭게 여겨 탓하지 아니하니 그 폐단이 이미 누적되었다. 중종 11년(1516)의 수교(受教)에 군졸을 발송하는 관원들 중 군장을 점검하지 않고 보내는 자는 두 번이면 추고(推考)하고 세 번이면 그 수령을 파직시키고 색리는 전가사변(全家徙邊)하고 본인은 충군(充軍)시킨다고 하였으나, 그 뒤로도 구습을 못 버리자 어촌은 이 전교를 거듭 밝혀 각별히 거행하여야 한다고 하였다.

둘째, 군장과 무기는 스스로 부담하는 것이 원칙이나 각종 부역과 변장들의 침어에 시달린 형편이라 군기를 갖추지 못했다. 어촌은 "병기(兵器) 가운데 활과 화살이 가장 중한 것인데, 평안도 사람들을 보니 활과 화살이 전혀 없었다. 그래서 국가에서는 전례로 화살대를 수송하여 강 연변의 사졸(士卒)들에게 공급하여 왔다. 내가 변군(邊郡)에서 내지(內地)에 도착하니, 내지 사람들이 1천 명 또는 1백 명씩 무리를 지어 길을 막고 화살대는 항상 변군에만 내리고 우리들에게는 주지 않는다고 하소연하였다. 그러나 육지로 운반하면 각역(各驛)에 폐단이 있을 것이니, 수로(水路)로 수송하여 국공(國工)으로 하여금 화살을 만들게 하고 백성들에게 무역하게 하여 여기에서 받은 값을 가지고 군자(軍資)에 보충하게 하면 편리할 듯하다."[130]고 하였다.

셋째, 평안도 군사 중에는 활을 잘 쏘는 사람도 있고 변방을 지키는 일에 힘을 다하는 사람도 있다. 가령 만포에 거주하는 정로위(定虜衛) 김말순(金末順)은 모든 일에 전력을 쏟아 오랑캐를 염탐하는 일에도 극력 헌신하는 자

---

129 『중종실록』권81, 31년 4월 24일(무신).

130 『중종실록』권81, 31년 5월 15일(기사).

인데, 이같이 힘을 다하는 사람들에게 겸사복(兼司僕)의 직책을 수여한다면 모든 힘을 다 기울일 것이라며 이를 적극 권장하였다.

한편 어촌은 군령의 엄정한 확립을 강조하고 있다. 『경국대전』에 의하면 군정(軍政)은 병조에서, 군령(軍令)은 5위도총부에서 담당한다고 규정되어 있었다. 그런데 성종조 중반 이후 변방에서 외적과의 잦은 충돌로 지방군의 활동이 급증하자, 『경국대전』에 확립된 초기군제의 군령과 군정체계는 실용(實用)에 따라 많은 변통이 있어야 하였고, 그 변통은 결국 비변사라는 새로운 합의기관을 만들어 내게 되었다. 이러한 군령·군정체제의 변화는 또한 진관편제의 해이에 따른 중앙으로부터의 경장(京將) 파견이 잦았다는 사실과도 밀접한 연관이 있었으며, 그것 자체가 이미 군령계통의 변화를 의미하는 것이었다.[131]

어촌은 병권에 대하여 임금이 항상 잡고 있어야지 아랫사람에게 이전해서는 안 된다고 하였다. 어촌은 "병권이 아랫사람에게 이관되면 국가의 대세가 그에 따라 떠나가 버리고 만다. 한(漢)나라 때의 일로 보면 여록(呂祿)과 여산(呂産)의 무리들이 병권을 도둑질하여 고제(高帝)의 천하가 거의 멸망될 지경에 이르렀고, 그 후에 오후(五侯)가 병권을 전횡하여 성제(成帝)가 왕씨(王氏)를 제거하고자 하였으나 하지 못했다. 당(唐)나라 때에 와서 안록산(安祿山)이 변방 요새에서 반란을 일으키면서 그 극에 달했다고 하겠다. 대체로 병권이 위에 있느냐 아래에 있느냐에 따라 국가의 안위와 치란이 결정된다"[132]고 하였다.

131 李泰鎭, 1968 앞의 논문, p.332.

132 『중종실록』권77, 29년 7월 25일(경인).

4. 맺음말

조선의 서쪽에 있는 평안도는 압록강 서쪽으로 명나라와 이어지고 서북쪽으로 여진과 접해 있는 외교의 관문이자 군사적 요충지였다. 우리나라 북방 경계가 두만강·압록강 상류까지 미치게 된 것은 세종 25년(1443)에 4군과 6진이 설치되면서였다. 그러나 오랜 시간에 걸쳐 설치된 4군은 그 유지가 용이하지 않게 되자, 조정에서는 세조 5년(1459)에 4군을 모두 철폐하였다. 그 후 이 지역은 오랫동안 '폐사군'이라 불리며 주민의 거주가 금지되어 사람이 살지 않게 되었다. 그러자 여진들은 압록강 상류의 건너편 지역으로 들어와서 거주했다.

조선 조정은 수년간 수차례에 걸쳐 야인에 대한 대처 방안을 논의하여 중종 19년(1524) 1월과 2월 두 차례에 걸쳐 폐사군 지역으로 들어와 살고 있는 야인들을 조선의 경계 밖으로 구축했다. 야인의 구축이 단행된 이후 조선과 야인과의 격화된 갈등은 결국 중종 23년(1528) 1월 만포첨사 심사손의 죽음으로까지 이어졌다. 이것이 이른바 만포지변(滿浦之變)이다. 이 사건 이후 조정에서는 야인 정벌을 단행해야 한다는 의견이 대두되기도 했으나 실행에 옮겨지지는 않았다.

평안도는 서북쪽으로 압록강 건너 울창한 산림을 경계로 여진과 맞닿아 있었다. 평안도의 지리적 상황이 이러했으므로 압록강 건너의 여진은 태종 이후 주로 평안도의 강계·위원·이산·벽동·창성·삭주·의주 등 이른바 7읍으로 침입했다. 조선에서는 여진 침입에 대비해 평안도 추파(楸坡)에서 인산(隣山)에 이르기까지 압록강을 따라 15개소의 진을 벌여 놓고 군사들로 하여금 방수하게 했다. 그래서 평안도 군사들은 별다른 성식(聲息)이 없어도 얼음이 어는 시기가 되면 방수하러 가야 했다. 반면 여름에는 압록강 강물이 불어서 여진들이 강을 건너 침입하기 어려워서 그나마 수월했다. 하지만 이런 상황은 15세기 중반인 성종대 후반에 이르면 달라졌다. 이전에는 여진들이 간헐적으로 강을 건너왔지만, 이때에 이르러서는 짐승의 털가죽으로 만든 작은 배인 (자)피선을 타고 강을 건너면서 계절에 구애받지 않고 무시로 침입해 왔다.

이에 따라 평안도 군사들은 거의 대부분 변경에서 방수했기 때문에 방비의 고통이 그 전에 비해 크게 가중되었다. 성종 22년(1491) 허혼(許混)의 일 이후로 평안도 군사들은 9월부터 2월 보름까지는 남도 군사와 합번(合番)해 부방했다가 분번한 후 4월부터 8월까지는 단독으로 방수했다. 여기에 방수하러 연변 각 진으로 가는 데에도 거의 열흘에서 한 달이 걸렸다. 그러다 보니 쉴 수 있는 날이 거의 없었던 것이다.

이러한 상황에 놓여 있던 평안도 군사의 고통을 더욱 가중시킨 것은 부경사신들을 영송하는데 따른 폐단이었다. 평안도는 부경사신의 왕래가 끊이지 않아 백성들의 고생이 다른 도보다 배나 심하였다. 이에 평안도 백성들은 "차라리 중국 사신을 맞이할지언정 부경사신을 맞이하지 말았으면" 하면서 "평안도 일대가 잔폐하게 된 것은 오로지 중국 물품을 무역하기 때문"이라고 했다. 어촌은 부경사신들이 오갈 적에 호송군을 많이 데리고 다니는데, 호송군이 부족하면 평안 병영의 수영패(隨營牌)를 데리고 갔다고 한다. 부경사신들이 수영패를 데리고 갈 때 그냥 데리고 가는 것이 아니라 일행의 복물(卜物)이 매우 많기 때문에 이들에게 수송시키려는 것이었다. 어촌은 평안도의 군졸이 사신 행차 때문에 많은 폐를 받으니, 복물의 수를 각별히 작정(酌定)하면 이러한 폐단을 없앨 수 있을 것이라고 하였다.

어촌은 중종 20년(1525) 경성판관에 파견된 바 있다. 외직에서 돌아온 어촌은 중종 23년(1528) 홍문관 교리로 있을 때 야인에 대한 대책을 제시하였다. 어촌은 야인을 꾀어 오게 하여 함정에 넣는 것은 왕자(王者)가 할 일이 아닐 뿐더러 조정이 신의를 잃는 것이라 하였다. 즉 왕자가 이적(夷狄)을 대우할 때에는 신의가 아니면 위엄도 세울 수 없다고 하였다.

평안도 백성들은 군역 이외에도 공물·진상물 등의 조달과 노역이 심히 과중하였다. 어촌은 백성이 한 가지 공물이라도 바치지 못하면 뼈골까지 우려낸다고 하였고, 노역이 무거워 한 사람이 도망가면 그 피해가 한 가족에 미치고 한 가족이 도망가면 또 한 가족의 친족에까지 미치기 때문에 백성들이 대부분 도망쳐 흩어졌다고 하였다.

당초 국가에서는 군사에게 제부담을 담당할 수 있도록 보인을 배당하고 있었다. 그러나 국가의 토목·수리 공사의 일이 빈번해지는 가운데 보법 실시 후 군액이 크게 늘어나 별도로 요역담당자를 찾기가 어렵게 되자 군사를 바로 요역에 동원하는 경우가 많아졌다. 이에 정병은 복무기간 중에도 일정한 댓가를 납부하고 귀가하여 부족한 노동력을 보충하고자 하였는데, 이것이 '대립(代立)'이었다.

중종대에는 군역의 대립이 일반화되고 있었다. 대립은 수군뿐만 아니라 정병 등 모든 군인층에 걸쳐 진행되었고, 보인의 경우도 마찬가지였다. 군역은 실상 이 시기 국가체제 유지의 기반이 되는 양민층에게만 부과되고 담당자의 실수(實數)와는 관계없이 각 군현별로 군액이 고정된 채 운용되고 있어 사회분화가 심해질수록 피역자가 늘어나자 현지에 남아 있는 자에게 2·3중의 부담으로 중압되어 갔다. 그리고 실제 입역보다도 대립이 보편화되고, 다시 그 대립가 또한 폭등하여 군역은 이제 양민층을 상대로 자행되는 주구적 수탈로 변하고 말았다.

평안도 백성들은 군역을 벗어나기 위해 승려가 되기도 하였는데, 당시 국가의 승려에 대한 현실인식은 중종 25년(1530) 1월 조강에서 "왕정이 잘 시행되어 예의의 교화가 천하에 넘쳐흐르면 불법이 있어도 들어올 길이 없다"라는 구절의 강독을 통해 엿볼 수 있다. 지사 김극핍과 영사 정광필은 도첩제의 시행 취지가 승려들이 마음대로 돌아다니지 못하게 하는 것이었으며, 역에서 무도첩승을 단속하여 군역에 정속시켰다고 하였다. 그러나 어촌은 도첩으로 승려를 금하는 것은 말단적인 방법이므로 왕정과 예교를 잘 시행하여 교화가 천하에 가득하면 불교는 절로 없어질 것이라고 하였다. 이는 사림이 정계에 진출한 성종대 이래 신료들이 지향한 성리학 이념에 의한 이상적 불교정책과 궤를 같이 하는 것이었다.

평안도 감영에는 정원 이외의 아전이 쓸데없이 많고 또 다소 부실(富實)

한 자로서 군사가 될 만한 사람들이 모두 아전으로 투속하기 때문에 군사는 약화되고 아전은 충실하였다. 어촌은 감영의 아전들을 도망하여 없어진 호(戶)의 군역과 여외정병(旅外正兵)을 나누어 충당할 것을 주장하였다. 그리고 이배(吏輩)들은 이조서리(吏曹書吏)를 각자의 보인(保人)으로 사사로이 차지하고 있었는데, 어촌은 이들의 수를 줄여서 부족한 관사에 이정(移定)할 것을 주장하였다.

어촌은 중종 31년(1536) 평안도경변사로 파견되었다가 돌아와 중종을 인견하며 그가 목도한 평안도의 군사문제에 대해 다음과 같은 점을 개선할 것을 주장하였다. 첫째, 뜻밖의 변고가 있게 되면 믿을 수 있는 것은 토병(土兵)뿐인데, 워낙 소수였으므로 남방군사의 증원을 받아가면서 '합방'하는 것이 불가피하다. 그런데 남방의 군사로서 부방하는 자들은 활과 화살도 지니지 않고 모두 맨손으로 왔고, 그들의 해당 진장(鎭將)도 댓가를 징수하는 것을 이롭게 여겨 탓하지 아니하니 그 폐단이 이미 누적되었다. 어촌은 군졸을 발송하는 관원들 중 군장을 점검하지 않고 보내는 자는 두 번이면 추고(推考)하고 세 번이면 그 수령을 파직시키고 색리는 전가사변하고 본인은 충군시킨다는 중종 11년(1516)의 전교를 거듭 밝혀 각별히 거행하여야 한다고 하였다. 둘째, 병기 가운데 활과 화살이 가장 중한 것인데, 평안도 사람들을 보니 활과 화살이 전혀 없었다. 그래서 국가에서는 전례로 화살대를 수송하여 강 연변의 사졸(士卒)들에게 공급하여 왔다. 그러나 육지로 운반하면 각역에 폐단이 있을 것이니, 수로(水路)로 수송하여 국공(國工)으로 하여금 화살을 만들게 하고 백성들에게 무역하게 하여 여기에서 받은 값을 가지고 군자(軍資)에 보충하게 하면 편리할 듯하다. 셋째, 만포에 거주하는 정로위 김말순은 모든 일에 전력을 쏟아 오랑캐를 염탐하는 일에도 극력 헌신하는 자인데, 이같이 힘을 다하는 사람들에게 겸사복의 직책을 수여한다면 모든 힘을 다 기울일 것이라며 이를 적극 권장하였다.

한편 어촌은 군령의 엄정한 확립을 강조하고 있다. 어촌은 병권은 임금이 항상 잡고 있어야지 아랫사람에게 이전해서는 안 된다고 하였다. 어촌은

"병권이 아랫사람에게 이관되면 국가의 대세가 그에 따라 떠나가 버리고 만다. 한(漢)나라 때의 일로 보면, 여록(呂祿)과 여산(呂産)의 무리들이 병권을 도둑질하여 고제(高帝)의 천하가 거의 멸망될 지경에 이르렀고, 그 후에 오후(五侯)가 병권을 전횡하여 성제(成帝)가 왕씨(王氏)를 제거하고자 하였으나 하지 못했다. 당(唐)나라 때에 와서 안록산이 변방 요새에서 반란을 일으키면서 그 극에 달했다고 하겠다. 대체로 병권이 위에 있느냐 아래에 있느냐에 따라 국가의 안위와 치란이 결정된다"고 하였다.

| 참고문헌

1. 자료

『朝鮮王朝實錄』(太祖實錄~明宗實錄; 국사편찬위원회, 1958).

『經國大典』(『朝鮮王朝法典集』 所收, 경인문화사, 1972).

『國譯 漁村集』(강릉문화원, 2006).

2. 저서 및 논문

姜性文, 1989 「朝鮮시대 女眞征伐에 관한 연구」 『軍史』18, 국방부 전사편찬위원회.

高錫珪, 1985 「16·17세기 貢納改革의 방향」 『韓國史論』12, 서울대 국사학과.

구도영, 2013 「조선 전기 對明陸路使行의 형태와 실상」 『震檀學報』117, 진단학회.

權延雄, 1996 「朝鮮 中宗代의 經筵」 『吉玄益敎授停年紀念 史學論叢』.

김경록, 2000 「朝鮮初期 對明外交와 外交節次」 『韓國史論』44, 서울대 국사학과.

金九鎭, 1982 「明代女眞社會의 經濟生活樣式과 그 變化」 『東洋史學硏究』17, 동양사학회.

______, 1984 「朝鮮前期 對女眞關係와 女眞社會의 實態」 『東洋學』9, 단국대학교 동양학연구소.

______, 1995 「여진과의 관계」 『한국사』22, 국사편찬위원회.

______, 2010 「조선 시대 女眞에 대한 정책」 『白山學報』88, 백산학회.

김 돈, 2009 「종종대 '密旨'에 의한 정치운영」 『조선중기 정치사 연구』, 국학자료원.

김성우, 2000 「16세기 良少賤多현상의 발생과 국가의 대응」 『經濟史學』29, 경제사학회.

김순남, 2009 「조선 成宗代의 建州三衛」 『大東文化硏究』68, 성균관대학교 대동문화연구원.

______, 2009 「조선 燕山君代 여진의 동향과 대책」 『한국사연구』144, 한국사연구회.

______, 2010 「조선 中宗代의 북방 野人 驅逐」 『朝鮮時代史學報』54, 조선시대사학회.

______, 2010 「조선전기 滿浦鎭과 滿浦僉使」 『史學硏究』97, 한국사학회.

______, 2012 「15세기 중반~16세기 조선 북방 軍役의 폐단과 軍額」 『朝鮮時代史學報』61, 조선시대사학회.

______, 2013 「16세기 조선의 피역승의 증가와 승도 조직의 재건」 『朝鮮時代史學報』66, 조선시대사학회.

김용흠, 2004 「조선전기 훈구·사림의 갈등과 그 정치사상적 함의」 『東方學志』124, 연세대 국학연구원.

김한규, 2005 『천하국가-전통시대 동아시아 세계질서』, 소나무.

朴道植, 1995 「朝鮮前期 貢物防納의 변천」 『慶熙史學』19, 경희사학회.

______, 2011 『朝鮮前期 貢納制 硏究』, 혜안.

______, 2010 「어촌 심언광의 생애와 경세론」 『어촌 심언광 연구총서』Ⅰ, 강릉문화원.

朴平植, 2009 『朝鮮前期 交換經濟와 商人 硏究』, 지식산업사.

박정민, 2008 「태종대 제1차 여진정벌과 동북면 여진관계」 『白山學報』80, 백산학회

______, 2013 「조선 성종대의 여진인 "來朝" 연구」 『만주연구』15, 만주학회.

方東仁, 1997 「朝鮮初期의 北方 領土開拓」 『韓國의 國境劃定硏究』, 일조각.

손성필, 2013 「조선 중종대 불교정책의 전개와 성격」 『韓國思想史學』44, 한국사상사학회.

송병기, 1973 「東北 西北界의 收復」 『한국사』9, 국사편찬위원회.

宋雄燮, 2005 「기묘사화와 기묘사림의 실각」 『韓國學報』119, 일지사.

신해순, 1987 「朝鮮前期의 西班京衙前 「皂隸·羅將·諸員」」 『大東文化硏究』21, 성균관대학교 대동문화연구원.

廉定燮, 1995 「농업생산력의 발달」 『한국역사입문』(2), 풀빛.

오종록, 1992 『조선초기 양계의 군사제도와 국방체제』, 고려대학교 박사학위논문.

______, 1994 「조선초기의 국방정책-兩界의 국방을 중심으로-」 『역사와 현실』13, 한국역사연구회.

______, 1996 「조선 초기 正兵의 軍役」 『한국사학보』1, 고려사학회.

유봉영, 1973 「왕조실록에 나타난 李朝前期의 野人」 『白山學報』14, 백산학회.

李景植, 1998 「16世紀 場市의 成立과 그 基盤」 『朝鮮前期土地制度硏究』(Ⅱ), 지식산업사.

李秉休, 1999 「中宗朝의 改革政治와 두 勢力의 葛藤」 『朝鮮前期 士林派의 現實認識과 對應』, 일조각.

李相佰, 1962 『韓國史』(近世朝鮮前期編), 을유문화사.

李仁榮, 1954 「廢四郡問題管見」 『韓國滿洲關係史의 硏究』, 을유문화사.

李章熙, 2000 「朝鮮前期 土兵에 대하여」 『近世朝鮮史論考』, 아세아문화사.

이지원, 1990 「16·17세기 前半 貢物防納의 構造와 流通經濟的 性格」 『李載龒博士還曆紀念 韓國史學論叢』, 한울.

李鍾英, 2003 「僧人號牌考」 『朝鮮前期社會經濟史硏究』, 혜안.

李泰鎭, 1968 「中央 및 地方 軍制의 變化」 『韓國軍制史』(近世朝鮮前期編), 육군본부.
______, 1968 「軍役의 變質과 納布化 實施」, 위의 책.
______, 1979 「14·15세기 農業技術의 발달과 新興士族」 『東洋學』9, 단국대 동양학연구소.
______, 1984 「高麗末 朝鮮初의 社會變化」 『震檀學報』55, 진단학회.
______, 1985 『韓國社會史硏究』, 지식산업사.
임용한, 2012 「군역제도와 신분제」 『한국군사사』5(조선전기1), 육군본부.
정두희, 2000 「중종 초 반역과 모반의 정치사; 조광조 등장의 역사적 배경」 『조광조』, 아카넷.
지두환, 1988 「朝鮮前期 軍役의 納布體制 확립과정; 軍戶體制 붕괴과정을 중심으로」 『韓國文化硏究』1, 부산대 한국문화연구소.
한성주, 2011 『조선전기 수직여진인 연구』, 경인문화사.
______, 2012 「조선 연산군대 童淸禮의 建州三衛 파견에 대하여」 『만주연구』14, 만주학회.
______, 2012 「조선 세조대 '女眞 和解事'에 대한 연구」 『동북아역사논총』38, 동북아역사재단.
한희숙, 1986 「朝鮮初期의 伴倘」 『歷史學報』112, 역사학회.
河內良弘, 1976 「燕山君時代の朝鮮と女眞」 『朝鮮學報』81, 朝鮮學會.
________, 1977 「中宗·明宗時代の朝鮮と女眞」 『朝鮮學報』82, 朝鮮學會.